Kinder sind v̶ ̶ ̶ ̶ ̶ ̶L̶i̶c̶h̶t̶!

CW00557575

Lilly Fröhlich

Kinder sind vom Mars - Echt!

Band 3

Impressum

*Bibliografische Information der Deutschen Nationalbibliothek:
Die Deutsche Nationalbibliothek verzeichnet diese Publikation
in der Deutschen Nationalbibliografie; detaillierte bibliografische Daten sind im Internet über http://dnb.dnb.de abrufbar.*

*TWENTYSIX – Der Self-Publishing-Verlag
Eine Kooperation zwischen der Verlagsgruppe Random House
und BoD – Books on Demand*

© 2018 Lilly Fröhlich

*Herstellung und Verlag:
BoD – Books on Demand, Norderstedt*

ISBN: 978-3-740-74360-4

Texte:	© Copyright by Lilly Fröhlich
Umschlag:	© Copyright by Lilly Fröhlich
Model:	Märchenschneiderin®, Nicole Küchler
Coverfoto:	Pepita Fotografie, Anja Vogel

Alle Rechte vorbehalten.
Das vorliegende Werk ist mit all seinen Teilen urheberrechtlich
geschützt und darf – auch teilweise – nur mit Genehmigung der
Autorin wiedergegeben werden. Das Kopieren, die Digital-
isierung, die Farbverfremdung und Ähnliches stellt eine urheberrechtlich relevante Vervielfältigung darf. Verstöße gegen
den urheberrechtlichen Schutz sowie jegliche Bearbeitung der
hier erwähnten schöpferischen Elemente sind nur mit ausdrück-
licher vorheriger Zustimmung des Verlags und der Autorin
zulässig.

Inhaltsverzeichnis

Supermarktfreuden

»Was ist gefährlicher, eine Großkatze oder ein Pubertierender?« Fragend mustern mich die Adleraugen meiner Mutter.
(Ich bin mir nicht sicher.
Erwartet sie ernsthaft eine Antwort darauf?
Ich meine, klar, ich bin mittlerweile auch stolze, zweifache Mama, aber Emma steuert gerade mal auf ihren vierten Geburtstag zu und Tiberius ist acht Monate alt.
Woher soll ich also wissen, worauf sie hinaus will?
Und meine Pubertät zählt nicht.
Hierzu fehlt mir die nötige Objektivität.)
»Keine Ahnung«, sage ich also.
»Du weißt es nicht? Dann will ich dir eine kleine Anekdote von dem angenommenen Kind deines Bruders erzählen.« Meine Mutter holt TIEF Luft und ich WEISS, JETZT folgt die Empörungsgeschichte des Jahrhunderts!
(Da meine Mutter ihre Geschichte auf Deutsch zum Besten gibt, brabbelt sie munter drauflos, denn in diesem australischen Supermarkt XXL versteht uns ohnehin keine Sau.
Ich lasse sie also gewähren und arbeite dabei langsam meinen Einkaufszettel ab, immer mit einem halben Ohr bei ihrer Geschichte.
Ich WEISS, dass mein Bruder nicht nur seine Unterweltsbraut geheiratet, sondern auch noch ihre Brut mit übernommen hat.
[Im Ernst, was soll auch bitte schön dabei herauskommen, wenn sich Mrs Devil höchstpersönlich fortpflanzt?
Die Frage meiner Mutter nach der Gefährlichkeit ihres pubertierendes {Stief-}Enkelkindes erstaunt mich daher überhaupt nicht.])

»Der Dustin ist kaum vierzehn, da rennt er doch glatt los und kauft sich eine Shisha…«
(JAAA!

Meine allerliebste Erzfeindin aus Schulzeiten und angetraute Schwägerin Annette [sie musste von all den Milliarden Typen auf diesem Erdball ja ausgerechnet MEINEN Bruder William angeln UND auch noch ehelichen!] hat ihren ältesten Sohn ernsthaft ›Dustin‹ genannt!

Ohne Witz!

Ich meine, JEDES Kind WEISS, dass dieser Name automatisch einen erfolglosen Lebenslauf vorhersagt und übersetzt irgendwas zwischen einem ›Staubkorn‹ und einem Klumpen ›Dreck‹ bedeutet.

Mit diesem Namen KANN niemand glücklich und erfolgreich werden!

Darüber sind sich die Herren der Wissenschaft einig. Es gibt einfach Namen, die wählt man nicht, wenn man seinen Kindern eine sorglose Zukunft gönnt.

Die Standesämter dieser Welt sollten eine Liste mit Namen herausgeben, die Erfolglosigkeit nach sich ziehen und aus diesem Grund verboten sind!

Zum Schutz aller zukünftigen Namensträger. Und zwar so deutlich, dass auch die Flachbremsen unter den Menschen ihren Kindern keine Namen wie ›Joghurt‹, ›Popo‹ oder ›Satan‹ geben WOLLEN.

[Ehrlich, diese Namensanträge kann man googeln! Empfehle ich aber nur Menschen mit Nerven aus Stahl!]

Ist ein anständiger Name nicht eines der Grundrechte?

Immerhin betrifft es die Würde des Menschen.

Gehört dazu nicht auch ein Name, den andere Menschen respektieren und NICHT in den Dreck ziehen können?

Schließlich möchte jeder unversehrt alt werden.

Auf jedem abstrusen Namensantrag sollte eine Warnung vom Standesamt stehen: ›*Achtung, diese Namen können schädlich für den Träger sein*‹.

Aber nein, selbst Standesbeamte sollten regelmäßig den Vollbesitz ihrer geistigen Kräfte nachweisen müssen, wenn ich lese, dass Menschen in Deutschland ihre Kinder tatsächlich und ernsthaft ›*Pumuckl*‹, ›*Schneewittchen*‹ oder ›*Tarzan*‹ nennen durften.

Was ging da in den Köpfen der Sachbearbeiter vor sich?

Hatten die gerade Sex auf dem Schreibtisch und sind dabei versehentlich mit dem Hintern auf das Stempelkissen gekommen, so dass die verrückten Eltern nur noch die Unterschrift fälschen mussten?

{Also, wenn meine Mutter mich ernsthaft ›*Cinderella*‹, ›*Fanta*‹ oder ›*Pepsi*‹ genannt hätte, dann hätte ich ihr wohl das Märchenbuch um die Ohren gehauen und ihr anschließend das Ganze mit dem klebrigen Limozeug und den Federn ihres Kopfkissens garniert.}]

Also, wo waren wir stehengeblieben?

Ja, genau, bei meiner durchgeknallten Schwägerin und meinem angeheirateten Neffe, der schon alleine wegen seiner Mutter nicht zu beneiden ist.

Armer Junge!)

»Wie konnte Annette ihren Sohn bloß ›*Dustin*‹ nennen? Wissen Eltern denn nicht, was sie ihren Sprösslingen antun?«, unterbreche ich meine Mutter. »Da ist es doch kein Wunder, dass der Kerl nur Mist baut. Ist bei dem Namen quasi vorprogrammiert.«

Eine der beiden Augenbrauen meiner Mutter (ja, sie hat wirklich nur zwei, wobei ich schon so manches Mal dachte, eine dritte gesehen zu haben) wandert gefährlich in die Höhe. »Wie kommst du bloß auf so einen Blödsinn? Was hat ein NAME mit dem Charakter eines Menschen zu tun? Wir sind doch nicht bei *Wilhelm Tell*.«

»Was hat denn DER jetzt mit der Sache zu tun? Hatte der nicht irgendeinen Apfel auf dem Kopf?«

»Was redest du da, Kind? *Wilhelm Tell* hat ›*Max und Moritz*‹ geschrieben. Diese Rotzlöffel, die wirklich so enden mussten, weil sie NUR Mist verzapft hatten.« Fassungslos über meine (angebliche) Dummheit schüttelt meine Mutter den Kopf.

»Und ich dachte, der Wilhelm hat einen ›*Busch*‹ im Namen.«

Meine Mutter schnauft empört.

Ich schweige.

Wir gehen weiter.

»Warum hat Annette ihre Söhne eigentlich nicht *Max und Moritz* genannt? Hätte irgendwie besser gepasst.«

»*Michel aus Lönneberga* hätte genauso gut gepasst, meine Liebe. Der kleine verzogene Braten hatte auch nur Blödsinn im Kopf.«

»Stimmt, aber der war wenigstens noch sympathisch.«

»War er nicht.«

»Was hat unser Dustin denn jetzt angestellt?«, lenke ich das Gespräch wieder auf das Ausgangsthema zurück.

»Ja, also…das war so…«

Ich blicke mich um.

Es dauert ein wenig, bis ich den großen Schokoladenberg entdecke.

(Der einzige Grund, weshalb ich UNBEDINGT hierher wollte. Sie haben SCHOKOLADE im Angebot! Allerdings sind wir in einem der größten Supermärkte von ganz Australien. Es ist mein zweiter Besuch hier und ich fühle mich wie in einem Ameisenberg, in dem eigentlich nur die Mitarbeiter schuften und schwitzen sollten und nicht die Kunden, weil sie sich die Füße wund laufen und um die Angebote kloppen müssen.)

Meine Mutter räuspert ihren Frosch weg und fährt fort: »…der junge Mr Johnson, leider trägt er ja mittlerweile MEINEN Nachnamen, zieht also los und kauft sich in einem Laden für Hanfprodukte irgendwelche Giftmischungen für sein Pfeifendingsbums. Die wendet er so unüberlegt an, dass dieses Wasser-Rauch-Dingsbums, diese Shisha, mit einem RIESENknall in unserem Keller EX-PLO-DIERT.«

(An der Art und Weise, WIE meine Mutter unseren Nachnamen im Zusammenhang mit den Kindern von Annette ausspricht, erkenne ich nach fünfunddreißig Jahren Mutter-Tochter-Erfahrungen GENAU, dass sie ÜBERHAUPT NICHT damit einverstanden ist, dass mein Bruder die Kinder seiner Unterweltsbraut einbenannt hat.[Ich habe mich da vollumfänglich informiert und William hat mir an einem feuchten Weinabend ALLES über den Vorgang der ›Einbenennung‹ erzählt.

{Für alle, die davon noch nie gehört haben, hier die Kurzfassung:

Nach der Eheschließung des neuen Patchworkpaares können die gebrauchten Kinder, die ein Partner mit in die Ehe bringt, tatsächlich ›einbenannt‹ werden. So tragen die Mitglieder dieser Patchworkfamilie ALLE denselben Nachnamen und man erspart sich im täglichen Allerlei {{vor allem in Schulangelegenheiten}} peinliche Nachfragen, warum die Mutter anders heißt, als ihre Kinder, ohne dass der soziale Vater die Kinder seiner Partnerin adoptieren muss.}

Und genau DAS hat William zum Leidwesen meiner Mutter getan. Und nun heißen Dustin und Johannes eben ›Johnson‹ mit Nachnamen. Und jeder, der meine Eltern im Ort kennt {was bei einem Zahnarztehepaar nicht allzu schwierig ist}weiß jetzt, wen sie angehen müssen, wenn die kleinen Gören etwas ausgefressen haben.]

Meine Mutter hält also mit ihrem Namen den Kopf dafür hin, weil alle mit dem [nackten] Finger auf sie zeigen.

Zumindest glaubt sie das.

Und machen wir uns nix vor!

Menschen LIEBEN es, über andere herzuziehen.

Schadenfreude ist das neue Botox der Menschheit!

Ich kenne kaum einen Menschen [mit Ausnahme meiner Wenigkeit], der nicht einen ›Heidenspaß‹ [jaaa, der Heide hatte Spaß, sonst hieße es ja ›Christenspaß‹] daran hat, über andere herzuziehen, damit er sich selbst besser fühlt.

[Warum wären die TV-Sendungen, in denen irgendwelche Idioten Maden und Spinneneier fressen müssen, sonst so beliebt?

Na klar, weil sich die ganze Welt darüber schlapp lacht, wenn die Typen so bescheuert sind und dem Gekreuche des Dschungels einen Gute-Nacht-Kuss geben, nur um sich zum goldenen Löffel der Nation zu machen.]

Und Schadenfreudige müssen nicht einmal Annette oder Merle heißen, die beiden Oberschnepfen der Lästermäuler schlechthin!

Nicht umsonst und aus Dumdiedeldei haben die ›Ärzte‹ ein Lied herausgebracht mit dem selbsterklärenden Titel und Songtext ›Lass die Leute reden‹. Sehr aufschlussreich und überhaupt nicht aus der Luft gegriffen.

Aber warum sind die Menschen so?

›Weil die Menschen eben so sind‹, sagt mein Vater immer.

Unsere Gesellschaft wird immer verrückter und unsozialer. Herzlichkeit beginnt vor der eigenen Haustür.

[Und wenn sie fehlt?

Besen schnappen und saubermachen.])

»Das Kinderzimmer sah aus!«, fährt meine Mutter aufgebracht fort. »UNBEWOHNBAR, sage ich dir…«

»Wieso? Ich dachte, die Shisha ist im Keller explodiert. Wohnt der Junge etwa im KELLER?«, frage ich perplex.

(Vielleicht sollte ich doch mit mehr als einem halben Ohr zuhören.

Macht sich irgendwie besser, um ALLE Zusammenhänge zu verstehen.)

»Du hörst mir ECHT NIE zu, was? Natürlich wohnen die alle im Keller. Eigentlich wollte sich William schon VOR JAHREN eine eigene Wohnung gesucht haben, haben dann gefiel es ihnen so gut bei uns, dass sie geblieben sind. William hat das Kellergeschoss KOMPLETT ausgebaut. Rate mal, warum wir so oft hier sind! Dein Bruder und seine Monsterfamilie NERVEN TIERISCH.«

»Auch das muss mir irgendwie entfallen sein«, sage ich kleinlaut vor mich hinmurmelnd.

(Vielleicht sollte ICH meinem Bruder eine neue Bleibe suchen, damit er meine Eltern nicht ständig nach Australien jagt!)

»Wie dem auch sei, auf jeden Fall musste dein Vater die Feuerwehr rufen, die mit einem Spezialkommando und Gasmasken die chemischen Überreste entsorgt haben. Hast du 'ne Ahnung, was das gekostet hat?«, kreischt meine Mutter so laut, dass sich einige Shoppingwütige empört umdrehen.

(Es ist jetzt nicht so, dass es bei meinen Eltern zwei Arme trifft [eher zwei Geizkragen], aber ich kann verstehen, dass man kein Geld für so einen Müll ausgeben möchte.)

»Und Dustin war unverletzt?«

»Nee. Wenn dein Vater nicht so schnell reagiert hätte, würde der Junge jetzt aussehen wie dieses Monster vom *Phantom der Oper*. Überall hatte der Junge Verbrennungen. ÜBERALL! Der hat ganze drei Wochen in Boberg gelegen, in dieser Klinik für Brandopfer.« Voller Empörung wirft meine Mutter ein paar Nudelpackungen mit solcher Wucht in den Einkaufswagen, dass es ein Wunder ist, dass sie heil bleiben.

»Da lobe ich mir eure hübschen Großkatzenhyb-hyb-was-auch-immer. Die sind HARMLOS im Gegensatz zu diesem ungezogenen, pubertierenden Flegel. Wie DER mit seiner Mutter redet! Unglaublich! Und so was schimpft sich JOHNSON!« Kopfschüttelnd grabscht meine Mutter ins Regal mit der Tomatensoße und wirft auch diese Packungen achtlos in den Korb.

(Zum Glück sind das Tetrapacks und keine Gläser! Sie ist offenbar auf 380!)

Leider schreckt sie Tiberius auf, der bis eben friedlich im Land der Träume in seiner Autoschale auf dem Einkaufswagen schaukelte.

Jetzt verzieht er weinerlich den Mund.

Schnell reiche ich ihm ein Kuscheltierschaf und lasse es laut ›mähen‹.

»GroßkatzenHYBRIDE heißt das, Mama«, sage ich laut und deutlich. »Wir haben sozusagen Mischlinge.«

(Offenbar liegt unser miserables Gedächtnis in der Familie! Genauso wie ich mir die Namen meiner Neffen nicht merken kann, kann sie sich die Bezeichnungen für unsere Hybriden nicht merken!

Der Zirkus, den Frederico nach Emmas Geburt gegründet und mit allerlei fremdartigen Tieren bestückt hat, ist mit seinen exotischen Tieren eine wahre Goldgrube.

Obwohl die Tiere in [weitläufiger]Gefangenschaft leben, rennen uns die Schaulustigen die Bude ein. Mittlerweile haben wir aus der Schaffarm meiner Nebeneltern schon eine Art Zoo-Zirkus-Kombination gemacht, denn die Tiere brauchen ordentliche Schlafplätze und viel, sehr viel Auslauf.

Und so hausen unsere Raubkatzen neben den Schafweiden.

[Und kein Schaf ist bisher durch den Zaun gezogen worden, auch wenn meine Mutter ständig danach fragt. Aber da die Tiere gut und regelmäßig gefüttert werden, müssen sie sich ihr Futter nicht anderweitig besorgen.]

Abgesehen von vier Hybriden, also einem Jaglion, einem Töwen, einem Liger und einem Leotig haben wir auch noch zwei weiße Elefanten, Tauben und Perlhühner [ich WEISS, die sind dagegen unspektakulär], Pferde und neuerdings auch Schlangen und eine Schlangebeschwörerin.

Letztere lebt natürlich NICHT in unseren Gehegen!

[Und nein, ich habe keinen Sprachfehler und leide auch nicht unter einer Lese-Rechtschreib-Schwäche. Unsere Großkatzen sind Mischungen aus verschieden Raubkatzen.

Leo, unser Leotig, ist eine Kreuzung aus einem männlichen Leoparden und einer Tigerlady.

Sana, unsere Ligerdame, ist eine Kreuzung aus einem männlichen Löwen und einer Tigerdame, sie sieht eher unscheinbar aus, wie ein Löwenweibchen mit leichter Tigermusterung.

Sandro, unser imposanter Töwe, eine Kreuzung aus einem männlichen Tiger und einer Löwendame, sieht phantastisch aus mit seiner Löwenmähne und dem gestreiften Tigerfell.

Aber am allerschönsten ist Jana, unser Jaglion. Sie ist eine Mischung aus einem männlichen Jaguar und einem weiblichen Löwen. Sie hat fast schwarzes Fell mit dunklen Flecken, die so eng aneinandergereiht sind, dass es fast schon gestreift aussieht. Ihre großen grünen Augen sind so voller Wärme, dass ich den ganzen Tag lang mit ihr kuscheln könnte.

[Aber natürlich hat Frederico das strengstens verboten.]

Unsere Hybride rufen natürlich auch in Australien die Tierschützer auf den Plan.

[Oder solche, die sich dafür halten.]

Unsere Tiere sind, man glaubt es kaum, alle natürlich entstanden, weil man sie achtlos in ein Gehege gesteckt hat.

[Absichtlich oder versehentlich oder einfach, weil man nicht daran glaubte, dass sie sich fortpflanzen würden.]

Und exakt an dieser Stelle muss ich meiner Mutter wohl oder übel Recht geben: Unsere Großkatzen sind DEFINITIV harmloser als ein Pubertierender, der mit seinen Experimenten die halbe Nachbarschaft in die Luft sprengt.

Ich kann mich nicht erinnern, wann unsere Tiere in die Verlegenheit gekommen sein dürften, eine Shisha zu benutzen.

Auch fressen sie weder ihre Pfleger noch irgendwelche Kinder.

Und außer ein bisschen Gebrüll kam noch keine patzige Bemerkung von den Kätzchen.)

»Selbst euren komischen, neuen Schlangen würde ich mehr Verstand zutrauen als diesem Jungen«, platzt meine Mutter heraus. Sie schließt ihren Vortrag mit einem naserümpfenden Schnaufen ab und widmet sich wieder ihrem Einkaufszettel.

(Dalia, unsere indische Schlangenbeschwörerin, hat vier riesengroße Schlangen mitgebracht. Eine gelb-weiße Albinopython, eine bräunliche Tigerpython, eine Anakonda und eine Abgottschlange, auch besser bekannt unter dem Namen der ›Boa constrictor‹.

[Natürlich habe ich nach unserem Neuzugang sofort meine geliebte Suchmaschine gefragt und herausgefunden, dass schon die Mexikaner die ABGOTTschlange als Abgesandte der Götter verehrten, daher vermutlich auch der Name.]

Also alles ›harmlose‹ Würgeschlangen im Vergleich zu forschenden Jugendlichen, wenn man meiner Mutter Glauben schenken darf.)

»Da bin ich aber froh, dass William die letzten drei Jahre weder die Zeit noch das Geld hatte, um uns mit seiner lieben Familie besuchen zu kommen«, sage ich erleichtert lachend.

Meine Mutter bleibt kurz stehen, errötet heftig und schiebt schließlich den Einkaufswagen weiter.

(Und spätestens JETZT WEISS ich GENAU, dass sie mir etwas verheimlicht.

Sie wird ihm doch wohl kein Flugticket besorgt haben, in der Hoffnung, dass er sein warmes Mama-Nest verlässt und hier abtaucht, oder?

[OMG!!!

Das würde ich ihr glatt zutrauen!])

»Du wolltest noch etwas sagen, Mama?« Während ich meiner Mutter auffordernd Löcher in den Rücken starre, fängt Emma an, an meiner Hand zu zerren.

»Puppen, Mama! Sieh mal, PUPPEN!«

(OH NEIN, wie können die so gedankenlos sein und PUPPEN in einem Supermarkt zum Verkauf anbieten?

Wissen die denn nicht, dass das der Tod eines jeden mütterlichen Geldbeutels [oder Geduldfadens] ist?

Das ist ECHT noch grausamer als die Massen an Bonbons, die vor allem immer in der Kassenzone aufgebaut sind.)

»Toll, Emma! Aber du hast schon eine Million Puppen zuhause. Lass uns weitergehen!«

(Aber Emma denkt gar nicht daran.

Sie will nicht weitergehen.

Sie will SHOPPEN.

Und zwar DIESE Puppen.

Das Tolle an den Puppen im Supermarkt ist, die haben irgendetwas, was ihre Puppen zuhause NICHT haben. Ein Kleid, eine schicke Haarfrisur oder sagenhafte Lackschuhe.)

»Emma, du hast genug Puppen und dein Geburtstag ist erst wieder im nächsten Jahr.«

(Ich sollte mir dringend überlegen, ob ich nicht das allseits beliebte Taschengeld einführe.

Geht das schon bei Dreijährigen?)

Ich hocke mich vor meine Tochter, die mich mit großen Kulleraugen betrachtet. »Ich habe jetzt keine Lust, Geld für die hundertste Puppe auszugeben. Du weißt ja schon gar nicht mehr, wo du die noch alle hinsetzen sollst. Und wenn du eine Woche lang mit ihnen gespielt hast, liegen sie nur wieder in der Ecke herum. Die interessieren dich dann schon gar nicht mehr.«

Emma nickt, während sich ihre Augen langsam mit Tränen füllen. »Dooooooch.«

(Natürlich.

Hatte ich mit einer anderen Antwort gerechnet?

Wie töricht von mir!)

»Und wo soll die hundertste Puppe hingesetzt werden?«

(Falsche Frage!

DEFINITIV total die falsche Frage!

Natürlich hat ein jedes Kind auf so eine Frage auch die passende Antwort!)

Emma legt einen Finger an ihre Lippen und legt los. Sie zählt mir fünfzigtausend Plätze im Haus auf, die noch nicht mit ihren Puppen bepflastert sind.

(Oje, was soll ich dagegen noch anbringen?

Ich muss mir schnell etwas anderes einfallen lassen.)

»Wenn wir sooo viel Platz im Haus haben, dann kann ich ja Dalias Schlangen noch bei uns unterbringen. Die spielen nämlich auch gerne mit Puppen.«

(Manchmal habe ich ECHT geniale Einfälle!

[Und NATÜRLICH meine ich das NICHT ernst.

ICH will auch keine Schlangen im Haus haben, aber das weiß mein Fräulein Tochter ja nicht.])

Das blanke Entsetzen steht im Gesicht meiner Tochter.

»Susannah!« Meine Mutter ist empört. »Was ist das denn jetzt wieder für eine Masche? Sag deiner Tochter einfach klipp und klar, dass es heute keine Puppe gibt, aber bedrohe sie nicht mit euren Schlangen. Ich dachte, du hast bessere Erziehungsmethoden drauf.«

(Ja, das denke ich auch manchmal, aber dann kommt der kleine Satan auf meiner Schulter zu Wort und haut die unmöglichsten Dinger raus!

Echt!

Ich bin absolut unschuldig.)

Nun blickt Emma zwischen meiner Mutter und mir hin und her, grübelnd, wie sie einen von uns jetzt ins Boot holen kann.

(Ich WEISS, ich bin ein jämmerlicher Diskutator mit noch schlimmeren Ideen, gerade wenn es darum geht, meiner Tochter irgendein Hirngespinst AUSZUREDEN.

Und jaaa, ich WEISS, dass meine Mutter Recht hat. Das war definitiv ein GANZ schlechter Versuch, sie von den Puppen wegzubringen.)

Emmas Unterlippe zittert schon. »Schlangen spielen mit Puppen?«

(Sie ist nicht sonderlich begeistert von unseren Neuzugängen.

Irgendwie scheint sie in einem früheren Leben von einer Schlange gebissen worden zu sein. Sie macht einen ZIEMLICH großen Bogen um die Tiere, obwohl sie sich sonst alles krallt, was nicht bei drei auf den Bäumen sitzt.

Und selbst Dalia meidet sie, auch wenn diese sich nur um die Tiere kümmert, sich aber nicht selbst in eine Schlange verwandeln kann.)

»Okay, schlechter Versuch. Natürlich bleiben die Schlangen bei Dalia im Terrarium. Wir nehmen sie NICHT mit zu uns ins Haus. Aber diese Puppen hier auch nicht. Die haben mir gerade zugeflüstert, dass sie auf eine Puppenmama warten, die noch nicht so viele Puppen zuhause hat.« Ich stehe wieder auf und ziehe meine Tochter hinter mir her.

Im Vorbeilaufen schnappt sie sich die nächstbeste Puppe und wirft sie in hohem Bogen in den Einkaufswagen.

Ich beschließe, so zu tun, als wenn ich nichts bemerkt habe und werde den Neuzuwachs spätestens an der Kasse aussortieren.

Wir kommen exakt bis zum Bonbongang.

Was für ein Paradies für jeden Zuckerjunkie!

Und genau in Emmas Kopfhöhe liegen bunte Bonbons mit lächelnden Puppengesichtern.

»Emma, Zucker macht böse. Du brauchst nur ein Geschichtsbuch aufzuschlagen und schon kannst du sehen, WER alles Zucker gegessen hat«, sagt meine Mutter und versucht das Augenmerk ihrer Enkeltochter auf den nächsten Gang zu lenken, in dem es allerlei Brotsorten gibt. »Hitler mochte Zucker.«

»Mama!«

(Und DIE Erklärung war jetzt kindgerechter als mein jämmerlicher Schlangenversuch?

14

Zucker macht böse und sieh dir all die üblen Kriegsfana-tiker an? Hitler mochte Zucker?

Was jawohl zu beweisen wäre!

MEINE Mutter hat ja Nerven!

Die ist ja noch ungeschickter als ich.

[Wie hat sie MICH bloß so vernünftig hingekriegt?

Oder bin ich gar nicht vernünftig und alle tun nur so freundlich, weil sie Klein-Doofi-Susannah nicht vor den Kopf stoßen wollen?

OMG!

Das sollte ich dringend überprüfen!

Aber wen frage ich da am besten?

Frederico?

Nee, schlechte Idee. Sonst fällt ihm noch auf, dass er eine dusselige Kuh geheiratet hat.

Nick?

Ja, der ist perfekt.])

»Bonbons!«

»Nein, mein Schatz, die nehmen wir heute nicht mit.«

Emma holt TIEF Luft und lässt sich dann theatralisch auf den Boden fallen, wo sie lauthals losheult.

(Ich würde gerne behaupten, dass mir das Wesen auf dem Fußboden des Supermarktes vollkommen unbekannt ist.

Irgendein Alien, das mich nur ZUFÄLLIG ›Mama‹ nennt, weil es die Bezeichnung so toll findet.

[Aber die Ähnlichkeit lässt sich beim besten Willen nicht leugnen und so gucken auch schon die ersten Einkaufsjä-ger pikiert in unsere Richtung.])

»Nun TU endlich was!« Genervt verdreht meine Mutter die Augen und deutet auf das Ding, das laut schreiend den halben Supermarkt alarmiert.

»Und was?«

(Nein, ich tue nicht nur so, als sei ich ratlos, ich BIN ratlos.

Erst wollte sie die Puppen haben, jetzt hat Madame Shoppingelfe auch noch Bonbons entdeckt, die nicht nur quietschgrün und lila sind und eine rosa Füllung haben [und alles, was rosa ist, gehört automatisch der kleinen Lady {zumindest hätte sie das gerne}], sondern auch noch in HERZFORM sind.

Mit Puppengesicht-Aufdruck.

Wahnsinn!

Wie versucht nun also ein dreijähriger Trotzkopf seinen blonden Lockenkopf durchzusetzen?

Zugegeben, sie sieht bezaubernd aus mit ihren süßen blonden Ringellöckchen. So bezaubernd, dass man ihr kaum einen Wunsch abschlagen kann.

[Woher sie diese Locken hat, ist mir allerdings ein Rätsel, denn ich habe so glattes Haar, als würde ich es jeden Morgen BÜGELN.

Ich hatte irgendwann einmal scherzhaft geäußert, ihre Locken kämen vom Postboten.

Da meine Mutter diesen Witz jedoch überhaupt nicht komisch fand, änderte ich den Kurs und behauptete, die Haare seien das Erbstück des Postboten, der meine Mutter gepoppt hat und die Locken würden sich immer erst in der übernächsten Generation weitervererben.

DAS fand sie SO WAS VON unmöglich, dass sie drei Tage lang in eisernes Schweigen verfiel.

Natürlich hatte sie damals nix mit dem Postboten, sondern was mit dem Vater meines Ex-Verflossenen. Nur um ein Haar bin ich gerade noch darum herumgekommen, Inzucht zu betreiben, als dessen Sohn, Jonas McSchnauf&Schmatz mich aus- und im Drei-Minuten-Takt VERführte.

16

Wenn ich ehrlich bin, WEISS ich jedoch, dass Emma ihren Lockenkopf von Frederico hat, der sein Haar allerdings so kurz geschnitten hält, dass die Wellen gar nicht erst ins Lockenstadium geraten können. Vermutlich würde mein Göttergatte sonst aussehen wie *Frodo*!

Ohne Fell auf den Füßen, natürlich.])

Das rosa Kleidchen mit den kleinen, bezaubernden Elfen darauf, welches Emma gerade mit dem Dreck des Supermarktfußbodens besudelt, habe ich in einer Boutique in Adelaide entdeckt. Natürlich war ich bei *Haigh's,* um meinen monatlichen Schokoladenbestand aufzufüllen.

Und da sah ich es: Den absoluten Modetraum!

(Zumindest war es das, bevor sie es dem riffeligen, verdreckten Boden ausgesetzt hat!

[Es ist nicht so, dass ich meine Tochter verhätschele und mein hart verdientes Geld nur für die Einkleidung unserer Prinzessin verschleudere, aber an DEM Kleid kam ich einfach nicht vorbei.

Zum Glück ist Emmas Großmutter, Rebecca Valentino, noch verrückter als ich und lässt sich von ihrer Schwester sogar Kindermode aus Mailand schicken, so dass ich nicht allzu oft in die Verlegenheit komme, bei den Kinderklamotten zu stöbern.])

»Was würde dein Mann jetzt tun?«

(Hat meine Mutter das gerade eben ernsthaft gefragt?

Sie, DIE Erziehungsexpertin schlechthin, die bereits zwei Kinder großgezogen hat [mich als Erstgeborene und meinen jüngeren Bruder William], weiß NICHT, was man mit einer Dreijährigen macht, die schreiend und tobend im Supermarkt liegt und versucht, ihren Kopf durchzusetzen?

Ich bin fassungslos.

Echt!

Aber gehen wir ihrer Frage einmal nach...was würde Frederico tun?

Vermutlich würde er sie auf seine starken Arme heben und sie so lange durchkitzeln, bis sie vor Lachen schreit.

Oder er würde sie aus dem Supermarkt raustragen und im Auto mit dem Anschnallgurt fesseln, bis ich fertig mit dem Einkaufen bin.

Ich schätze allerdings, das sind momentan KEINE Optionen, die für mich in Frage kommen.)

»Emma, steh auf! Wir wollen weiter einkaufen und dann noch bei Oma und Opa eine Pizza essen. Wenn du noch länger hier liegenbleibst, ist die Pizza kalt oder Opa hat sie schon alleine aufgegessen.«

(Ich hätte auch ›Eis‹ sagen können, aber das habe ich absichtlich nicht erwähnt, um ihr Erpressungsmanöver nicht auch noch zu unterstützen.)

»Genau Emma, und dann essen wir ein RIESENGROSSES Eis«, wirft meine Mutter noch in die Waagschale.

(Super, Mama, danke!

DAS war genau das Mittel, welches ich NICHT einsetzen wollte.)

Genervt schnaufe ich sie an.

»Was?« Meine Mutter erwidert meinen Blick voller Empörung. »Immerhin war ICH erfolgreich. Sie hat aufgehört zu schreien.«

»Oh ja, total erfolgreich. Eine riesengroße Belohnung für das erpresserische Verhalten meines trotzigen Früchtchens. Und wenn sie das nächste Mal ihren Kopf durchsetzen will, dann schreit sie halb Adelaide zusammen, bis sie ein Eis bekommt. Tolle Idee, Mama.«

(Aber dann ist die Verursacherin namens ›Oma Johnson‹ schätzungsweise WEIT weg in Deutschland und ich darf mir überlegen, wie ich DAS wieder ausbügele.)

»Jetzt ist es zu spät. Ich habe ihr bereits das Eis versprochen.« Meine Mutter hilft ihrer Enkeltochter auf die Beine und wischt ihr die (falschen) Tränen von den Pausbäckchen.

Während meine Mutter die kleine Patschehand schnappt, wirft Emma einen Blick zurück auf mich und grinst triumphierend.

(Na, warte, du kleiner Braten!

Beim nächsten Einkauf lasse ich deine Oma zuhause und dann bin ICH der Boss.

Moi!!!

Deine Oma ist nämlich zum Glück nur zu Besuch und ganz bald wieder weg.

[Hoffentlich.])

Die schaulustige Menge um uns herum hat sich aufgelöst und wir setzen unseren Einkauf fort.

An der Kasse wartet jedoch schon die nächste Prüfung auf uns: Ein schmaler Gang, der vollgestopft mit Süßigkeiten zur Kassiererin führt.

Die vielen, bunten Riegel sind sogar so toll angeordnet, dass mein kleiner Sohn es schafft, sie mit einem gekonnten Babygrabscher in Sekundenschnelle aus dem Regal zu reißen.

(DAS haben sich die Herren der Schöpfung wirklich toll ausgedacht.

Ich meine, JEDER muss an diesem Warenlager der Verführung vorbei, der seine Waren bezahlen will [und zu der ehrlichen Sorte gehöre ich leider auch].

NATÜRLICH gibt es auch in Australien mittlerweile süßwarenfreie Kassen, doch ärgerlich ist es, wenn diese GESCHLOSSEN sind.)

Brav halte ich vor drei Kunden an, die diesen Gang verstopfen, so dass wir unmittelbar im überteuerten Naschparadies festhängen.

(Ich meine, JEDER weiß doch, dass die Süßwaren an der Kasse als letzter Anker TEURER sind als die Süßwaren in den Süßwarengängen.

Und während man seelenruhig und völlig entspannt an der Kasse darauf wartet, abkassiert zu werden [oder eben wie ich total unentspannt, weil ich ständig dabei bin, die kleinen Babygreiflinge davon abzuhalten, das Regal mit Gewalt leerzufegen], gleiten die Augenpaare [JAA, bei Außerirdischen können das auch durchaus mal fünf Augen sein] über die süße Verführung und so denkt man sich: ›Hm. Heute schon genascht? Nee. Ach, da könnte ich doch mal zugreifen. Ist doch nur ein miniklitzekleiner Schokoriegel.‹

Und schwupps, liegen die Riegel im Einkaufskorb oder gleich auf dem Band.)

Ein geschulter Blick verrät mir sofort, dass die bunten Bonbons und Schokoladenriegel ausgerechnet in Emma's Rumpf- und Kopfhöhe aufgestapelt sind, so dass sie gar keine andere Chance hat, woanders hinzugucken.

Meine Mutter fängt an, unsere Beute auf das Laufband zu legen, während Emma das freundliche Kinderangebot checkt.

Wie ein Profi fahren ihre kleinen Finger über die Auslagen, tasten jede Versuchung ab, bis sie sich schließlich für einen Schokoladenriegel entscheidet, auf dem eine barbieähnliche Puppe aufgedruckt ist.

(Niemand soll jetzt sagen, dass ich meine Tochter zur Schokolade verführt habe, nur weil in meinen Adern Schokolade fließt.

{Hatte ich erwähnt, dass ich in meinem vorherigen Leben hundertprozentig eine wahnsinnig talentierte Hexe war, die die Kraft der Schokolade entdeckte? Ich konnte also gar nix anderes werden, als Schokoholic!}

Ich wette, ich musste Emma gar nicht erst zur Schokolade verführen, weil in ihren Adern bereits seit der Befruchtung ihrer Eizelle Schokolade fließt.

Das ist reine Vererbungslehre.

Schließlich habe ich sie neun Monate in mir ausgebrütet und über den schokoladigen Mutterkuchen mit schokoladiger Nahrung versorgt.

Ich denke allerdings, sie wird auch noch zusätzlich von den bunten Bildern verführt, die auf der Verpackung auf ihre Opfer lauern. Und da sie schon keine Puppe bekommen hat [die muss ich jetzt gleich heimlich aussortieren], muss nun der Riegel mit dem Puppengesicht herhalten.)

Tiberius, Emmas acht Monate alter Bruder, wirft sein Kuscheltierschaf weg und erfordert meine ganze Aufmerksamkeit beim Herunterreißen des Sortiments. So verpasse ich, wie Emma den Riegel aufreißt und anfängt, den Inhalt genüsslich in sich hineinzustopfen, bis meine Mutter entsetzt aufschreit: »EMMA! NEIN, LASS DAS!« Mit der Empörung des Jahrhunderts entreißt meine Mutter meiner Tochter den angebissenen Schokoriegel und wirft mir einen Blick zu, der mich eigentlich in die Knie hätte zwingen müssen.

(NATÜRLICH ist es MEINE Schuld, dass Emma nicht widerstehen konnte und ich sie NICHT von der Zuckersünde abgehalten habe.

ICH habe ja auch die Supermarktbosse gezwungen, diese scheiß Riegel so anzuordnen, dass selbst Kleinstkinder und Babys sie vollkommen entrückt durch die Gegend pfeffern, damit die Mütter mehr damit beschäftigt sind, sie wieder einzusammeln in der Hoffnung, dass wenigstens die Hälfte davon noch heil und zu verkaufen ist!

Und natürlich bemerken die überforderten Mütter gar nicht, dass die zweite Hälfte der Sprösslinge bereits der Sünde verfallen ist und vor Bezahlung der Ware ihre Beißerchen schon in dem Riegel versenkt haben.)

Augenblicklich ertönt ein Gekreische, das nicht nur mir die Schuhe auszieht, sondern auch Tiberius Mitgefühl weckt und so schreien plötzlich zwei Kinder.

Eins aus Empörung und das Zweite, weil das erste schreit.

Und ich stehe genau dazwischen und muss mir in Sekundenschnelle überlegen, wie ich am diplomatischsten reagiere.

Wenn ich Emma einen neuen Riegel in die Hand drücke (den Angebissenen hat meine Mutter bereits mit einem Schwung in den Mülleimer der Kassiererin geworfen, wobei sie den entsetzten Blick der Verkäuferin KOMPLETT ignoriert hat), hat meine Tochter ihren Willen durchgesetzt und meine Mutter flippt aus; gebe ich NICHT nach, schreien beide Kinder weiter, aber Emma hätte ihren Willen NICHT durchgesetzt. Erziehungstechnisch wäre letzteres schlauer.

(OMG!!!

Warum sagt einem niemand, dass Kindererziehung SO SCHWIERIG ist?

Wieso lernt man diesen Mist NICHT in der Schule?

Ich finde, die Herren der Schulschöpfung sollten sich mal ganz dringend überlegen, ob sie nicht das Fach ›Erziehungskunde‹ einführen möchten!

Wäre ja auch in ihrem Interesse, oder?

Und die Herren der Supermarktschöpfung sollten rücksichtsvoller mit den Gefühlen der Mütter umgehen, die dort einkaufen MÜSSEN, um ihre Familien zu versorgen.

[WAS würde Nick jetzt tun?

WAS???

Gott, ich wünschte, er wäre jetzt hier!

Nick hat zwar selbst keine Kinder, da sich dies als Mann vom anderen Ufer als eher schwierig gestaltet, aber als ehemaliger Babysitter von halb Hamburg hat er die meiste Erfahrung von uns – und definitiv das beste Händchen!])

»Wie ich sehe, wird hier die HILFE von ONKEL NICK benötigt«, ertönt eine laute Männerstimme hinter uns und bringt meine Tochter sofort zum Schweigen. Auch Tiberius hält erschrocken die Schnute.

»NICK!«, ruft Emma und klatscht begeistert in die Hände.

(Ich vermute, sie sieht gerade ihren Riegel wieder auf sich zukommen.)

»NICK!«, rufe ich.

(Erleichtert, dass das Universum so schnell Schützenhilfe schickt.)

»DICH schickt der Himmel! Was machst DU denn hier?«

»Einkaufen. Auch Archäologen haben zwischendurch mal Hunger.« Er beugt sich etwas dichter zu mir herüber.

»Und dieser gigantische Supermarkt hat jawohl ALLES, was das Herz begehrt.« Er strafft seinen Rücken und lächelt in die Runde.

Emma reißt sich von Omas Hand los, schnappt sich im Vorbeilaufen einen neuen quietschpinken Riegel mit Puppenlockbild und fliegt ihrem Patenonkel in die Arme.

»Oh, was hast du denn da Feines ergattert?«, flüstert er ihr leise ins Ohr.

Emma hält ihren dicken Zeigefinger vor die Knutschelippen und spuckt Nick beim ›Leisepusten‹ voll ins Gesicht.

»Pssssssst! Oma ist da!«

Nick hält tapfer durch, wischt nicht einen einzigen Sabbertropfen von den Wangen und grinst stattdessen. »Dann leg das Ding mal UNAUFFÄLLIG in meinen Korb. Ich bezahle es und stecke es dir dann wieder zu.«

(Als liebende [und äußerst erleichterte] Mutter grinse ich und schweige.)

Emma drückt Nick einen recht feuchten Kuss auf die Wange, späht über seine Schulter und lässt den Riegel tatsächlich in den Einkaufswagen von Nick plumpsen.

Dann kneift sie beide Augen zusammen, zeigt mir die Lachgrübchen in ihren dicken Pausbäckchen und strahlt mit sämtlichen Milchzähnen, die sie bereits hart erkämpft hat.

(Dieses beidäugige Zwinkern ist mir durchaus bekannt.

DAS macht sie IMMER, wenn sie irgendetwas haben will und WEISS, dass sie dafür jemanden um den Finger wickeln muss.

Oder bereits gewickelt hat.

Aber ich bin heute nachsichtig.

Nick ist schließlich ihr Patenonkel.

DER darf sie verwöhnen.

Für die strenge Erziehung bin ICH zuständig.

Leider.

[Aber meine Rache als Oma wird SÜSS sein!

Wenn Emma später Kinder hat, werde ich sie mit Puppen und Schokolade vollstopfen und fünfzigtausend Orte in ihren Gefilden nennen, wo das alles noch Platz hat.])

Ich tue also so, als hätte ich nichts bemerkt und bezahle meine Waren, die meine Mutter fleißig nach dem Abscannen in den Einkaufskorb räumt.

»Wir wollten noch eine Pizza essen gehen. Kommst du mit?«, frage ich Nick.

Nick schaut auf seine Armbanduhr. »Ich habe eigentlich nicht so viel Zeit…«

»Dann wollen wir Herrn Lampe auch nicht aufhalten«, bemerkt meiner Mutter eine Spur zu bissig.

Ich drehe mich leicht von ihr weg, um eine Grimasse schneiden zu können.

»Mama, warum guckst du so böse?«

(Hatte ich erwähnt, dass Emma außergewöhnlich sprachtalentiert ist für ihre drei Jahre?

Und hatte ich auch erwähnt, dass Kinder KEIN Wahrheitsserum benötigen, weil der Sachbearbeiter im Universum bei den Teppichbeißern ohnehin schon Veritas-Hormone im Blut ÜBERDOSIERT hat?)

Ich spüre, wie mein Gesicht anfängt zu brennen.

»Ich gucke doch nicht BÖSE«, sage ich theatralisch zu meiner Tochter und stupse ihr auf die Nase.

»Wie guckt die Mama denn?«, fragt nun meine aufmerksam gewordene Mutter und lächelt ihre Enkeltochter verschwörerisch an.

Emma strahlt. »So!« Sie rollt mit den Augen und verzieht ihr Gesicht schließlich zu einer grollenden Trollmaske.

Ich lächele bescheiden. »DAS ist jawohl ETWAS übertrieben, meine Liebe!«, sage ich, schwer bemüht, die aufkommende Wut zu unterdrücken.

(Mann, warum bringen einen Kinder aber auch immer in peinlichste Schwierigkeiten?)

»Zu dumm, wenn einen die eigene Tochter in die Pfanne haut, was?« Nun ist es meine Mutter, die mich boshaft anlächelt. Sie dreht sich weg und schiebt den Einkaufswagen entschlossen Richtung Ausgang.

»Weißt du, was man mit Verrätern macht?«, frage ich Emma scheinheilig lächelnd.

Emma lächelt unschuldig zurück.

(Vermutlich weiß sie nicht einmal, was ein ›Verräter‹ ist.)

Ich schnappe mir den pinken Schokoriegel und bevor Nick den bezahlen kann, werfe ich ihn geschickt ins Regal zurück.

Emma bläht voller Empörung die Backen auf. »Das ist meiner!«

»Gewesen, Schätzchen! Verrate das nächste Mal die Mama nicht und die Zuckerwelt gehört dir.«

(So, JETZT habe ich es ihr aber gezeigt!)

Verärgert mache ich auf dem Absatz kehrt und stürze meiner Mutter hinterher, die Tiberius zusammen mit dem Kinderwagen in die Menschenmenge geschoben hat und nun irgendwo abhandenkommt.

»WARTE! MAMA!«, rufe ich ihr hinterher, doch es kommt keine Reaktion und WEG ist sie.

(Wenn sie Tiberius nicht auf dem Einkaufswagen schieben würde, hätte ich sie mit den Lebensmitteln ziehen lassen, aber nun hat sie mein kostbarstes Gut geladen.

Mist!!!)

Hier stehe ich nun, hin und hergerissen, in der Gegend herum.

Hinter mir steht Emma mit Nick an der Kasse (und ich sehe gerade noch, wie der andere Verräter meiner kleinen Verräterin den knallpinken Riegel in die Hosentasche schiebt) und vor mir turnt irgendwo meine Mutter mit Tiberius herum.

(Wie war das noch bei Salomon?

Da rangeln doch zwei Frauen um das lebende Kind und die ECHTE Mutter gibt schließlich nach, damit ihrem Kind nichts geschieht.

HIER habe ich allerdings ZWEI lebende Kinder für die ich mich entscheiden muss.

SEUFZ!!!

Oh Mann, ausgerechnet heute müssen eine Million Bürger Australiens hier einkaufen gehen. Es ist SO gerappelt voll, dass der Supermarkt die Kunden sogar nur noch etappenweise in Gruppen hereinlässt. Das ist ja schlimmer als in Schweden!)

»Nick! Kommst du mit?« Hastig suche ich meine Mutter, während ich auf die Antwort warte.

»Okay. Warte!« Nick bezahlt, setzt Emma in den Einkaufswagen und eilt zu mir. »Wir sind abfahrbereit.«

»Super, dann lass uns zum Parkplatz gehen! Meine Mutter ist schon draußen.«

(Ich hoffe, meine Mutter weiß noch, wo unser Auto steht. [In der Regel hat sie den schlechtesten Orientierungssinn, der mir je unter die Nase gekommen ist.] Aber ich hoffe, heute befindet sie sich im Ausnahmezustand.)

»Wo parkst du?«, frage ich Nick hektisch und quetsche mich zwischen den Neuankömmlingen durch, die vor dem Eingang des Riesensupermarktes Schlange stehen.

»Reihe Zwanzig.«

»Gut, wir stehen in Reihe Neunzehn.« Gemeinsam laufen wir den heißen Asphaltweg entlang, während ich nach meiner Mutter suche.

»Mann, wo steckt sie bloß?«

»Deine Mutter hatte schon immer ein Talent dafür, vom rechten Weg abzukommen«, sagt Nick leise grunzend.

»Sehr schön doppeldeutig. Wenn ich nicht so nervös wäre wegen Tiberius, würde ich jetzt auch über deinen Witz lachen«, erwidere ich und suche noch immer panisch die Wege ab. Weder von meiner Mutter, noch von meinem zweiten Sprössling ist die geringste Spur zu sehen.

Wir erreichen Nicks Auto.

Nick verlädt seinen Einkauf und bringt den Wagen weg.

Ich nehme Emma an die Hand und gemeinsam gehen wir zu unserem Auto.

(Wer ist NICHT da?

Natürlich.

MEINE Mutter.)

Stöhnend breche ich fast zusammen.

»Hast du dein Handy dabei?«, fragt Nick mit einer plötzlichen Eingebung.

(HANDY!

Super Idee!)

Fahrig krame ich in meiner Tasche herum.

(In der längst schon kein Chi mehr fließt.

Ich muss das olle Ding DRINGEND aufräumen!)

Endlich finde ich das Handy und wähle die Nummer meiner Mutter.

Emma zieht meine Hand zu sich. »Was ist das?«, fragt sie und tatscht auf den Teufel, der auf dem Display eine hässliche Fratze zieht.

(Gute Güte, ich habe gar nicht mehr daran gedacht, das Kontaktbild meiner Mutter zu ändern.

Auf meinem Handy wackelt schon seit Jahren ein boshaft lachender Teufel und winkt mir mit seiner roten Klaue zu.)

»Das ist…«

(Schnell Susannah, überleg dir was Spektakuläres!)

»…ein…«

»…roter Schlumpf«, versucht mir Nick aus der Patsche zu helfen, doch Emma schüttelt den Kopf. »Nee. Das ist kein Schlumpf!« Tränen schießen ihr in die Augen. »DIE sind LIIIIEEEB!«

(Zufälligerweise ist Emma ein absoluter Schlumpf-Fan und sie kennt ALLE Mitglieder dieser blauen Spezies.)

»Das ist ein altes Foto von Gargamels Katze *Azrael*«, sage ich, erleichtert, weil mir endlich eine doofe Ausrede eingefallen ist.

Nun zieht Emma das Handy noch weiter zu sich herunter, so dass ich gezwungen bin, den Lautsprecher anzuschalten.

»Nee. Keine Katze. Das ist nicht *Azrael*. Das ist HÄSS-LIIIIICH!!!«

»Ist es nicht?« Ich entziehe ihr das Handy und schaue es prüfend an. »Dann haben die mich reingelegt, Schweinehunde! Die haben mir gesagt, das ist die Katze von diesem Bösling«, sage ich mit gespielter Entrüstung, plustere meine Backen auf und mache große Augen. Wie ein Spion schaue ich mich nach allen Seiten um.

Emma macht es mir nach.

Dann winkt sie mich zu sich herunter.

Ich bücke mich und warte auf das, was kommt. »Wer hat dich EINGELEGT, Mama?«

(Es ist nicht so, dass man mich wie ein Gürkchen EIN-LEGEN könnte, aber manchmal ist es doch herrlich, was die Kinder so rausposaunen.

Um der Angelegenheit aber den nötigen Ernst zu widmen, unterdrücke ich einen Lacher.)

»Na, DIE...« Ich reiße meine Augen noch weiter auf und lege verschwörerisch einen Finger auf die Lippen. »Die haben gesagt, das ist *Azrael*. Aber in Wirklichkeit sieht das Ding aus wie der Teufel höchstpersönlich.«

Emma scheint das Spiel Spaß zu machen und so hat sie Omas Kontaktbild zum Glück ganz schnell wieder vergessen.

(So mein Irrglaube!)

Ich schaue mich um, ob auch keine Elefantenohren in der Nähe sind, um uns zu belauschen. »Die AUSSERIRDI-

SCHEN«, sage ich im halben Flüsterton mit verstellter Stimme, »die haben mich reingelegt.«

(Da ich Emma bereits ein [selbstgeschriebenes] Märchen von Rumpelstilzchen vorgelesen habe, der in Wirklichkeit aus einer fremden Galaxie kommt, wo er so ein Außenseiter war, dass er beschloss, auf die Erde zu reisen, WEISS sie NATÜRLICH, was Aliens sind!

Und so reißt sie die Augen auf und schaut sogleich in den Himmel.)

Nick tätschelt ihre Schulter. »Keine Angst, Süße, *Captain Kirk* passt auf dich auf. Und nun lass uns deinen Bruder suchen, damit wir zu *Mr Spock* gehen und Pizza sowie Eis abstauben können.« Nick lächelt mich an. »*Leutnant Uhura*, können wir unsere Mission beenden?«

»Meint er dich, Mama?« Verwundert steckt sich Emma einen Finger in den Mund und lutscht darauf herum.

Nick grinst. »Klar. Oder warum glaubst du, heißt du Emma NYOTA Valentino?«

»Ich heiße nur Emma. Ich bin ein ganz normaler Mensch«, erwidert Emma empört.

»Genau, *Captain Kirk*, Emma ist ein ganz normaler Mensch.« Ich lache leise, dann beuge ich mich zu Emma herunter. »Schätzchen, Mama und Papa haben dir zwei Vornamen gegeben. Du heißt Emma UND Nyota.«

»Nee, ich heiße nur Emma.«

»Du heißt Emma Nyota.«

»Warum?« Zwei große, blaue Kinderaugen schauen mich fragend an.

(Tja, was erzählt man seinem Kind, warum EIN Name nicht gereicht hat?

Die Frage ist ja nicht ganz unberechtigt, oder?)

»Weißt du, Emma, oft können sich Mamas und Papas nicht entscheiden. Ich fand beide Namen schön und somit hast du halt zwei Vornamen«, versuche ich zu erklären.

»Und Papa?«

»Papa heißt nur Frederico.«

»Und du?«

»Ich heiße nur Susannah.«

Emma schüttelt den Kopf. »Nee, heißt du nich'.«

Überrascht richte ich mich wieder auf, lasse meine Adleraugen im Eiltempo über den Parkplatz gleiten und widme meine Aufmerksamkeit wieder meiner Tochter. »Wie heiße ich dann?«

»DU«, demonstrativ zottelt sie an meinem Kleid herum, »heißt MAMA!«

Nick bestätigt ihre Aussage mit einem heftigen Kopfnicken. »Genau, Mama! Du heißt MAMA! Susannah MAMA Valentino.«

Emma schüttelt den Kopf und haut Nick auf den Oberschenkel. »Nee, das is' nich' DEINE Mama! Nur MEINE Mama.«

»Siehst du, *Captain Kirk*! Ich bin nur IHRE Mama.«

»Schön«, sagt Nick und klatscht in die Hände, »nachdem wir die Namensfrage auch geklärt haben, könnten wir vielleicht klären, ob deine Mutter auf *Azraels* Telefonanfrage reagiert.«

Ich starre auf das Telefon, das längst keine Verbindung mehr sucht.

(Oje, das habe ich total vergessen.)

Ich wähle erneut die Nummer meiner Mutter und reiße das Handy in die Höhe, damit meine Tochter gar nicht erst wieder an die Teufelsfratze erinnert wird.

Es tutet, doch niemand geht ran.

(Super!

Wozu haben Mütter eigentlich ein modernes Kommunikationsmittel, wenn sie es entweder NIE hören oder es STÄNDIG ausgeschaltet haben?)

»Okay, ich schlage vor, wir lassen deine Mutter ausrufen.«

Zu dritt gehen wir zurück zum Supermarkt und bitten den Ordner, eine Durchsage zu starten.

Wenige Augenblicke später ertönt eine weibliche Stimme über die Lautsprecher des gesamten Parkplatzes: »Mrs Ilse Johnson wird gebeten, zu ihrer Familie auf Parkplatz Zehn Reihe Neunzehn zu kommen.«

Das Ganze wird dreimal wiederholt, so dass sichergestellt ist, dass auch meine Mutter diese Ansage NICHT überhört.

Fünf Minuten später erreicht eine vollkommen verschwitzte Frau Mitte Fünfzig mit einem schreienden Baby Parkplatz Zehn Reihe Neunzehn.

»DAS IST JA MAL WIEDER TYPISCH, SUSANNAH!«

Es folgt ein Japsen der besonderen Art.

(Was genau ist jetzt typisch?)

»DU verpieselst dich mit DIESEM…«, sie deutet mit der Hand auf Nick. In Anbetracht ihrer äusserst interessiert lauschenden Enkeltochter jedoch sucht sie nach einem kinderfreundlichen Wort, »NICK, und ICH darf dich dann suchen mit einem schreienden Baby. Und um dem Fass noch die Krone aufzusetzen, lässt du mich wie eine Dreijährige ausrufen.« Meine Mutter KOCHT vor Wut.

»Vielleicht hättest du dir dann entweder den Parkplatz merken, auf uns warten oder zumindest dein Handy anschalten sollen«, erwidere ich angefressen.

Eilig schnappe ich mir den Lütten und hole das verschwitzte Ding aus dem Autositz heraus.

Tiberius ist KLATSCHNASS geschrien.

Grumpfend überlasse ich es meiner Mutter, den Einkauf ins Auto zu laden und ziehe meinen acht Monate alten Sohn um.

Entlarvt

Nach unserem pannenreichen Einkauf, fahren wir zur Pizzeria, wo Frederico uns schon freudig erwartet.

»Da ist ja mein Schatz! ENDLICH«, sagt er lachend zu Emma, der noch ein Schokoladenrest vom Verräter-Riegel am Mund klebt.

Er wirft mir einen fragenden Blick zu. Als meine Mutter außer Hörweite ist, beugt er sich zu mir. »Alles in Ordnung, Schatz? Du siehst leicht gestresst aus.«

Ich winke ab. »Ja. Jetzt schon.«

Frederico verdreht die Augen. »Erzähl es mir besser nicht. Ich glaube, ich will das gar nicht wissen.« Seufzend holt er die Kühlsachen aus dem Kofferraum, um sie im Kühlhaus des Restaurants zwischenzulagern.

»Und du, mein Schatz, hattest Schokolade?«, wendet er sich an Emma.

»Papa, ich bin kein Schatz. Ich bin ein ganz normaler Mensch«, quatscht Emma drauf los.

»Da hörst du es, PAPA!«, sage ich grinsend. »Emma ist kein Schatz.« Ich hieve Tiberius mitsamt tonnenschwerem Kindersitz vom Beifahrersitz und stelle ihn ächzend auf einen Stuhl.

»Mann, die Autoindustrie ist doch ECHT NICHT von gestern, oder? Einflussreich und erfinderisch. Warum sind die NICHT in der Lage, einen leichten, TRAGBAREN Babysitz zu bauen, den Frauen auch tragen können, ohne sich gleich 'nen Rückenschaden zu holen?«

»Du solltest einen Antrag stellen, Schatz«, sagt Frederico lachend und gibt mir einen Kuss. »Warum hat euer Einkauf eigentlich so lange gedauert? Musset ihr etwa draußen in der kilometerlangen Schlange als zigste Kunden anstehen, bis ihr in den Supermarkt reingehen konntet?«, fragt er so leise, dass meine Mutter ihn nicht hören kann.

Ich verdrehe die Augen. »Nee, meine Mutter ist mit dem Einkaufswagen und Tiberius vorausgestürmt und hat dann unser Auto nicht mehr gefunden. Da sie wie eine Achtzigjährige vollkommen orientierungslos auf dem Parkplatz herumgeirrt ist, musste ich zurück zum Sicherheitsdienst laufen und sie wie ein Kleinkind ausrufen lassen.«

»Oma hat sich verlaufen«, fasst Emma meinen ellenlangen Vortrag kurz und bündig zusammen. »Du, Papa?«

»Ja, mein Schatz?«

»In Mamas Handy ist Oma ein Teufel. Mama sagt, das ist *Azrael*. Aber das ist nicht *Azrael*. Ich kenne *Gargamels* Katze. Die Aliens haben Mama das falsche Bild verkauft.« Die Kleine hält verschwörerisch einen Finger auf die Lippen und zeigt in den Himmel, dann baut sie sich selbstbewusst breitbeinig vor ihrem Papa auf.

»Was, in Gottes Namen, hast du denn für ein schreckliches Kontaktbild von mir, wenn deine Tochter behauptet, es sieht aus wie der TEUFEL?«, quakt meine Mutter dazwischen.

»Herr im Himmel, musst du dich so anschleichen?«

»Naja, wie ich dich kenne, hast du das unvorteilhafteste Foto von mir genommen, das du finden konntest. Aber nur, weil es dir egal ist, wie DU aussiehst, muss es mir ja noch lange nicht egal sein, wie ICH aussehe.« Meine Mutter zückt ihr Handy und drückt ein paar Tasten. »Ich schicke dir jetzt ein ordentliches Foto vom Fotografen. Das hat mich ganze einhundert Euro gekostet. Aber da sehe ich wenigstens ordentlich aus. Speichere das bitte ab!«

»Natürlich, Mama.«

Mein Handy klingelt.

»ACHTUNG, ACHTUNG, der Anrufer ist ein gesuchter Verbrecher! ACHTUNG, ACHTUNG…«, tönt es aus meinem Handy.

(SCHEISSE!

Das ist der Klingelton für meine Mutter!

Aus einer Sektlaune heraus, hatte ich verschiedene Klingeltöne ausprobiert und muss irgendwie bei dem kleben geblieben sein.

Ich gehe da jetzt besser NICHT ran.)

»Willst du nicht ans Telefon gehen?«, fragt mich Nick ganz überrascht.

»Nein, wieso?«

»Es klingelt.«

»Wirklich?« Ich stelle mich doof, in der Hoffnung, dass meine Mutter gleich aufgibt.

»Nun geh schon ran!«, fordert mich meine Mutter auf und versucht, auf das Display zu gucken. »Wieso hast du überhaupt so einen dämlichen Klingelton, Susannah? Ist das etwa ein Klingelton für MEINE Nummer? Hältst du mich für eine Verbrecherin? Was habe ich nur in deiner Erziehung falsch gemacht?«

»Mama, rede nicht so einen Blödsinn. Natürlich bist du keine Verbrecherin. Ich habe neulich ein paar Klingeltöne ausprobiert und muss vergessen haben, sie zu ändern«, antworte ich fast ein wenig patzig.

Frederico dreht sich grinsend weg.

(ER kennt das ›Foto‹ meiner Mutter.

UND den Klingelton.)

»NONNA! NONNO!«

Mit ausgestreckten Armen rennt Emma auf Fredericos Eltern zu und begrüßt sie überschwänglich.

Mein Handy verstummt.

(Meine Mutter hat aufgegeben.

Vorerst.)

Nachdem sich alle begrüßt haben, setzen wir uns im Hinterhof an den Familientisch und studieren die Karte.

Mein Handy lege ich griffbereit auf den Tisch.

Emma, die bereits auf Opas Arm in der Küche verschwunden ist, lässt sich nicht mehr blicken.

Unterdessen nimmt Frederico unsere Essenswünsche entgegen, während ich Tiberius nach der schweißtreibenden Einkaufsaktion ein paar Schlückchen tierisches Eiweiß verpasse.

»Sag bloß, du stillst ihn IMMER noch! Findest du nicht, er sollte langsam mal feste Nahrung und Wasser bekommen? Er ist doch schon mehr als acht Monate alt. Da kriegt der Ärmste ja einen seelischen Schaden, wenn er jetzt noch an Muttis Titti hängen muss«, sagt meine Mutter im blubbernden Karpfenton.

»Warum? Tiberius bekommt doch keinen Schaden, wenn ich ihn im ersten Lebensjahr stille.« Ich stelle mich absichtlich doof.

»Da sind doch Schadstoffe in der Milch und bei so einem großen Kind ist es sehr fragwürdig, ob er nicht später Bindungsprobleme bekommt, und das nur, weil du so egoistisch warst und ihn zu lange gestillt hast«, setzt meine Mutter zur Erklärung an.

Ich traue meinen Ohren kaum.

»Es gibt Studien, die belegen, dass Muttermilch KEINE Schadstoffe enthält. Und die Milch besteht ja auch nicht von heute auf morgen aus Wasser, nur weil mein Körper länger Milch produziert als das sonst üblich ist.«

(›Mamamuh‹ ist doch noch die beste Nahrung, die es gibt. Und da auch ich ein Säugetier bin, wie ich bereits bei Emma in Erfahrung bringen konnte, ist mein Sohn damit wirklich AUSREICHEND ernährt.)

»Dein Sohn hat ja sogar schon Zähne...«, murrt meine Mutter weiter.

(Stimmt.

Zweieinhalb miniklitzekleine Zähne.

Nicht wirklich üppig, um das erste saftige Steak zu verputzen, oder?

ICH könnte damit auf jeden Fall nur schwer kauen.)

»Die Eskimos stillen ihre Kinder bis sie sieben sind«, wirft Nick ein.

»Sieht meine Tochter aus wie ein Eskimo?«, erwidert meine Mutter reichlich genervt.

»Machen wir uns doch nichts vor. Es ist doch keine biologische oder medizinische Frage, wie lange das Kind an der Brust trinkt, sondern eine kulturelle. Die meisten westlichen Mütter haben doch bereits nach wenigen Wochen die Nase voll vom Stillen«, sagt Nick.

Meine Mutter verdreht die Augen. »Na, da spricht ja der Experte. Wie viele Kinder hast du denn schon gestillt?«

Nick mustert mich auffällig. Bevor er jedoch antworten kann, taucht Luigi mit Emma und Frederico auf.

Emma ist von oben bis unten mit Mehl vollgeschmiert, steuert zielstrebig auf meine Mutter zu und klatscht ihr einen Teigrest an die Wange.

»IIIIGITT, KIND! Was, in Gottes Namen, ist das?«

»Das ist leckerer Pizzateig, Oma. Ess mal!«

»Gott, nein, bloß nicht.«

»Omaaaaa, wer ist Gott?«

(Yeah!

Die Frage lässt sämtliche mit Hefeteig bestückten Gesichtsmuskeln meiner Mutter erschlaffen.

WER ist Gott?

Jetzt bin ich auf die Antwort gespannt.)

»Das erklärt dir deine Mutter«, antwortet meine Mutter und lächelt mir boshaft zu.

»Ich kann nicht. Ich stille gerade. Außerdem hast DU von Gott gesprochen, also musst DU es Emma auch erklären!« Emma nickt bekräftigend.

(Brave Tochter!)

Frederico stellt jedem von uns einen riesigen Teller mit frischer, selbstgemachter, italienischer Pizza vor die Nase. Ein Traum!

(Ich frage mich allerdings, wie man vier riesengroße MEGAteller mit Pizza auf einmal tragen kann, ohne dass die Arme abbrechen.

Ich meine, ich WEISS ja, dass mein Göttergatte ECHT stark ist, aber beim Kellnern fallen mir regelmäßig die Augen aus dem Kopf.

[Wenn ICH das Zeug tragen müsste, würden mir wahrscheinlich schon bei einem Teller die Arme abfallen!

Und heil würde ich das Zeug schon gar nicht von A nach B kriegen.])

»Willst du mir etwa sagen, dass dein Gehirn beim Stillen ausgeschaltet ist, Susanna?«, fragt meine Mutter patzig.

»Genau. Stillende Mütter haben Auszeit.«

Emma zieht an Oma Ilses Ärmel. »Du Oma, was ist denn jetzt Gott?«

»Ja, Oma, wer oder was ist Gott?«, wiederhole ich die Frage meiner Tochter und lache leise vor mich hin.

»Das ist ein Mann, der im Himmel sitzt und aufpasst, dass du brav und artig bist…«, beginnt meine Mutter stotternd.

»Und wenn du nicht lieb bist, dann bestraft er dich.«

(Oh nee, nicht DIE Variante vom bösen Onkel Gott!)

Emma bekommt immer größere Augen und schaut schließlich ängstlich in den Himmel.

(Bisher hat sie dort nur Aliens vermutet.

Aber ein alter, rachsüchtiger Mann, der auf ihre Missetaten achtet, ist noch ein Zacken gefährlicher.)

»Ich habe Schokolade gegessen«, gesteht sie ihrer Oma leise, als könnte der böse Onkel Gott sie da oben im Himmel hören.

»Das solltest du nicht tun, Emma. Dann macht der liebe Gott deine Zähne kaputt.«

In Emmas blauen Augen bildet sich ein kleiner See. Ihre Unterlippe fängt langsam an zu zittern. »Aber wenn er die kaputt macht, ist er nicht lieb.« Die erste Träne geht auf Wanderschaft.

»Pädagogisch sehr wertvoll, Mama!«, gebe ich meinen Senf dazu. »Ganz böse Taten wie die von Oma Ilse werden vom bösen Onkel Gott auch hart bestraft«, sage ich leise murmelnd und grinse innerlich. »Hoffentlich kann die liebe Tante Sonne für dich ein gutes Wort beim bösen Onkel Gott einlegen, Mama! Emma, ich bin sicher, du darfst Schokolade essen, ohne dass der böse Gott deine Zähne kaputtmacht. Schau, meine Zähne sind super und ich esse tonnenweise Schokolade.«

»Susannah! Was redest du da für einen Blödsinn!« Meine Mutter schnauft und schüttelt den Kopf. »Deine Mutter hat Unrecht, Emma. Man darf keine Schokolade essen. Und eigentlich auch kein Eis. Das ist schlecht für die Zähne. Und du willst ja nicht ohne Zähne herumlaufen.«

Emma schüttelt den Kopf. »Nein.«

»Du musst dringend deine Erziehungsmethoden überprüfen, Susannah! Du solltest deiner Tochter frühzeitig beibringen, dass Süßigkeiten Teufelswerk sind.«

»Süßigkeiten sind Teufelswerk?«

»Natürlich. Bonbons, Schokolade, Weingummi. Schließlich verbietest du das deinem Kind nicht. Du hast offenbar von mir überhaupt nichts gelernt.«

»Waren wir nicht gerade noch beim Thema ›*Onkel Gott und Tante Sonne*‹? Ich würde lieber noch einmal auf deine Erklärung eingehen.«

»Später. Ich finde, ich habe das ausreichend und kindgerecht erklärt«, entgegnet meine Mutter schnippisch.

»Guten Appetit! Die Pizza wird kalt«, sage ich trocken. »Und nachdem sich Emma so viel Mühe damit gegeben hat, sollten wir das leckere Essen auch würdigen.«

»Mama, wo wohnt der Teufel?«, will Emma nun wissen, während sie sich an ihrer Kinderpizza zu schaffen macht.

»Der Teufel ist der Feind vom Onkel Gott. Er sitzt unter der Erde und holt alle bösen Kinder ab, die Onkel Gott im Himmel nicht haben will«, sage ich im Scherz.

»Ich will nicht in den Himmel«, sagt Emma ganz verwirrt. »Da leben Aliens. Und ich will auch nicht in die Erde. Da sind Regenwürmer. Die schmecken nicht. Und sind glitschig.«

Meine Mutter schnalzt mit der Zunge. »Du musst auch nicht in den Himmel, Schätzchen. Erst wenn du alt bist.«

»So wie du, Oma?«, fragt Emma.

Meiner Mutter fällt sprachlos die Meckerklappe herunter.

»Nein, SO alt bin ich noch nicht. Der liebe Onkel Gott braucht mich noch nicht im Himmel.«

»Oma will keiner haben, nicht einmal der Teufel«, sage ich, ohne mein Gehirn einzuschalten.

Meine Mutter zischt wie eine kaputte Luftmatratze.

Ich setze Tiberius aufrecht hin und überreiche ihn Frederico, damit ich mich unauffällig anziehen und etwas Pizza naschen kann.

»Das ist überhaupt nicht witzig, Susannah!«

»Warum sagt Oma nicht ›*Mama*‹ zu dir?«, fragt Emma und schiebt sich etwas Käse in den Mund.

»Oma könnte mich ›Gott‹ nennen.« Ich lache über meinen Witz.

»Nein«, empört stampft Emma mit dem Fuß auf, »du sitzt doch nicht im Himmel!«

»Und ein Mann bist du auch nicht«, fügt Nick vielsagend hinzu.

»Wer sagt denn, dass Gott ein Mann ist?«, werfe ich in den Raum.

»Er ist ein Onkel«, schlussfolgert Emma.

»Niemand behauptet, dass Gott ein Mann ist«, mischt sich nun mein katholischer Schwiegerpapa ein und zwinkert mir zu, »da die Frauen klüger und organisierter sind, sitzt da oben bestimmt eine GÖTTIN!«

»Luigi!«, platzt meine Mutter empört heraus. »Ich dachte, du bist streng katholisch.«

»War nur ein Scherz, liebe Ilse.« Luigi zwinkert meiner Mutter zu.

»Aber Oma hat doch gesagt, der böse Mann im Himmel heißt Gott«, beharrt Emma.

»Also, bella mia, ich glaube nicht, dass Gott im Himmel böse ist«, wirft mein Schwiegervater ein.

»Männer haben sich übrigens schon immer für etwas Besseres gehalten. Insgeheim fürchteten sie aber die Frauen, weil die viel schlauer sind als die Männer. Und weil Männer stärker sind, haben sie die Frauen Jahrtausende lang unterdrückt und behauptet, da oben sitzt ein MANN im Himmel, obwohl es in wirklich eine sehr nette und kluge Frau ist«, erklärt mein Schwiegervater eine Spur zu schnell und zu kompliziert für Emma.

»Das glaubst du wirklich, Schwiegerpapa? Ich dachte, Katholiken glauben nur an den einen allmächtigen Gott.«

»Ich nicht.« Luigi zuckt mit den Schultern.

Emma macht wieder große Augen. »Mama! Es gibt Frauen im Himmel? Sind das Schwestern von der lieben Tante Sonne?«

»Na klar, Liebes«, wirft meine Mutter ein. »Es gibt Engel da oben. Du bist auch ein kleiner, süßer Engel.«

»Nee«, sagt Emma und wackelt mit dem Zeigefinger, »ich bin kein Engel. Ich bin ein ganz normaler Mensch.«

Perplex pustet meine Mutter die Backen auf und schaut MICH natürlich gleich wieder vorwurfsvoll an.

(Dabei kommt DER Satz ganz bestimmt nicht von mir.)

Vollkommen entspannt nage ich an meiner Pizza, die mal wieder HERVORRAGEND schmeckt und schaue verträumt in den blauen Himmel.

(Ach, ist das Leben HERRLICH!

Ich habe das weltbeste Essen vor der Nase.

Gleich kommt noch ein fettes Eis.

Später fahren wir durch den schönsten Sonnenschein auf unsere kuschelige Ranch.

Und jetzt…)

Mein Telefon klingelt schon wieder.

»ACHTUNG, ACHTUNG…«

Um diese idyllische Ruhe nicht zu stören, nehme ich das Gespräch an und merke viel zu spät, dass mir meine Mutter das Handy bereits aus den Händen gerissen hat.

»DAS soll ein FOTO von MIR sein???« Meine Mutter ist außer sich.

(Scheibenkleister!

JETZT ist die Kacke richtig am Dampfen.)

»Mama, gib das Handy her! Das ist privat.«

(Schlechter Versuch.

Oder nennt man das UNTAUGLICH?)

»Was ist bitte schön PRIVAT an einer Horrorfratze, die meine Wenigkeit darstellen soll? So was bin ich also für dich, der TEUFEL in persona?« Schwerstens beleidigt steht meine Mutter auf, wirft mir das Handy auf die leckere Pizza (die ich eigentlich noch essen wollte) und verlässt ohne ein weiteres Wort den Hinterhof.

»Oje…«

Beruhigend klopft Frederico mir auf die Schulter. »Sie beruhigt sich schon wieder.«

»Du meinst, ›*Pack schlägt sich, Pack verträgt sich*‹?« Ich verdrehe die Augen. »Vielleicht hätte ich doch ein anderes Bild wählen sollen. Das musste ja irgendwann auffliegen.«

»Jetzt ist es ohnehin zu spät«, wirft Nick ein. »Aber Frederico hat Recht. Deine Mutter regt sich immer auf, schweigt dann tagelang und dann verzeiht sie dir GNÄDIGERWEISE alles, weil sie insgeheim viel zu einsam ist ohne dich.«

»Meine Mutter ist doch nicht EINSAM ohne mich. Sie braucht nur einen menschlichen Fußabtreter.« Ungläubig schüttele ich den Kopf.

»Wer weiß…«, sagt mein Herzkönig nachdenklich, »vielleicht hat Nick gar nicht so Unrecht.«

Der Bindi

Während Frederico das Strandlager aufbaut, ziehe ich Tiberius eine Babybadehose an.

Mein Vater schleppt die Getränkekisten vom Parkplatz zum Strand und buddelt sie in ein Meter Tiefe ein, um sie zu kühlen.

Meine Mutter verteilt die Handtücher und fängt an, Emma einzucremen.

(Es hat in der Tat NUR EINE Woche gedauert, bis sie mir wegen der Handy-Teufelsfratze den ersten Vorwurf an den Kopf geklatscht und das Schweigen damit gebrochen hat.

[Was meine Theorie mit dem Fußabtreter natürlich bestätigt.

Andererseits aber auch Nicks Theorie bewahrheiten könnte.])

Plötzlich zuckt Emma zusammen und schreit laut auf. »AUA!« Dicke Krokodilstränen laufen ihre Wangen hinab.

Erschrocken hebe ich Tiberius vom Handtuch hoch und laufe zu meiner Tochter. »Was ist passiert, Emma?«

Frederico, der den Sonnenschirm vor Schreck hat fallen lassen, nimmt Emma auf den Arm und pustet wahllos ihren Körper ab.

»Mich hat eine tote Biene gestachelt«, sagt Emma unter Tränen.

»Eine TOTE Biene?« Ich habe Mühe, mir das Lachen zu verkneifen, als Emma todernst nickt. »Ist das zu glauben? Unerhört! Da fliegt sie, die Zombie-Biene!«

In der Tat trudelt gerade eine tödlich verletzte Biene zu Boden.

Mein Vater nimmt seinen Verbandskasten und öffnet ihn.

(Als Arzt a.D. hat er NATÜRLICH IMMER eine volle Ausrüstung dabei.

Was im Falle eines Bienenstichs im Hals enorme Vorteile hätte. Ich würde mir so einen Luftröhrenschnitt nämlich nicht zutrauen.

Ich habe mich schon oft gefragt, WOHER man als Laie eigentlich wissen soll, wie man einen professionellen Luftröhrenschnitt ansetzt, um einen Kugelschreiber einzusetzen, damit das Bienenopfer nicht erstickt.

Aber zum Glück hat die tote Biene nur in Emmas Fuß gestachelt.

Ich bin also [trotz Anwesenheit meiner Mutter] dankbar, dass ein Arzt heute mit an Bord ist.)

Nachdem Emma verarztet, die Sonnenschirme und Decken verteilt sind, schnappe ich mir Tiberius und gehe in Richtung Wasser.

Frederico und Emma folgen mir.

»Susannah?«

Ich drehe mich um und lächele meinen Herzkönig an, der unser blondgelocktes (B)Engelchen an der Hand hält.

»Jaaa?«

»Was ist das eigentlich für eine Badehose, die Tiberius da trägt?«

Überrascht schaue ich an dem kleinen Menschenbündel herunter und grinse.

Tiberius trägt heute PINK.

»Das ist meine Hose«, verkündet Emma stolz.

»Dann hast du also eine Brüderin?«, feixt Frederico. Emma nickt.

»Also ich finde, unserem Sohn steht das Pink ganz ausgezeichnet. Er sieht gleich aus wie ein Girlie. Oder wie ein emanzipierter Junge. Das ist sehr wichtig heutzutage. Ich habe erst neulich gelesen, dass…«

»Ich glaube eher, du warst zu geizig, um eine Jungsbade-
hose zu kaufen«, wirft Frederico ein.

»Hätte ich für die drei Mal, die wir am Meer Baden gehen, vielleicht eine Babybadehose für Jungs kaufen sollen?«

(Der alte Onkel Geiz kommt in mir hoch.

[Oder handelt es sich bei Frauen um die böse Tante Geizi-
ne?]

Ich spüre, wie sich der alte Geier in meinem Magen aus-
breitet und langsam die Speiseröhre hinaufklettert.

Lästiges Biest!)

»Aber nein, mein Schatz! Tiberius ist klein und merkt ohnehin nicht, was er trägt.« Frederico zwinkert mir zu und
folgt uns ins Wasser. Dabei checken seine Adleraugen ab,
ob irgendwo Tentakel einer Würfelqualle zu sehen sind.

Eine halbe Stunde toben wir ausgelassen durchs Wasser,
dann tauchen Nick und Joshua auf.

Nick hat ein paar Weidenzweige und Schnitzwerkzeug
dabei.

»Hallo alle zusammen!« Die beiden winken in die Runde,
meine Mutter blinzelt nur einmal unter ihrem Sonnenschirm hervor, gibt sich aber keine Mühe, ein freundliches
›Hallo‹ heraus zu würgen.

Nur Emma springt erfreut auf Nick zu und landet in seinen Armen. »NICK, NICK!«

»Hallo Prinzessin! Ich habe, wie versprochen, Zweige und
Marshmallows mitgebracht. Damit können wir nachher
Marshmallows über dem Lagerfeuer braten.«

Erfreut klatscht Emma in die Hände und hilft Nick, die
Blätter zu entfernen.

»Teufelszeug«, knurrt meine Mutter.

»Na, damit kennen Sie sich ja bestens aus, Mrs Devil«,
sagt Nick leise vor sich hin.

Nicht leise genug, denn meine Mutter schnauft empört.

Nach einer halben Stunde harter Arbeit (und einer Zunge, die hechelnd vor Anstrengung aus Emmas Mund hängt), springt Emma stolz auf und ruft: »Mama, Papa, seht mal! Ich habe einen Speer gebaut. Damit kann ich Fische aufspeeren.«

Frederico hält beide Daumen hoch und lacht. »Das ist toll, Emma. Und danach speeren wir die Marshmallows auf.«

Meine Mutter erwacht von den schlafenden Strandköniginnen und öffnet ein Auge. »Ihr wollt euch und eure Tochter doch nicht ernsthaft mit diesem fiesen Zuckerzeug vergiften, das ihr vorher noch über den giftigen Flammen schmelzt?«

»Doch. Eigentlich hatten wir genau das vor«, erwidere ich lächelnd.

(Hatte ich erwähnt, dass es großartig ist, wenn man erwachsen ist?

Und ich meine das ECHTE Erwachsensein.

DAS, wenn einem die Mutter NICHT mehr sagen kann ›*Kind, iss das nicht*!‹ oder ›*Kind, untersteh' dich, das ist ungesund*‹.

Scheiß der Hund drauf, DANN ist es eben ungesund!

Um ehrlich zu sein, LIEBE ich giftiges Zuckerzeug.

Und da ich jetzt eine VERHEIRATETE EHEFRAU bin, quatscht meine Mutter auch nur noch halb so oft in meine Angelegenheiten rein.)

»Wann kommen Ella und Riley denn mit den Grillsachen?«, fragt meine Mutter, während sie sich zum hundertsten Mal eincremt.

(Als wenn Fleisch so viel gesünder wäre.

Ich kenne da durchaus ein paar Vegetarier, die jetzt eine schöne Grundsatzdiskussion mit meiner Mutter führen würden.

Fleisch versus Marshmallows.)

Ich werfe einen Blick auf die Uhr. »Ich schätze, in einer Stunde sind sie da.«

Ein indisches Pärchen taucht hinter den Dünen auf. Die Frau trägt ein weites Kleid aus bunten Tüchern, eine Goldkette mit Glöckchen am Kopf und glitzernden Sandalen. Sie sieht aus wie eine Prinzessin aus Tausend und einer Nacht.

Vor lauter Staunen kriegt Emma den Mund nicht mehr zu. Sie vergisst sogar, ihr Eis weiter zu essen, das ihr sogleich auf den Bauch tropft.

»Schatz, dein Eis schmilzt«, sagt Frederico und schleckt Emmas Bauch ab.

»Papa, das kitzelt!«, sagt Emma lachend und schiebt ihn weg. Schnell leckt sie über ihr Eis, doch die indische Frau lässt sie keinen Augenblick lang aus den Augen.

Nach einer ganzen Weile sagt sie: »Du, Mama?«

»Ja.«

»Die Frau blutet am Kopf.«

Verwundert mustere ich die Frau, doch bevor ich antworten kann, mischt sich mein Vater ein und rettet meine Unkenntnis. »Das ist kein Blut, Emma, das ist ein Bindi.«

(Echt?

›Bindi‹?

Klingt irgendwie cool!

Und niedlich.)

Mein Vater sieht meinen überraschten Gesichtsausdruck und grinst. »Dieser Punkt auf der Stirn ist in Indien Pflicht für verheiratete Frauen«, erklärt er.

»Was heißt das?« Emma holt ihren aufblasbaren Plastikhai hervor und hält ihn Opa hin. »Ich habe auch einen Hai. Kannst du ihn aufpusten?«

»Bist du dann auch verHAIratet?«, frage ich leise kichernd.

Emma nickt. »Ja. Das bin ich. Krieg ich dann auch ein Bindi?«

»Das lässt sich einrichten«, sage ich und denke sogleich an meinen roten Lippenstift, den ich ohnehin so gut wie nie benutze, ihn aber immer als Gepäck mit in der Handtasche herumschleppe.

(Nur für den Fall, dass ich ihn brauchen könnte.)

»Susannah, das Kind kann keinen Bindi bekommen. Oder ist Emma schon verheiratet?« Genervt über meine Dummheit verdreht meine Mutter die Augen.

»Ich will auch einen Bindi! Ich will auch eine Prinzessin sein!«, ruft Emma brüskiert. »Und ich habe einen Hai.«

»Mittlerweile tragen auch Kinder so einen Bindi«, beruhigt mein Vater seine aufgebrachte Enkeltochter, »und sogar unverheiratete Frauen dürfen diesen Punkt aus modischen Zwecken tragen.«

»Nur verheiratete Frauen MÜSSEN ihn tragen?«, frage ich neugierig nach.

Mein Vater nickt. »Ja. Es symbolisiert das energetische, dritte Auge und soll das Ehepaar schützen.«

Emma reißt die Augen auf. »Vor Rumpelstilzchen?«

»Kind, wie kommst du denn auf SO einen Blödsinn. Was hat Rumpelstilzchen mit dem Bindi zu tun?«, fragt meine Mutter patzig. »Bringst DU deiner Tochter so einen Quatsch bei, Susannah?«

»Klar, wer sonst?« Ich lache innerlich.

(Da ich in den letzten Jahren damit zugebracht habe, Märchen aufzuschreiben [wie sie wirklich waren], kennt Emma natürlich auch die wahre Herkunft von Rumpelstilzchen.

»Oma!« Ängstlich legt Emma einen Finger auf die Lippen. »Sei leise! Sonst weckst du das Rumpelstilzchen auf. Und der ist nicht so nett wie der böse Onkel Gott. Der ist voll fies. Der hat Mamas echte Mama geklaut.«

Meine Mutter setzt sich aufrecht hin. »Wie bitte? Was hat Rumpelstilzchen gemacht?«

Emma schnalzt missbilligend mit der Zunge und schüttelt den Kopf, so frei nach dem Motto: Oma-du-hast-echt-keine-Ahnung!

Dann stemmt sie die Hände in die Hüften und sagt im Flüsterton: »Der australische Rumpelstilzchen kommt aus dem All. Er ist ein Alien. Er ist auf die Erde gekommen, weil er von seinem Zuhause weggejagt wurde. Weil er so böse war«, setzt Emma erklärend hinzu. Sie legt den Kopf schief. »Kommt dann Onkel Gott auch aus dem Himmel zu uns, wenn niemand ihn da oben mehr haben will?«

»Nein. Das glaube ich kaum. Er muss auf die Menschen hier unten aufpassen und hat von oben alles besser im Blick«, erkläre ich mit ernster Miene, um meine Mutter zu ärgern.

Die ist auch schon kurz vorm Explodieren.

»Mama sagt, ich soll das Rumpelstilzchen nicht rufen, weil ich noch nicht stark genug bin«, erklärt Emma ihrer Großmutter.

Die Kinnlade meiner Mutter klappt herunter. »Wieso, zum Teufel, erzählst du dem Kind so einen Oberblödsinn, Susannah? Und was soll das überhaupt heißen, dass Rumpelstilzchen deine echte Mama geklaut hat?«

(Natürlich richten sich ihre vorwurfsvollen Pupillen direkt auf meine Phantasiereichlichkeit.

[Aber keine Sorge!

SIE tötet meine Phantasie nicht!

Ich bin mittlerweile immun gegen ihren fiesen Blick!])

»Kannst du das Gegenteil beweisen?«, frage ich spitzfindig. »Vielleicht bist du gar nicht meine echte Mutter.«

Mein Vater lacht leise vor sich hin.

»Willst du mir sagen, dass Rumpelstilzchen ein Außerirdischer ist, der hier sein böses Unwesen treibt?«, fragt meine Mutter, ohne eine Antwort abzuwarten.

Emma nickt. »Ja. Und er hat Mamas ECHTE Mama geklaut. Die lebt jetzt da unten!« Sie zeigt ehrfürchtig mit dem Finger gen Boden. »Und wenn du nicht lieb mit Mama bist, holt er dich auch.«

Meiner Mutter klappt vor Empörung der Kiefer herunter.

(Heilige Scheiße!

Bei all meinen Erzählungen habe ich doch glatt vergessen, dass Kinder IMMER die Wahrheit sagen.

Und rein GAR NICHTS für sich behalten können.

Meine Mutter steht kurz vor einem Herzinfarkt.

Gleich gibt es Gewitter à la Johnson.)

Frederico dreht sich grinsend weg.

(Natürlich kennt er meine Geschichten.)

Auch mein Vater muss schmunzeln.

»Dann lass mich mal raten…«, setzt meine Mutter an.

(Ich höre bereits an ihrem fiesen Unterton, dass jetzt etwas RICHTIG Gemeines kommt.)

»Susannah hat mal wieder ihre blühende Phantasie spielen lassen und erzählt dem armen Kind irgendwelche abenteuerlichen Märchen, anstatt bei der Wahrheit zu bleiben und ein altherkömmliches, deutsches Märchenbuch der *Gebrüder Grimm* so zu erzählen, wie es wirklich geschah. Und ICH komme dabei natürlich am Schlechtesten weg, denn ICH bin ja DIE FALSCHE MUTTER!«, schreit sie die letzten Worte heraus.

Emma geht langsam rückwärts in Richtung schützendem Papa.

Ein paar Leute am Strand drehen sich neugierig zu uns um.

Meine Mutter lächelt boshaft. »Aber dann bin ich leider auch nicht deine ECHTE Oma, Emma. Tut mir leid!« Sie erhebt sich und schnappt sich den Beutel mit den Gummibären. »Die muss ich leider mit in die Unterwelt mitnehmen. Der Teufel hat keinen Zucker und hat mich beauftragt, ihm Gummibärchen mitzubringen.«

Emma guckt erst meine Mutter, dann mich geschockt an und klettert schließlich auf meinen Schoß. »Will Oma dem Rumpelstilzchen jetzt meine Gummibären mitbringen? Ist er dann netter?«

Beruhigend streichele ich ihr übers Haar.

(Ich persönlich finde die Möglichkeit nicht ganz so erschreckend, dass meine Mutter nicht die ECHTE Oma ist. [Ich meine, welches Kind wünscht sich bitteschön eine Oma, die jegliches Zuckerzeug, jegliche Schokolade und wirklich ALLES, was Spaß macht, verbietet?] ICH NICHT!)

»Wer sagt denn, dass die Märchen der *Gebrüder Grimm* der Wahrheit entsprechen?«, meldet sich nun mein Vater zu Wort.

(Natürlich versucht er mal wieder, die Situation zu retten und meine Mutter zu besänftigen.)

»Genau«, flicht nun auch Nick ein, »schließlich haben die beiden auch nur Überlieferungen aufgeschrieben. Und wir alle wissen ja von den Übersetzungen der Bibel, WAS da alles schieflaufen kann. Die haben sich doch alle die Wahrheit schön geschrieben.«

»Die originalen Aufzeichnungen von den *Gebrüder Grimm* sind ziemlich grausam«, wirft Joshua ein. »Die Tochter meiner Cousine konnte nach dem ECHTEN Märchenbuch nicht mehr ohne Licht einschlafen, denn da sterben Menschen unter brutalsten Bedingungen.«

»Cousine Nummer sechsundneunzig?«, frage ich glucksend.

Joshua hebt den Daumen und grinst zurück.

»Wieso nimmt mich hier eigentlich keiner Ernst?«, wirft meine Mutter uns allen vor.

Mein Vater tätschelt ihre Schulter. »Reg dich nicht auf, Ilse! Es gibt Hunderte von verschiedenen Märchenversionen. Warum sollte es nicht auch eine über Außerirdische geben?«

»Die Susannahs ECHTE Mutter ENTFÜHRT haben?« Meine Mutter schnauft empört.

»Die Variante finde ich, ehrlich gesagt, ganz interessant«, sagt mein Vater und fängt an zu grinsen. »Immerhin bist du die einzige Mutter, die ich kenne, die sowohl ihren Kindern als auch ihren Enkelkindern UND sogar ihrem Ehemann jegliche Schokolade und andere süße Leckereien verbietet.«

Meine Mutter schnauft mit der Empörung des Jahrtausends. »DAS ist NICHT dein Ernst, Thomas?«

Mein Vater zuckt fast ein wenig gleichgültig mit den Schultern. »Vielleicht ist die ECHTE Ilse Johnson ja viel netter und entspannter und kriegt keine Tobsuchtsanfälle, nur weil mal jemand etwas Süßes essen will?«

Feindselig starrt meine (echte?) Mutter meinen Vater an. »Du meinst also, mein NETTER Klon sitzt da unten und feiert Partys mit den anderen Gefangenen, während du dich hier oben mit mir abärgern musst?«

(Oooooh, ganz gefährliche Frage!

Was wird mein Vater darauf antworten?)

Alle halten gespannt den Atem an, selbst Emma spürt, dass man jetzt schweigen muss.

»Liebe Ilse, falls du es wirklich bist und kein verkleideter Außerirdischer«, fügt mein Vater schmunzelnd hinzu, »WENN es so wäre, würde ich mir ganz schnell überlegen, wie ich den Feind loswerde und an meine bezaubernde, entspannte, liebenswerte Göttergattin herankomme, ohne Rumpelstilzchen so vor den Kopf zu stoßen, dass er das nächste Opfer in meiner Familie sucht. Die Antwort lautet also ›Ja‹.«

»Thomas…!« Sprachlos plumpst meine Mutter auf ihr Handtuch und wird knallrot. Sie pustet und japst, dann steigen ihr die Tränen in die Augen. »Willst du damit etwa sagen…«

»Dass du dich einmal auf deine alten Tage hin auch mal entspannen und Fünfe gerade sein lassen kannst, ja!« Entschlossen, nicht zurückzurudern, verschränkt mein Vater seine Arme vor der Brust.

(Wow!

Mein alter Herr wird auf seine alten Tage noch aufmüpfig!

Dass ich DAS noch erleben darf!)

Meine Mutter steht unbeholfen auf.

(Die Ärmste!

Sie sieht gerade aus wie eine schwerbehinderte Zyklonin. Sogar ihr Strohhut ist dabei, sich zu verabschieden.)

Emma flüchtet zu Frederico und sucht dort Schutz vor ihrer wütenden Großmutter.

»DER Mist kann doch nur von DEINER Tochter kommen, Thomas. Schon als kleines Mädchen hat sie jeden dieser komischen *Star Trek* Filme verschlungen. Da muss ja so ein außerirdischer Müll herauskommen.«

(DAS habe ich in der Tat!

[Aber mein Vater auch.

Heimlich.

Der ist fast noch verrückter nach Geschichten mit Außerirdischen als ich.])

»Das sind auch großartige Filme«, bestätigt mein Vater und Nickt hebt beide Daumen.

Endlich steht meine Mutter und wickelt sich ein großes Tuch um den Körper, der ihr momentan nur als Zielscheibe dient. »Aber dass ICH nun euer Opfer bin…DAS hätte ich NICHT von euch gedacht.«

»Nun beruhige dich wieder, Ilse, und habe einfach mal ETWAS Spaß! Das Leben ist kurz. Du bist ALT. ICH bin alt. Und ich will gleich mit meiner Enkeltochter massenhaft Marshmallows grillen.«

Meine Mutter schreit fast auf. »JETZT sagst du auch noch, dass ich ALT bin. THOMAS!!!« Wütend stampft sie mit dem Fuß auf.

Mein Vater zuckt nonchalant mit den Schultern. »Na und? Ilse, wir sind ALT. Und das ist gut so. Ich will kein Teenager mehr sein und mit meinen Hormonen kämpfen müssen. Ich will nicht mehr jeden Tag zur Arbeit rennen und verpassen müssen, wie meine Kinder aufwachsen. Ich will keine finanziellen Engpässe mehr durchmachen, weil man Kinder UND Haus bezahlen muss. Ich BIN ALT und ich finde es großartig.«

Kopfschüttelnd entfernt sich meine Mutter. »Jetzt bist du vollkommen verrückt geworden. ALT sein ist doch nicht toll. ALT sein ist schrecklich. Wir werden bald STERBEN. Und dann stehen wir vor Gott. Oder vor dem Teufel.« Verärgert rennt sie davon.

Für einen kurzen Moment zögert mein Vater, dann folgt er ihr seufzend.

Die Inderin läuft an uns vorbei und lächelt die staunende Emma an.

»Ich will auch ein drittes Auge, Mama. Ich brauche auch Schutz«, sagt Emma mit zitternder Unterlippe. »Oma ist böse. Wie das Foto in deinem Handy.«

Ich hole meinen Lippenstift aus der Tasche und winke sie zu mir. »Komm her, mein Schatz! Ich male dir jetzt deinen Bindi auf die Stirn.«

Hocherfreut läuft Emma über den heißen Sand zu mir und hält mir ihr Gesicht hin.

Mit zwei gekonnten Bewegungen prangt ein wunderschöner, roter Punkt auf ihrer Stirn.

Stolz dreht Emma sich im Kreis.

Die Inderin, die mit ihrem Mann am Ufer steht, lächelt ihr zu. Dann nimmt sie ihr Tuch vom Kopf und kommt auf uns zu. »Du siehst wunderschön aus. Jetzt fehlt nur noch ein Schleier«, sagt sie zu Emma. Sie blickt fragend zu mir. »Darf ich?«

Ich nicke ihr zu und so ist Emma nun auch stolze Besitzerin eines bunten, glitzernden Tuches, welches sie wie eine Prinzessin um sich schlingt und stolz über den Strand spazieren trägt.

»Komisch, dass Dalia gar keinen roten Punkt auf der Stirn hat«, sage ich beiläufig und reiche Frederico eine Flasche Mineralwasser.

»Dalia meinte irgendwann einmal, dass sie diese Tradition nur in Indien pflegen würde, aber hier in Australien will sie nicht auffallen. Daher verzichtet sie auf den Bindi.«

»Das muss komisch sein, wenn man in einem fremden Land lebt und seine Kultur vollkommen auf Eis legt, nur um sich zurecht zu finden.«

»Ja, das finde ich auch. Aber du hast dich gut hier eingelebt, oder?« Frederico blickt mich fragend an.

»Ja. Ich bin glücklich in Australien, dem Land meiner Vorväter.«

Endlich im Kindergarten

Nichtsahnend komme ich in die Küche und sehe Emma am Boden hocken, während ihre Hände eifrig über die Fliesen reiben.

»Was machst du denn da, Schätzchen?« Neugierig linse ich über ihre Schulter und falle fast rückwärts um.

(Meine Tochter hat gerade nichts Besseres zu tun, als Tiberius' Anti-Blähmittel aus der Apotheke großzügig auf den Fliesen zu verteilen.

Heiliger Bimbam!)

Emma blickt hoch und lächelt. »Ich creme den Boden ein.«

»Mit Anti-Pupszeug aus der Apotheke? Hatte der Fußboden etwa Bauchweh?« Seufzend greife ich nach der Küchenrolle, als Frederico hereinkommt und auf dem milchigen Schleim fast ausrutscht.

»Herr im Himmel, was ist DAS?«

Emma kichert hinter vorgehaltener Hand. »Der Boden hatte Pupse«, plappert das schlaue Ding los.

Erstaunt bleibt Frederico stehen, mustert den Boden, dann seine Tochter und schließlich mich. Fragend wandern seine Augenbrauen in die Höhe.

Ich zucke lässig mit den Schultern. »Auch Fliesen haben manchmal Blähungen, wusstest du das etwa nicht?«

Frederico schmunzelt. »Solche Ideen hat sie NICHT von mir!«

»Natürlich nicht.«

Mein Herzkönig grinst.

»Und ich dachte immer, Emma hat nur die Hülle von mir. DU hast doch immer behauptet, der Mann ist für das Innere zuständig, die Frauen für die menschliche Hülle. Dann müsste diese doofe Idee doch auch von dir kommen. Oder, Schatz?«

»Das war ein Scherz!«, sagt Frederico leise und drückt mir einen Kuss auf, während ich auf allen Vieren den Sabsch vom Boden aufwische. »Ach, jetzt, wo es nicht passt, war es ein Scherz. Muss ich mir unbedingt merken.«

»Jeder sieht doch auf den ersten Blick, dass die Hülle eindeutig von dir kommt.« Frederico zieht an meinem blonden Pferdeschwanz und deutet auf den blonden Lockenkopf unserer Tochter.

Er nimmt sich etwas zu trinken und geht dann zu Tiberius, der nackt in seinem Hochstuhl sitzt und auf einem Backpinsel aus Silikon herumbeißt. Er nimmt den Lütten heraus und wirft ihn hoch in die Luft. »Alle kleinen Babys fliegen HOOOOOCH!«, ruft er laut und bringt seinen Sohn zum Jauchzen.

»Das würde ich mir an deiner Stelle noch einmal überlegen. Tiberius hat gerade getrunken«, warne ich ihn, doch mein Göttergatte winkt ab.

»Ach was, das passt schon! Alle Babys fliegen HOOOOCH!« Und noch während Tiberius quiekend gen Zimmerdecke fliegt, richtet sich der kleine Strullhahn auf und die ganze Ladung durchgefilterter Apfelsaft landet in hohem Bogen in Fredericos Gesicht. Langsam tropft die Flüssigkeit anschließend vom Kinn auf sein Hemd.

»Ausgesprochen sexy, mein Schatz«, ziehe ich ihn auf. Frederico schnauft und prustet. »Perdinci! Wie kann man beim Fliegen pinkeln?« Mit weit ausgestreckten Armen hält er seinen Sohn von sich weg, während er fieberhaft überlegt, wohin jetzt mit ihm.

»Setz ihn ruhig wieder in den Hochstuhl, Schatz! Im Gegensatz zu dir ist er ja trocken geblieben.« Ich kichere leise und zwinkere Emma zu.

♥♥♥

»Heute ist es endlich so weit«, sage ich geheimnisvoll zu Emma.

Emma klatscht in die Hände.

(Natürlich weiß sie, dass heute ein ganz besonderer Tag ist.)

Frederico betritt die Küche, in den Händen hält er eine kleine Schultüte und einen Kindergartenrucksack. Er hockt sich vor Emma hin und überreicht ihr feierlich die Tüte. »Ich wünsche dir alles Gute heute für den Start ins Kindergartenleben!«

Emma schlingt ihre kleinen Arme um seinen Hals, drückt ihm einen feuchten Kuss auf die Wange und schnappt sich die Tüte. »Darf ich sie schon öffnen, Papa?«

»Natürlich, mein Schatz!«

Es klingelt an der Haustür.

Überrascht sehen Frederico und ich uns an.

»Oh, das ist bestimmt Oma. Ich habe ihr erzählt, dass ich heute in den Kindergarten gehe.« Mit diesen Worten stürmt Emma aus der Küche und geht die Tür öffnen.

»Kommt sie jetzt und schenkt Emma eine Tüte Schwarzbrot, das sie nur lang genug kauen muss, damit es süß wird?«, witzelt Frederico mit verkniffenem Mund.

Ein kurzer Blick in der Flur verrät mir, dass es tatsächlich meine Eltern sind.

»Ich schätze, du könntest Recht haben.«

»Guten Morgen Emma!«, höre ich meine Mutter sagen.

»Das ist für dich!«

»Danke Oma!« Hocherfreut kommt Emma zurück, pflanzt sich an den Küchentisch und reißt ihr Geschenk auf. Binnen Sekunden fördert sie eine rosafarbene Brotbox mit Glitzerpuppenbild zutage, in der eine Packung SCHWARZBROT liegt.

»Was ist das?« Sie stutzt.

Meine Mutter betritt die Küche und begrüßt uns. Dann wendet sie sich an ihre Enkeltochter.

(Natürlich mit einem Typisch-Susannah-deine-Tochter-kennt-nicht-einmal-eine-schnöde-Brotbox-mit-Schwarz-brot-Seitenblick und einem genervten Zungenschnalzer.)

»DAS, mein Schätzchen, ist eine BROTBOX. Da packst du in Zukunft morgens dein Frühstück hinein. Und im Kindergarten holst du die Brotbox aus deinem neuen Rucksack und kannst zusammen mit den anderen Kindern frühstücken«, erklärt meine Mutter mit Engelszunge.

Stolz grinst Emma mich an. »Guck mal, Mama, ich habe eine eigene Brotbox!«

»Das ist toll, Emma!«

Emmas Blick fällt wieder auf die kleine Schultüte, die sie beim Öffnen der Haustür auf den Küchentisch geworfen hatte. Eilig öffnet sie die Schleife und kippt den gesamten Inhalt aus.

Beim Anblick der Schokoriegel, Gummibärchen und, nicht zu vergessen, einer kleinen Minischachtel NEGER-KÜSSE, quellen meiner Mutter fast die Augen über.

»Das sind ganz viele Bonbons NUR für mich«, erklärt Emma ihrer Großmutter. »NICHT für dich. Zucker macht böse. Und du bist schon nicht echt.«

Mein Vater dreht sich schmunzelnd weg, während meine Mutter fieberhaft nach Worten zu suchen scheint. Wie ein Schnappfisch öffnet sich ihr Mund und schließt sich wieder, ohne dass auch nur ein Laut über ihre Lippen kommt.

Dann krächzt sie: »Aber… seit wann bekommt man eine SCHULtüte, wenn man in den Kindergarten kommt?«

Emma schnalzt verächtlich mit der Zunge. »Oma, du Dummi, das ist doch keine SCHULtüte! Ich bin doch noch kein Schulkind. Das ist eine Kindergartentüte.«

»Jetzt weißt du's«, sage ich besserwisserisch, doch meine Mutter findet das ÜBERHAUPT NICHT komisch.

»Willst du deiner Tochter das Leben versauen, bevor es überhaupt richtig angefangen hat?«

»Wieso?«

»Sieh dir nur all das sündige Zeug an!«

»Hat Papa dich also nicht bekehren können auf eurem stundenlangen Strandspaziergang?«, werfe ich ein und beiße mir sogleich wieder auf die Zunge.

Eine megafette Gewitterwolke braut sich über dem Kopf meiner Mutter zusammen.

(Eine Superzelle sozusagen!)

Frederico, der bis eben schweigend den Cappuccino gekocht hat, drückt meiner Mutter eine Tasse in die Hand.

»Das beruhigt die Nerven«, sagt er trocken und gibt auch meinem Vater ein Tässchen.

»Danke, Frederico!« Lächelnd nimmt mein Vater das Getränk entgegen.

»Habt ihr schon gefrühstückt?«, fragt mein Göttergatte in die Runde.

Meine Mutter nickt.

Mein Vater zuckt die Schultern. »Gegen ein weiteres Brötchen hätte ich nichts einzuwenden. Als zweites Frühstück sozusagen.«

»Thomas! Das ist schlecht für den Zuckerhaushalt.« Missbilligend schüttelt meine Mutter den Kopf.

»Wirklich? Dann brauche ich erst recht etwas zu beißen, ich bin nämlich schon alt und wer weiß, ob ich nachher noch die Gelegenheit finde, etwas zu essen, wenn ich an die Himmelstür klopfe«, sagt mein Vater rebellisch und geht zu Emma. »Du, Emma?«

Neugierig blickt meine Tochter zu ihm auf. »Willst du auch einen Bonbon, Opa?« Sie grinst bis über beide Ohren.

Mein Vater nickt und zeigt mit dem Finger auf ihre Brust. »Du bist genauso schlau wie deine Mama. Gerne. Welchen hast du denn für deinen armen, alten Opa übrig?«

»Thomas!« Empört schnalzt meine Mutter erneut mit der Zunge.

Emma blickt auf ihre Großmutter und legt dann den Finger auf die Lippen. Schweigend zeigt sie auf einen Riegel und mehrere bunt verpackte Bonbons.

»Such dir eins aus, aber das darfst du nur der ECHTEN Oma erzählen«, sagt sie so leise, wie eine Dreijährige eben leise ist.

Meine Mutter verdreht die Augen.

Ebenso schweigend schnappt mein Vater sich einen Bonbon und zwinkert Emma verschwörerisch zu. »Natürlich. Versprochen. Danke!« Mit einer Geste schließt er seinen Mund ab und steckt den imaginären Schlüssel in die Hosentasche.

Emma hält sich die Hand vor den Mund und kichert leise, vorsichtig zur Oma schielend.

(Offenbar tauschen die beiden öfters mal heimlich Süßigkeiten aus.

[Wusste ich es doch!

Mein Vater ist genauso ein Schleckermäulchen wie ich.

Hat er all die Jahre aber gut verbergen können.])

Als meine Mutter von Frederico den selbstgemachten italienischen Tomaten-Brotaufstrich gezeigt bekommt, beugt sich mein Vater zu mir und sagt im Flüsterton: »Was meinst du, wie ich all die Jahre an der Seite deiner Mutter überlebt habe?«

Ich zucke ratlos mit den Schultern.

(Ich habe nicht die geringste Ahnung, wie man mit dem Adlerauge meiner Mutter verheiratet sein kann UND es trotzdem schafft, Süßes an ihr vorbeizuschmuggeln, zumal meine Eltern auch zusammen in der Zahnarztpraxis gearbeitet haben.

»Ich hatte immer eine freundliche Zahnarzthelferin, die mich heimlich versorgt hat«, gesteht mein Vater.

»Während der Arbeitszeit?«, frage ich leise flüsternd.

Mein Vater nickt. »Außerdem gab es zig Ärztekongresse, an denen ich teilgenommen habe. Diese Wochenenden waren das reinste Zuckerparadies.«

(Und die einzige Möglichkeit, heimlich in den Zirkus zu gehen.

Arme Sau!

Mein Vater steckt voller Geheimnisse.

Wenn meine Mutter DAS wüsste!)

»Du Fuchs.« Ich zwinkere meinem Papa zu und überreiche ihm ein Brötchen.

Wir setzen uns zu Emma an den Tisch, die ihre Bonbons liebevoll in eine Bonboniere sortiert. »Ich freue mich schon auf Samstag«, sagt sie und reibt ihre Finger.

»Warum?«, fragt mein Vater, während er hingebungsvoll Butter und Schokoladenaufstrich auf sein Weißmehlbrötchen schmiert.

Pikiert beobachtet meine Mutter ihn dabei. »DAS machst du mit Absicht, Thomas! Aber komm später nicht zu mir, wenn dir schlecht wird von der vielen Schokolade.«

»Am Samstag ist Bonbontag«, erklärt Emma, »darum muss ich heute verzagen.«

»›*Verzichten*‹ heißt das, Schätzchen«, verbessert meine Mutter ihre Enkeltochter, doch Emma hört ihr gar nicht zu, denn sie erklärt ihrem Opa, warum sie nur am Wochenende naschen darf.

»Da hast du aber einen tollen Zahnarzt erwischt«, sagt mein Vater und beißt genussvoll in sein Schokobrötchen.

Emma schüttelt den Kopf. »Nein, die Idee ist von Mama. Weil du doch ein Zahnarzt bist und Oma sagt, ich darf keine Bonbons essen.«

Ein Blick auf die Uhr verrät mir, dass wir losfahren müssen. »Komm, Emma, nimm deine Frühstücksbox und lasse sie dir von Papa mit einem Brot und etwas Gemüse füllen. Wir müssen los!«

Aufgeregt springt Emma vom Stuhl, flitzt zu ihrem Papa und hält ihm die neue Brotbox hin.

Frederico nimmt das Schwarzbrot heraus und legt etwas Obst und Gemüse, sowie eine Brötchenhälfte mit Frischkäse hinein.

»So, Prinzessin, dann wollen wir mal in den Kindergarten fahren!«

Emma nickt und flitzt in den Flur, um sich ihre Schuhe anzuziehen.

Bepackt mit Hausschuhen und einem Beutel mit Wechselwäsche verlassen wir gemeinsam mit meinen Eltern das Haus und gehen zum Auto.

»Viel Spaß im Kindergarten!«, ruft meine Mutter und mein Vater zwinkert Emma zu.

Emma winkt und sitzt auch schon im Auto. Sie kann es kaum erwarten, endlich im Kindergarten zu sein.

Eine Viertelstunde später erreichen wir das neugebaute, runde Gebäude, das von einer großzügigen Wiese mit allerlei Spielgeräten umgeben ist.

Am besten gefallen mir die verschiedenen, bunten Spiel-
häuschen, die ein Zimmermann schief und krumm zu-
sammengehämmert hat.

An der Tür werden wir von Emmas neuer Erzieherin Chrissie empfangen.

(Chrissie dürfte Mitte Zwanzig sein und sieht mit ihren
roten Locken aus wie die weibliche Variante von *Pumuckl*.

Aber Emma hat sie schon bei ihrem ersten Kennlernbe-
such ins Herz geschlossen.)

»Herzlich Willkommen in der Tigergruppe, Emma!«

Lächelnd schüttelt Emma Chrissies Hand. »Bin ich jetzt
ein Tiger?«

»Natürlich«, sagt Chrissie und führt Emma zur Garderobe. »Hier ist dein Fach. Dein Tiger hat eine rosa Schleife
auf dem Kopf. Daran erkennst du deine Sachen. Dasselbe
Bild findest du auch im Badezimmer, wo deine Zahnputz-
sachen hingestellt werden müssen, aber das zeige ich dir
gleich, wenn du dich von Mama und Papa verabschiedet
hast.«

Emma dreht sich um und winkt mich zu sich.

Ich beuge mich herunter, bekomme einen Kuss auf die
Wange und werde gleich darauf resolut weggeschoben.

»Tschüss, Mama! Ich habe jetzt Termine.«

Vollkommen geplättet richte ich mich wieder auf und
stolpere rückwärts.

(Wo hat sie denn DEN Spruch her?

Sage ICH das etwa immer?)

Auch Frederico darf sich verabschieden. »Tschüss, mein
Töchterchen!«

Emma stemmt die Hände in die Hüfte. »Papa, ich bin kein
Töchterschn. Ich bin ein ganz normaler Mensch.« Sie

drückt ihm einen Kuss auf und schiebt auch ihn dann weg.
»Viel Spaß bei der Arbeit! Jetzt musst du gehen!«
»Danke! Ich wünsche dir auch viel Spaß im Kindergarten.«
Emma nickt kurz. Dann wendet sie sich wieder Chrissie zu, als wäre sie nicht drei, sondern dreißig und müsste nun den Worten ihres Chefs lauschen.
Fast ein wenig hilflos treten wir den Weg zum Parkplatz an. Am Auto angekommen, atme ich erst einmal TIEF durch.
»Boah! Das war's dann also…«
Frederico lacht auf. »Was meinst du?« Er schließt das Auto auf, doch ich mache keinerlei Anstalten, einzusteigen.
Verwundert verharrt er in der offenen Tür.
»Wir werden einfach so weggeschickt. Emma braucht uns jetzt nicht mehr.«
(Fast kommen mir die Tränen.
Ich will mich ja nicht beklagen, aber immerhin habe ich Emma ein Jahr lang gestillt, sie gewickelt, ihr beigebracht, aufs Töpfchen zu gehen, sie gefüttert und mit ihr gespielt, wenn keine Kunden im Laden waren.
[Dafür war ja die Spielecke, die Emma auch allzu gerne genutzt hat.]
Und jetzt ist sie kaum zwei Sekunden im Kindergarten und schon werde ich wie ein ausgedienter Schuh rausgeworfen.)
Frederico schneidet eine Grimasse, schlägt die Autotür zu und kommt ums Auto gelaufen, um mich in den Arm zu nehmen.
»Bist du nicht traurig?«, frage ich ihn.
»Loslassen ist verdammt schwer, was?« Mitfühlend streichelt er meinen Hals.

Ich nicke, unfähig zu sprechen, weil meine Stimmbänder irgendwo da unten festgeklebt sind.

»Du hast doch noch Tiberius und du wirst sehen, die sechs Stunden gehen so schnell vorbei, dass du sie kaum vermissen wirst. Außerdem ist sie doch gut aufgehoben. Hier kann sie endlich mit Gleichaltrigen spielen.« Frederico küsst meine Stirn und nimmt mir Tiberius ab, um ihn auf der Rückbank festzuschnallen.

Ich atme noch einmal tief durch und lasse mich dann auf den Beifahrersitz plumpsen. »Hast ja Recht!«

(Ich habe ja schon von einigen Mamas in der Krabbelgruppe gehört, dass es ECHT hart ist, sein Kind in den Kindergarten zu geben, aber auf das Gefühlschaos war ich irgendwie nicht vorbereitet.

Frederico hatte Recht!

Bevor ich überhaupt dazu kam, darüber nachzudenken, dass meine kleine süße Tochter jetzt den halben Tag lang eine andere Bezugsperson hat, riefen die Aufgaben, die wir uns durch den Zirkus und mein Wollstübchen aufgeladen haben und hielten mich den ganzen Vormittag so auf Trab, dass ich die Zeit gar nicht gemerkt habe.

(Kann man Zeit überhaupt bemerken?

Interessante Frage!)

Jetzt habe ich eine kurze, wohlverdiente Mittagspause und ich frage mich, wie ich all die Sachen VORHER erledigt habe, als Emma noch um mich herumturnte und ich gleichzeitig Kinderanimateurin war.

Da die liebe Tante Sonne vom wolkenlosen Himmel lacht, genieße ich meine Spaghetti auf unserer Veranda.

»Guten Tag, Susannah! Wissen Sie, wo ich Frederico finde?« Unser Tierarzt Dr. Rabbit steht vor mir und lächelt von einem Ohr zum anderen.

(DEN Namen habe ich mir NICHT ausgedacht.

Es scheint tatsächlich Menschen [oder Außerirdische] auf diesem Erdball zu geben, die passend zu ihren Berufen irrwitzige Namen tragen.

Ich meine, als Tierarzt Dr. ›*Hase*‹ zu heißen, ist schon komisch, oder?

[Mein Vater hatte mal einen sehr netten Zahnarztkollegen, der hieß Dr. Loch.

{Schon als Kind habe ich mich gefragt, wer gerne zu einem Zahnarzt geht, der genau so heißt, wie man seine Zähne eben NICHT haben will.

Mein Dad hat dann beim Abendbrot nach den Treffen immer herumgewitzelt: »Guten Tag Dr. Loch, ich habe da ein Loch für Sie!«

Wir Kinder fanden das urkomisch, meine Mutter natürlich NICHT.

»Etwas mehr Respekt für deinen Freund, Thomas!«

»Es ist NICHT respektlos gemeint, Ilse«, hat mein Vater dann immer geantwortet. »Außerdem macht er selbst Witze darüber.«

Am besten war es, wenn mein Vater einmal im Jahr eine Revivalparty für sich und seine Studienkollegen geschmissen hat. Dann kamen nämlich Dr. Kotzmann, Dr. Pille und die beiden Gynäkologen, Dr. Hengst und Dr. Muschiol zusammen und haben selbst die übelsten Witze über ihre Namen gerissen. Das Ganze war dann gepaart mit netten Anekdoten über irgendwelche Patienten, die irgendwelche Schoten gebracht hatten. Und es war jedes Mal ein perfekter Abend für die kleinen Elefantenohren der Johnson-Kinder, die ja ohne Zucker sonst nichts zu lachen hatten.}])

»Hallo Dr. Rabbit, besuchen Sie heute wieder unsere Häschen?« Ich grunze unwillkürlich und mein Gegenüber lacht.

»Ich LIEBE Ihren deutschen Humor, Susannah! Sehr gut, sehr gut…« Dr. Rabbit kräuselt die Nase und hebt seinen Koffer hoch. »Heute sind die Kätzchen dran. Aber meine Assistentin, Miss Cat hatte leider keine Zeit. Wenn Sie einspringen könnten, wäre das sehr hilfreich.«

Ich stutze.

(Ich wusste gar nicht, dass Dr. Rabbit eine Assistentin mit dem Namen Cat [=Katze] hat.

Sucht er seine Arzthelferinnen nach dem Nachnamen aus?)

Ich öffne meinen Mund, doch ich bin so sprachlos, dass mir nichts Schlagfertiges einfällt.

Dr. Rabbit lacht und winkt ab. »Kleiner Scherz meinerseits. Natürlich habe ich keine Assistentin, die Miss Cat heißt.«

»Sehr gut, Dr. Rabbit. Jetzt hatten Sie mich im Sack!«

Dr. Rabbit zögert, dann lächelt er und folgt mir schließlich zu den Großkatzengehegen.

Am Zaun steht Frederico zusammen mit El Mago, unserem Tigerdompteur.

»Guten Tag, die Herren!«

Mein Göttergatte zwinkert mir zu, dann begrüßt er unseren Tierarzt. »Heute sind die Impfungen fällig, richtig?«

(Bis vor kurzem wusste ich nicht einmal, dass man Raubkatzen überhaupt impfen muss.

Aber Krankheiten wie Tollwut, Staupe und Herpes gibt es leider auch bei Wildkatzen. Und da unsere Großkatzenhybride nicht nur einzigartig auf diesem Erdball, sondern auch sehr teuer sind, impfen wir sie einmal im Jahr. Das ist äußerst wichtig, wenn Kontakt zu anderen Tieren und Menschen besteht.)

Dr. Rabbit stellt seinen Koffer auf der Wiese ab und bastelt sein Blasrohr zusammen. Dann steckt er eine Spritze hinein und setzt das Ganze an den Mund.

»Aus dieser Entfernung wollen Sie Jana treffen?«, frage ich überrascht.

Dr. Rabbit zögert, denn unsere Jaglion-Dame liegt gut zwanzig Meter entfernt.

»Wäre es nicht sinnvoller, sie beim Essen zu impfen?«

Dr. Rabbit schüttelt den Kopf. »Es gibt vielleicht Kollegen, die das machen, aber ich halte davon nichts. Das Essen ist ein Urtrieb, etwas, was jedes Lebewesen tun muss, um zu überleben. Wenn ich die Tiere beim Essen störe und schmerzhaft mit der Spritze treffe, könnten sie es das nächste Mal mit ihrer Mahlzeit in Verbindung bringen und vielleicht Essstörungen entwickeln.«

»Quasi wie bei der Pawlow'schen Konditionierung?«

»Genau.« Erfreut hebt Dr. Rabbit den Daumen, als hätte ich ihn mit meinem Wissen gerade beeindruckt.

(Dabei kennt doch JEDES Kind die Pawlow'sche Konditionierung, wo der Hund ein Essen bekommt, wenn er das Glöckchen betätigt und letztendlich bekommt der Hund schon Speichelfluss, wenn er das Glöckchen nur hört.

Oder muss er das Glöckchen sehen?

Ist mir entfallen.

Egal.

JEDER kennt das Experiment, oder?)

Frederico gibt mir einen Klapps auf den Po. »Du schlaue Stute!«

Überrascht und empört öffne ich den Mund, um etwas zu sagen, doch Frederico drückt mir nur einen kurzen Schmatzer auf, dann ist er auch schon davongesprungen.

Zusammen mit El Mago lockt er Jana zum Zaun, doch die Dame hält offenbar ihren Mittagsschlaf und lässt sich durch die Rufe der beiden Männer nicht aus dem Konzept bringen.

Ich gehe zur anderen Seite des Geheges und setze mich dort hin. Am Rand vom Gehege liegt ein klingelnder Spielball, den Jana liebt.

Ich greife durch den Zaun und werfe das Ding immer wieder in die Luft.

Jana horcht auf und trabt schließlich zu mir.

»Hallo, meine Gute! Was hat die Susannah denn da?«

(Gott, wenn mich jemand beobachtet, muss der denken, ich bin total bescheuert!

Ich rede mit unserer vierjährigen Jaglion-Dame wie mit einem menschlichen Kleinkind.)

Jana spitzt die Ohren und kommt bis auf zwei Meter an den Zaun.

Die Männer auf der anderen Seite halten inne und schleichen sich schließlich zu mir.

Auch Dr. Rabbit steuert auf mich zu. »Ich wusste doch gleich, dass Sie die perfekte Assistentin sind, Susannah!«

Ich lächele und während ich den Ball vor mir ins Gras trudeln lasse, setzt Dr. Rabbit mit dem Blasrohr an und spuckt die Spritze durch den Zaun.

Jana jault leise auf, doch dann hält sie ruhig und kommt sogar ganz nahe zu mir, so als wollte sie, dass ich sie von dem lästigen Ding befreie.

Ich stecke meine Hand durch die Gitterstäbe und streichele ihren Kopf, so dass Dr. Rabbit die Möglichkeit hat, die Impfung zu vollenden und die Spritze zu entfernen.

»Braves Mädchen!«, lobe ich Jana, die wie eine kleine Hauskatze schnurrt.

»Wie oft soll ich dir noch sagen, dass du unsere Raubkatzen nicht wie Kuscheltiere behandeln sollst?«, schimpft Frederico ernsthaft verärgert.

Ich blicke ihn fast ein wenig genervt an. »Schatz, Jana und ich verstehen uns. Sie würde mich NIE beißen. Wir sind quasi Freunde.«

(Okay, das ist vielleicht eine sehr weitreichende Diagnose, aber bei unserer fast schwarzen Katzendame habe ich wirklich das Gefühl, dass sie mich respektiert.

Und ich meine, wie oft sieht man im Fernsehen, dass von Menschenhand aufgezogene Raubkatzen ihre menschlichen Freunde akzeptieren, ja sogar immer noch lieben, wenn sie sie jahrelang nicht gesehen haben!

[Okay, ich weiß, dass es auch zu Unfällen kommt. Aber das ist jawohl eher die Ausnahme.])

El Mago klopft Frederico beruhigend auf die Schulter. »Deine Frau hat Recht, Frederico! Jana mag sie, sonst würde sie sich nicht so streicheln lassen. Sie wäre gar nicht erst so dicht an den Zaun gekommen.«

(Nur, dass wir eines klarstellen…ich befinde mich IM ZWISCHENZAUN, dort, wo unsere Besucher NICHT hinkommen!)

Triumphierend zwinkere ich meinem Göttergatten zu.

»Ich glaube, es ist Zeit, Emma abzuholen«, sagt Frederico noch immer verärgert und ich bin mir nicht sicher, ob es nicht das erste Mal ist, dass er versucht mich loszuwerden.

(Okay, wenn ich ihn so anschaue, bin ich mir HUNDERTPROZENTIG sicher, dass er mein Verhalten überhaupt nicht gutheißt und mich GANZ dringend loswerden will.)

»Dann fahre ich besser mal und hole unseren menschlichen Wildfang ab!«

Da Tiberius seinen Mittagsschlaf bei meiner Tante auf der Veranda hält und meine Mutter Wache schiebt, schwinge ich mich ins Auto und drehe die Musik voll auf, während ich gen Kindergarten fahre, um Emma nach ihrem ersten Tag abzuholen.

Schock am Nachmittag

Während die überlaute Musik aus den Boxen der Autotüren dröhnt und ich nicht weniger laut mitsinge, fahre ich die einsame Landstraße Richtung Stadt hinunter.

Weit in der Ferne sehe ich eine kleine Gruppe von Leuten neben einem Auto stehen.

Als ich langsam daran vorbeifahre, traue ich meinen Augen kaum. Ich halte den Wagen an und mache den Motor aus.

»William?« Ungläubig steige ich aus und gehe auf die Gruppe von vier Leuten zu. »Was macht IHR denn hier?«

»Was für eine nette Begrüßung, Schwesterherz.« William wirft die Autotür des Mietwagens zu. »Hat Mama nicht erzählt, dass wir kommen?«

(DAS hat sie wohlweislich verschwiegen.

Jetzt weiß ich auch, was in ihrem Köpfchen vor sich ging, als sie mir im Supermarkt so ausgewichen ist.)

»Neeeee.«

»Na, dann ist die Überraschung doch umso größer.« William grinst.

(Auf die Art der Überraschung hätte ich gerne verzichtet.

Es war die letzten drei Jahre eigentlich ganz harmonisch und ruhig ohne meinen Bruder und seine Unterweltbrut.)

William lacht und deutet auf die beiden Jungs. »Das sind übrigens Dustin und Johannes. Vielleicht erinnerst du dich? Annette kennst du ja bereits.«

»Hallo Susannah!«

(Meine Schwägerin kommt mir irgendwie kleinlauter vor als vor drei Jahren.

[Ist sie vielleicht sogar um einige Zentimeter geschrumpft?

Hat mein Bruder sie vielleicht verhext oder hat er die ECHTE Annette beim Rumpelstilzchen ausgetauscht?
{Ich tippe auf ersteres, denn Rumpelstilzchen wird 'n Deubel tun und sich das Wasser abgrasen lassen.
Der ist doch bestimmt froh, dass er eine seiner Töchter unter die Haube gebracht hat.}])
»Hallo Jungs!«
Der sechzehnjährige Dustin knurrt ein undeutliches ›Hallo!‹ und sein fünf Jahre jüngerer Bruder starrt mich nur unverhohlen an.
»Ist euer Auto kaputt?«
»Ja, scheint so. Ich habe schon bei der Mietagentur angerufen. Die müssten jeden Moment den Abschleppdienst und ein Ersatzauto schicken«, erklärt William und wischt sich schnaufend den Schweiß von der Stirn. »Mann ey, war das schon immer so heiß hier?«
Neugierig mustere ich meinen Bruder. »Du siehst schlecht aus. Bist aufgegangen wie ein Pfannkuchen und deine Haut hatte auch schon mal jugendlichere Zeiten, was?«
William verzieht verärgert das Gesicht. »Ich reiße mir Tag für Tag den Arsch auf und was ist der Dank? Da muss ich mir von meiner großen Schwester Vorhaltungen anhören, weil ich nicht PERFEKT aussehe.«
(Warum muss ICH dankbar sein, dass ER arbeiten geht?
ICH habe mir keine Unterweltfamilie angelacht.
Sicherlich wird er mir gleich haarsträubende Geschichten seiner Brut auftischen.
Da er aber immer noch mit Annette zusammen ist, ist entweder die Liebe groß genug, der Sex exorbitant oder er findet nichts Besseres.
[Vielleicht kocht sie auch gut genug, zumindest sieht er so aus.])

Annette verdreht die Augen und geht zum Kofferraum, um ihn auszuleeren.

»Hilf deiner Mutter, Dustin!«

(Hallooooo!

Geht das auch respektvoll?

Wo bleibt das ›BITTE‹?

Wie redet mein Bruder denn mit seinem Stiefsohn?)

Dustin rührt sich nicht und inspiziert stattdessen seine Fingernägel, die so kurz abgebissen sind, dass wohl kaum noch Beute daran zu finden sein dürfte.

»Na, wird's bald!«

»William!« Ich bin empört.

(Was ist denn bloß mit meinem Bruder los?)

»Nö, kB.«

(KB?

Was, zum Henker, bedeutet das?«

»Kein Bock? Ich zeige dir gleich mal, was Bock bedeutet«, schimpft mein Bruder.

»William!«

»WAS?« Mit der Wut des Jahrhunderts starrt er mich an.

(Das wird mir ECHT zu bunt!

Muss ich einen Exorzisten rufen, der den Dämon aus ihm herausholt?

Der ist ja übler als übellaunig!)

»Gibt es dich auch in freundlich?«

»Nee«, platzt Dustin heraus.

William hebt die Hand.

»William! Du wirst doch wohl nicht zuschlagen? Bist du verrückt geworden? Was ist nur los mit dir? Bist du der ECHTE William?«

»Ach, halt die Klappe, Susannah!«, sagt mein Bruder patzig.

»Okay, dann leck mich doch am Arsch, William«, sage ich und stapfe verärgert zu meinem Wagen.

Eine Hand hält mich plötzlich zurück. »Warte!«

Ich drehe mich um und entferne die anverwandte, klammernde Männerhand. »Wenn du gekommen bist, um deinen gesamten Frust der letzten Jahre an mir abzulassen, William, kannst du gleich wieder umdrehen und mit deiner Unterweltsfamilie zurück in die Unterwelt flüchten. Ich komme sehr gut ohne euch zurecht.«

Fahrig wischt sich William über das schweißnasse Speckgesicht. »Entschuldige! Es tut mir leid!« Er lässt den Kopf hängen.

(Bin ich wirklich biologisch gesehen die Ältere von uns beiden?

Momentan sieht er aus, als wäre er mir locker zwanzig Jahre voraus!)

Noch immer verärgert lehne ich mich gegen die geöffnete Autotür. »Der Abschleppdienst kommt sicherlich gleich. Ich muss los und meine Tochter aus dem Kindergarten abholen. Ich will nicht zu spät kommen.«

William nickt. »Okay…«

»Ich schätze, ihr schlaft bei Tante Ella und Onkel Riley?«

Wieder nickt William. »Kann ich heute mal bei euch rumkommen?«

»Klar. Aber ohne deine Unterweltsfamilie.« Ich steige ein, verharre aber noch einen Augenblick und mustere ihn. »Und ohne deine schlechte Laune.«

»Nenn sie nicht immer so, okay?«, sagt mein kleiner Bruder knurrend. »Das ist keine Unterweltsfamilie.«

»Ich gebe mir Mühe«, antworte ich und schließe die Autotür.

Im Eiltempo fahre ich zur Kita und flitze ins Gebäude. Emma sitzt schon in der Garderobe und klammert sich an ihrem Einhorn fest.

»Hallo mein Schatz! Wie war dein Tag?«

»Gut.« Sie guckt kurz hoch, aber sie lächelt nicht. Ich hebe ihr Köpfchen und zwinge sie, mir ins Gesicht zu gucken. »Was ist los, Süße? Gab es Ärger? Hast du dich mit den Kindern gestritten?«

(Panik steigt in mir auf.

Sie wird doch wohl nicht gleich am ersten Tag alles versaut haben, oder?

Sie ist doch sonst so lieb!)

»Alle Kinder dürfen hier Mittagsschlaf machen, nur ich muss nach Hause.«

(Oha!

Seit wann will Madame denn FREIWILLIG schlafen gehen?

[Aber natürlich bin ich heilfroh, dass sie nicht mit Hiobsbotschaften kommt.

Williams Auftauchen ist schon eine mittelschwere Katastrophe!])

Überrascht richte ich mich wieder auf. »Du darfst deinen Mittagsschlaf auch gerne zuhause machen«, schlage ich vor.

(Emma ist überhaupt kein großer Mittagsschlafhalter.

Im Gegenteil!

Meistens brabbelt sie lustig und munter vor sich hin.

Das Ende vom Lied ist dann, dass ICH schlafe und sie im Bett neben mir mit ihren Puppen spielt.)

Emma schüttelt den Kopf. »Das ist nicht dasselbe.«

(Ich bin manchmal ECHT erstaunt über ihren Wortschatz.

Ich meine, hallooooo, Emma ist DREI!

[Und ein paar Zerquetschte.])

»Und warum ist es nicht dasselbe?«

»Alle Kinder haben eine Matratze und eine Schlafdecke. Und nach dem Schlafen liegen Gummibärchen unter dem Kissen.«

(AHA!

DA liegt also der Hase begraben.

[Oder war es der Hund und der Hase lag im Pfeffer?

Egal!]

Die Zauberzucker-Gummibärchentüte ist der Anlass für den plötzlichen Wunsch der Mittagsruhe!

[Warum bin ich eigentlich NIE auf so eine geniale Idee gekommen?])

»Woher weißt du das denn?«

»Das hat mir Claire erzählt. Meine neue Freundin.«

Emma lächelt und zeigt auf eine Fotowand. Auf dem Bild, auf das sie deutet, lächelt uns ein kleines Mädchen mit langen, dunklen Haaren und großen grünen Augen entgegen.

»Du hast eine neue Freundin? Das ist toll, Emma.«

Emma nickt und strahlt bis über beide Backen. Dann fällt ihr wieder ein, dass sie ihre Tüte Weingummi verpasst und lässt den Kopf hängen.

»Dann muss ich wohl mit Chrissie sprechen, ob du in Zukunft auch hier schlafen kannst, was? Vielleicht hat sie ja noch eine Matratze…und eine Tüte Gummibären.«

Emma nickt. Sie blinzelt zu mir hoch und lächelt. »Jetzt gleich?«

»Morgen darfst du hier mitschlafen. Heute fahre ich nicht mehr hin und her. Aber ich frage jetzt gleich.«

Enttäuscht greift Emma nach ihrem Rucksack und schleicht mir mit hängendem Kopf hinterher.

Statt nach draußen zu gehen, biege ich um die Ecke und halte im Büro der Leiterin an.

»Mrs Sunshine?«

Eine Frau um die Vierzig mit goldblonden Locken lächelt mir vom Schreibtisch entgegen. »Miss Johnson, was kann ich für Sie tun?«

»Emma möchte in Zukunft ihren Mittagsschlaf hier abhalten. Ich müsste dann die Betreuungszeit auf fünfzehn Uhr verlängern.«

Mrs Sunshine lächelt. »Das ist überhaupt kein Problem.«

(Natürlich nicht, schließlich klingelt dann die Kasse.

Aus Dummsdorf komme ich auch nicht!)

»Können Sie die Vertragsänderung vorbereiten?«

»Das mache ich. Gefällt es dir so gut bei uns, Emma?«, wendet sie sich an meine Tochter.

Emma nickt schüchtern und hält sich an meinem Rock fest.

»Das freut mich. Ich sage Chrissie Bescheid, dass sie eine Gummibärentüte mehr einplant.«

Emmas Augen leuchten.

(DAS war DEFINITIV die richtige Antwort!

Diesen Trick hätte ich mal vor zweieinhalb Jahren in Erfahrung bringen müssen, dann hätte ich mir die Fransen am Mund gespart, die es mich gekostet hat, mein kleines Früchtchen zum Mittagsschlaf zu überreden.

Ich bin gespannt, was Chrissie noch für Methoden auf Lager hat, um unliebsame Dinge von den Kindern einzufordern.

[Da kann ich bestimmt noch VIEL lernen!])

Gutgelaunt hüpft Emma zum Auto und klettert auf ihren Kindersitz.

Während der Fahrt plappert Emma wie ein Wasserfall und erzählt von ihrem Tag.

Plötzlich hält sie inne.

»Was ist los, Schatz?« Ich blicke in den Rückspiegel.

Emma legt nachdenklich einen Finger auf die Lippen. »Wie lacht man auf Englisch, Mama?«

(Da ich mit meiner Tochter nur Deutsch spreche und Frederico überwiegend Englisch, seine Eltern wiederum Italienisch, ist es ein Wunder, dass sie überhaupt so gut Deutsch spricht.

Aber dass man verschiedensprachig LACHEN kann, ist mir neu.

Muss ich dringend googeln.)

»Wie kommst du denn darauf, dass man auf Englisch anders lacht?« Ich beobachte sie im Rückspiegel.

Emma blickt aus dem Fenster. »Michael hat mich ausgelacht. Er hat gesagt, ich bin doof, weil ich nicht auf Englisch lachen kann.«

(Michael!

Der Name sagt jawohl alles, oder?

Seit wann lacht man auf Englisch?

So ein kleiner oberpissiger Vollhorst!

Bestimmt ist sein Vater korinthenkackender Anwalt, oder so was.)

»Hast du denn heute im Kindergarten Deutsch geredet?«

»Aus Versehen.«

(Ich ziehe die Augenbrauen hoch.)

»Da würde ich glatt sagen, dass Michael doof ist, wenn er behauptet, dass man auf Englisch lachen kann. Wahrscheinlich ist er nur neidisch, weil du drei Sprachen sprichst und er nur eine.«

»Michael ist auch doof. Er sagt, eins plus eins ist vier.«

Ich drehe mich zu Emma um und schnalze mit der Zunge wie meine Mutter. »Jedes BABY weiß doch, dass eins plus eins gleich zwei ist.«

»Genau.« Emma hält zwei Finger in die Höhe.

»Ich glaube, Michael ist verärgert, weil er nicht verstanden hat, was du auf Deutsch gesagt hast«, sage ich schließlich. »Und um dir eins auszuwischen, behauptet er, du könntest nicht auf Englisch lachen. Frag ihn doch nächstes Mal, ob er auf Italienisch lachen kann und dann machst du ihm was vor.«

»Was denn?«

Ich schaue mich kurz um.

Es ist weit und breit kein Auto zu sehen, also gehe ich vom Gas und lache wie ein fieser Mafiosi.

(Zumindest stelle ich mir vor, dass ein Mafiosi so lacht.)

»So lacht man auf Italienisch?«, fragt Emma amüsiert.

Ich lächele. »Na klar, du schlaues Ding! Frag deine Großeltern! Nonno und Nonna können dir bestimmt noch ganz andere Sachen beibringen!«

(Meine Schwiegereltern sind auch schwerstens bemüht, ihre Sprache nicht aussterben zu lassen und geben Emma regelmäßig Italienischunterricht für den Alltag.)

Emma nickt und schaut aus dem Fenster.

Nach einer Weile meldet sie sich wieder zu Wort. »Wir haben heute den Notruf gelernt.« Sie beugt sich vor. »Weißt du, wie der geht?«

(SCHOCK!

Nee…

OMG!!!

Nun bin ich schon…[wie lange?] hier in Australien?

Vier Jahre?

Und ich habe noch nie einen Notruf tätigen müssen.

Heiliger Bimbam!

Jetzt bin ich aber aufgeschmissen.

Nur gut, dass kein Notfall vorliegt!)

»112 für die Feuerwehr?«, versuche ich mein Glück.

(Ich habe ECHT KEINE Ahnung, unter welcher Nummer ich die Polizei und Feuerwehr rufen müsste.

Wie peinlich ist das denn?)

»Neeeeiiiiin.« Heftig schüttelt Emma den Kopf und tadelt mich mit ihrem Zeigefinger. »000.« Sie schnalzt mit der Zunge und ich fahre zusammen, weil sie sich anhört wie meine Mutter. »MAMA! Das MUSS man wissen, hat Chrissie gesagt.«

Ich drehe mich leicht zu ihr um. »Wie gut, dass ich dich habe, mein Schatz! Ich hätte glatt die falsche Nummer gewählt.«

»Und weißt du, die Koala-Polizei hat die Nummer 333.«

Ich steige auf die Bremse und fahre an den rechten Fahrbahnrand. Dann drehe ich mich nach hinten um und mustere meine Tochter ungläubig. »Es gibt eine KOALA-Polizei?«

(Was, zum Henker, ist das?

Sind das Polizisten, die sich um gestrandete Koalas kümmern oder Koalas, die bei der Polizei arbeiten?

Heiliger Bimbam!

Bin ich SOOO ungebildet?

Jetzt bloß nicht raushängen lassen, dass du ahnungslos bist, Susannah!

Pokern, heißt die Devise!)

Emma kramt in ihrem Rucksack und holt ein kleines Stofftier heraus. Ein Koalabär mit Polizeimütze.

»Das ist ein Kottchen«, erklärt sie. »Und wenn man Hilfe braucht, wählt man 333.«

»Du hast ein Maskottchen geschenkt bekommen?«

(Warum verkleidet man ausgerechnet die langsamsten Tiere Australiens als Polizisten?

WAS soll mir das sagen?

Und wer behauptet dann auch noch, dass man den Koala-Notruf wählen kann?

Wer hat sich denn SO eine Volksverdummung ausgedacht?

[Wobei, wenn ich es recht überlege, gibt es auch Städte in Deutschland, die irgendwelche Tiere als Polizisten verkleiden und diese dann als Maskottchen ausgeben.

Irgendwelche Bären oder Tiger oder Drachen.

Was lernen wir daraus?

Genau!

Auch Polizisten haben Angst vor Kindern!

Sie brauchen ein Bestechungsmittel, um die Aufmerksamkeit der Teppichbeißer zu erregen.])

Emma nickt.

»Das ist toll, Emma. Dann hast du ja einen aufregenden Tag gehabt und hast sogar gelernt, was man macht, wenn es brennt.«

(Nicht, dass es bei gebotener Vorsicht ständig brennen würde, aber in einem heißen Land wie Australien brennt es vielleicht etwas öfters als im kalten Deutschland.)

Apropos Deutschland…wir fahren gerade an Williams Mietwagen vorbei, der soeben auf ein Abschleppfahrzeug gehievt wird.

Von William und seiner Familie ist keine Spur zu sehen.

Ich schätze, sie sitzen schon bequem auf der Veranda meiner Nebeneltern.

»Dann habt ihr auch geübt, was man bei einem Feueralarm macht?«, bohre ich nach.

Emma nickt. »Es hat ganz laut geklingelt und wir mussten schnell unser Obst aufessen. Dann haben wir uns an den Händen gehalten und sind rausgegangen. Mit Hausschuhen.«

Belustigt schaue ich meine Tochter im Spiegel an. »Ihr habt euer Obst noch aufgegessen?«

Emma nickt. »Obst ist wichtig, sagt Chrissie.«

(Das stimmt, ich bin mir allerdings NICHT sicher, ob Obst auch noch wichtig ist, wenn man seine Haut vor dem Feuer retten muss.)

Endlich ist das Zirkuszelt zu sehen.

Es ist unglaublich heiß heute und ich fürchte, Tiberius wird sehr durstig sein, wenn er aufwacht.

Geschwind biege ich in unseren Sandweg und fahre ihn hoch, bis wir unser Haus erreichen.

Ich parke den Wagen in der Einfahrt und gehe mit Emma hinüber zum Haus meiner Nebeneltern.

Frederico steht dort neben meinem Vater und trinkt eine eisgekühlte Limonade.

»Papa!« Mit weit ausgebreiteten Armen fliegt Emma auf Frederico zu. Sie drückt ihr Gesicht gegen seine Brust und atmet tief ein. »Ich will mit dir kuscheln, Papa. Ich bin ein Kuschler!«

Frederico küsst ihr Haar. »Wie war denn dein Tag im Kindergarten, du Kuschlerin?«

Stolz holt Emma den kleinen Koala aus ihrem Rucksack und hält ihn in die Höhe. »Den habe ich geschenkt bekommen.«

»Toll, ein Koalabär mit Polizeimütze«, lobt Frederico.

»Das ist eine Polizisterin, Papa«, erklärt Emma entrüstet.

(Schlau, sehr schlau kombiniert.

Wenn ein weiblicher Kuschler eine Kuschlerin ist, ist ein weiblicher Polizist NATÜRLICH auch eine Polizisterin.

Hätte mein Göttergatte auch gleich draufkommen können, oder?

[Ich muss mich zusammenreißen, um nicht laut loszulachen.])

»Und wir hatten Feueralarm. Das hat ganz laut geklingelt.«

»Und was habt ihr gemacht, als es geklingelt hat?«, will Frederico wissen. Er nimmt Emma auf den Arm und wirft sie in die Höhe.

Emma quiekt laut auf. »Wir haben Obst gegessen und dann sind wir rausgegangen.«

Mein Göttergatte rümpft die Nase. »Super Botschaft! Wenn es brennt, wird erst noch einmal fürs leibliche Wohl gesorgt, dann rettet man seine Haut.«

»Apropos, Haut retten…« Ich wende mich an meine Mutter. »Warum hast du uns nicht erzählt, dass William mit seiner Familie kommt?«

»Das möchte ich auch wissen«, sagt Tante Ella und stellt den Glaskrug mit der Limonade so heftig auf der Tischplatte ab, dass der Krug in zwei Teile bricht und der Inhalt im Eiltempo über den Schoß meiner Mutter läuft.

»Pass doch auf, Ella!« Schimpfend springt meine Mutter auf, während meine Tante versucht, das klebrige Zeug aufzufangen.

»Lenk nicht ab!«, sagt meine Tante knurrend.

»Wo stecken die Vier überhaupt?« Ich schaue mich um. »Doch wohl hoffentlich nicht bei den Tieren, oder?«

Meine Mutter verschluckt sich an ihrem Kaffee, aber meine Tante winkt ab. »Ich habe ihnen ihr Zimmer gezeigt. Da sie nicht angekündigt sind und wir deine Eltern schon unterbringen müssen, ist der Platz ETWAS begrenzt. Sie beziehen gerade ihre Betten.«

»BEVOR die sich hier breitmachen, werden Regeln aufgestellt«, sage ich leicht angefressen.

William betritt die Veranda zusammen mit Annette. »Hallo alle miteinander!«

Vergeblich halte ich nach seinen Kindern Ausschau. Die beiden setzen sich seelenruhig an den Tisch, während meine Tante hektisch am Aufwischen ist.

»Ich hole neue Limonade, okay, Tante Ella?«, biete ich mich an.

»Danke, Süße!«

Ich ernte ein erleichtertes Lächeln meiner Tante.

Dann gehe ich in die Küche und komme am Zimmer vorbei, welches mit Sicherheit für William und seine Familie gedacht ist.

Schnell linse ich in alle Richtungen, doch die Luft ist rein. Vorsichtshalber klopfe ich zaghaft an und öffne die Tür.

Ein Blick ins Zimmer verrät mir, dass es verlassen ist.

Naserümpfend gehe ich in die Küche und hole neue Limo und Gläser, während ich mit beschleunigtem Herzschlag darüber nachdenke, ob mein Neffe namens ›Staubkorn‹ vielleicht gerade das Raubtiergehege in Brand setzt. Dann balanciere ich das schwere Tablett auf die Veranda.

Noch bevor ich es abgestellt habe, raunze ich meinen Bruder an. »Wo stecken deine Kinder?«

Überrascht schaut Frederico mich an.

(DIESEN Tonfall kennt er noch nicht.

Aber da ich von meinen Eltern weiß, wozu Dustin alles in der Lage ist, ist mir äußerst unwohl, wenn er ohne Einweisung auf unserem Grundstück herumläuft, wo kostbare und, wenn man sie ärgert, auch gefährliche Tiere leben.)

»Was ist denn in dich gefahren, Susannah?« Meine Mutter ist empört.

Viel zu hart stelle ich das Tablett auf den Tisch, so dass die Gläser klirrend umfallen. »DU weißt genau, dass die Kinder von Annette NUR Scheiße im Kopf haben. Und DU weißt auch, dass wir seltene und gefährliche Tiere hier haben. Ich will JETZT SOFORT wissen, wo die Jungs sind.«

»Ihr habt eure Kinder mitgebracht?«, fragt Frederico mit aufkommender Panik.

Annette nickt.

William stöhnt. »Jetzt mach mal halblang, Susannah! Bläh dich nicht so auf. Das sind KINDER…«

»…und Kinder bauen ab und zu auch mal Mist. Völlig normal und du warst auch kein Engelchen«, gibt meine Mutter zum Besten, als hätte sie bereits vergessen, was DIESE Kinder bereits alles angestellt haben.

»Wenn es KINDER wären, dann hätten sie wohl kaum das halbe Haus unserer Eltern weggesprengt, oder? Es sind wohl eher pubertierende Flegel.« Fuchsteufelswütend beuge ich mich über den Tisch. »Und im Gegensatz zu Dustin habe ICH keine Häuser in die Luft gejagt.«

(Höchstens heimlich Kartoffelchips und Schokolade genascht!)

»Was? Ist das dein Ernst? Euer Sohn hat das Haus in die Luft gejagt?« Frederico stellt Emma auf die Veranda und läuft Richtung Großkatzengehege davon, ohne eine Antwort abzuwarten.

»Ihr macht einen Aufstand«, sagt meine Mutter vollkommen genervt.

»Hast du eine Ahnung, was es heißt, vier Großkatzen und zwei Elefanten, sowie menschenfressende Würgeschlangen zu beherbergen?«, knurre ich meine Mutter an. »Tante Ella, kann ich Tiberius und Emma kurz bei dir lassen?«

»Klar, Schätzchen. Geh nur!«

»Ich komm mit!«, ruft Emma, doch ich zeige nur auf die Bank, auf der meine Mutter sitzt. »DU bleibst hier sitzen, Fräulein! Und wage es NICHT, dich zu widersetzen!« Ich drehe mich um und flitze davon.

Luxushotel ›Susannah‹

Am Gehege unserer Jaglion-Dame hole ich Frederico ein, der aufgelöst und in leichter Panik nach den beiden Jungs sucht.

Auf den ersten Blick sind sie nirgends zu sehen. Also laufe ich den langen Sandweg entlang und höre schließlich Schritte hinter mir.

William und mein Vater sind uns gefolgt.

Hinter der Hütte biege ich rechts ab und bleibe abrupt stehen.

Frederico, der von der anderen Seite gekommen ist, sieht mich, sieht die Jungs und stolpert vor Schreck fast gegen den Zaun.

Dustin steht IM Gehege vor Sana und Sandro, unserem Liger-Töwen-Pärchen, und zwar im Abstand von drei Metern von den beiden Katzen entfernt.

(WIE, zum Teufel, ist der Kerl über den VIER METER hohen, elektrisch gesicherten Zaun gekommen?

Kriegt der Kerl zuhause zu viel zu essen, dass er überschüssige Energien hat?

Oder ist er Stabhochspringer und hat irgendeine Latte zum Sprung genutzt?

Der Käfig ist verschlossen!)

»WAS…TUST…DU…DA?«, fragt Frederico mit größter Beherrschung.

Ich habe Frederico noch NIE SO wütend gesehen. Er spricht so leise, dass er fast bedrohlich wirkt.

Ängstlich steht Dustin vor den beiden Raubkatzen, beide Arme in der Luft, als würde er Stopptanzen spielen, während Johannes mit einem langen Stock und lautem Rufen versucht, die Tiere abzulenken, damit sein Bruder fliehen kann.

Dann sehe ich ein knallgrünes Handy auf dem Boden vor Dustin liegen.

(Ist der Junge etwa seinem heiligen Handy nachgeklettert? Hat er das Ding da ABSICHTLICH reingeworfen? Oder war das sein kleiner Bruder?

Wie bescheuert muss man sein, um sich für so ein Gerät in Lebensgefahr zu bringen?

DAS wäre nicht einmal mir passiert!

Und ich bin schon extrem handysüchtig.)

Mein Vater schaltet sofort und rennt zum Kühlhaus, wo das Fleisch für die Raubkatzen aufbewahrt wird.

Frederico, der aus seiner Starre erwacht, nickt mir kurz zu (wohlwissend, dass ich jetzt die Rolle der ablenkenden Muse übernehmen muss) und flitzt meinem Vater hinterher, um das Kühlhaus aufzuschließen.

»Sana! Sandro«, rufe ich in lautem Singsang und versuche, so wenig Panik in meine Stimme zu legen wie möglich.

Unser Vorteil ist es, dass sowohl unsere Ligerdame, als auch unser Töwe von Menschenhand aufgezogen worden sind und sogar mit El Mago kuscheln. Sie sind es nicht gewohnt, ihr Essen zu erbeuten. Und obwohl das Schafangebot da ist, haben wir in Absprache mit El Mago entschieden, nur erlegtes Fleisch zu füttern.

Ohne mich allzu hastig zu bewegen, ziehe ich mein Handy aus der Tasche und wähle die Nummer von El Mago.

Dabei gehe ich im Zeitlupentempo zum Zaun und rede weiter sanft auf die beiden Raubkatzen ein, die mittlerweile hin und hergerissen sind zwischen ihrem neuen Spielzeug und meiner Wenigkeit.

»Susannah?«, ertönt El Magos Stimme.

»Alarmstufe Rot«, ist alles, was ich sage, denn das ist unser geheimes Notrufsignal, welches Frederico sich in Anlehnung an Nick und mein Alarmstufensystem ausgedacht hat.

Es klickt in der Leitung und ich weiß, dass El Mago binnen Minuten hier sein wird.

Frederico und mein Vater tauchen mit dem Fleisch auf und versuchen, die Aufmerksamkeit auf sich zu lenken, doch keiner der beiden Katzen scheint hungrig zu sein.

Sie fixieren Dustin und ich vermute, sobald er sich bewegt, wird er als neues Spielzeug anerkannt und zu Boden geworfen.

»BLEIB SO STEHEN, Dustin«, sage ich mit ruhiger Stimme. »KEINE Bewegung!«

Johannes hat es aufgegeben, mit dem Stock gegen den Metallzaun zu schlagen und die beiden Tiere sind zu weit weg, um sie damit zu pieksen.

(Was auch besser so ist.)

Plötzlich klingelt das dämliche Handy im Gras.

Sana zuckt zusammen und Sandro lässt sein imposantes Löwengebrüll ertönen.

(Oder muss ich Töwengebrüll sagen, weil unser Guter ein Töwe ist?

Egal, ich habe jetzt ÜBERHAUPT KEINE Zeit, darüber nachzudenken.)

»Wie geht dieses scheiß Handy aus?«, zische ich leise.

Dustin dreht den Kopf und macht den Fehler, den ich vermeiden wollte. Er bewegt sich Richtung Telefon und hebt es auf.

Im gleichen Moment macht Sana einen Satz auf ihn zu und begräbt ihn unter sich.

»SCHEISSE!« Alarmiert springen Frederico und ich gleichzeitig zur Sicherheitstür.

Frederico zückt den Schlüssel und gibt zusätzlich den Sicherheitscode ein.

»AAAAAAAH!!!« Von weitem hören wir Annette kreischen.

Ich drehe mich um und sehe gerade noch, wie sie ohnmächtig in Williams Armen zusammensackt.

(Mann ey, konnte die doofe Trulla nicht auf der Veranda bleiben?)

Sandro erschrickt fürchterlich und fängt an, wie eine wilde Sau durch das Gehege zu flitzen.

Dann ertönt das Motorrad von El Mago.

(Dem Himmel sei Dank!)

Obwohl er mit dem Ding sonst nie bis zu den Tierställen fährt, fährt er bis zum Gehege und bremst so haarscharf vor dem Zaun, dass der ganze Staub aufgewirbelt wird.

(Was die Tiere noch verrückter macht, aber immerhin hebt Sana ihren Kopf und lässt Dustin für einen Augenblick in Ruhe.)

Frederico entsichert die Sicherheitstür und nickt El Mago zu. Der nutzt sofort den zweiten Sicherheitsschlüssel und gemeinsam öffnen die Männer das Gehege.

Langsam betritt unser Dompteur die Wiese und hockt sich auf den Boden. Er blickt zu Sana, die auf Dustin hockt und dessen Nacken abschleckt.

(Ich sagte doch, das sind GROSSE Kuscheltiere!

Die fressen keine Menschen.

Auch wenn so ein hormongeladener Pubertierender sicherlich ein Festmahl wäre!)

Dustins Hose ziert ein riesengroßer, nasser Fleck.

(Und ich wette, der Lümmel wird sich so schnell nicht mehr unbefugt Zutritt zu einem Raubtiergehege verschaffen.

Vielleicht sollte ich vorsichtshalber noch ein Foto von seinem Piescherfleck machen und es ihm unter die Nase reiben, falls er aufmuckt.

Oder ich drohe ihm, es bei YouTube reinzustellen!

Immerhin hat sein kleiner Bruder seit einigen Minuten das Handy in der Hand und filmt die ganze Angelegenheit!

Ich reihe mich also ein und schieße ein Foto.)

El Mago nimmt einen Teleskopstock vom Gürtel und eine Pfeife aus der Tasche. Vorsichtig klopft er mit dem Stab auf den Boden und steckt sich dabei die Pfeife in den Mund.

Er pfeift dreimal und wartet ab.

Sandro bleibt stehen, blickt El Mago an und stürmt auf ihn zu. Mit einem Satz springt er auf seinen Ziehvater drauf und wirft ihn zu Boden.

Sana, die El Mago ebenfalls bemerkt hat, verlässt ihr Spielzeug und gesellt sich zu den beiden.

Nun toben die Tiere mit El Mago herum, als seien sie verspielte Kinder.

»Dustin! Steh in Zeitlupe auf und krabbele auf allen Vieren GAAANZ langsam zu mir!«, sage ich leise aber im Befehlston einer Obergouvernante.

(Zumindest hoffe ich, dass ich so klinge!)

Dustin hebt seinen Blondschopf und schaut sich um. Sein Gesicht ist tränenverschmiert und dreckig. Offenbar hat er versucht, sein Gesicht in der Erde zu verbuddeln.

(Hätte ihm im Ernstfall auch nicht viel geholfen.

Ein Kopf ohne Körper ist nicht sonderlich hilfreich, oder? Zumindest nicht bei Menschen. Aber vielleicht ist er ja auch ein ungezogener Außerirdischer, ein Abkömmling von Rumpelstilzchen, dessen Kopf unabhängig vom Körper weiterleben kann?)

»Langsam aufstehen!« Ich rede mit ihm wie mit einem Baby.

Wie eine Schlange kriecht er zu mir, nicht jedoch, ohne unterwegs sein dämliches Handy wegzustecken.

»Du kriechst jetzt weiter am Zaun entlang, bis du bei Frederico bist. Das ist mein Mann. Er steht in zehn Metern Entfernung bei drei Uhr.«

»Hä?«

»Mein Gott«, sage ich leicht genervt, »drei Uhr ist rechts von dir.«

(Was bringen die den Kindern heutzutage in der Schule bei?

Guckt er kein Fernsehen?

Oder kennt er die Uhr etwa nicht?

Vermutlich kennt er nur Digitaluhrzeiten!)

Wieder ertönt das hysterische Kreischen von Annette.

(Oh Mann, kann mal jemand diese Frau zurückhalten?)

So langsam wie möglich trete ich den Rückzug an und gehe in Richtung Haupthaus, um meine wildgewordene Schwägerin wegzujagen, bis ihr Sohn in Sicherheit ist.

Kaum bin ich außer Sichtweite, renne ich los. »Sieh zu, dass du deine Frau hier wegschaffst!«, fahre ich meinen Bruder so wütend an, dass mein Bruder sofort reagiert.

Doch Annette ist störrischer als ein Esel und offenbar stärker als sie aussieht.

»Ich – kann – nicht…« William kämpft mit Annette, die wild um sich schlägt und wie eine Irre kreischt.

Kurzerhand stapfe ich auf sie zu und haue ihr voll eine runter.

WAMM!!!

(WOW!

DIE Ohrfeige hat gesessen!

[Um ehrlich zu sein, wollte ich DAS schon immer mal machen.

Wie geil war das denn?!])

Erschrocken hält Annette inne und starrt mich an.

»Verschwinde! Mit deinem Gekreische machst du die Tiere erst recht wild, oder willst du deinen Sohn heute als Barbecue serviert bekommen?«

Annette schluchzt auf, hält sich die Hand vor den Mund und lässt sich schließlich von William wegbringen.

Ich gehe wieder zurück zum Gehege, wo Dustin fast den Ausgang erreicht hat, während El Mago noch eine Sonderkuschelstunde in Motorradkleidung einlegt.

Nach weiteren fünf Minuten (die mir wie eine Ewigkeit vorkommen) hat es Dustin endlich geschafft.

»Save!«, ruft Frederico und El Mago hebt neugierig den Kopf. Er hebt den Daumen hoch und lacht befreit.

(Bisher gab es zwar nie Zwischenfälle mit seinen Ziehkindern. Aber Raubkatzen sind halt Säugetiere mit eigenem Willen und heißen nicht umsonst ›Raub‹TIER. Da kann so ein pubertierender Kurzbesuch schon mal böse Folgen haben.)

El Mago holt noch ein paar Katzenbonbons aus der Tasche und verabschiedet sich dann von Sana und Sandro, die glücklicherweise nichts von menschlichem Fleischgenuss halten.

Er verlässt das Gehege und der Sicherheitscode wird wieder aktiviert.

»Da haben wirrrr schon einen hohen Zaun, Sicherrrrheitscode und zwei Spezialschlüssel und da kommt so ein dummerrrr Junge daherrrr und kletterrrrt überrrr einen vierrrr Meterrrr hohen Zaun«, schimpft El Mago kopfschüttelnd.

Erleichtert klopft ihm Frederico auf die Schulter. »Danke, dass du so schnell hier warst, El.«

Unser Raubtierdompteur lächelt. »Selbstverrrrständlich, Frrrrederrrrico! Alarrrrmstufe Rot. Gute Idee.«

Da El Mago heute nicht arbeiten muss, verabschiedet er sich wieder und düst mit dem Motorrad davon.

Frederico und ich gehen zusammen mit den beiden Jungs zur Veranda meiner Nebeneltern zurück.

(Am liebsten hätte ich den beiden Handschellen angelegt!)

In Tränen aufgelöst, rennt Annette auf Dustin zu und fällt ihm um den Hals.

Genervt tätschelt dieser ihre Schulter. »Ist ja gut, Mom. Reiß dich mal zusammen! Du bist VOLL peinlich.«

(Ich an ihrer Stelle hätte ihm bestimmt eine geklebt. Spätestens jetzt!

Es gibt Dumme-Jungen-Streiche und es gibt lebensgefährliche-Drei-Gehirnzellen-Aktionen, und letztere ist sicherlich KEIN Anlass, dem Kind schluchzend um den Hals zu fallen und ihm auch noch den Allerwertesten zu pinseln. UND als Belohnung noch einen Peinlichkeitsfaktor an den Kopf geworfen bekommen.

Absolutes No-Go!)

Annette löst sich von ihm und geht jammernd zu William zurück.

»Etwas mehr Respekt, Dustin!«, sagt dieser leise knurrend.

Dustin wirft ihm einen Du-bist-nicht-mein-Vater-Blick zu und wirft sich auf eine freie Bank.

»Vielleicht möchtest du dich erst einmal umziehen?«, frage ich Dustin.

»Nö, kein Bock.«

Ich zücke mein Handy und schieße noch ein Foto von seiner nassen Hose.

»Hey, was soll das, Mann?«

»Beweisfoto. Für später. Falls du aufmüpfig wirst«, sage ich.

Dustin blickt an sich herunter und scheint erst jetzt den Piescherfleck zu bemerken.

Peinlich berührt kneift er die Beine zusammen und sucht gleichzeitig nach einem Kissen, um den Fleck zu verstecken.

Frederico scheucht Johannes zu seinem Bruder und baut sich vor Familie William Johnson auf.

(Warum wird bei den Familien eigentlich immer der Mann als Oberhaupt zitiert? Warum heißt es nicht ›Familie Annette Johnson‹?

Bestimmt aus dem gleichen Grund, weshalb wir einen Onkel Gott und keine Tante Göttin haben, oder?)

Frederico wirft einen fragenden Seitenblick auf meine Nebeneltern, die ihm aufmunternd zunicken.

»So, ihr vier habt jetzt exakt zwei Möglichkeiten: Entweder packt ihr umgehend eure Sachen und verlasst dieses Grundstück…«

»Das hast du gar nicht zu entscheiden!«, blafft William meinen Göttergatten an.

Die Augenbrauen von Frederico wandern gefährlich in die Höhe.

(Um ehrlich zu sein, habe ich ihn NOCH NIE SO wütend gesehen.

Noch ein falsches Wort und er explodiert.

Echt!

Und wenn er zur Sorte der Aliens gehört, werden dann sicherlich zehn grüne Arme mit Saugnäpfen aus seinem Rumpf schießen und sich um William und seine Unterweltsbraut schlingen. Dabei werden die fünf laserfähigen Augen eine Botschaft in ihr Fleisch brennen: ›*Auf fremdem Territorium gehorche ich bedingungslos, sonst werde ich Fleisch für Rumpelstilzchen*‹.)

»Frederico hat hier die Befehlsgewalt, William, und je eher du das kapierst, umso besser für dich und deine Familie«, sagt Onkel Riley äußerst verärgert.

Meine Mutter verzieht das Gesicht. »Was hackt ihr denn schon wieder alle auf William herum? Und seit wann hat Frederico hier das Sagen?«

Ich verdrehe die Augen und schaue hilfesuchend zu Tante Ella.

»DAS habe ich gesehen, Susannah!«, sagt meine Mutter schwer beleidigt.

(Wenn sie ihren Sohn immer so mit Samthandschuhen anfasst, ist es kein Wunder, dass die ganze Familie so durchgeknallt ist!

Die würde ihm noch den Hintern pinseln, wenn er vor ihre Haustür kacken würde.

Unglaublich.

Echt!)

Ich will etwas erwidern, doch Frederico bringt mich mit einer ruhigen Geste zum Schweigen.

»Wenn es dir nicht passt, dass wir mit William und seinen ungezogenen Gören Klartext reden, kannst du dich gerne deinem Sohn anschließen und abreisen, Ilse!«

(OHA!

Hat Frederico das eben tatsächlich zu meiner Mutter gesagt?

Mein harmonieliebender, friedfertiger Herzkönig scheint sehr, SEHR wütend zu sein.

SO habe ich ihn noch NIE erlebt!

[Die anderen auch nicht, denn alle sind sprachlos!])

Meine Mutter öffnet ihren Mund wie ein Karpfen und blickt zu ihrer Schwester, doch meine Tante zuckt nur die Schultern. »Dein Schwiegersohn hat vollkommen Recht«, sagt sie gelassen, »dies war unsere Schaffarm. Als wir uns damit einverstanden erklärten, einen Zoo-Zirkus aus dem Grundstück zu machen, haben Susannah und Frederico das gesamte Grundstück gekauft und haben nun natürlich auch das Kommando…«

»Woher habt ihr das Geld, Susannah?«, fährt meine Mutter dazwischen.

»Egal«, sagt mein Vater unwirsch.

Meine Mutter rümpft die Nase.

(Sie weiß natürlich NICHT, dass ich im Lotto gewonnen habe.)

»Hier leben Tiere, die unter Umständen sehr gefährlich sein können«, sagt meine Tante.

»Danke, Ella, das ist mein Stichwort«, fährt Frederico fort, mühsam darauf bedacht, die Beherrschung nicht zu verlieren.

Selbst Emma sitzt stillschweigend auf Opas Schoß und schaut die Erwachsenen mit großen Augen an.

»Die zweite Möglichkeit ist, dass ihr euch EXAKT an die Regeln haltet, die auf diesem Gelände gelten.«

William verschränkt schnaufend die Arme vor der Brust.

»Das hast du dir ja schön eingerichtet, Schwesterherz!«

Ich will etwas zurückpfeffern, doch auch dieses Mal bringt Frederico mich mit einer Geste zum Schweigen.

»Willst du die Regeln hören oder gleich abreisen?« Mein Göttergatte fixiert meinen verzogenen Bruder, der trotzig zurückstarrt.

»William?«, hakt mein Vater nach. »Abreisen? Deine Mutter zahlt bestimmt auch noch deinen Rückflug.«

Zum Schrecken meiner Mutter schlägt sich auch noch mein Vater auf unsere Seite. Doch ein Blick ins Gesicht meines Vaters reicht, um sie vor jeglichen Kommentaren zurückzuhalten. Wie ein bockiges Kind verschränkt sie

die Arme und schweigt in einer Lautstärke, die kaum aus-
zuhalten ist.

»Welche Regeln?«, bricht Johannes schließlich das Eis.

»NIEMAND von euch betritt die Weiden und Gehege der
Tiere«, fängt Frederico an. »EGAL, ob sich ein Gegen-
stand darin befindet, der euch gehört. EGAL, ob euch das
Kuschelfieber packt. Ihr haltet euch fern von den Tieren.
Ihr werdet den gesamten Zoobereich nicht ohne Beglei-
tung eines Erwachsenen betreten.«

»Betrifft das sogar die Schafweiden?«, fragt William pro-
vokativ mit einem spöttischen Grinsen.

»Das Grinsen wird dir gleich vergehen, mein Junge! Ein
Wort noch und ich werfe dich höchstpersönlich raus.«
Nun baut sich Onkel Riley vor meinem Bruder auf, so
dass William Anstalten macht, sich zu erheben.

Annette legt ihm beruhigend eine Hand auf den Oberschenkel und zwingt ihn zum Sitzenbleiben.

»Auch keine Schafweiden«, sagt Onkel Riley, bevor Frederico seine Sprache wiedergefunden hat.

Mein Herzkönig nickt. Dann fährt er fort: »NIEMAND
von euch füttert die Tiere ohne meine Erlaubnis und mein
Beisein…« und bevor William wieder etwas erwidern
kann, haut mein Onkel auf den Tisch, »UND DAS GILT
AUCH FÜR MEINE SCHAFE!«

Erschrocken zucken alle zusammen.

(Onkel Riley ist noch NIE aus der Haut gefahren.

Aus den Augenwinkeln sehe ich, dass meine Tante das
offenbar ziemlich sexy findet, denn in ihrem Blick hat
sich gerade etwas verändert.)

Unbeirrt spricht Frederico weiter, nachdem er Onkel Riley
bestätigend zugenickt hat, »NIEMAND von euch fasst die
Tiere ohne meine Erlaubnis und ohne mein Beisein an.«

»Wir dürfen nicht einmal die Pferde streicheln?«, fragt Johannes enttäuscht.

»Die klapprigen Gäuler will sowieso keiner anfassen«, blubbert Dustin seinen Bruder an.

»Ich würde sagen, ihr reißt euch alle mal zusammen! Da ihr offenbar das Geld hattet, nach Australien zu reisen, habt ihr scheinbar auch das Geld, in einem Hotel unterzukommen. Ich werde gleich mal im Resort Hotel in Adelaide anrufen und euch eine Suite buchen…«, sage ich mit sarkastischem Unterton.

»Lass stecken!«, winkt mein Bruder ab.

Überrascht öffne ich den Mund. »Doch nicht genug Geld für ein Hotel?«

Annette schüttelt verschämt den Kopf.

»Na, dann solltest du deine Pferdchen aber ganz schnell zügeln und endlich einmal die Klappe halten, William«, sage ich so hochnäsig wie möglich.

(Das liegt mir natürlich überhaupt nicht.

Aber mit einer nötigen Portion Wut im Bauch ist das nur halb so schwer.)

»AUCH das Zirkusgelände ist für euch tabu. Meine Sicherheitsleute sind angewiesen, Unbefugte festzunehmen und der Polizei zu überreichen. Und ich mache bei euch keine Ausnahme!« Frederico guckt zu mir. »Habe ich noch etwas vergessen?«

Fieberhaft überlege ich und zucke schließlich mit den Schultern. »Keine Ahnung. Am besten schreiben wir die Regeln auf und hängen das Plakat gut sichtbar an eure Zimmertür«, schlage ich vor.

»Das ist eine sehr gute Idee«, sagt Onkel Riley und hebt den Krug Limonade hoch. »Möchte jemand etwas trinken?«

»Ich«, ruft Emma und hebt ihre Hand.

»Wir sind doch nicht in der Schule«, sagt Johannes belustigt.

Emma schüttelt den Kopf. »Nee«, sagt sie grinsend, »aber ich gehe schon in den Kindergarten.«

»Voll cool«, brummt Dustin und hebt den Daumen. Dann lässt er seine Zunge vibrieren und imitiert einen Pups.

(Zum Glück ist Emma noch so klein, dass sie den triefenden Sarkasmus in seiner Stimme nicht gehört hat.)

Stolz lächelnd nimmt sie ihr Trinkglas entgegen. »Ja, voll cool.«

♥♥♥

Erschöpft setze ich mich zu Frederico auf die Veranda. Die Dämmerung ist bereits hereingebrochen, die Sonne küsst den Boden und taucht unser Raumschiff in gespenstisches Licht. Auf dem Tisch brennt eine kleine Kerze.

»Schlafen die beiden?« Frederico reicht mir einen alkoholfreien, bunten Cocktail.

»Oh, danke, du bist ein Schatz! Das ist nach dem heutigen Tag genau das Richtige.«

Mein Herzkönig hält die Nase in die Höhe. »Riechst du das?«

Ich schnüffele mit leicht aufsteigender Panik.

(Oh Gott, BRENNT es irgendwo?

Hat Dustin die Ställe in die Luft gejagt?)

»Neeeein. Was denn?« Schnuppernd setze ich mich auf meinen Mini-Ufo-Landeplatz.

Frederico fächelt sich Luft zu. »Das ist der Duft des Eigentums.«

Erleichtert lache ich leise auf.

Wir prosten uns zu, schlürfen etwas exotisches Gebräu und genießen die Ruhe.

»Ist es nicht herrlich? Die Grillen zirpen, die Sonne ist am Untergehen und die Tiere sagen sich alle geräuschvoll ›Gute Nacht‹.«

»Es ist wundervoll.« Frederico zwinkert mir zu. »Und deine verzogene Sippschaft ist weit weg und schläft hoffentlich bereits.«

»Guten Abend!«, ertönt es aus der Dunkelheit.

Erschrocken drehe ich den Kopf. »William! Annette!« Mit einem Ruck sitze ich aufrecht in meinem Schaukelstuhl.

(Ein Geschenk meines Göttergattens zur Geburt von Tiberius.

Ich WEISS, es ist nicht unbedingt üblich, dass man als werfende Henne ein Präsent zum schlüpfrigen Ereignis bekommt, aber in Fredericos Familie ist das Tradition.

Ich habe natürlich sofort gewitzelt, dass ich dann noch mindestens zehn Kinder bekomme, damit der Fluss des Schenkens nicht abbricht.

Aber das hat niemanden geschockt.

Im Gegenteil.

Meine ›Schwiemu‹ hat sogar schon den nächsten Schaukelstuhl in Auftrag gegeben, dabei bin ich noch nicht einmal im Ansatz schwanger.

[Und ich bin persönlich natürlich kein Freund davon, vorzeitige Geschenke zu bekommen.

Soll ja Unglück bringen.

Aber sie sagt dann immer, man tut stets gut daran, sich vorzubereiten.])

»Ich dachte, ihr liegt längst im Bett«, platze ich heraus.

»Habt ihr 'n Moment Zeit?« fragt William.

(Ungerne.

Aber was für eine Ausrede könnte ich jetzt aus dem Ärmel zaubern?

›Die jährliche Zirkusbetriebsversammlung fängt in fünf Minuten an und wir warten nur noch auf die Mitglieder‹?
Oder: ›Wir ruhen nur kurz aus, bevor wir die Tiere füttern müssen‹?
Der wäre auch nicht schlecht: ›In fünf Minuten ist mein Eisprung und leider müssen wir dann ins Schlafzimmer verschwinden.‹
Aliens könnte man auch zur Hilfe nehmen…oder Rumpelstilzchen.
[Vielleicht zählt das ja für Annette. Ich bezweifle nämlich, dass sie ihren Unterweltsvater wiedersehen möchte.]
Ach, es ist zum Verrücktwerden, wenn man dringend eine Ausrede braucht, fällt einem keine passende ein.)
»Was habt ihr denn auf dem Herzen?«, fragt Frederico und deutet auf die freie Sitzbank auf unserer Veranda.
Mein Bruder und meine Schwägerin setzen sich und holen tief Luft, als wenn sie uns gleich vorschlagen wollten, dass wir ihre Brut doch bitte adoptieren mögen.
(Ganz wie bei den *Simpsons*, wo *Homer* und *Marge* verzweifelt nach Adoptiveltern suchen, um ihren Kindern eine bessere Zukunft zu ermöglichen.
Innerlich schmunzle ich über diesen doofen Vergleich.
Ich meine, auch wenn Annette eine Babyklappe für ihren pubertierenden Sohn sucht, wird sie ihn jawohl kaum loswerden wollen, oder?)
»Es geht um Dustin…«
(Oh!
Doch Adoptionspläne?)
Überrascht sehen Frederico und ich uns an.
»…Er…«William sucht nach Worten, »…er ist sozusagen etwas außer Rand und Band.«
(ETWAS?
Nette Umschreibung.)

»Davon hatten wir ja heute schon eine Kostprobe«, bemerke ich fast ein wenig schnippisch.

(Mir wird jetzt noch ganz übel, wenn ich an die Gefahr denke, in die sich der Junge begeben hat.

Ich meine, so ein Raubtiergehege ist ja kein Kinderspielplatz für bockige Teenager.)

»Wenn da was passiert wäre, hätten wir unseren Park dichtmachen können«, sagt Frederico.

»Es wird nicht mehr vorkommen«, sagt William mit düsterer Miene. »Hoffe ich«, fügt er eilig hinzu und blickt hilfesuchend zu Annette.

Diese nickt und nimmt seine Hand. »Dustin schwänzt seit einiger Zeit die Schule, fälscht unsere Unterschriften auf verkorksten Klassenarbeiten, er raucht, trinkt, kifft und klaut.«

(Wow, das nenne ich mal ehrlich!)

»Er lässt sich nichts mehr sagen und macht nur noch, was er will«, fügt William hinzu. »Wenn wir ihn bestrafen, läuft er einfach von zu Hause weg und taucht tagelang bei ominösen Freunden unter. Es interessiert ihn überhaupt nicht, wenn wir uns Sorgen machen.«

»Dabei wollen wir nur, dass aus ihm ein guter, gesunder Junge wird«, fügt Annette hinzu.

»Ein Mann, meinst du wohl eher«, werfe ich ein.

»Ja, und so wie es momentan zuhause läuft, gerät er auf die schiefe Bahn«, sagt Annette.

»Darling, Dustin IST SCHON auf der schiefen Bahn«, verbessert mein Bruder seine Frau.

(Wow!

DAS war erschreckend ehrlich.

[Habe ich mein Büro abgeschlossen?

Ich habe sämtliche Tageseinnahmen aus meinem Wollstübchen noch im Tresor liegen und heute war ein guter Tag!]

Frederico denkt offenbar dasselbe, denn für den Bruchteil einer Sekunde blickt er sich um und schaut in Richtung Büro.)

»Die Jungs schlafen jetzt«, sagt William fast ein wenig genervt.

(Hat man uns unsere Gedanken angesehen oder beherrscht mein Bruder als Unterweltsehemann Legilimentik und kann in unseren Gedanken stöbern?)

»Die werden wohl kaum heute Nacht in euer Haus einbrechen und es leerräumen.«

»SIE? Johannes etwa auch?«, hake ich erschrocken nach.

»Nein. Der nicht. Der interessiert sich eher für Raubkatzen.«

(Super!

Dann hat er wohl doch das Handy ins Gehege geworfen, was? Die Jungs wollten ja leider nicht mit der Wahrheit herausrücken.)

»Bist du dir da sicher?«, versuche ich einen Witz zu reißen, doch niemand außer mir findet ihn besonders komisch.

»Danke für euer Vertrauen, aber warum erzählt ihr uns das? Soll das eine Entschuldigung dafür sein, dass euer Sohn heute ins Raubtiergehege gestiegen ist?«, fragt Frederico und erhebt sich. »Das ist NICHT zu entschuldigen! Wenn er sich bei euch zuhause nicht zu benehmen weiß und sämtliche Verhaltensregeln in den Wind schlägt, bedeutet das nicht, dass er das hier auch machen darf.«

Er geht zur Bar, die er erst vor kurzem zusammen mit Onkel Riley am Ende der Veranda so liebevoll gebaut hat und holt zwei Gläser. »Was möchtet ihr trinken?«

»Cola Whiskey?«, fragt William.

Frederico nickt und füllt ein Glas. »Und du, Annette?«

»Irgendetwas, was offen ist«, sagt sie bescheiden.

(Ist das DIESELBE Annette, mit der ich zusammen die Schulbank gedrückt habe?

DIESELBE, die mir das Leben Tag für Tag zur Hölle gemacht hat, indem sie schon VOR dem Unterricht meine Kleiderordnung überprüft hat?

DIESELBE, für die das Beste, das Teuerste UND das Schönste NIE gut genug war?

WAS ist mit ihr passiert?

Da hat doch wieder Rumpelstilzchen seine Finger im Spiel, oder?

[Irgendwie hat der Typ einen merkwürdigen Frauengeschmack. Der hat die ECHTE Annette doch bestimmt ausgetauscht. Und nun sitzt hier eine billige, bescheidene Kopie.])

»Cola?«, bietet mein Herzkönig an.

Annette nickt.

»Nein«, seufzt mein Bruder, »das soll keine Entschuldigung sein. Vielleicht eine Erklärung. Der Junge macht einfach, was er will und wir sind mit unserem Latein am Ende.«

(So langsam dämmert mir, was ihr Anliegen ist und ich bin mir nicht sicher, ob mir das gefällt.

[Okay, wenn ich EHRLICH bin, erschreckt es mich zu Tode und ich WEISS, dass ich DAS definitiv NICHT will.]

Ich hüte mich jedoch davor, meinem Bruder auch nur annähernd irgendwelche Worte in den Mund zu legen, um sein Anliegen leichter vortragen zu können.

Ein Funken Hoffnung in mir geht noch davon aus, dass er einen Rat und keinen Schlafplatz für seinen Ziehsohn sucht.)

Schweigend setzt sich Frederico zurück auf seinen Platz.

Niemand von uns sagt ein Wort, bis William schließlich das Schweigen bricht. »Wir sind hierhergekommen, um Dustin die Flausen auszutreiben.«

»Aber nicht mit unseren Raubkatzen, oder?«, fragt Frederico entsetzt.

(Wir haben zwar auch einen Raubtierdompteur, das heißt aber nicht, dass dieser auch geeignet ist, Pubertierenden irgendwelche Hirngespinste auszutreiben.)

»Nein, nein. Wir dachten da eher an…«, William zögert, »vollkommene Medienfreiheit, Leben in der Natur, weg von sämtlichen Versuchungen.«

»Gute Idee. Ihr wollt also mit euren Kindern durch die Wüste wandern? Finde ich gut«, sagt Frederico und zwinkert mir zu.

(Er ist genauso angespannt wie ich.

Das Ganze hier fühlt sich gerade an, als wenn wir ein Weihnachtsgeschenk entgegennehmen sollen, welches wir gar nicht haben wollen.

Ein Drache mit drei Köpfen und unkontrollierbarem Feueraustoß zum Beispiel.)

»Ähm…« Annette nippt an ihrer Cola, »nun, eigentlich…«

Wir schauen die beiden mit großen Augen an.

(Auch Frederico kommt ihnen nicht zur Hilfe und wirft mir stattdessen einen Wir-halten-jetzt-beide-besser-die-Klappe-sonst-laden-die-uns-noch-ihr-verzogenes-Gör-auf-Blick zu.)

»Eigentlich hatten wir gehofft, wir könnten ihn für ein Jahr bei euch lassen, damit er zur Vernunft kommt. Er könnte hier zur Schule gehen und wieder ein normales Teenagerleben führen.«

(WAAAAAS?

Für EIN ganzes, beschissenes JAHR?

DREIHUNDERTFÜNFUNDSECHZIG TAGE?

Boah, alter Schwede!

DAS ist jetzt nicht sein Ernst, oder?

Beim heiligen Klabautermann!

Da bleibt mir glatt die Spucke weg.

Und was heißt hier eigentlich ›ein normales Teenagerleben‹?)

»Ich glaube, du hast zu viele Doku-Soaps im Fernsehen gesehen«, platze ich heraus, »sehen wir aus wie die ›Strengsten Eltern der Welt‹? Schafft euren Querulanten in den Dschungel oder dahin, wo der Pfeffer wächst. Aber er wird auf GAR KEINEN FALL bei uns bleiben.« Ich schnaufe mit der Empörung des Jahrhunderts.

»Mom fand, das ist eine tolle Idee«, verteidigt sich William.

»Oh ja«, lache ich höhnisch auf, »damit sie den Braten los ist. Nee, nee, William. Schlagt euch die Idee aus dem Kopf.«

»Wir dachten, der Ortswechsel täte ihm gut. Raus aus dem üblen Freundeskreis, rein in ein hartes Farmleben in der Pampas«, erklärt William.

(Wie nett!

Zufälligerweise gefällt mir die ›Pampas‹ so, wie sie ist.

Ohne pubertierende Unterweltsbraten mit Hang zum Zündeln!

Und als ›hart‹ würde ich mein Familienleben auch nicht gerade bezeichnen.)

»Auf keinen Fall«, sagt Frederico und verschränkt abwehrend die Arme vor der Brust. »Wir verstehen euer Problem sehr gut und es ehrt uns, dass ihr an uns gedacht habt. Ich kann mir gut vorstellen, dass einem die Ideen ausgehen, wenn man einen Teenager hat, der sich nichts mehr sagen lässt und nur noch gegenangeht. Aber dies ist ein Zirkus-Zoo-Farmgelände und erfordert Disziplin, Rücksichtnahme, harte Arbeit UND blindes Vertrauen zu allen, die hier leben und arbeiten. Euer Sohn scheint mir eine tickende Zeitbombe zu sein und ich werde meine Familie und meinen Traum nicht für euren Seelenfrieden zerstören.« Frederico schüttelt vehement den Kopf und überrascht selbst mich. Er will noch etwas sagen, besinnt sich jedoch und sagt lediglich mit einem fast schon genervten Blick in meine Richtung: »Susannah?«

»Ja, mein Schatz?«

»Wie siehst du das?«

»Genauso wie du. William«, ich beuge mich nach vorne, als müsste ich mit einem Begriffsstutzigen sprechen, »wir beide waren uns nie sonderlich grün, richtig?«

»Jetzt lass doch mal die ollen Kamellen…« Genervt verdreht mein Bruder die Augen.

»Du hast dein Leben lang immer nur darauf Acht gegeben, dass DU gut wegkommst. ICH musste deinen Mist IMMER ausbaden. Ich habe keine Lust mehr, deine Suppen auszulöffeln…« Ich hole TIEF Luft. Mir fehlen gerade die Worte, doch Frederico springt ein. »Würdest du dasselbe für deine Schwester tun?«, wirft er ein. »Würdest du dasselbe tun, wenn wir unseren Sohn in euer Haus stecken wollten, welches voll ist mit gefährlichen Tieren?« William stutzt.

(DARÜBER hat sich William offenbar noch keine Gedanken gemacht.)

»Wir haben keine gefährlichen Tiere«, wirft Annette ein und erntet einen genervten Blick meines Bruders.

»Das war ein Beispiel…«

»Du meinst, wir sollten euer Kind nehmen, wenn es eine Auszeit bräuchte?«, hakt Annette verlegen nach.

Frederico nickt.

William holt tief Luft.

(In seinem Großhirn rattert es laut und deutlich.)

Schließlich sagt er: »Keine Ahnung. Aber das ist doch jetzt gar nicht das Thema.«

»Ich finde schon«, sagt Frederico und lächelt süffisant.

»Also, würdest du?«

»Vermutlich nicht.«

(Na, immerhin war das ehrlich!)

»Nenn mir drei Gründe, warum wir uns das antun sollten, Annette!«, komme ich meinem Mann zur Hilfe. »Ich meine, es ist ja nicht so, dass du mir in der Schule AB UND ZU mal einen dummen STREICH gespielt hast. Du hast mir JAHRELANG das Leben zur Hölle gemacht, mir meine Jugend versaut. Deine fiesen Bemerkungen kosten mich noch heute Überwindung, in den Spiegel zu gucken. Sie haben sich in meine Seele eingebrannt wie kleine, hässliche Narben, die nicht mehr weggehen.«

»Das tut mir auch wirklich sehr, SEHR leid…«, sagt Annette kleinlaut.

(Fast glaube ich es ihr.

Aber nur fast.)

Ich ziehe skeptisch eine Augenbraue in die Höhe.

»Erstens, du willst doch immer die Welt retten. Jetzt hast du die Gelegenheit dazu…«, sagt William und grinst mich spitzbübisch an.

(Das hat er immer getan, wenn er genau wusste, dass ich das nicht gutheiße, was er vorhat.)

»Wir sollen die Welt retten, indem wir Dustin bei uns aufnehmen? Du willst mir also weismachen, dass Dustin der zukünftige *General Chang* ist und wenn ich ihn nicht rette, wird er das ganze Universum zerstören?«

»Du und dein Weltraumquatsch! Du hast echt zu viel *Star Trek* geguckt«, schnappt mein Bruder ein.

»Immerhin hatte ich ein Hobby.«

»Es geht ja jetzt hier nicht darum, das Universum zu retten«, wirft Frederico fast ein wenig genervt ein, »Fakt ist doch, ihr wollt uns euren sechzehnjährigen Sohn aufhalsen, weil ihr nicht mehr mit ihm fertig werdet beziehungsweise keine Lust habt, euch länger mit ihm herumzuärgern.«

Beide schweigen uns an.

Ich schlucke den dicken Kloß herunter.

»Es bleibt doch in der Familie«, versucht William witzig zu sein.

Ich schüttele meinen Kopf. »Bei aller Liebe, William«, sage ich (und diese Liebe ist nicht sonderlich groß), »das geht ECHT nicht. Emma ist gerade mal drei und Tiberius ist acht Monate alt. Euer Dustin braucht die volle Aufmerksamkeit, um aus diesem Sumpf herauszukommen. Da sind wir nicht die Richtigen. Wir haben noch weniger Ahnung von Pubertierenden als ihr! Wir sind auch keine Sozialpädagogen, die sich mit Terrorkids auskennen. Und wir sind beide noch selbständig und haben uns um ZWEI Unternehmen zu kümmern, die sehr zeitintensiv sind.«

»Dustin ist doch kein TERRORKID«, entrüstet sich Annette.

Ich ziehe eine Grimasse.

(DAS sehe ich jawohl GANZ anders.)

Beruhigend tätschelt William Annettes Bein.

»Hattest du nicht neulich erzählt, dass Joshuas Cousin auf irgendeiner einsamen Insel Überlebenstraining anbietet?«, wendet sich mein Göttergatte an mich.

(Ganz dunkel in meinem Hinterstübchen regt sich etwas.)

»Ja, ich glaube, es war auf Tasmanien. Er führt dort regelmäßig überarbeitete Manager und gestresste Hausfrauen durch die Walachei. Ob er allerdings auch pubertierende Kotzbrocken nimmt, weiß ich nicht.«

Annette atmet hörbar ein. »Susannah!«

Wieder tätschelt William ihr Bein. »Lass mal gut sein, Annette. Meine Schwester hat ja nicht ganz unrecht...«

»Jetzt fängst du auch noch an, auf ihm herumzuhacken. Kein Wunder, dass der Junge so geworden ist. Er fühlt sich ungeliebt.«

»Vielleicht klärt ihr erst einmal eure eigene Stellung innerhalb der Familie und die eures Sohnes, bevor ihr versucht, ihn anderen Leuten aufs Auge zu drücken«, sagt Frederico leicht genervt.

Beide verstummen augenblicklich.

»Wenn ihr euch beide selbst nicht einig seid, was die Erziehung eures pubertierenden Kindes anbelangt, solltet ihr vielleicht da zuerst ansetzen«, fährt Frederico fort. »Oder eine Therapie für Stieffamilien machen.«

»Hm.« Mein Bruder stiert nachdenklich in meine Richtung.

»Ihr wollt Dustin doch nicht allen Ernstes auf so eine Insel schicken, wo er sich von Blättern und Maden ernähren muss, oder?« Annette schüttelt sich.

»Liebe Annette, willst du deinen Sohn zähmen oder ihm das Popöchen pinseln? So wie es aussieht, ist er zur Zeit ein kleiner Terrorist, sonst würdet ihr ihn doch nicht für ein ganzes Jahr auf einen anderen Kontinent schicken wollen, oder?«

»Außerdem schicken nicht WIR ihn dorthin, sondern IHR«, wirft Frederico ein. »Also ich finde Eukalyptusblätter ganz lecker«, fügt er grinsend hinzu.

Ich lächele ihn an. »Man könnte es schlechter treffen, was?«

»Und was kostet so ein Spaß?« Stirnrunzelnd blickt William uns an. »Dieses Überlebenstraining, meine ich.«

Empört wendet sich Annette an ihren Mann. »DAS ist doch wohl nicht dein Ernst, William? Du willst unseren Sohn auf eine einsame Insel verfrachten, wo er die Baumrinde abpulen muss, um etwas zu essen zu finden? Er wird verdursten oder verhungern…«

»Besser als an Drogen zu sterben, oder?«, sagt Frederico trocken und bringt Annette zum Schweigen.

Ihre Augen füllen sich mit Tränen.

»Ich finde Fredericos Vorschlag phantastisch. Und ein bisschen hungern und dursten wird ihm nicht schaden. Du hast es dir mal wieder einfach machen wollen, was, Annette?«, fahre ich meine Erzfeindin an. »Laden wir doch das Unangenehme bei Susannah ab und verpieseln uns wieder in unsere Heimat. Soll sich doch die gute Susannah mit unserem Sprössling abärgern. Das kostet nix, weil es ja in der Familie bleibt und wir sind das Problem von der Backe…›Luxushotel Susannah‹! DAS habt ihr zwei euch wirklich fein ausgedacht!«

»Ich denke, ihr geht jetzt besser«, sagt Frederico zu meiner Überraschung.

»Ihr werft uns raus?« William ist geschockt.

»Betrachte es als schöpferische Denkpause. Wenn ihr Interesse daran habt, dass euer Sohn an diesem vierwöchigen Überlebenstraining teilnimmt, rufe ich bei Nick und Joshua an und frage nach, ob und wann das möglich ist«, schlage ich vor. »Vielleicht lässt sich da auch finanziell etwas regeln, so dass das Ganze bezahlbar bleibt.«

William und Annette erheben sich. »Okay, wir denken darüber nach. Gute Nacht!«

»Gute Nacht!«

Kaum sind die beiden außer Sicht- und Hörweite, platze ich heraus. »UNGLAUBLICH, oder? Das ist so was von typisch für meinen Bruder. Er ist schon immer den Weg den geringsten Widerstandes gegangen und hat alle Probleme auf mich abgewälzt.«

»Wenn jemand in der Familie Hilfe benötigt, helfen wir gerne. Aber ich lasse mir nicht meine eigene Familie von deinem verzogenen Bruder kaputtmachen. Und dieser Junge ist definitiv NICHT der Umgang, den ich mir für meine Kinder wünsche.« Wütend leert Frederico sein Glas. Kopfschüttelnd steht er auf. »Ich brauche jetzt dringend einen kleinen Spaziergang. Ich muss Adrenalin abbauen. Kommst du mit?«

»Nee, ich bleibe lieber hier bei den Kindern. Wer weiß, ob Dustin nicht auch noch schlafwandelt. Geh du ruhig!«

Damit verschwindet mein Göttergatte in Richtung Tiergehege, während ich mit meinen Gedanken alleine zurückbleibe.

Neuzugang mit Folgen

»Emma! Wie siehst du denn aus?« Meine Mutter hält ihre Enkeltochter auf Abstand, die wie ein Clown im Gesicht mit weißer Farbe bemalt ist.

»Ich trete doch heute im Zirkus auf, Oma!«

»Findest du, dass das erforderlich ist?«, wendet sich meine Mutter an mich.

Ich will etwas antworten, doch mein Vater taucht auf, winkt uns kurz zu und verschwindet in Richtung Schafställe.

Abgelenkt, starrt meine Mutter ihm hinterher. »Wo willst du denn hin, Thomas?«

Doch mein Vater winkt nur und gibt Fersengeld.

(Ich WEISS ja, dass er heute im Zirkus auftritt.

Und ich WEISS auch, dass er diese Tatsache vor meiner Mutter verheimlicht hat.

[Aus gutem Grund.

Sie würde vermutlich entweder einen Herzinfarkt bekommen oder ihn wütend aus der Manege zerren.])

»Komm, Emma! Wir müssen auch los.« Ich lächele meiner Mutter zu und schiebe Tiberius Kinderwagen schnell von dannen, bevor sie auf die Idee kommt, bei mir nachzuhaken, was ihr Göttergatte heute vorhat.

(Und ich kann einfach nicht lügen.

Sie braucht mich nur anzugucken und schon weiß sie, dass ich weiß, was mein Vater im Schilde führt.)

Noch lange spüre ich ihre Blicke in meinem Rücken, gehe jedoch tapfer weiter, während Emma neben mir plappert wie ein Wasserfall.

(Sie ist wahnsinnig aufgeregt, was ich auch gut verstehen kann.

[Ich selbst habe eher keine Ambitionen, mich in der Manege zu präsentieren.

Mir haben die Referate zu Schulzeiten schon gereicht.

Die haben schon so manches Mal in der Kloschüssel geendet.])

»Hallo Emma, hallo Susannah«, begrüßt uns El Mago, »ihrrrr habt eurrrren Besuch heute hoffentlich weggesperrrrrt.« Er lacht, doch mir ist gar nicht zum Lachen zumute.

(Wenn ich nicht wüsste, dass William mit seiner Familie auf einem Ausflug ist, würde ich nicht so seelenruhig hier herumlaufen.

Ich würde sämtliche Tresore und Gehege absichern lassen.)

»Unser Besuch ist irgendwo im Outback«, sage ich zielsicher und wische mir erleichtert über die Stirn.

El Mago zwinkert mir zu. »Das ist gut.« Er winkt uns zu und verschwindet hinter dem Zelt. Dort stehen die umfunktionierten Bauwagen, in denen unsere Großkatzenhybride hinter Gitterstäben auf ihren Auftritt warten.

Ein Mann kommt auf mich zu, in den Händen mehrere Zettel. »Ich habe eine Lieferung für Frederico Valentino. Wissen Sie, wo ich ihn finde?«

»Mein Mann müsste im Artistenwagen sein. Dort drüben!« Ich zeige in die entgegengesetzte Richtung. Der Mann nickt mir zu und hetzt davon.

Ich blicke nach rechts.

Vor dem Kassenhäuschen steht ein großer Lkw und einige Leute stehen neugierig davor, während sich eine Person plötzlich aus der Menge löst und auf die Ladefläche klettert.

(Aber…

Moment mal!

OMG!

Ich leide an Wahnvorstellungen!

War das Dustin?

Was, zum Rumpelstilzchen, macht der Kerl dort?

Ich denke, mein Bruder hat seine Unterweltsfamilie ins Outback verschleppt!)

Hektisch blicke ich zu Emma, die gerade dabei ist, unsere beiden Schafe zu streicheln, die als Stars gleich als Erste die Manege betreten werden.

(Kann ich es wagen, sie alleine zu lassen?)

»Hallo Susannah!«

»Dalia, dich schickt der Himmel! Könntest du eben bei Emma bleiben? Ich muss mal ganz schnell zum Lkw.«

Überrascht schaut Dalia zum Lieferwagen, nickt und nimmt mir den Griff vom Kinderwagen aus den Händen.

»Tiberius kannst du auch hier stehen lassen.«

»Danke!« Mit leicht aufkommender Panik hetze ich davon.

Ich kämpfe mich durch die Zuschauermenge und blicke auf die Ladefläche des Lieferwagens.

Da drinnen stehen etliche Holzkisten.

Eine von ihnen ist mit Gitterstäben versehen und daraus blinzelt mich ein fast schwarzes Löwenmännchen an.

(Heiliger Bimbam!

Das muss das Jaglionmännchen sein, welches aus der Liebe einer Löwin und eines Jaguars entstanden war.

Frederico hatte mir erzählt, dass er über den Kauf nachgedacht hatte.

DASS er das Tier tatsächlich gekauft hat, hat er wohl vergessen, mir zu erzählen.

Ein Junge steht an dem Käfig und stochert mit einem langen Stock darin herum, so dass die Raubkatze immer unruhiger wird und schließlich anfängt, laut zu brüllen.

Der Junge lacht hämisch auf und freut sich diebisch über seinen Erfolg.

»HEY!«, rufe ich so laut wie möglich. »Hey du, lass das!«

»Verpiss dich!« schallt es aus dem Lkw.

(Ich glaube, ich habe mich verhört!

Was hat der Kerl gesagt?)

»DUSTIN JOHNSON, SIEH BLOSS ZU, DASS DU DA WEGKOMMST!«, rufe ich so soldatenhaft wie möglich, obwohl ich mir nicht sicher bin, dass das mein verzogener Stief-Neffe ist.

Der Junge wirbelt erschrocken herum, verhakt sich mit dem Stock in der vergitterten Transportbox und im nächsten Moment haut ihm der schwarze ›Löwe‹ mit der Pranke eins über die Pfoten.

(Zugegeben, das Jaglionmännchen sieht wirklich furchterregend aus.

Es sieht aus, als hätte man einen Löwen angekokelt, an einigen Stellen am Körper stärker als an anderen.

Seine Augen sind hellgrün und funkeln richtig aus der Dunkelheit heraus.)

Entweder hat mich mein Bruder angeschwindelt und ist gar nicht auf Exkursion, oder er hat seinen pubertierenden Braten einfach hier gelassen. Vielleicht sind sie auch schon wieder von ihrem Ausflug zurück, obwohl mir William hoch und heilig versprochen hatte, erst NACH der Zirkusvorstellung wieder hier aufzutauchen.

(Ich WUSSTE, auf William ist KEIN Verlass!

Eine Uhr sollte man ihm zu Weihnachten schenken.

Aber der kann was erleben!)

Offenbar hat Dustin vergessen, dass man den Stock auch loslassen kann, denn er hält das Holzstück fest, als hinge sein Leben davon ab.

Kurzentschlossen klettere ich auf die Rampe und hechte auf ihn zu.

Tränen schießen ihm in die Augen, während das Blut langsam von seiner Hand tropft.

Der Jaglion ist sehr, SEHR verärgert. Er kämpft mit dem Stock, als sei dies sein ärgster Feind.

»Herr im Himmel, jetzt lass doch endlich mal diesen verdammten Stock los, Dustin!«

Mein angeheirateter Neffe sieht mich voller Entsetzen an. Sabber läuft ihm aus den Mundwinkeln, während er versucht, nicht lauthals loszuheulen.

Panik steht ihm ins Gesicht geschrieben.

»LASS ENDLICH LOS!«

Dustins Großhirn scheint die ›normale‹ Hirnfunktion wieder aufgenommen zu haben. Er trennt sich von seinem Werkzeug und hält die verletzte Hand in die Höhe, als wenn sie giftdurchtränkt wäre.

»WAS geht hier vor sich?« Ein Mann springt mit einem Satz auf die Laderampe und rempelt mich fast um. Dicht gefolgt von meinem Göttergatten, dessen Gesichtszüge von leichter Panik gezeichnet sind.

»Ich…«

»WER hat dir erlaubt, MEINEN Lkw zu betreten? Und dich DIESEM Tier zu nähern? Bist du denn komplett verrückt geworden?« Der Lieferant ist außer sich vor Wut.

(In Anbetracht des blutenden Rotzlöffels durchaus nachvollziehbar.

Mir schlägt das Herz auch bis zum Hals.)

»Susannah, bitte geh mit ihm zum Sanitäterzelt und SCHAFF-IHN-MIR-AUS-DEN-AUGEN!« Frederico spricht so langsam, als sei ich taubstumm und müsste von seinen Lippen ablesen. So mühsam beherrscht habe ich

ihn erst einmal erlebt und da lag Dustin im Großkatzengehege.

»Geht klar!« Ich nicke meinem Herzkönig zu und fordere
Dustin auf, mir zu folgen.

»Ey, Mann, ey, ich verblute. Ich kann nicht auch noch laufen.«

(Herr im Himmel, gibt's den Jungen eigentlich auch in
intelligent?)

»Soll ich dich etwa tragen?«

»Nee. Ich bin doch nicht behindert.«

Ganz so sieht er allerdings aus, als er versucht, mit der
verletzten Hand von der Laderampe zu klettern. Es dauert
ein paar verzweifelte Versuche, dann steht er wieder mit
beiden Füßen auf dem Boden.

Ich führe meinen Neffen durch die gaffende Zuschauermenge auf das Zirkusgelände, schnurstracks zu Dalia, die
noch immer bei Emma und Tiberius steht.

»Vielen Dank fürs Aufpassen, Dalia«, sage ich lächelnd.

Dalia winkt ab und mustert Dustin neugierig. Dann legt
sie den Kopf schief. »Der Junge braucht nicht nur einen
Verband, sondern vor allem eine Beschäftigung.«

(DAS glaube ich auch!)

»Wenn er verarztet ist, schick ihn zu mir! Er kann mir mit
meinen Lieblingen helfen.« Dalia lächelt.

»Bist du dir da sicher?«, frage ich argwöhnisch.

Dalia nickt und geht davon, nicht ohne Dustin so aufrei-
zend zuzuzwinkern, dass dieser rot wird wie eine Tomate.

»So, auf, auf, schlag keine Wurzeln! Wir müssen zu den
Sanitätern, bevor du mir tatsächlich verblutest.« Ich
schnappe mir den Kinderwagen und scheuche meinen
Neffen in die entgegengesetzte Richtung.

»Mama, wann gehen wir zu den Clowns?« Emma springt
wie ein aufgeregter Gummiball vor uns her.

»Gleich, mein Schatz! Zuerst bringen wir Dustin zu James, damit der seine Hand verbinden kann.«

Neugierig bleibt Emma stehen und scannt Dustins Hand. »Hast du dich verstaubt?« Mit ernster Miene schaut sie ihn an.

Dustin verzieht unwirsch das Gesicht. »Nee. Sieht das etwa so aus?«

Emma nickt.

»Wenn man seine Hand verstaucht hat, blutet die nicht, OKAY?«, erklärt er schroff.

Wieder nickt Emma.

(Ich bin total überrascht, dass sie so neutral auf die patzigen Antworten von Dustin reagiert.

Offenbar haben Kinder in dem Alter noch andere Antennen.

[Ich wäre vermutlich längst in Tränen ausgebrochen.

Und momentan muss ich mich auch ganz arg beherrschen, um ihn nicht meinerseits anzublaffen.])

Beim Sanitäter-Zelt angekommen, steckt Emma ihren Kopf hinein und ruft James. »James! Dustin hat eine Biene gestachelt. Der blutet ganz doll.«

James begrüßt uns mit seiner ruhigen Art. »Hallo, ihr drei! Na, dann wollen wir doch mal sehen, ob wir noch einen Stachel finden.«

Dustin schneidet eine Grimasse und setzt sich auf die Trage. »Das war keine Biene«, sagt er so leise, dass Emma es nicht hört.

James zieht sich Handschuhe an und begutachtet die blutende Hand. »Sieht wie ein Biss aus«, stellt er fest. »Oder eher ein Prankenhieb? Hast du bei den Raubkatzen in den Zirkuswagen gefasst?«

»Beides«, sage ich zähneknirschend.

Dustin nickt und schweigt.

»Hast dich HEIMLICH zu den Raubkatzen geschlichen? Das solltest du nicht tun.« Aufmerksam mustert James den Jungen.

Dieser schüttelt den Kopf.

»Ich würde eher sagen, er hat unseren Neuzugang besucht.«

Überrascht schaut James mich an. »Von wem sprichst du?«

»Ein Jaglionmännchen«, sage ich. »Dustin musste ihn in der Transportbox im Lkw ja unbedingt mit einem Stock ärgern.«

»Mann, Mann, Mann. SEHR gefährlich, mein Junge! KEIN Spielplatz! Das wird dir hoffentlich eine Lehre sein!«

»Frederico hat eine neue Lieferung bekommen. Ausgerechnet jetzt so kurz vor der Zirkusvorstellung«, erkläre ich. »Dustin ist einfach auf den Lkw gesprungen und hat angefangen, das Tier zu ärgern, als wäre es eine kleine Hauskatze.«

Emma schnappt sich einen kleinen Verbandskoffer und gesellt sich zu James.

»Emma, stell das bitte wieder hin! Das gehört James«, sage ich und versuche sie so streng wie möglich anzugucken, auch wenn sie gerade so niedlich aussieht, dass es mir schwerfällt, nicht zu grinsen.

Emma schüttelt den Kopf. »Ich darf damit spielen, hat James gesagt.«

(Echt?

Bin ich mittlerweile taub?

Fieberhaft überlege ich, wann er zu Emma gesagt haben soll, dass sie den kleinen Arztkoffer nehmen darf.)

»Das geht in Ordnung, Susannah! Das ist der Spielkoffer für die Kinder, die mich besuchen kommen«, erklärt James, während er eine Spritze aufzieht.

»Okay.« Ich lächele Emma versöhnlich an, doch sie ist bereits damit beschäftigt, einen Verband herauszuholen.

»Wo ist deine Mutter?«, fragt er Dustin.

Dieser zuckt mit den Schultern.

»Wolltet ihr nicht auf den Ausflug fahren?«, helfe ich nach.

Dustin verzieht den Mund. »Waren wir auch. Sind früher nach Hause gefahren. War blöd.«

»Und warum?«

»SO…halt.«

(Was für eine aussagekräftige Antwort!

Ich schätze, Monsieur hat den Ausflug gesprengt durch irgendeine dumm-dämliche Aktion. Und meinem Faultier-Bruder ist nix Besseres eingefallen, als sich hier ins Nest zu setzen und seinen Ziehsohn frei herumspringen zu lassen, damit er seine Ruhe hat.)

»Dann vermute ich mal, dass deine Eltern jetzt bei Tante Ella und Onkel Riley sind, oder?«

Wütend schießt Dustin in die Höhe. »Das sind nicht meine Eltern! William IST NICHT mein Vater.«

(Herr im Himmel, ich kann mir auch nicht vorstellen, dass mein Bruder [möge er so verkorkst sein, wie er ist] so eine Mistkrähe zustandegebracht hätte.)

»Ist ja gut!«

»Setz dich und mach kein Fass auf!«, blubbert James ihn an.

»Warum ist das überhaupt wichtig?« Mit geballten Fäusten steht Dustin im Zelt und stiert mich wütend an.

Nonchalant verziehe ich keine Miene.

(Sein Teenagergehabe geht mir ja SO WAS VON am Mini-Ufo-Landeplatz vorbei!
MICH beeindruckt er damit NICHT!)

»Ich muss deine Hand mit ein paar Stichen nähen«, sagt James, »und dafür brauche ich die Einverständniserklärung deiner Mutter. Ansonsten mache ich mich wegen Körperverletzung strafbar.«

»Hä? Kapier ich nich'.«

James versucht, geduldig zu bleiben. »Ich muss deine Wunde mit einer Nadel nähen. Das heißt, ich steche dich.«

»Ja, aber du stichst mich doch nur, um mich zu reparieren.« Dustin streckt die Zunge raus. »Wie krank ist das denn?«

»Das sind die Gesetze und das ist auch gut so«, erwidert James. »Also, wo ist deine Mutter?«

»Mann, ich muss nicht genäht werden. Dieser kleine Kratzer verheilt auch so.« Mit diesen Worten stürmt der testosteronüberladene sechzehnjährige Ziehsohn meines Bruders aus dem Sanitäterzelt und lässt drei verdatterte Gesichter zurück.

»Das war aber ungezogen«, bemerkt Emma und schließt ihren Arztkoffer wieder. »Ich habe extra Verbandszeug rausgeholt.«

James streichelt ihr über den Kopf. »Das hast du fein gemacht, Emma. Aber ich schätze, unser Patient muss erst eingefangen werden. Das ist wie bei wildgewordenen Katzen. Die laufen auch erst einmal weg und lecken ihre Wunden. Und später muss man ihnen dann helfen.«

»Entschuldige, James! Wir gehen dann besser. Emma hat gleich ihren ersten Auftritt als Clown.«

»Nein, wirklich?« James tut überrascht. »Dann kann ich dich als Ärztin ja gar nicht einsetzen.«

Emma strahlt ihn an, nachdem sie für den Bruchteil einer Sekunde unsicher gezögert hat. »Nee, heute nicht! Guck doch mal! Ich bin angemalt.«

»Wie ein Clown«, stellt James fest. »Na, dann wünsche ich dir viel Erfolg.«

»Danke!« Lächelnd stolziert Emma nach draußen. Ich folge ihr mit Tiberius und bringe sie zu meinem Vater, der bereits verkleidet und geschminkt bei dem kleinen Schafgehege wartet.

Hans und Isolde, unser Schafpärchen, warten dort ebenfalls mit dem passenden Federschmuck.

»Hallo Papa, hast du Frederico gesehen?«

Mein Vater schüttelt den Kopf. »Er wollte gleich wieder hier sein. Wollte nur eben den Neuzugang in sein neues Zuhause bringen. Er meinte zu mir, er müsse das selbst machen, nicht dass noch irgendjemand die Katze auf dem Weg zum Gehege freilässt.«

»Kann ich Emma eben bei dir lassen?«

»Klar, geh nur!«

Im Eiltempo gehe ich mit Tiberius auf unser ›Zoogelände‹ zu den Jaglions, wo das Männchen mit untergebracht werden soll, sofern sich die beiden Katzen gut verstehen.

Im Höhlenhaus finde ich meinen Göttergatten. »Hallo, Schatz, alles okay?«

Mit einem Gesicht wie sieben Tage Regenwetter schaut Frederico mich an und schüttelt schweigend den Kopf.

»Das Jaglion-Männchen ist bereits sicher in seiner kleinen Schlafzelle untergebracht. Er soll sich von der Reise erst einmal erholen und dann fangen wir die nächsten Tag an, ihn langsam der Jagliondame näher zu bringen.«

»Gott, er sieht fast ein wenig beängstigend aus, findest du nicht?« Interessiert mustere ich das Tier.

Bevor Frederico antworten kann, öffnet sich die Tür und El Mago kommt herein. »Aaaaah! Da ist ja mein Prrr-rachtstück. Was fürrrr ein schönes Tierrrr.« Lächelnd nickt er mir zu und geht an die Gitterstäbe heran. »Hast du eine lange Fahrrrrt gehabt, mein Guterrrr?«
(Seine Worte klingen fast so als würde er sie singen oder schnurren.
Dem Jaglion scheint es zu gefallen.
Er horcht auf und mustert El Mago.)
»Er ist gestresst«, sagt Frederico mit bedauernder Miene.
»Ich weiß. So eine lange Überrrrfahrrrrt ist immerrrr Strrrreß fürrrr die Tierrrre.« El Mago geht in die Hocke, legt ein großes Tuch auf den Boden und sich mitsamt Kostüm darauf. Wie ein unterwürfiger Hund liegt er dort, bis der Jaglion sich langsam nähert. »Mein Brrrruderrrr hat ganze Arrrrbeit geleistet. Es ist das schönste Tierrrr der ganzen Zucht«, sagt er leise. »Ja, komm herrrr, Jaze-bo!«
Der fast wie ein schwarzer Löwendämon aussehende Jaglion geht an die Gitterstäbe heran und fixiert El Mago, der noch immer unterwürfig auf dem Boden liegt.
Um diesen Annäherungsversuch nicht zu versauen, schie-be ich [den NOCH ruhigen] Tiberius vorsichtshalber aus dem Haus, stecke meinen Kopf aber dann noch einmal herein. »Frederico, die Vorstellung beginnt in zwanzig Minuten. Musst du nicht zurück?«
»Ja, ich komme gleich. Ich will noch hinter mir abschlie-ßen, damit nicht noch ein Unfall passiert.«
»Unfall?« El Mago richtet sich erschrocken ein Stückchen auf und blinzelt seinen Chef an.
Ich höre noch, wie Frederico seinem Dompteur von dem dummen Annäherungsversuch von Dustin erzählt, bin aber schon auf dem Weg zurück zum Zirkus.

Unterwegs hält mich meine Mutter auf. »Susannah, warte mal!«

(Unwillig halte ich an.)

»Was ist mit Dustin passiert?«

»Wieso?«

(Ich stelle mich dumm.

Ist bei meiner Mutter besser so.)

Meine Mutter schnalzt mit der Zunge. »Sag bloß, du hast nicht gesehen, dass er an der Hand blutet?«

»Ich dachte, er ist mit William und Annette auf dem Ausflug.«

Meine Mutter winkt ab. »William und Annette sind vorhin vollkommen entnervt wiedergekommen. Offenbar hat Dustin versucht, einem Koala Feuer unter dem Hintern zu machen.«

»Wie bitte?«

(Das ist nicht ihr ernst, oder?

Ich meine, jeder Idiot weiß, dass Australien Jahr für Jahr unter heftigsten Buschfeuern zu leiden hat.

Und der kleine verzogene Rotzlöffel kokelt im Outback herum?

Meinte sie das wortwörtlich?)

»Du hast mich schon richtig verstanden. Der Junge hat gekokelt und einen Eukalyptusbaum in Brand gesteckt.«

(Steht darauf nicht Gefängnis?)

»Ich bin ja kein Freund von Gewalt, aber vielleicht braucht der Junge mal 'ne Abreibung oder 'ne Tracht Prügel.« Kopfschüttelnd setze ich mich in Bewegung, ohne die vorherige Frage meiner Mutter zu beantworten. Diese heftet sich entschlossen an meine Fersen.

»Das sehe ich auch so…«

»Neulich habe ich im Fernsehen gesehen, dass ein Hundebesitzer einen jugendlichen Störenfried kopfüber in seinen Hundezwinger gehängt hat. Da hat er ihn 'ne halbe Stunde hängen lassen, so dass die Hunde richtig wild geworden sind. Die wollten ihn zerfleischen.«

»Was soll das bringen?«, fragt meine Mutter begriffsstutzig.

»Der Mann im Fernsehen meinte dann zu dem Jungen, dass er ihn beim nächsten Streich reinfallen lassen würde. Vor Angst hat er sich in die Hose gemacht.« Ich lächele verzückt. »Und weißt du was? DER Junge wird die Hunde so schnell NICHT mehr ärgern. Machen wir uns doch nichts vor, Mama, die Deutschen sind mittlerweile total verweichlicht und tätscheln ihre verzogenen Pubertätsgören mit der Feder, wenn sie überhaupt Zeit dafür finden vor lauter Sklavenarbeit und hausgemachten Geldsorgen. Wenn die so weitermachen, kannst du bald eine neue Berufsgruppe aufmachen und Dschungelführer für Terrorkids ausbilden.«

Meine Mutter zuckt zurück. »Ist es legal, ein KIND über einen Hundezwinger zu hängen?«

Ich lache leise auf. »Vermutlich nicht. Aber sicherlich die wirkungsvollste Methode.«

(Ich werde Frederico einfach nach der Vorstellung vorschlagen, dass er Dustin das nächste Mal kopfüber in das Töwengehege steckt.

Ich bin sicher, Sana und Sandro freuen sich über ein menschliches Spielzeug.)

»Hast du deinen Vater gesehen?«

»Der war vorhin bei James, unserem Stationsarzt«, lüge ich ihr feist ins Gesicht.

(Ich werde mich hüten und meinen alten Papa verraten!)

»Dann hole ich ihn jetzt besser.«

»Warum? Vielleicht will Papa James unterstützen. Da störst du doch nur.«

(Leichte Panik steigt in mir auf.

Ich habe ja schon geahnt, dass mein Vater nichts von seinen Manege-Plänen erzählt hat.

Nun habe ich Gewissheit.)

»Wir wollten zusammen Kaffeetrinken und die Vorstellung hat er ja nun wirklich schon zur Genüge gesehen. Nach zig Vorstellungen müsste er jede einzelne Nummer auswendig kennen. Und so viele Gäste verletzen sich auch wieder nicht, dass er James helfen müsste.«

»Dann bereite doch schon einmal alles vor für die Kaffeetafel, Mama, ich schicke ihn gleich zu dir, okay? Vielleicht hat einer der Artisten Zahnschmerzen.«

Stirnrunzelnd mustert meine Mutter mich.

(Oje, ich kenne diesen Blick.

Der verheißt nix Gutes.

Mann, ich bin aber auch eine saumiserable Lügnerin.)

Tapfer lächele ich meine Mutter an und schiebe Tiberius im Eiltempo zum Zirkuszelt.

Glücklicherweise folgt sie mir nicht.

Die Musik ertönt bereits und Frederico wird jede Minute die Vorstellung eröffnen müssen.

Vollkommen abgehetzt flitzt er plötzlich an mir vorbei, lächelt für den Bruchteil einer Sekunde und ist auch schon im Zelt verschwunden.

Ich parke den Kinderwagen am Kassenhäuschen und warte auf meine Tante, die gerade abschließt.

»Hallo Tantchen!«

»Hallo Süße, alles im Lot auf'm Boot?« Tante Ella reicht mir den Schlüssel der Macht und stupst mich liebevoll an.

»Dann wollen wir doch mal sehen, wie sich unsere kleine Emma so macht. Merkwürdig, dass deine Mutter gar nicht zusehen wollte. Dabei tritt ihre Enkeltochter doch heute zum ersten Mal auf.«

»Du kennst doch meine Mutter…« Seufzend hole ich Tiberius aus dem Wagen und gehe mit meiner Tante zum Eingang des Zirkuszeltes. »…sie HASST den Zirkus.«

Auch heute ist die Vorstellung wieder restlos ausverkauft.

(Glücklicherweise bin ich jedoch rein zufällig mit dem Direktor verheiratet und somit haben meine Tante und ich einen dauerreservierten Familienstammplatz in der Loge, auf dem Giulia bereits Platz genommen hat.)

»Giulia! Du bist heute auch hier?«

»Klaro. Die neue Nummer von El Mago will ich nicht verpassen«, sagt sie lächelnd.

(Sie hat sich extrem schick zurechtgemacht.

Fast ein wenig misstrauisch mustere ich sie.

Ob sie noch ein Date hat?)

Ich setze mich neben sie. »Ich wusste gar nicht, dass El Mago eine neue Nummer hat.«

Giulia zwinkert mir zu und lächelt geheimnisvoll.

(Sie hat doch wohl kein Auge auf unseren Raubtierrrr-dompteurrrr geworfen, oder?

[Ich nehme mir vor, sie im Auge zu behalten.])

Nachdem Frederico das Publikum begrüßt hat, kommt die Pferdenummer.

Um ein bisschen Abwechslung in die Vorstellung zu bringen, ändert mein göttergattiger Zirkusdirektor alle sechs Monate das Programm und die Reihenfolge der Auftritte.

»Wann ist denn Thomas mit Emma dran?«, fragt Tante Ella leise.

Ich blicke auf meine Armbanduhr, während mir Tiberius voller Freude mit seinen kleinen, dicken Patschehändchen kraftvoll ins Gesicht schlägt.

»UFF!«

Giulia hält seine Finger fest. »No, no, no, mio bambino! Das tut der Mamma weh!«

Fasziniert hält Tiberius inne und starrt seine Tante mit offenem Mund an, während langsam sein Babyspeichel aus dem Mundwinkel tropft.

Begeistert nimmt Giulia ihn auf den Arm und lässt ihn ein wenig auf dem Schoss auf und ab hüpfen.

»Mein Dad und Emma sind in zwei Minuten dran«, stelle ich fest. »Wir haben ihren Auftritt absichtlich so früh geplant, falls meine Mutter auf die dämliche Idee kommt, meinen Vater zum Kaffeetrinken abzuholen.«

Die Pferde verlassen die Manege und wieder taucht Frederico auf, um die nächste Nummer anzukündigen. Hans und Isolde betreten unterdessen schon im Schafgalopp die Manege. Emma und mein Vater stolpern hinterher. Während sie also mit der Nummer anfangen, hat mein Göttergatte Zeit, sich hinter dem Vorhang eilig umzuziehen, denn er ist der dritte Clown im Bunde.

Plötzlich schreckt mich eine laute Stimme auf. »WUSSTE ich es doch!«

Mit einem Puls von einhundertachtzig blicke ich nach hinten und entdecke – MEINE MUTTER.

(Heiliger Bimbam!

So ein Mist!

Ich bin wohl doch eine hundsmiserable Lügnerin.

Sie hat mir kein Wort geglaubt.

[Es gibt doch für alles und jeden Workshops.

Könnte nicht mal jemand einen Kurs im Lügen geben so frei unter dem Motto ›*Wie lüge ich glaubhaft*‹ oder ›*10 Tricks, die deine Lügen nicht aufdecken*‹?])

Ängstlich schielen Tante Ella und ich uns an und überlegen, was wir tun können.

Ich sitze vollkommen ideenlos auf meinem Platz und starre meine Mutter mit wachsender Panik an. Sie ist wie ein Vulkan, der bereits raucht.

(Was wird sie tun?)

Meine Tante ist etwas schneller im Denken als ich.

Sie springt als Erste auf und lotst ihre Schwester auf den freien Familienplatz.

Dort setzt sie sie gegen ihren Willen hin.

»Lass mich los, Ella! Ich gehe da jetzt SOFORT runter und hole ihn da raus. So etwas Lächerliches. Er blamiert uns doch bis auf die Knochen.«

»Das wirst du nicht tun«, sagt meine Tante, »es sei denn, du willst den Rest deines noch verbleibenden Lebens OHNE deinen Ehemann verbringen, denn DER wird dir SO eine Aktion NICHT verzeihen.«

»Mama, entspann dich«, versuche ich so cool wie möglich zu sagen, obwohl es in meinem Innern aussieht, als hätte ein Orkan zugeschlagen.

(Hätte sie nicht auf der hübschen Veranda meiner Nebeneltern sitzen bleiben und mit ihrer Kaffeetasse reden können?

Was musste sie ihren neugierigen Hintern auch ausgerechnet jetzt schon hierher bewegen?

Frederico hat die Clownsnummer extra weit an den Anfang gepackt, damit mein Vater Zeit hat, sein verhasstes Kaffeetrinken hinter sich zu bringen.)

»Dein Vater braucht sein tägliches Kaffeetrinken. Er liebt das und kann gar nicht ohne seine Nachmittagsstulle leben.«

(Das habe ich irgendwie anders in Erinnerung.)

»Gott, was sollen bloß die Leute denken, wenn so ein alter Trottel durch die Manege stolpert und sich zum Affen macht?«, regt sich meine Mutter auf.

»Das Publikum LIEBT Beppo«, mischt sich Giulia ein, während Tiberius leise jauchzt.

»Beppo?« Meiner Mutter fallen fast die Augen aus dem Kopf. »Soll das etwa mein Mann sein?«

»Ja, natürlich.«

»Thomas hat als Clown einen NAMEN?«

(Ich werde Augenzeuge, wie soeben die Welt meiner Mutter über ihrem Denkstübchen zusammenbricht.

KRAWUMM!

Da liegt ihr falsches Weltbild in Schutt und Asche.)

Meine Tante legt ihr tröstend einen Arm um die Schultern. »Jetzt beruhige dich und schaue ihnen zu! Thomas macht seine Sache wirklich gut. Und deine kleine Enkeltochter ist sooo stolz darauf, dass sie zusammen mit Opa und Papa im Zirkus auftreten darf.«

Meine Mutter schnalzt mit der Zunge und schüttelt den Kopf. »Ist es nicht schon peinlich genug, dass unsere kleine Emma vermutlich nie etwas Vernünftiges in ihrem Leben lernen wird, weil sie glaubt, dass dieser Zirkus der Nabel der Welt ist? Muss sich Thomas nun auch noch die Blöße geben und uns total lächerlich machen?«

»Papa macht weder sich noch euch lächerlich. Lachen ist wichtig, Mama. Und schau mal, wie viel Spaß die Zuschauer haben!«

(Im Gegensatz zu uns.)

Die Leute lachen lauthals, als ›*Beppo*‹ die Sahne vom Schafhoden gewinnen will, mit der Sprühflasche schummelt und schließlich von der kleinen Emma erwischt wird. Meine Mutter springt auf. »Also nee, das reicht jetzt aber. Ich hole ihn SOFORT da raus. Schluss mit lustig.«

Meine Tante und ich nicken uns wie auf Kommando zu und packen meine Mutter unter den Armen. Bevor irgendeiner der Zuschauer auf uns aufmerksam werden kann, haben wir sie auch schon aus dem Zelt geschliffen.

(Das ist der Vorteil eines Logenplatzes!)

Man wird kaum bemerkt.)

»LASST MICH SOFORT LOS!«, kreischt meine Mutter außer sich und fängt auch schon an, um sich zu schlagen. Glücklicherweise ist die Clown-Nummer mit ausreichend lauter Musik untermalt.

»Etwas nicht in Ordnung, Ladies? Braucht ihr Hilfe?« Onkel Riley steht plötzlich mit Dudley, unserem braunen Alpakajungen, vor uns. Das Alpaka kaut genüsslich auf etwas Gras herum, fängt aber beim Anblick meiner Mutter an zu bocken.

»HÖR JETZT AUF, MAMA!«

»Sonst spuckt dir Dudley gleich ins Gesicht«, fügt mein Onkel grinsend hinzu.

(Ich vermute, das wäre ihm gar nicht so unrecht.)

Meine Mutter hält inne. »Wer ist Dudley und wieso spuckt er mich an?«

Meine Tante fängt lauthals an zu lachen. Während sie lacht, versucht sie zu erklären, dass sie als großer Harry Potter Fan einige der am meisten spuckenden Alpakas nach den Dursleys benannt hat, aber meine Mutter hört überhaupt nicht zu.

»Machst du jetzt etwa auch mit bei diesem Quatsch hier?«, fährt meine Mutter Onkel Riley an.

»*There's no business like show business*«, fängt mein Onkel an zu singen.

Wütend will meine Mutter wieder ins Zelt stapfen, doch wir halten sie noch immer fest.

»Lasst mich endlich los!«

»Erst wenn Thomas mit seinem Auftritt fertig ist«, sagt Tante Ella unerbittlich.

Meine Mutter fängt wieder an, gegen uns anzukämpfen.

Mir wird das zu bunt.

Ich nicke einem unserer Sicherheitsleute zu, der bereits neugierig zu uns herüberlinst. Er gibt seinem Kollegen Bescheid und sofort kommen beide Hulks angelaufen.

»Mrs Valentino, gibt es Ärger?«

Der Größere der beiden baut sich vor meiner Mutter auf und packt ohne Umschweife mit an.

(Gott sei Dank sieht sie mir ÜBERHAUPT NICHT ähnlich.

Niemand könnte meinen, dass sie IRGENDETWAS mit mir zu tun haben könnte.

Ich kann also leugnen, dass DAS meine Mutter ist.)

»Ja. Diese Dame hat unbefugt das Gelände betreten. Wieder eine dieser militanten Tierschützer.«

Meine Mutter schnauft voller Empörung und will etwas erwidern, doch sie kommt nicht dazu, denn ihr wird gerade der Arm so arg nach hinten weggedreht, dass ihr die Spucke wegbleibt.

»Sie ist fest entschlossen, die Vorstellung zu sprengen. Das müssen wir unbedingt verhindern«, setze ich noch einen oben drauf.

Empört schnappt meine Mutter nach Luft, während sich Tante Ella grinsend wegdreht.

»Soll ich gleich die Polizei rufen?«, schlägt der Kleinere der Sicherheitsbeamten vor und zückt auch schon sein Handy.

Ich nicke mit ernster Miene. »Ja. Ich denke, das ist die beste Lösung. Die Dame hier wird sich so schnell nicht wieder beruhigen.«

(Das habe ich natürlich NICHT ernst gemeint.

Es ist eher ein kleiner Racheakt.

Soll sie ruhig etwas schmoren.

Und wann hat man schon einmal die Gelegenheit, seiner biestigen Mutter eins auszuwischen, ohne sich selbst die Hände schmutzig machen zu müssen?)

Eine Schlange, die soeben über den Sand geschlängelt kommt, lenkt meine ganze Aufmerksamkeit auf sich und so kommen weitere Antworten eher unbedacht und automatisiert.

Mit vor Überraschung geöffnetem Mund starrt mich Tante Ella an, während meine Mutter fast dunkelrot wird.

(Mist, verdammter!

WAS, zum Rumpelstilzchen, habe ich gerade bejaht?

Egal, Schultern strecken, Haltung annehmen, Susannah!

Ich muss alles daran setzen, damit meine Mutter die Vorstellung nicht ruiniert.

Was gäbe das für Schlagzeilen?

›*Zirkus Valentino auf dem absteigenden Ast*‹

›*Schwiegermutter des Zirkusdirektors sprengt Vorstellung*‹

›*Rumpelstilzchens Ausgeburt schlägt zu*‹

›*Sind die bewusstseinsverändernden Drogen jetzt auch in Australien angekommen?*‹

›*Wird der Zirkus auch in Zukunft noch so viele Zuschauer anziehen?*‹

›*Publikumsmagnet zeigt menschliche Abgründe*‹

Nee, nee, nee.

DAS geht auf gar KEINEN FALL.

Ich MUSS das Eingreifen meines Muttertieres verhindern.

Und wenn ich sie polizeilich abführen lassen muss.

[Aber warum, zum Henker, flitzt die Schlange da alleine durch die Gegend?

Ist das nicht eine Bewohnerin von Dalia?

Hat Dustin etwa am Terrarium herumgefummelt?

Gott, kann der Kerl nicht einmal seine Griffeln bei sich lassen?

Damit haben Jungs doch auch schon genug zu tun, oder nicht?])

Erleichtert atme ich auf, als Dalia auftaucht und ihren Liebling einfängt.

(Na, das hätte ja gleich die zweite Katastrophe gegeben!

›*Schlange frisst Menschenkind – Menschenkind konnte nur gerettet werden, weil es weder gebissen, noch verdaut worden ist*‹.

Was ist nur heute los?

Nur gut, dass Dustin nicht hinter dem Ausbruch der Schlange steckt.

Oder doch?)

Mit meinen Gedanken weit, weit weg, kriege ich gar nicht mehr mit, was um mich herum geschieht.

Unsere Sicherheitsleute nehmen meine Mutter in Gewahrsam und bringen sie in eine eigens dafür vorgesehene kleine Zelle, die Frederico neben dem Kassenhäuschen hat bauen lassen.

(Es ist zwar nicht so, dass wir ständig Querulanten im Publikum haben, aber es kommt durchaus vor, dass irgendwelche verrückt gewordenen Tierschützer Rambazamba machen und versuchen, Käfige zu öffnen oder die Vorstellung zu sprengen.

Um der Lage Herr zu werden, dient uns diese kleine Haftzelle.

Und ich bin nur heilfroh, dass das Gezeter meiner Mutter endlich leiser wird und schließlich ganz verstummt.)

Tante Ella hakt mich unter. »DAS wird uns deine Mutter NIE verzeihen.«

Ich blicke in Richtung Haftraum und zucke (fast) gleichgültig mit den Schultern. »Die beruhigt sich schon wieder.«

»Wenn du meinst…«, sagt meine Tante skeptisch.

(Okay, zugegeben, ich bin schon ein wenig nervös.

Mein Puls liegt so etwa bei dreihundertsechzig und mein Herz springt mir gleich aus der Brust.

Aber ich kann und will meiner Tochter und ihrem Opa den Auftritt NICHT versauen.

Und Frederico hat so viel Arbeit in das Zirkusprogramm gesteckt, dass es eine Katastrophe wäre, wenn meine Mutter es jetzt ruiniert.

Und Emmas Tränen möchte ich auch nicht trocknen müssen, wenn ihr aller-allererster Auftritt torpediert wird.)

Tante Ella zieht mich zum Ausgang der Manege. »Lass uns deine Tochter in Empfang nehmen! Sie wird bestimmt platzen vor Stolz.«

Keine Minute später stürmt meine kleine Emma aus dem Zelt und springt mir in die Arme. »Mama, Mama, Mama, hast du mich gesehen?«

»Du warst großartig, Emma. Ich bin ja sooo stolz auf dich!«

(Zu dumm, dass ich die Hälfte der Nummer verpasst habe, aber das muss ich der Lütten ja nicht sagen.)

Tante Ella kneift ihr in die weißgeschminkten, dicken Bäckchen. »Ich bin auch wahnsinnig stolz auf dich, mein Schatz.«

Mein Vater stolpert durch die Zeltwand und lacht. »Das war toll, Emma!«

Emma schlüpft mir vom Arm und rennt auf ihren Opa zu. Wie ein Gummiball springt sie auf und nieder und wiederholt den ganzen Auftritt mit ihren Worten.

Mein Vater nimmt sie auf den Arm und wirft sie hoch. Dann setzt er sie wieder ab und wendet sich an uns. »Wie gut, dass Ilse nichts mitgekriegt hat, die hätte mir spätestens jetzt eine riesige Szene gemacht«, sagt er kichernd und wischt sich theatralisch die Stirn ab. »Oder sie hätte mich gelyncht. Nur gut, dass sie noch mit dem öden Kaffeetrinken auf der Veranda beschäftigt ist.«

(DAS würde ich an seiner Stelle auch hoffen.

Meine Mutter wird vermutlich jetzt eher MICH lynchen.

Am besten verstecke ich mich im Raubtiergehege, da bin ich vor ihr sicher.

Sie traut sich ja nicht einmal annähernd in die Nähe der Raubkatzen.

Vielleicht sollte ich ihr damit drohen, dass ich zukünftig mit unserer Jagliondame Jana spazieren gehen werde.

Zu meinem Schutz.)

»Opa, was ist lünschen?«

Mein Vater gerät ins Stocken. »Das erzähle ich dir lieber erst, wenn du so groß bist, dass du heiraten kannst.«

»Tut das denn so doll weh?«

Mein Vater lacht leise. »Und wie!«

Ich will meinem Vater gerade beichten, dass meine Mutter in der Haftzelle sitzt, da zieht mich meine Tante beiseite und schüttelt den Kopf. »Lass es lieber, Susannah! Er ist so stolz. Er soll das Gefühl ruhig noch etwas genießen, BEVOR sie ihm eine RIESENSZENE macht. Wir holen Ilse später da raus.«

»In Ordnung. Ist mir auch ganz recht. Vielleicht ist sie bis dahin etwas abgekühlt.«

»Wir haben gleich noch einen kleinen Auftritt zusammen mit Papa«, sagt Emma stolz.

»Echt?«, frage ich überrascht.

(Oje, dann muss ich meine Mutter tatsächlich noch etwas schmoren lassen.

Am besten warte ich, bis die ganzen Zuschauer weg sind.

Das ist am unauffälligsten.)

»Ja«, bestätigt mein Vater, »nach der Raubtiernummer sind die Clowns noch einmal dran, während die Gitter abgebaut werden.«

(Natürlich, wie konnte ich das vergessen?

Der Aufbau wird in der Pause erledigt, aber für den Abbau wird keine Pause, sondern eine Clownsnummer eingelegt.)

»Dann gehe ich jetzt besser wieder ins Zelt zu Giulia und Tiberius, damit wir euch nicht verpassen. Und du bleibst bitte beim Opa, Emma! Okay?«

»Okay, Mama. Ich bin doch schon groß.«

(Klar, riesengroß.

Sie ist ja auch schon ganze drei Jahre alt!

Meine kleine Emma!

[Zum Glück ist sie noch weit von der Pubertät entfernt.])

»Ich überlege, ob ich mich noch schnell abschminke und bei deiner Mutter vorbeischaue«, sagt mein Vater nachdenklich. »Dann esse ich schnell ein trockenes Brot und fliehe wieder.«

Ich schüttele den Kopf. »Quatsch, Papa. So ein Aufwand! Das brauchst du nicht. Mama ist gar nicht da.«

»Was? Wo ist sie denn? Deine Mutter verpasst ihr geliebtes Kaffeetrinken?« Erstaunt hebt mein Vater die Augenbrauen.

(Jaaa, aber bestimmt nicht freiwillig.)

»Sie wollte irgendetwas erledigen«, lüge ich in der Hoffnung, dass ich nicht auffliege. »Frag mich nicht. Sie hat ein Riesengeheimnis daraus gemacht.«

»Ja, ja, das ist deine Mutter wie sie leibt und lebt. Ist mir ganz recht.«

(Ich fliege nicht auf!

Mein Vater ist so mit der Vorstellung beschäftigt, dass sogar meine schlechten Lügen untergehen.

Emma sprudelt über vor Energie und zieht meinen Vater gleich weiter zu Dalia, die ihre Schlangen für den Auftritt vorbereitet.)

Unterdessen gehen Tante Ella und ich zurück ins Zelt, um die Vorstellung zuende angucken zu können.

♥♥♥

Mittlerweile ist es schon Tradition, dass meine Schwiegereltern nach der Vorstellung mit einer Lieferung aus ihrem phantastischen Restaurant aufwarten und das gesamte Team versorgen.

Emma, Frederico und mein Vater sind längst abgeschminkt und hocken auf unserem Feuerplatz zwischen den Artisten.

(Offenbar ist mein Vater noch so im Strudel der Gefühle gefangen, so dass er noch nicht eine Sekunde daran gedacht zu haben scheint, seine Frau aufzusuchen.

[Ist auch besser so, die sitzt nämlich noch in der Haftzelle.]

Ich wollte sei eigentlich längst herausgeholt haben, aber es kam immer wieder etwas dazwischen.

Nun, und jetzt kommt auch noch die Angst vor ihrer Rache dazu. Schließlich sitzt sie da schon seit STUNDEN!)

Luigi und Rebecca, meine Schwiegereltern, verteilen Spirelli al Forno und genießen den glücklichen Ausdruck auf den Gesichtern der hungrigen Crew.

»Ihr ward einfach spitze«, lobt Frederico bis über beide Ohren grinsend. Dann drückt er mir einen fetten Kuss auf.

»Der Zirkus ist das Beste, was mir je passiert ist...außer euch natürlich«, fügt er eilig hinzu.

»Wo ist Ella?«, fragt mein Onkel plötzlich.

»Tante Ella hat sich hingelegt. Sie hatte Kopfschmerzen.«

»Die Ärmste! Ist bestimmt das bevorstehende Gewitter«, mutmaßt Onkel Riley.

Ich blicke in den dunkelblauen, sternenklaren Nachthimmel. Nicht die kleinste Ansammlung von Wolken ist zu sehen.

(Wieso wissen immer alle, dass es Gewitter gibt, nur ICH habe davon keinen blassen Schimmer?

Ich kann ja nicht einmal in den Wolken lesen.

[Wenn welche am Himmel wären!])

»Sie haben wirklich Hitzegewitter angesagt«, bestätigt Luigi, als könnte er meine Gedanken lesen.

(Hm.

Das einzige Gewitter, das ich fürchte, sitzt in der Haftzelle.)

Nachdem alle pappsatt sind, holt El Mago seine Gitarre heraus und fängt an zu singen.

(Mit einem feurigen Blick, der kaum noch zu toppen ist, sind Dalias Augen auf ihn geheftet.

Sie schmilzt förmlich dahin, während er melodisch das ›Rrrrrrr‹ rollt.

Dalia?

Moment mal!

Ich dachte, Giulia hat ein Auge auf ihn geworfen!

Oje, das muss ich dringend in Erfahrung bringen.)

Glücklich lehne ich mich gegen Fredericos Schulter, während Emma ihren Kopf auf seinen Schoß legt und sogleich eingeschlafen ist.

Plötzlich nähern sich eilige Schritte und ein atemloser William taucht auf.

Er hält sich beide Hände in die Seiten, als hätte er gerade einen Marathon hinter sich gebracht. »Susannah…«, japst er und stiert mich wütend an.

(Habe ich etwas verbrochen?

Außer meine Mutter eingesperrt zu haben.)

Verwirrt versuche ich sein Gestammel zu entziffern.

»Dustin…«

»Setz dich doch erst mal«, sagt Frederico mit seiner ruhigen Art, doch William schüttelt den Kopf.

»Ist Dustin nicht der Junge, der sich den Prankenhieb an der Hand nicht verarzten lassen wollte?«, mischt sich James ein und stellt seinen Teller auf dem Boden ab.

William guckt ganz verwirrt. »Prankenhieb? Wovon redet ihr? Ich habe keine Ahnung was der Kerl schon wieder angestellt hat. Vielleicht ist er auch noch von seinem Feuerversuch im Outback verletzt. Aber seine Hand blutet wie Sau.«

»Das wissen wir«, sage ich, »aber er hat die ärztliche Versorgung verweigert. Und ohne Einwilligung der Eltern oder des Verletzten können wir ihn wohl kaum fesseln und knebeln, damit wir ihn nähen können.« Stirnrunzelnd schaue ich meinen Bruder an, während sich mein Vater erhebt.

»Wieso…hast du ihn…gehen lassen?«, wendet sich nun auch noch mein Vater vorwurfsvoll an mich.

»Was?« Ich bin fassungslos. »Jetzt reicht's aber«, sage ich genervt. »Ich kann Williams Sohn doch nicht gegen seinen Willen festhalten! Hätten wir ihn fesseln sollen, damit James die Wunde nähen kann?«

Mein Bruder japst.

(William sollte wirklich mal wieder etwas Sport treiben!

Die Ranch ist zwar nicht klein, aber so groß, dass man derart außer Atem sein muss, wenn man sie durchquert, ist sie wirklich nicht.

Und wenn man nach zweihundert Metern mehr als fünf Minuten braucht, um den Puls zu drosseln, sollte man sich dringend Gedanken machen, ob man seinen Schwabbelbauch nicht doch langsam mal abtrainieren will.

[In Anbetracht der vielen Zuhörer verkneife ich mir jedoch jeglichen Kommentar.])

»Du solltest mehr Sport treiben«, bemerkt mein Vater leise.

William winkt ab und schneidet eine Grimasse. »Keine Zeit, Papa.«

»Was ist denn jetzt mit dem Jungen? Blutet die Wunde noch?«, fragt James besorgt.

»Das ganze Bett ist voll«, schafft mein Bruder endlich, einen zusammenhängenden Satz zu bilden. »Und er ist bewusstlos. Annette ist so aufgelöst, dass es sie glatt umgehauen hat. Jetzt sind beide bewusstlos.«

Ich verdrehe die Augen.

(Als Raubtiermutter sollte sie ihre Jungen BESCHÜTZEN und sich nicht beim kleinsten Wehwehchen ohnmächtig daneben legen.

Mann, Mann, Mann!)

Mein Vater nickt James zu. »Wollen wir uns den Patienten mal ansehen, James?«

»Jo. Ich komme mit. Ich hole nur eben noch meine Arzttasche aus dem Zelt.«

Die beiden Männer folgen William und die Neugier lässt mich unruhig auf dem Stuhl herumrutschen.

Mit der Schulter stupst Frederico mich an. »Na, los! Geh schon gucken, du neugieriges Huhn! Ich bleibe bei den Kindern.«

»Echt? Das macht dir nix aus?«

»Nein. Aber komm bald wieder, damit wir die Kinder ins Bett bringen können.«

»In Ordnung.«

Ungewöhnliche Verhaftung

Mit einem megaschlechten Gewissen lasse ich meine Familie am Lagerfeuer zurück und schleiche zum Haus meiner Nebeneltern.

Drinnen angekommen folge ich den leisen Stimmen.

Im Schlafzimmer der Jungs sitzt Annette mittlerweile wieder aufrecht und klammert sich an ein Wasserglas.

»Susannah! Gut, dass du kommst. Was ist denn mit Dustin genau passiert?«, fragt mein Vater, während er eine Spritze aufzieht.

»Dustin hat sich auf den Lkw geschlichen und sich heimlich an der Transportkiste von unserem Neuzugang zu schaffen gemacht«, erkläre ich, wobei das nur die halbe Wahrheit ist.

»Welcher Neuzugang?«, fragt William.

»Ein Jaglion-Männchen.«

»Was ist das? Ein Affe?«, fragt mein Bruder unwirsch.

Mein Vater schüttelt den Kopf. »William, William! Ein Mann mit Abitur und abgeschlossenem Studium sollte eine Großkatze von einem Affen unterscheiden können.«

William grunzt. »Wer soll bei euren komischen Katzen noch mitkommen. Das eine ist ein Töwe, das andere ein Liger. Da hat man doch das Gefühl, dass man 'nen Sprachfehler hat. Ist aber auch ECHT krank, Tiere zu kreuzen, die sich in normaler Wildbahn niemals über den Weg laufen würden.«

»Wir kreuzen sie nicht. El Magos Bruder hat eine Raubkatzenzucht und da haben sich verschiedene Tiere halt ineinander verliebt«, verteidige ich unsere Ehre.

»Was ist denn jetzt ein Jaglion?«, will Annette ungeduldig wissen. Mit einem Taschentuch wischt sie sich die Stirn trocken.

»Wir haben einen männlichen Löwen bekommen, der einen Jaguar-Papa und eine Löwen-Mama hat«, erkläre ich fast ein wenig kindgerecht.

»Und was hat Dustin nun gemacht, dass er von der Pranke so erwischt wurde? Das Tier saß doch bestimmt geschützt in seiner Transportbox, oder etwa nicht?«, fragt James, während er einen Faden durch ein Nadelöhr fädelt.

»Natürlich war die Katze in der Transportbox. Das hat Dustin aber nicht davon abgehalten, den schwarzen Löwen mit einem Stock zu ärgern. Ihr wollt ihn hier vor Ort nähen?«, frage ich entsetzt.

Mein Vater zuckt mit den Schultern. »Bietet sich doch an bei zwei Ärzten, findest du nicht?«

»Und das ganze Blut?«, bohre ich weiter. »Braucht er keine Transfusion?«

James wackelt unsicher mit dem Kopf. »Nicht zwingend. Wir können es auch erst einmal mit Kochsalz probieren. Ich habe noch etwas da.«

»Also, Susannah, was hat Dustin angestellt, dass du ständig vom Thema ablenkst?«, hakt mein Vater nach und setzt die Spritze an.

Annette guckt demonstrativ weg und verzieht schmerzvoll das Gesicht.

»Dustin hatte einen langen Stock. Mit dem hat er den Jaglion gepiesakt, bis der wütend wurde«, sage ich letztendlich. »Er hat ihn so lange damit in den Bauch gestoßen, bis das Tier den Stock gepackt hat. Dabei muss er ihn mit der Pfote erwischt haben. Damit aber nicht genug. Dustin hat den Stock nicht losgelassen und so hat der Löwe versucht, ihn wegzubeißen. Er wollte sich nur verteidigen.«

»Dem Tier machen wir keinen Vorwurf, Susannah«, sagt mein Vater genervt.

William verdreht die Augen, während Annette sich die Hand vor den Mund hält und leise anfängt zu schluchzen.

»Was, im Namen des Herrn, soll ich mit DEM Kerl noch machen? Der hat nicht einmal vor einem Raubtier Respekt!« William hält die Hände gen Himmel, als wollte er eine Antwort von ganz weit oben haben. »Wie kann man so bekloppt sein und einen ausgewachsenen Löwen aus nächster Nähe ärgern? Annette, hast du ihm denn gar nichts beigebracht? Hat dieser Junge eigentlich in seinem Kopf nur Stroh oder auch ein Gehirn?«

»Ich habe euch schon einmal gesagt, schickt ihn mit Joshuas Cousin auf diesen Überlebenstrip. Der Junge braucht dringend Disziplin. Eine vertätschelnde Mutter, die weit genug weg ist, damit sie seinen frechen Arsch nicht mehr mit der Feder streicheln kann, nützt ihm überhaupt nichts«, sage ich verärgert.

»Ja, wir werden darüber nachdenken, wenn das Finanzielle geklärt ist«, sagt William seufzend. Immer wieder schüttelt er den Kopf. »Mann, Mann, Mann, wieso hat der Kerl nur solche Flausen im Kopf? Ein Raubtier mit dem Stock ärgern? Sag mal, Annette, hat dein Sohn eigentlich auch funktionstüchtige Gehirnzellen, die er gelegentlich mal benutzt? Außer, um Ärger anzuzetteln.«

Annette schnappt empört nach Luft. »Wie redest du denn mit mir?«

(Ich kann ihre Empörung ein klitzekleines bisschen nachvollziehen.

Mein Bruder war nicht gerade sehr diplomatisch.

Auch wenn ich zugeben muss, dass ich ihn sehr gut verstehen kann.)

»Dustin ist echt nicht mehr tragbar. Sogar im Outback schafft er es, sich und andere in Schwierigkeiten zu bringen.« Wütend funkelt William seine Frau an. »Wir hatten echt zu tun, das Feuer zu löschen.«

»Darauf steht Gefängnis«, brummt mein Vater nur.

»Fangt nicht schon wieder damit an«, schnappt meine Schwägerin schließlich ein.

»Wenn ihr streiten wollt, geht bitte raus«, sagt mein Vater angestrengt. Er blickt auf. »Sonst nähe ich die Wunde noch falsch zusammen und euer Sohn hat dann statt der fünf Finger nur noch einen Klumpen.«

Nach zehn Minuten ist die Wunde zugenäht und Dustin hängt an dem Tropf mit der Kochsalzlösung und Antibiotika.

Ich schleiche hinaus in die Küche und mache einen heißen Kakao für alle.

William, mein Vater und James kommen hinzu und nehmen das Lebenselixier dankend entgegen, während Annette am Bett ihres Sohnes Wache schiebt.

»Dann lasst ihr ihn jetzt hier und bringt ihn nicht mehr in eine Klinik?«

»Nein«, sagt mein Vater, »ich finde, das ist nicht nötig. Er hat jetzt Kochsalz und ein Antibiotikum. Mehr machen sie in der Klinik auch nicht. James, was sagst du?«

James nickt. »Er ist bestens versorgt. Ich schaue morgen früh noch einmal rein und wir messen dann Fieber. Ich schlage auch vor, dass wir ihm noch eine Tetanusimpfung verpassen.«

»Gute Idee. Kannst du den Impfstoff besorgen?«, fragt mein Vater und nippt an seinem Kakao.

»Kein Problem. Ich mache das gleich morgen früh. Ich habe noch etwas in der Praxis.«

»Dieser Kakao schmeckt himmlisch, Susannah. Nur gut, dass Mama schon tief und fest schläft, sonst würde sie uns die Becher entreißen und alles in den Ausguss kippen«, witzelt mein Bruder.

(Heilige Scheiße!

MEINE MUTTER!

DIE habe ich TOTAL VERGESSEN!)

Ich öffne den Mund, um etwas zu sagen, doch da mir die passenden Worte nicht einfallen wollen, schließe ich ihn wieder und lächele nur gequält.

»Wo steckt Ilse eigentlich? Die habe ich in dem Trubel total vergessen. Bestimmt ist sie verärgert ins Bett gegangen, weil ich weder zum Kaffeetrinken, noch zum Abendessen erschienen bin.« Mein Vater schneidet eine Grimasse wie ein Clown und William lacht leise.

»Ja, ja, das wäre typisch für Mama.«

Ich schweige.

(Ist besser so.

Heiliges Kanonenrohr!

Meine Mutter habe ich komplett vergessen.

Was mache ich jetzt bloß?

Die sitzt wahrscheinlich immer noch im Haftraum und schmollt vor sich hin. Oder sie tobt vor Wut! Vielleicht hat sie sogar schon Kontakt mit Rumpelstilzchen aufgenommen.

DAS wird RICHTIG Ärger geben!

[Eigentlich bleibt mir nur eine Möglichkeit: Ich muss ins Zeugenschutzprogramm und untertauchen.

Vorbei ist der Traum vom idyllischen Familienleben inmitten meines Wollstübchens, dem Zirkus und dem Zoo.]

SEUFZ!

KREISCH!

HEUL!!!)

»Susannah-Schätzchen, du bist so still«, schreckt mein Vater mich aus meinen Tagträumen. »Und so blass. Geht es dir nicht gut?«

Ich blicke eilig auf die Wanduhr.

Es ist fast Mitternacht.

»Doch. Alles bestens, Papa. Ich bin nur müde.« Ich stürze meinen viel zu heißen Kakao herunter und verabschiede mich hastig. »Ich muss los, die Kinder ins Bett bringen. Habe ich total vergessen. Entschuldigt mich, bitte!«

»Kein Problem.« Lächelnd winkt mir mein Vater hinterher.

(Wenn der wüsste!

Das Lächeln würde ihm gefrieren.)

So schnell mich meine Beine (und der heiß gefüllte Kakaobauch) tragen können, flitze ich in das Zimmer meiner Eltern, drapiere die Bettseite meiner Mutter so, dass es aussieht, als würde sie darin liegen und laufe dann zum Feuerplatz. Die gemütliche Runde hat sich mittlerweile schon fast aufgelöst.

Als Frederico mich entdeckt, lächelt er erleichtert. »Ah, da bist du ja, mein Schatz. Wollen wir nach Hause? Das Bett ruft.«

(Ich befürchte, bei mir ruft erst noch etwas anderes. Aber wie verpacke ich das am Elegantesten?

Mein Göttergatte ist ja nicht eingeweiht.

Vermutlich wäre er auch gar nicht so begeistert, dass meine Mutter in dem kleinen Haftraum vor sich hinschwitzt.

Wer weiß, ob sie ihre Schimpftiraden nicht schon längst an die Wände geschmiert hat!)

Wie ein Tiger schleiche ich mich an Frederico ran und streichele seine Schulter.

(Ich schnurre sogar wie eine Katze.

Ist vielleicht theatralisch wirkungsvoller.)

»Duuu, Schaaaatz?«

»Jaaa?«

»Ich bräuchte da nochmal die Schlüssel fürs Kassenhäuschen.«

Frederico, der eben noch mit geschlossenen Augen entspannt dagesessen hat, öffnet ein Auge und blinzelt mich fragend an. »Was hast du denn vergessen?«

(Meine Mutter.

Nee, das kann ich nicht sagen.

Ist zu direkt.)

Ich räuspere mich, um meine Lüge so echt wie möglich rüberzubringen. »Meine Handtasche.«

»Dann liegt sie doch sicher verpackt. Niemand wird wegen einer Handtasche dort einbrechen. Komm, wir gehen nach Hause.«

(Vielleicht brauche ich doch eher einen ›*Überzeugungskurs*‹ als einen ›*Lügenkurs*‹.)

Frederico nimmt Emma auf den Arm und verabschiedet sich.

»Ich lösche das Feuerrrr«, verspricht El Mago, der mittlerweile sehr eng mit Dalia zusammengerückt ist.

Dalia lächelt versonnen.

(Dann gibt es also keine Romanze zwischen El Mago und Giulia.

Schade.

Ich hätte das sehr abenteuerlich gefunden.)

Ich winke kurz und schiebe Tiberius hinter Frederico und Emma her.

Am Raumschiff angekommen, nehme ich den Lütten aus seinem Wagen und trage ihn ins Haus nach oben ins Kinderzimmer. So sanft wie möglich lasse ich ihn ins Bettchen gleiten, damit er nicht aufwacht.

Frederico hat Emma bereits ins Bett gelegt und zugedeckt. Leise schleichen wir aus dem Zimmer.

Im Flur gähnt Frederico herzhaft. »Mann, bin ich erledigt.«

»Du hast doch gar nicht so viel machen müssen«, feixe ich und folge ihm unauffällig ins Badezimmer. Frederico schnappt sich Zahnpasta und seine Zahnbürste und fängt an, seine Zähne zu putzen.

»Weißt du was? Während du dich bettfertig machst, laufe ich noch einmal schnell rüber und hole meine Tasche. Ich kann dann beruhigter schlafen.«

Ohne eine Antwort abzuwarten, flitze ich aus dem Bad, die Treppe hinunter und greife nach dem Schlüssel.

(Ich WEISS, dass mein Göttergatte bei nur einer Sekunde Verzögerung an mir vorbeigesprintet wäre, um mir diesen Dienst zu erweisen, obwohl er sich vor Müdigkeit kaum noch auf den Beinen halten kann.

ABER da ich ja eher meine Mutter als meine Tasche ›vermisse‹, befreie ich sie lieber selbst.

[Auch wenn mir jetzt schon vor ihr graut!

Und wie!!!

Oh Gott, mir drückt schon die Blase vor lauter Angst.

Vermutlich wird sie mich wie ein Raubtier in Stücke zerreißen und ich werde blutüberströmt wieder am Raumschiff ankommen.])

Die Nachtluft hat sich abgekühlt.

Fröstelnd verschränke ich die Arme, während ich im Laufschritt zum Zirkusplatz eile.

Ich hätte mir eine Jacke überziehen sollen.

Dort angekommen hole ich den Schlüsselbund aus meiner Tasche und suche nach dem passenden Schlüssel.

(Ich bin dermaßen aufgeregt, dass meine Hände zittern wie Espenlaub.

Ich befürchte, JETZT haben meine letzten Sekündchen geschlagen.

Morgen wird die Zeitung eine neue Story haben:

›Frau Zirkusdirektorin erschlagen aufgefunden‹

Oder:

›Sind Deutsche brutaler als ihr Ruf?‹

›Herzlose Tochter sperrt Mutter in Minikabuff bei über dreißig Grad Hitze ein, um Zirkusvorstellung zu retten. Mutter musste stark dehydriert ins Krankenhaus gebracht werden.‹

Oje-oje-oje.

Mann, geht mir die Muffe!)

Vorsichtig stecke ich den Schlüssel ins Schlüsselloch und drehe den Schlüssel so leise wie möglich um.

Doch obwohl ich bemüht bin, keinen Lärm zu machen, knarzt das Schloss bedrohlich laut.

(Oder kommt es nur mir so laut vor, weil selbst unsere Tiere schon alle schlafen?

Die ganze Farm scheint den Atem anzuhalten.

DAS ist also die berühmte Ruhe vor dem Sturm.

[Ich wusste gar nicht, dass diese Ruhe so unangenehm sein kann.])

»Was machst du denn hier beim HAFTraum?«

(SCHEISSE!!!

KREISCH!!!)

Mit dem Schrecken des Jahrtausends, einem Puls von einer Million und einem Herzschlag von fünftausend in der Minute wirbele ich herum.

»MANN, HAST DU MICH ERSCHRECKT!« Ich atme aus und versuche, mein körperliches Gefahrenwarnsystem wieder auf Null runterzufahren.

Wie kleine, eisige Nadeln sticht das Adrenalin, das mir durch die Beine fährt und den Drang in mir auslöst, einmal um das ganze Farmgelände zu joggen.

(Und ich bin alles andere als ein Joggingfan!)

»Du kannst dich doch nicht einfach so anschleichen«, sage ich leise, aber ziemlich verärgert zu meinem Göttergatten.

»Entschuldige! Ich wusste ja nicht, dass du was vor mir zu verbergen hast. Versteckst du deinen heimlichen Liebhaber da drin?«

Nun muss ich doch (gegen meinen Willen) lächeln. Mit gespieltem Zorn stemme ich die Hände in die Hüften.

(Was bei DEM Hintern besonders effektiv ist.)

»Frederico Valentino, ich habe den besten, liebsten und schönsten Mann des Universums geangelt. WARUM in aller Welt sollte ich mich mit der zweiten Wahl abgeben, wenn ich die erste Wahl bereits am Haken habe?«

Frederico grinst spitzbübisch. Er geht auf mich zu und reißt mich in seine Arme, um mich gleich darauf leidenschaftlich zu küssen. Dabei drängt er mich unaufhaltsam auf die Tür vom Haftraum zu. »Soll ich dir gleich noch einmal zeigen, wer deine erste Wahl ist? Im Haftraum? Der ist ja noch ganz unberührt. Noch nicht eingeweiht.«

(OMG!!!

PANIK!!!

SEX im Haftraum?

Vielleicht noch neben meine schlafenden oder gar OHNMÄCHTIGEN Mutter?

Bloß nicht.

Nicht nur, dass ich meine Mutter da drin vergessen habe, nein, sie würde dann auch noch Zeuge werden von der zweitschönsten Sünde der Welt.

[Natürlich kommt Sex erst NACH Schokolade.

159

Hatte ich erwähnt, dass ich ein Schokoholic bin?])

Ich versuche, meinen angeheizten Gatten aufzuhalten, doch sein Wille (oder sein kampferprobter Körper) ist stärker. »Vielleicht sollten wir den Haftraum zu einem anderen Zeitpunkt einweihen!«

Fredericos Hand ertastet die Türklinke.

(SCHEISSE!

Gleich stehen wir meiner Mutter gegenüber.

Vermutlich hockt sie schon hinter der Tür und wartet nur darauf, mich wie ein eingesperrtes Tier anspringen zu können.

OH GOOOOOOTT!)

»Warte!«, sage ich im Flüsterton. »Hast du etwa die Kinder alleingelassen?«

Frederico stutzt.

(NATÜRLICH hat er das!

Für diesen Anlass kann er schließlich keinen Babysitter aus dem Ärmel zaubern.)

»Ich will dir jetzt zeigen, dass ich dein alleiniger Begatter bin und du versuchst mich mit dem schmälichen Versuch aufzuhalten, dass unsere Kinder allein zu Hause sind?«

»Genau.« Ich richte mich auf und ziehe mein T-Shirt zurecht. »Wenn Emma ausgerechnet JETZT aufwacht und uns sucht, läuft sie vielleicht noch zu den Hybriden.«

»Die Gehege sind gesichert. Und durch die Gitterstäbe passt sie nicht durch.« Frederico seufzt. »Schade, ich hätte dich jetzt wirklich gerne verführt.«

»Ich dachte, du bist MÜDE?«

(Meine letzte Waffe!)

Mein Herzkönig blickt mich prüfend an.

(Scheibenkleister, jetzt hat er mich gleich!

Nur nicht mit der Wimper zucken, Susannah!

Bleib cool!

Pokern heißt die Devise!!!)

Ich lächele.

»Hast du Blähungen?«

(Offenbar erfolglos!)

Meine Grimasse macht der Verwunderung Platz.

»Nee, wieso?«

»Du lächelst, als hättest du ein schlechtes Gewissen.«

Immer noch mustert mich mein Ehegatte.

(Und im Gegensatz zu mir, ist ER verdammt gut im Gesichtlesen.)

»Du verheimlichst mir doch etwas.«

»Und das weißt du, obwohl du eigentlich so entsetzlich müde bist?« Ich versuche, ihn erneut mit einem Lächeln abzulenken.

(Klappt aber nicht.)

»Was suchst du WIRKLICH hier, Susannah Valentino?«

»Susannah Valentino…klingt gut, oder?« Ich lächele, dass mir fast die Muskeln verkrampfen.

»Deinen Namen hast du in den letzten drei Jahren so oft gehört, dass du dich eigentlich längst daran gewöhnt haben müsstest.«

(Oje.

Er ist definitiv misstrauisch.)

»Okaaaay«, sage ich ausatmend und senke den Kopf. »Ich habe meine Handtasche NICHT hier liegen gelassen.«

»Was suchst du dann hier? Doch ein heimlicher Verehrer, den du vorübergehend hier einsperren musstest?«

»Nein.«

»Nein?« Fragend wandern seine Augenbrauen in die Höhe.

»Es ist…« Ich hole TIEF Luft.

(Was auch nicht viel bringt.)

Und schließe die Augen. »...meine Mutter.« Neugierig blinzele ich zwischen den Lidern hervor.

(Wie wird er auf DIESE Nachricht reagieren?)

Frederico hat seinen Mund leicht geöffnet und schüttelt scheinbar fassungslos den Kopf. »Du suchst deine MUTTER? HIER?«, wiederholt er ungläubig.

Ich druckse herum. »Nun ja, sie...sie wollte die Vorstellung platzen lassen...«

(Jetzt ist es AUS.

Ich sehe die Zorneswolken am Himmel aufziehen und das Hitzegewitter kommt früher als angekündigt.)

Vorsichtig rümpfe ich die Nase.

»DEINE-MUTTER-WOLLTE-MEEEEIIIINE-ZIRKUS-VORSTELLUNG-TORPEDIEREN?«, wiederholt er behindertengerecht langsam, damit auch die letzten Begriffsstutzigen der im Busch sitzenden getarnten Aliens seine Frage verstehen.

Ich nicke.

(Fast habe ich jetzt mehr Angst vor ihm als vor meiner Mutter.

Und DAS soll schon was heißen.)

Mit einem Satz ist Frederico bei der Tür, dreht den Schlüssel um und reißt sie auf. Er schaltet das Licht an und –

»Nichts. Hier ist NIEMAND.«

Ängstlich linse ich um die Ecke.

Die Zelle ist tatsächlich leer.

»Das ist DER Beweis!«

»Wofür?«, fragt Frederico perplex.

»Dass sie eine Außerirdische ist. Sie hat sich getarnt. Ist unsichtbar.«

Frederico grinst. Dann zieht er mich in seine Arme. »Dann kann ich dich ja jetzt hier vernaschen.«

Erleichtert atme ich auf. »Puh! Lieber ein anders Mal, meinst du nicht?« Stöhnend wische ich mir den Schweiß von der Stirn. »Dann haben Mike und Ron sie nach der Vorstellung bestimmt freigelassen. Gott sei Dank! Nicht auszudenken, auf welche Art und Weise sie mich umgebracht hätte, wenn sie noch immer in dieser Zelle säße.« (Aber wieso war sie dann nicht im Bett?)

Zweifelnd guckt mich mein Göttergatte an. »Bist du sicher, dass sie hier drin war?«

»Ja. Sie wollte meinen Vater aus der Manege ziehen. Tante Ella und ich haben sie nur schwer davon abhalten können. Und dann sind unsere Sicherheitsleute aufgetaucht und haben sie mitgenommen.«

Frederico löscht das Licht und schließt die Tür. »Dann gehen wir jetzt ins Büro. Laut Anweisung muss über jede Festnahme ein Bericht geschrieben werden.«

»Hat das nicht Zeit bis morgen früh? Wir können die Kinder doch nicht so lange alleinlassen.«

Frederico denkt einen Augenblick lang nach und nickt schließlich. »In Ordnung.«

Gemeinsam gehen wir zurück und fallen nach einer schnellen Dusche vollkommen erschöpft ins Bett.

Ich wusste gar nicht, dass Reiten so viel Spaß macht! Wie eine ausgewilderte Indianerin sitze ich mit Federschmuck auf unserem riesengroßen Jaglion-Männchen Jazebo und reite dem Sonnenuntergang entgegen.

Doch plötzlich springt ein Männchen aus einem Busch und versucht mich aufzuhalten.

Und dieses ETWAS ist fünf Millionen mal hässlicher als die Nacht.

(Wer, zum Teufel, hat diesem Ding Ausgang gegeben?

Gibt es denn gar keine Gesichtskontrollen?)

»Halt! Stopp!«, krächzt das Männchen.

»Aus dem Weg!«, versuche ich mein Glück, doch das Hässlettenteil vor mir weigert sich, auch nur einen Schritt wegzugehen.

Genervt gebe ich Jazebo die Sporen und will an ihm vorbei, doch das Vieh mit dem überlangen Schwanz springt so geschickt zur Seite, dass wir abbremsen müssen. Elegant hält Jazebo also inne und mustert den Feind argwöhnisch.

»Was willst du?«, frage ich so cool, wie ein Cowboy im Wilden Westen.

Das Ding vor mir fletscht die Zähne.

(MANN, hat der KARIES!

Das geht ja auf keine Kuhhaut!

Der Typ braucht DRINGEND einen Zahnarzt.

[Von einem Schönheitschirurgen mal ganz abgesehen.]

ICH bin aber leider die Falsche.

Bin ja nur ZahnarztTOCHTER.

[Ob der das weiß?

Vielleicht will er, dass ich ein gutes Wort bei meinem Dad für ihn einlege.

Vielleicht ist er ja auch nicht krankenversichert.

DANN sieht's übel für ihn aus.])

»Ich habe deine Mutter! Du hast sie in der Haftzelle vergessen.«

(SCHEISSE!

WAS mache ich jetzt?)

Plötzlich taucht eine kleine Fee auf und setzt sich genau auf meine Schulter. »Hallo Susannah-Süße! Das ist doch jetzt DIE Gelegenheit. Endlich sind wir deine Mom los! Soll die doch der Teufel holen.«

(Eigentlich hat diese kleine, schlaue Fee tausendprozentig Recht.

ENDLICH habe ich eine Lösung für mein mütterliches Problem.)

»Na und?«, sage ich also todesmutig zum Hässlettenteil.

Das Wesen stutzt.

(Mit der Antwort hat es offenbar NICHT gerechnet. Aber die Nummer mit der Namensfindung kann Rumpelstilzchen jawohl bei mir vergessen!

Ich bin ja nicht so doof wie die Müllerstochter, für die er angeblich Gold gesponnen haben soll.)

Fieberhaft steckt er sich einen Finger in die Nase und popelt.

»Mit Geschmack?«, fragt die kleine Fee fast ein wenig hoffnungsvoll.

Ungläubig wende ich den Kopf. »Du willst doch nicht etwa 'n Popel von diesem Clown da probieren, oder?«

»Wie nennst du mich?« Das Teil vor mir schnaubt wutentbrannt und schnippt einen äußerst unappetitlichen Nasenball haarscharf an meinem Kopf vorbei.

Die Fee hebt von meiner Schulter ab und fängt das Ding auf wie einen Baseball.

Würgend wende ich mich ab.

(DAS kann ich nicht mit ansehen.

Unterweltspopel für ein Lichtwesen?

Wenn das die Feen-Königin erfährt!)

»Clown«, wiederhole ich mutig.

Rauch steigt aus dem behaarten Kopf auf. »Das ist eine Unverschämtheit. Ich bin das RUMPELSTILZCHEN! Das australische Rumpelstilzchen, wohlgemerkt. Es wird Zeit, dass du mich endlich kennenlernst.«

»Ach, DU bist das also? Es wird wohl viel eher Zeit, dass DU dich mal zeigst«, sage ich mit gefährlich ruhiger

Stimme. »DU bist also das faule Stück, das sich NIE blicken lässt, wenn man es braucht. Ich weiß gar nicht, wie viele Jahre ich dich schon gerufen habe, aber Monsieur hat ja offenbar Besseres zu tun, als seinen irdischen Pflichten nachzukommen«, entrüste ich mich. »Stattdessen hast du meine ECHTE Mutter gekidnappt und lässt dir eine Party nach der nächsten von ihr organisieren. Und ich durfte schön mit der schlechten Kopie aufwachsen, fernab jeglicher Zuckersünden. Du solltest dich wirklich SCHÄMEN!«

Rumpelstilzchen knickt ein, schnappt sich sein Schwanzende und fängt an, die behaarte Schwanzspitze wie einen Pinsel über die Hände gleiten zu lassen. »Hast du 'ne Ahnung, WIE VIELE Leute mich tagtäglich rufen?« Er beobachtet mich. Dann schüttelt er den Kopf. »Nee, hast du nicht. Und da willst du ausgerechnet, dass ich deine ECHTE Mutter gegen diesen Braten austausche, der sich oberirdisch ›Mutter‹ schimpft? Dann wäre mein gutes Leben ja vorbei. Niemals.«

Hinter mir klingelt es.

Verwirrt drehe ich mich um.

Ein Osterhase reitet auf unserem Zirkusschaf Hans und schwingt dabei ein buntes Lasso.

»Was willst DU denn hier?«, schnauzt Rumpelstilzchen das Häschen an.

»Platz da, ich bin das Osterhäschen!«

»Osterhasen haben leider in Australien keinen Zutritt«, wütet Rumpelstilzchen und wird zornesrot im behaarten Gesicht.

Der Osterhase zügelt das Schaf. »Wieso hat mir das keiner gesagt? Glaubst du, ich habe Zeit zu verschenken beim Eierverstecken?«

»Wer ist denn der australische Osterhase?«, frage ich verdutzt.

Rumpelstilzchen wirft mir einen Bist-du-aber-dumm-Mädel-Blick zu und schnalzt verächtlich mit der Zunge. »Natürlich der Kaninchennasenbeutler, du dumme Gans.«

Wieder klingelt es.

(Kommt jetzt auch noch der Weihnachtsmann?

Nicht einmal im Outback hat man seine Ruhe!

Mannomann!)

Jetzt packt mich der Weihnachtsmann auch noch an der Schulter und schüttelt mich durch.

»Nee, nee, nee, lass mich in Ruhe! Ich muss weiterreiten.«

»Susannah! Wach auf!«

(Aufwachen?

Was ist das?

Ich dachte, ich bin schon wach!)

Vorsichtig öffne ich ein Auge.

Magenta- und lilafarbenes Licht färbt unser Schlafzimmer ein.

»Ist was mit den Kindern?« Vollkommen verwirrt richte ich mich auf.

Frederico schüttelt den Kopf. »Nee, eher was mit deiner Mutter.«

»Wie spät ist es?« Ich suche nach einer Uhr.

(Aber da mich das Ticken von Uhren wahnsinnig macht, habe ich natürlich keine Uhr im Schlafzimmer.)

»Es ist fünf Uhr morgens.«

Erschöpft falle ich zurück ins Kissen. »Oh nee, nä? Wenn meine Mutter den Sonnenaufgang genießen will, dann bitte ohne mich. Ich fühle mich wie gerädert.«

»Auf wem bist du denn geritten?«, fragt Frederico grinsend und hält mir das Telefon hin.

Ich schiebe das schwarze Gerät von mir weg. »Ich will jetzt nicht mit ihr telefonieren. Sag ihr das!«

Doch mein Göttergatte schüttelt den Kopf. »Sag ihr das bitte selbst. Ich habe überhaupt nicht verstanden, was sie will. Sie hat gleich herumgebrüllt.«

Stirnrunzelnd und äußerst widerwillig nehme ich das Telefon und halte es mir vorsichtig ans Ohr. »Mama?«

»Nein. South Australia Police Department, Sergeant Copper. Spreche ich mit Mrs Valentino?«

Ich richte mich wieder auf. »Polizei?«

Mit einem Satz ist Frederico aus dem Bett. »Oh Gott, sind die Tiere ausgebückst? Frag ihn, FRAG IHN!« Panisch schlüpft er in seine Klamotten und hüpft dabei wie Rumpelstilzchen durchs Zimmer.

(Wie Rumpelstilzchen OHNE Karies wohlgemerkt.)

»Sind unsere Raubtiere ausgebrochen? Oder unsere Elefanten in Adelaide aufgetaucht?«, frage ich den Sergeant.

»Neeein. Es sei denn, eines Ihrer Tiere heißt Ilse und läuft auf zwei Beinen.«

(Ein Affe vielleicht?)

Ich lege den Telefonhörer kurz auf das Bett und wende mich an Frederico. »Ist die Affenlieferung schon da?«

Mein Herzkönig schüttelt den Kopf. »Nee, wieso? Die kommt erst im Laufe der nächsten Woche.«

(Frederico hat nämlich einen Affendresseur unter Vertrag genommen und zehn Affen gekauft.

[Und scherzhaft hatten wir davon gesprochen, eines der Weibchen müsse unbedingt ›Ilse‹ heißen.

{Aber ich schätze, wenn meine Mutter DAS erfährt, werde ich nicht nur enterbt, sondern bekomme ein lebenslanges Schweigegelübde.

{{Was ja auch nicht sooo verkehrt wäre, denn meine Mutter haut ja ohnehin nur beleidigende Bemerkungen raus.}}])

»Es handelt sich auch nicht um einen Affen, Mrs Valentino«, sagt der Sergeant, sobald ich den Hörer wieder am Ohr habe.

(Ups, er hat mich gehört?)

»Um wen handelt es sich denn genau?«

»Wie viele Frauen kennen Sie denn, die Ilse Johnson heißen?«

Ich lege eine kurze Gedankenpause ein. »Im Grunde genommen nur eine. Was ist mit ihr? War sie jetzt etwa schon einkaufen und hat irgendein Auto geschrottet?«

Der Sergeant lacht leise in den Hörer. »Nein. Ilse Johnson ist uns gestern als Widersacher der gestrigen Zirkusvorstellung ausgeliefert worden. Von Ihrem Sicherheitspersonal.«

(SCHEISSE!!!)

»Wirklich?«

(JETZT brauche ich dringend ein paar Minuten zum Nachdenken.

Gibt es irgendwo einen Zeitumkehrer?

Oder vielleicht eine Gute-Ausrede-App?

Mike hat meine Mom WIRKLICH der Polizei übergeben?

[Das war eigentlich als Scherz von mir gemeint gewesen.

Da sieht man mal, was man mit seinem deutschen Humor alles anrichten kann!

Den versteht hier offenbar keiner.

{Könnte natürlich auch daran liegen, dass unser Sicherheitspersonal seine Aufgabe sehr ernst nimmt.

Was in Anbetracht der gefährlichen Raubkatzen ja auch nicht verkehrt ist.}])

Ich räuspere mich, um Zeit zu gewinnen. Schließlich frage ich: »Und nun?«

»Wir brauchen jemanden, der ihre Personalien vorbeibringen und ihre Identität bestätigen kann. Außerdem müssen ein paar Papiere unterzeichnet werden, da eine Anzeige gegen Mrs Johnson vorliegt.«

(Ich schrumpfe förmlich in meine Kissen, verschmelze mit dem Bett.

[Vielleicht kann ich mich in ein Betttuch verwandeln?

Und ich tauche erst wieder auf, wenn meine Mutter wieder in Deutschland ist.])

»Und wie kommen Sie da ausgerechnet auf mich?«

(Hochgepokert, meine Liebe, GANZ hoch gepokert!)

Der Sergeant räuspert sich. »Nun, Mrs Johnson behauptet, Sie seien Ihre Tochter.«

»Kann sie das beweisen?«, frage ich, bevor mein Großhirn überhaupt die Warnung erhalten hat, dass eine verbotene Äußerung auf dem Weg ins Freie ist.

Der Sergeant stutzt. »Äh, nein. Um ehrlich zu sein, kann sich Mrs Johnson überhaupt nicht ausweisen. Und beweisen kann sie schon gar nichts.«

»Na, dann lassen Sie sie doch noch ein wenig zappeln, also ich meine, lassen Sie sie auf dem Revier und ich frage mal nach, wo ihre Personalien sind«, schlage ich vor.

»Wir können Mrs Johnson aber nicht ewig hier festhalten«, sagt der Sergeant. »Maximal 24 Stunden. Also heute Nachmittag sollten sie sie spätestens erlösen.«

»In zwei Stunden sind meine Nebeneltern wach und dann bitte ich darum, dass man den Ausweis mei…von Mrs Johnson herausgibt.«

»Nebeneltern?«, fragt der Sergeant verwirrt.

Ich winke ab.

(Ich WEISS, die Geste kann der arme Kerl nicht sehen.

Habe ja gar kein Videotelefon.

Noch nicht.)

»Das ist nur so ein Kosewort für meinen Onkel und meine Tante«, erkläre ich lässig.

»Cooler Ausdruck! Den muss ich mir merken. Kann ich den in meinen Büchern benutzen?«

»Das geht leider nicht. Der ist patentiert«, feixe ich und kichere leise hinter vorgehaltener Hand.

»So etwas kann man patentieren lassen?«

»Unbedingt. Aber ich will man nicht so sein. Sie dürfen den Ausdruck benutzen.«

»Danke! Sie schicken also jemanden vorbei?«, fragt der Sergeant, der offenbar gerade von meiner keifenden Mutter abgelenkt wird.

(Sie ertönt zwar nur aus dem Hintergrund, aber ihr Organ ist laut genug, um mein müdes Trommelfell zu beleidigen.)

»Ja. In zwei bis drei Stunden. Bis dahin rate ich Ihnen, sie noch wegzusperren. Vorsichtshalber. Ich habe gehört, sie kann unberechenbar sein.«

(DAS werde ich NIE wieder gutmachen können!

Haihappen-uhaha!

Mir blüht der Krach des Jahrtausends.)

»In Ordnung. Vielen Dank, Mrs Valentino. Bis später.«

Ich höre gerade noch, wie der Sergeant einem seiner Mitarbeiter die Anweisung gibt, meine Mutter wieder einzubuchten, dann ist die Leitung unterbrochen.

Neugierig starrt Frederico mich an. »Kein Massenausbruch?«

»Wir sind doch nicht in Askaban, Schatz! Nein. Es war… nicht so wichtig.« Ich winke ab und plumpse zurück in die Kissen.

»Heißt das, ich kann mich wieder ausziehen?«

171

»Oh ja…komm her, mein Löwendompteur!«
Lachend springt Frederico ins Bett zurück.

Die Liste der unliebsamen Dinge

»Einen wunderschönen guten Morgen!« Ich lächele in die Runde, doch mir antworten nur betretene Gesichter.

»Was ist denn mit euch passiert?« Staunend setze ich mich auf meinen Mini-Ufo-Landeplatz und reiche Tiberius an meine Tante weiter, die ihn freudig begrüßt.

»Deine Mutter ist weg«, sagt mein Vater, während er mit besorgter Miene sein Müsli in sich hineinschaufelt.

»Wir haben sie überall gesucht. Ihr Bett ist auch unberührt«, berichtet William.

»Ich glaube, sie ist sauer, dass ich sie gestern Nachmittag vergessen habe und nun ist sie auf einem Ich-schmolle-dir-auf-ewig-Ausflug«, sagt mein Vater genervt.

»Das ist doch Kindergartenkacke«, sage ich pikiert. »Glaubst du wirklich, Mama ist so blöd?«

Mein Vater antwortet nicht, guckt mich aber sehr schief an.

Emma zupft mir am Ärmel. »Mama?«

»Ja, mein Schatz?«

»Was ist Kindergartenkacke?«

(Oje!

Wie erklärt man das am besten?)

»Das bedeutet, jemand benimmt sich wie ein Baby«, erklärt Frederico und setzt Emma auf seine Schultern.

»Wie geht es Dustin?«, versuche ich abzulenken.

William zuckt mit den Schultern. »Er schläft noch. Aber er hat kein Fieber bekommen und James hat ihm schon die Tetanusspritze verabreicht.«

Ich blicke auf meine Uhr.

Es ist bereits acht Uhr.

(Nachdem Frederico und ich die Morgenstunde noch ausgenutzt hatten, sind wir nochmal eingeschlafen, bis wir von zwei lauten Kinderstimmen geweckt worden sind.)

»Hat Mama eigentlich ihren Ausweis dabei?«, frage ich so scheinheilig wie möglich.

Frederico schmunzelt.

»Wieso?«, fragt mein alter Herr konsterniert.

»Nur so«, winke ich ab.

Stille.

»Wenn du aufgegessen hast, können wir Mama ja vielleicht…abholen«, sage ich so beiläufig wie möglich.

(Doch leider schlägt meine fast geflüsterte Aussage ein wie eine Bombe.

Allen fällt die Kinnlade herunter und meinem Vater sogar der Löffel aus der Hand.)

»WIE ABHOLEN? WO abholen?«, fragt William, der als Erster die Sprache wiederfindet.

Ich zucke so gleichgültig wie möglich mit den Schultern und versuche ein extrem unschuldiges Gesicht zu machen.

»South Australia Police Department vielleicht?«

Meine Tante schreit kurz auf und dreht sich dann lachend weg.

Mein Vater guckt sie neugierig an, doch Tante Ella versteckt sich hinter Tiberius Bauch, der das äußerst lustig findet und ein gurgelndes Babylachen erklingen lässt.

»Polizei?« Zitternd fährt sich mein Vater durchs Haar. »Was hat Ilse angestellt? Oh Gott, hatte sie einen Autounfall?«

Tante Ella taucht wieder auf. »Euer Sicherheitspersonal hat sie tatsächlich gestern der Polizei übergeben?«

Ich nicke und schneide eine Grimasse.

»Was? Wovon sprecht ihr? Würde mich mal bitte jemand aufklären!«, ruft mein alter Herr.

(Ich habe meinen Vater selten so geschockt gesehen.)

»Warum wurde Mama der Polizei übergeben?«, fragt William verwundert.

»Ilse wollte Thomas aus der Vorstellung ziehen, notfalls mit Gewalt. Sie fand es ÜBERHAUPT NICHT lustig, dass ihr Göttergatte sich als Clown betätigt. Das haben wir versucht zu verhindern«, erklärt meine Tante, »aber meine Schwester war ja so was von störrisch, dass das Sicherheitspersonal eingreifen musste.«

Mein Vater lehnt sich zurück. Er scheint mit einem Mal wie ausgewechselt. Nachdenklich schaut er gen Horizont und streichelt sich über den Bauch. »Und nun muss sie ausgelöst werden?«

Wieder nicke ich.

Plötzlich erscheint ein Grinsen auf dem Gesicht meines Vaters. »Okay.«

»Okay?«

(Nun bin ich diejenige, die verdutzt guckt.)

»Okay. Komm, Susannah, lass uns fahren! Heute ist ein besonderer Tag. Der Sterntag meines Lebens.«

(Was zum Henker ist ein ›Sterntag‹?)

»Wirklich? Welcher denn?« Ich nehme Tiberius und folge meinem Vater, der die Veranda verlässt.

»Diesen Tag wird Ilse niemals wieder vergessen. Und wenn doch, zeige ich ihr ein dickes, fettes, rotes Kreuz auf dem Kalender.«

»Der Sergeant meinte, wir brauchen ihren Ausweis.«

Mein Vater hält inne, hebt einen Finger und macht auf dem Absatz kehrt. »Hole ich! Geh du schon einmal zum Auto und schnall Tiberius fest. Was ist mit Emma?«

»Emma hilft Frederico heute beim Füttern der Tiere.«

»Gut, dann fahren wir zu dritt. Das wird ein Spaß!«

Mein Vater reibt sich erschreckend vergnügt die Hände und verschwindet im Haus, um die Papiere meiner Mutter zu holen.

Tante Ella dreht sich zu mir um. »Ist alles in Ordnung mit ihm?«

Ich zucke mit den Schultern. »Keine Ahnung. Vielleicht ist er jetzt übergeschnappt?«

♥♥♥

Doch mein Vater ist alles andere als übergeschnappt. Als wir eine halbe Stunde später zu dritt das Polizeirevier betreten und uns zu Sergeant Copper durchfragen, bittet mich mein Vater, kurz im Eingangsbereich zu warten, während er den Papierkram erledigt.

Nach einer Viertelstunde werde ich zu den beiden Männern hereingerufen und meine Mutter in Handfesseln vorgeführt.

»Ist das Ihre Frau, Mr Johnson?«, fragt Sergeant Copper.

Mein Vater legt die Stirn in Falten und mustert meine Mutter, als müsste er darüber erst noch nachdenken.

(Ehrlich gesagt, sieht sie furchtbar aus.

Die Schminke ist verlaufen und lässt sie fast aussehen wie eine Untote.

Die Haare stehen zu Berge und die Klamotten sind total zerknautscht.

Ihr Gesicht spricht Bände.

[Allerdings keine guten.])

»Ich bin mir nicht sicher. Keine Frage, sie sieht ihr ähnlich, aber ich bin gerade verdammt unsicher, ob das nicht ein böser Zwilling ist«, sagt mein Vater zu unser aller Überraschung.

»Thomas, was soll das Schmierentheater? Ist es nicht schlimm genug, dass DEINE Tochter mich an die Polizei übergeben und inhaftieren lassen hat? Musst DU mir nun auch noch in den Rücken fallen?«

Mein Vater wirft einen kurzen Blick auf mich. »Das ist in der Tat meine Tochter, aber ob SIE meine Frau sind, weiß ich, ehrlich gesagt, NICHT.«

Der Sergeant verzieht keine Miene.

(Auch wenn ihm der Schalk aus den Augen blitzt.)

Meine Mutter schnappt vor Empörung nach Luft. »THOMAS!«

»MEINE Frau würde mich IN ALLEM unterstützen, was ich tue. MEINE Frau hätte NIEMALS versucht, meine Arbeit – auch wenn es nur ein Hobby, ein Kindheitstraum von mir ist – zu torpedieren. MEINE Frau hätte sich NIEMALS so peinlich daneben benommen und die Sicherheitsleute von ihrer wirklichen Arbeit abgehalten. MEINE Frau…«

Meine Mutter versucht einen Arm zu heben, um ihn zu bremsen, doch da beide Arme gefesselt sind, muss sie zwangsläufig beide Arme heben. »Das reicht, Thomas, ich habe die Botschaft verstanden.«

»Das glaube ich kaum. Es ist seit jeher ein Traum von mir, im Zirkus aufzutreten. Klar, ich weiß, ich bin eigentlich Zahnarzt«, winkt er ab, »aber auch Zahnärzte können heimliche Wünsche haben…«

Meine Mutter schließt genervt die Augen und kneift beide dünnen Lippen so fest aufeinander, dass man einen Mund nicht mehr erkennen kann.

»Ein Zirkus ist wirklich absolut lächerlich, Thomas. Wie kann man als Akademiker solche Träume haben?«

Mein Vater steht auf und wendet sich an mich. »Susannah, wir gehen.«

»Du willst also, dass ich vor dir auf die Knie falle und mich bei dir entschuldige, weil ich deinen Traum kaputtmachen wollte?«, fragt sie schließlich wie eine ausgediente Leier, ohne mich auch nur eines Blickes zu würdigen.

(Oh, ich WEISS, wie peinlich ihr die Angelegenheit vor mir – UND dem Sergeant - ist!

Das wird sie mir noch die nächsten tausend Jahre vorhalten.

Ich kann mich jetzt schon mal warm anziehen.)

»Können wir das nicht unter vier Augen klären?«, fragt meine Mutter mit flehender Miene, doch mein Vater schüttelt den Kopf. »Nein. Ich brauche Zeugen. Wenn ich SIE als MEINE Frau identifizieren soll…«

»Ich bin doch nicht TOT«, unterbricht meine Mutter ihn wütend.

Mein Vater hebt seine Hand. »MEINE Frau würde mich NIEMALS unterbrechen.«

(OHOHOHOOO, mein Vater geht heute aber sehr, SEHR weit.

Meine Mutter ist kurz vorm Explodieren, kann aber nicht, weil die Lunte eingeklemmt ist.

[Eingeklemmt, weil sie gefesselt auf dem Polizeirevierstuhl sitzt und beim geringsten Widerstand sofort wieder in der Haftzelle verschwindet.])

Schweigend starrt sie meinen Vater an.

Dieser fährt munter fort: »Wenn ich DIE DA als MEINE Frau DEMASKIERE, muss ich sicher sein, dass sie es auch ist.«

»Und wie soll ich das beweisen?«, fragt meine Mutter reichlich genervt.

Mein Vater lässt sich von Sergeant Copper ein Blatt Papier reichen. »Dies hier ist eine Unterlassungserklärung…«

»Eine WAS?« Meine Mutter sitzt mit einem Mal kerzengerade.

»Eine Unterlassungserklärung«, sagt mein Vater seelenruhig. »Wenn DU MEINE FRAU Ilse Johnson bist, die ECHTE wohlgemerkt, wirst du dieses Dokument hier unterzeichnen…«

Unwirsch deutet meine Mutter mit dem Kopf an, dass sie das Blatt Papier lesen will.

Brav legt mein Vater es ihr vor die Nase.

(Noch während sie es überfliegt, sehe ich eine Million wütender Gedanken in ihrem Großhirn herumflitzen.

Die Zornesfalten auf ihrer Stirn füllen ganze Bücher.)

»DAS unterschreibe ich NICHT!« Meine Mutter will ihre Arme demonstrativ verschränken, doch funktioniert das mit den Handfesseln leider nicht, so dass sie wütend anfängt, an den Dingern herumzureißen. »Könnte mich mal einer von diesen Mistdingern hier befreien?«

Der Sergeant schüttelt bedauernd den Kopf. »Erst, wenn wir Ihre Identität eindeutig festgestellt haben. Fingerabdrücke hat mein Kollege ja gestern schon von Ihnen genommen, oder?«

Meine Mutter errötet heftig und nickt schließlich.

(Mit einem verschämten Seitenblick in meine Richtung.

[Aber ich bin tapfer, ich verkneife mir ein fettes Grinsen.])

Mein Vater steht auf und winkt mir zu. Er ist schon aus dem Raum verschwunden, bevor meine Mutter überhaupt reagieren kann. »Äh…Thomas?«

Der Kopf meines Vaters erscheint noch einmal. »Kommst du, Susannah, wir haben hier nichts mehr verloren.«

»Untersteh dich, Susannah!«, zischt meine Mutter mir zu.

Schnell eile ich aus dem Raum und suche Deckung bei meinem Vater.

»Kommen Sie, Mrs Wer-auch-immer! Die Haftzelle wartet auf Sie!«, hören wir Sergeant Coppers Stimme.

»FASSEN SIE MICH NICHT AN!«, keift meine Mutter verärgert.

»Leisten Sie jetzt besser keinen Widerstand, Mrs…«

Ich wende mich an meinen Vater. »Du willst sie wirklich zappeln lassen, oder?«

»Jetzt oder nie! Soll ich jedes Mal, wenn ich bei deinem Mann im Zirkus aushelfe, Angst haben, dass sie mich da rauszieht wie einen Schwerverbrecher? Nee, nee, mein Töchterchen. JETZT ist die Stunde der Wahrheit. Ilse kann sich entscheiden. Entweder nimmt sie mich so, wie ich bin, oder sie hat Pech gehabt und kann hier schmoren, bis…bis dein Rumpelstilzchen kommt.«

»Das ECHTE Rumpelstilzchen mit Karies im Mund?«, frage ich vorsichtig nach.

Mein Vater grinst und nickt. »Natürlich. Genau der.«

(Wow!

Was für eine väterliche Revolution!

Dieser Aufstand wird in die Geschichte der Familie Johnson eingehen.

[Wobei meine Mutter nicht ganz so gut dabei wegkommt.]

Und ICH – MOI – habe den Urstein gesetzt!)

Im Nebenzimmer ist es ruhig geworden.

Dann erscheint Sergeant Copper. »Ich glaube, sie ist jetzt gesprächsbereit, Mr Johnson.« Er lächelt und zwinkert mir zu.

(Was für ein netter Polizist, der so ein Kindergartentheater mitmacht!)

Ich folge meinem Vater wieder ins Nebenzimmer. Als meine Mutter mich sieht, fährt sie mich wütend an: »Du bleibst gefälligst draußen, Susannah!« Dann sagt sie leise zu sich selbst: »Diese Blöße muss ich mir nicht auch noch unter Zeugen geben.«

180

Mein Vater macht auf dem Absatz kehrt und schiebt mich entschlossen nach draußen.

»Dann geht doch!«, ruft meine Mutter uns hinterher.

Sergeant Copper folgt uns. »Ich kann sie nicht mehr lange hierbehalten. Ohne Personalien geht das natürlich noch ein Weilchen, aber…«

Mein Vater winkt lächelnd ab. »Wissen Sie was, Sergeant, wir gehen noch ein Käffchen trinken und kommen dann in einer halben Stunde wieder. In Ordnung?«

Der Sergeant nickt. »In Ordnung.«

Er verschwindet und lässt meine Mutter wieder abführen. Wütend stiert sie uns nach, während wir das Polizeirevier verlassen.

Draußen auf der Straße dreht sich mein Vater in alle Richtungen, bis er zu entdecken scheint, wonach er sucht. Zielstrebig geht er auf das Einkaufszentrum zu.

Verdattert folge ich ihm.

Seelenruhig hält er an jedem Schaufenster an, bis wir an *Starbucks* vorbeikommen. »Ah, Kaffee! Ich lade dich ein, Susannah!«

Wir betreten das Café und ich bekomme einen extra großen Milchkaffee mit Schokoladengeschmack.

Mein Vater gleitet in einen der gemütlichen, braunen Ledersessel und schlürft genüsslich seinen Latte Macchiato. Zufrieden lehnt er den Kopf an das weiche Polster. »Ist das Leben nicht schön? Ich fühle mich unendlich vogelfrei.«

»So cool habe ich dich noch nie erlebt, Papa.«

(Ich bin so verunsichert, dass ich mich kaum auf meinen leckeren Kaffee konzentrieren kann.

[Und wenn man bei *Starbucks* Kaffee trinkt, MUSS man ihn genießen, weil es einer der besten und teuersten ist.])

»Was hast du jetzt vor?« Neugierig linse ich ihn über meinen Becherrand hinweg an.

Mein Vater lächelt.

(Aber er lächelt nicht irgendwie.

Nein, er lächelt wie ein Mann, der nach fünfzig Jahren der Unterdrückung endlich die feindliche Mauer durchbrochen hat und das erste Mal im Leben Freiheit schnuppert.)

Er streckt alle Viere von sich und nimmt dabei fast drei Plätze ein. »JETZT sitze ich hier. Cogito ergo sum.«

(Aha!)

Ich schaue meinen schlauen Papa an wie ein Auto.

Mein Vater lächelt geheimnisvoll, dann lässt er sich zu einer Übersetzung herab: »*Ich denke, also bin ich.* Ein berühmtes Zitat des Philosophen *Descartes.*«

(Aha!

Nun bin ich auch nicht schlauer als vorher.

[Von dem Typen habe ich auch noch nie gehört.])

»Kannst du etwa mit Philosophie etwas anfangen?«, frage ich ungläubig.

(Für mich persönlich ist das Fach ja ein Bereich mit sieben Siegeln.

UNZERSTÖRBAREN Siegeln, versteht sich.

Ich meine, WIE kann man Typen bezahlen, die irgendeinen Mist vor sich hinlabern und ganze Bücher mit dem Geschwafel füllen?

Und das sollen dann auch noch andere auswerten!

[Damit spiele ich vor allem auf die armen Schüler an, die in der Schule gezwungen werden, sich mit dem philosophischem Mistgeschwafel zu beschäftigen.

Von den Studenten will ich gar nicht reden.

Schlimm genug, dass man so einen Blödsinn STUDIEREN kann, aber das suchen sich die armen Tropfe ja freiwillig aus.])

»Ja.« Mein Vater nickt und schlürft seinen Kaffee, wobei er nach jedem Schluck glücklich seufzt.

(Er ist so knuffig, dass ich mein schmunzelndes Lächeln nicht länger unterdrücken kann.)

»Philosophie ist ein hochinteressantes Gebiet, mein Schatz. Vor allem, weil ich in Zukunft Zeit haben werde, mir auch mal ein Buch einzuverleiben. VIIIEEEL Zeit«, fügt er hinzu und seufzt wohlig.

»Hattest du das vorher etwa nicht?«, frage ich überrascht.

Das Grinsen im Gesicht meines Vaters verschwindet.

»Nein.«

»Ich wusste ja, dass meine Mutter recht speziell ist, aber dass sie dich SO unter ihrer Fuchtel hatte, habe ich echt nicht bemerkt.«

»Da kannst du mal sehen, wie talentiert deine Mutter ist. Seit ewigen Zeiten muss sich immer alles um sie drehen und alle müssen nach ihrer Pfeife tanzen. ABER DAMIT«, er setzt sich mit einem Schlag aufrecht hin und schlägt laut klatschend auf das Lederpolster, dass mir vor Schreck fast der Kaffeebecher aus der Hand rutscht, »ist jetzt Schluss«, flüstert er leise.

»Hast du das Kaffeetrinken etwa auch auf die Liste der unbeliebten Dinge gesetzt?«

»Nein. Aber das werde ich gleich als nächstes tun. Am besten gehen wir zurück und ich füge das noch hinzu. Alle Punkte, die mir auf den Senkel gehen. Und dann kann sich Ilse überlegen, ob sie mit uns mitkommen will.«

Er springt auf und klatscht so heftig in die Hände, dass Tiberius erschrickt und anfängt zu schreien.

Gut gelaunt reißt mein Vater seinen Enkelsohn aus dem Kinderwagen und lässt ihn mehrfach in die Luft fliegen, bis er lauthals lacht.

Dann setzt er ihn sich auf den Arm und spaziert mit ihm aus dem Café.

Kopfschüttelnd folge ich den beiden.

Auf dem Polizeirevier atmet Sergeant Copper erleichtert auf, als er uns sieht. »Gott sei Dank! Mrs Johnson TOBT in ihrer Zelle. Ich glaube, es wäre günstig, wenn Sie sie alsbald mitnehmen. Ansonsten müssen wir sie in die Gummizelle sperren.«

(Gummizelle klingt gut.

Dann kann sie sich wenigstens abreagieren, bevor wir sie mit im Auto transportieren müssen.

[Ich meine, das ist immerhin eine halbe Stunde Fahrt, in der viel passieren kann.])

Mein Vater nickt und bittet um die Unterlassungserklärung. Bewaffnet mit einem Schreiber kritzelt er in Windeseile noch ein paar Punkte hinzu und wendet sich dann an den Sergeant. »Sergeant Copper, wir können dann!«

Der Polizist nickt und nimmt meinen Vater mit zu den Hafträumen, während ich mit Tiberius auf dem Arm in der Eingangshalle warte.

Etwa fünfzehn Minuten später kommt mein Vater mit dem Schriftstück wedelnd und einer kochenden Ehefrau im Schlepptau zurück.

Ich öffne den Mund, doch meine Mutter fährt gleich drüber. »SPRICH MICH NICHT AN, Susannah! Sprich mich am besten NIE WIEDER an!«

»Okay.«

(Das hält sie eh nicht lange durch.)

»Danke, mein Schatz«, sagt mein Vater. »Du hast etwas gut bei mir.«

Nachdem ich die Picknickdecke ausgebreitet und den Sonnenschirm platziert habe, pflanzt sich Emma in die Mitte und zieht den Korb zu sich.

In Windeseile hat sie das Kindergeschirr herausgeholt und liebevoll aufgedeckt.

Tiberius liegt auf der Nachbardecke inmitten von Spielzeug und brabbelt munter vor sich hin.

Ich blicke auf die Uhr.

Nick und Joshua wollten gleich kommen. Sie wollen mit William und Annette die Daten für die Überlebenstour durchgehen, die Joshuas Cousin anbietet und an der Dustin nun doch teilnehmen soll.

Mein Vater hat sich des lieben Frieden Willens dazu herabgelassen, die Hälfte der Kosten zu übernehmen.

(Ich schätze, er hat durchkalkuliert, was billiger kommt: Ein Überlebenstraining oder ein zerbombtes Haus.)

Ganz nebenbei können wir El Mago im benachbarten Gehege ein wenig zuschauen, der heute mit unserem frischen Jaglionpärchen trainieren will.

(Dankbarerweise haben sich Jana und Jazebo auf Anhieb gut verstanden, so dass wir nicht gezwungen waren, ein neues Gehege zu bauen.)

William und Annette biegen gerade um die Ecke, dicht gefolgt von ihren Sprösslingen, die sich ziemlich verärgert neben der Picknickdecke in die Wiese pflanzen und den leeren Teebecher ignorieren, den Emma ihnen hinhält.

»Willst du keinen Tee?«, fragt Emma schließlich.

»Nee, geh weg mit der Babykacke!«, pfeffert Dustin ihr an den Kopf.

Empört öffne ich den Mund, doch bevor ich etwas sagen kann, hat William Dustin auf den Hinterkopf geschlagen. Wütend zischt er ihn an, das leckere Gastgeschenk anzunehmen.

Widerwillig ergreift Dustin die leere Puppentasse und tut so, als würde er trinken.

Emma strahlt.

(Geht doch!

So ein paar kleine Schläge auf den Hinterkopf haben ja schon bei manchen das Denkvermögen gestärkt – heißt es. Scheint vor allem bei pubertierenden Teenagern zu funktionieren.)

Aus der entgegengesetzten Richtung tauchen Joshua, Nick und ein dritter Mann auf, der Joshua ziemlich ähnlich sieht.

(Cousin Nummer siebenhundert, vermute ich.)

Nach einer kurzen Begrüßung sitzen alle auf der Wiese und schweigen sich an.

Schließlich ergreift Julius, Joshuas Cousin, das Wort: »Wie ihr ja von Susannah bereits wisst, bin ich Überlebenstrainer. Das hört sich jetzt erst einmal ungewöhnlich an, aber wer einmal irgendwo im Busch, im Dschungel oder in der Wüste war, ohne den nötigen Proviant zu haben, der weiß, wie wichtig es ist, sich auszukennen, um zu überleben…«

»Ich hab' echt keinen Bock zu so 'nem Scheiß!«, unterbricht Dustin ihn mürrisch und kickt einen Stein in Richtung Jaglion-Gehege.

»Lass das bitte, Dustin! Du verschreckst die Tiere und El Mago muss nicht wegen so einer unüberlegten Handlung in Gefahr geraten«, ermahne ich ihn.

Dustin wirft mir einen Blick zu, der mich glatt hätte töten können. Doch da ich mittlerweile (durch meine Mutter) geübt bin, solche Blicke abzuwehren, lächele ich nur überlegen.

(Ich bin mit meinen fünfunddreißig Lebensjahren voll die Mrs Cool-J geworden.

Da haut mich doch so ein lächerlicher Teenagerblick nicht um.

Und NEIN, ich bin NICHT wie meine Mutter.

Darauf bestehe ich.)

Julius räuspert sich und nimmt einen Trinkbecher von mir entgegen.

»Ist allerdings weder selbst gepresst, noch aus irgendeiner Baumrinde gequetscht«, warne ich ihn grinsend.

Julius lacht leise auf. »Kein Problem. Wenn ich nicht unterwegs bin, um Kurse zu geben, trinke ich auch ganz normal wie jeder andere aus der Leitung, aus Flaschen oder aus dem Tetrapack.« Er trinkt seinen Becher leer und bekommt ihn (natürlich mit unsichtbarem Saft) sogleich von Emma aus der Spielzeugkanne nachgeschenkt.

»Stopp, Emma! Nicht so viel, sonst bekomme ich einen Wasserbauch«, sagt Julius mit ernster Miene.

Emma kichert hinter vorgehaltener Hand. »Aber das ist doch kein ECHTES Wasser. Das ist Saft. Ein Saftbauch ist nicht schlimm.«

»Natürlich. Hätte ich gleich drauf kommen können. Dann gib mir bitte noch etwas Saft.« Julius zwinkert ihr zu und dreht sich zu Dustin um. »Die unterschiedlichsten Leute kommen zu mir, um vier Wochen oder länger durch die Wildnis zu stapfen und einfach mal ohne Strom, Internet und sonstiges Pipapo zu entspannen. Einige von ihnen sind Manager in großen Firmen, die kurz vor dem Burn-Out stehen, andere sind normale Arbeitnehmer, die einfach mal einen Urlaub der anderen Art genießen wollen.«

»Ich kann auch so ganz gut chillen«, sagt Dustin brummend.

Julius nickt. »Verstehe ich total. Aber kannst du das auch ohne Internet und ohne Handy?«

Dustin zuckt mit den Schultern. »Wozu? Es gibt doch überall Handys und WLAN.«

(Ich grinse still in mich hinein.

Der Junge ist ja so was von auf dem Holzweg!

Ich könnte adhoc so einige Orte aufzählen, wo selbst MEIN Handy [und ich habe IMMER den besten Tarif fürs beste Netz, weil ich ohne meine Suchmaschine nur ungerne aus dem Haus gehe] kein Netz hat.)

Julius denkt offenbar ähnlich wie ich. Er lächelt still vor sich hin. »Da, wo ICH meine Kurse abhalte, gibt es ganz bestimmt KEIN WLAN.«

Wieder kickt Dustin einen Stein weg. »Voll scheiße, ey! Da will ich nicht hin.«

William hält seinen Fuß fest und sieht ihn streng an. »Lass das jetzt, sonst sperre ich dich ins Löwengehege!«

Dustin entzieht ihm seinen Fuß und grunzt unwillig. »Das sind keine Löwen, Mann.«

»Scheiß der Hund drauf«, sagt William wütend und wird von Emma gleich kopfschüttelnd angeguckt. »Du hast ›scheiß‹ gesagt, Onkel William.«

»Entschuldige Emma.« Etwas lieblos tätschelt mein Bruder ihren Kopf.

»Dustin aber auch«, mischt sich Johannes ein.

Emma sieht Dustin streng an und wackelt schließlich mit dem Zeigefinger. »Das ist nicht artig. Das darfst du nicht. Dann kriegst du nachher kein Eis.«

»Was labert die für eine Scheiße, Mann?«, ruft Mr Pubertät aufgebracht.

»Klappe!« Wütend funkelt William ihn an.

»Warum muss ich zu diesem dämlichen Kurs, Mann?«, schimpft Dustin. »Das ist voll uncool.«

»Du bist außer Rand und Band…«, fängt Annette an, doch Dustin winkt ab. »Oh Mama, hör doch mal auf, Mann! Du verstehst das nicht! Das ist der Sinn von Pubertät, Alter. Wir müssen unser eigenes Ding machen, um uns von Mamis Schoß zu lösen. Ich bin völlig normaaaaal, Mann. Und jetzt entspann dich mal! Schaukel mal deine Eierstöcke.«

Annette verzieht gequält das Gesicht.

»Zügel deine Zunge, Dustin! Du kannst gerne in Zukunft alleine für dich kochen, deine Wäsche waschen und dein Zimmer putzen«, bemerkt William trocken.

»Das ist doch nicht dasselbe, Mann ey! Ich kann nich' kochen und Wäsche waschen ist voll uncool, Mann. Außerdem putzt Mama immer mein Zimmer, warum soll ich das dann machen?« Wütend blitzt Dustin seinen Stiefvater an.

(War das schon zu meiner Zeit so, dass alles ätzend war, was mit den Erwachsenen zu tun hatte?

Ist das wirklich nur die Abgrenzungsphase oder ist das ein Schicht- oder gar Gesellschaftsproblem?

Ich kann mich gar nicht erinnern, dass ich so ätzend drauf war!)

»Ich finde Wäsche waschen auch total uncool. Es muss aber gemacht werden, sonst rennt man rum wie ein Penner auf der Straße«, sagt William verärgert.

»Mir doch egal.« Dustin zuckt mit den Schultern. »Ich renne gern rum wie ein Penner.«

Er erntet nur einen schiefen Blick von William, der sich allerdings zu keiner weiteren Antwort hinreißen lässt.

Jana macht ihrem neuen Lover gerade vor, wie er durch die Ringe springen kann.

(Natürlich brennen die nicht.

El Mago arbeitet nicht mit Feuer.

Ich bin also kurzzeitig abgelenkt und starre staunend zum Jaglion-Gehege.

Die Anmut, die von diesen Tieren ausgeht, ist irgendwie magisch.)

Auch Julius ist kurz abgelenkt.

Doch dann sammelt er seine Gedanken wieder und spricht weiter: »Ich war auch mal so alt wie du und weiß, dass alles blöd ist, was die Erwachsenen von einem verlangen. Aber später, wenn du selbst erwachsen bist, dann wirst du wissen, warum deine Eltern auf bestimmte Sachen bestanden haben.«

»Woher willst 'n du das wissen?«

Julius schluckt. »Ich war ein richtig ätzender, mürrischer Teenager. Ich hatte zu nix Bock. Meine Eltern haben mich total angekotzt…«

»Siehst du!«

»Kurz nach meinem achtzehnten Geburtstag«, fährt Julius fort, »lud mich mein Vater auf einen Kurztrip ein. Er wollte mit mir mit dem Privatflugzeug von Australien nach Neuseeland fliegen und ich bin widerwillig mitgeflogen. Keine große Sache«, wieder schluckt Julius und blinzelt glatt eine Träne weg, »aber dann ist die Maschine direkt über dem Dschungel abgestürzt.«

Es ist mucksmäuschenstill.

Selbst Emma merkt, dass die Großen gerade etwas sehr Ernstes im Raum stehen haben und schenkt Julius schweigend eine neue Tasse unsichtbaren Saft ein.

Julius nickt ihre dankend zu. »Mein Vater war sofort tot und plötzlich saß ich da, mutterseelenallein und mitten im tiefsten Dschungel. Wir hatten keine Essensvorräte eingepackt, weil mein Dad ein Hotelzimmer in Neuseeland gebucht und nicht mit dem Absturz der Maschine gerechnet hatte.«

»Das tut mir leid«, sage ich leise in die Stille hinein.

»Danke, Susannah, aber deshalb erzähle ich das nicht.« Er hält mir seinen Becher hin und lässt sich reales Selterwasser einschenken. Dankend nickt er mir zu. »Ich habe also meinen Vater in der Wildnis begraben und dann versucht, mich durch den Dschungel in Richtung Zivilisation zu schlagen. Da ich zu diesem Ausflug keinen Bock gehabt hatte, hatte ich auch nicht aufgepasst, wo wir genau abgestürzt waren.«

»Wie hast du das überlebt, Alter?«, fragt Dustin und wischt sich den Schweiß von der Stirn.

»Ich habe mich vorsichtig an jede Pflanze herangetastet, die mir essbar erschien, aber problematischer noch war die Beschaffung von ungiftigen Flüssigkeiten.«

»Krass!«, sagt Johannes, Dustins jüngerer Bruder. »Ich will auch mitmachen bei dem Überlebenstraining.«

»Wie alt bist du?«, will Julius wissen.

»Ich bin elf.«

Julius schneidet eine Grimasse. »Dann bist du noch ETWAS zu jung. Ich nehme nur Teilnehmer an, die mindestens sechzehn Jahre alt sind. Schon allein aus versicherungstechnischen Gründen.«

»Voll blöd. Im Fernsehen gucke ich auch immer Überlebenstraining an. Neulich hat einer sogar Fuchshoden gegessen...«, erzählt Johannes mit Feuereifer. »*Bear Grill* ist voll der geile Typ. Der kann einfach alles. Der überlebt sogar im Eismeer.«

Angewidert stöhnen Annette und ich auf.

»Ja, die Sendungen sind wirklich interessant, aber sie sind nichts im Vergleich zur Realität. Manchmal findet man Stunden oder Tage nichts Richtiges zu essen, wenn du aber am Bildschirm Hunger hast, dann stehst du einfach auf und gehst zum Kühlschrank.«

Johannes zuckt gleichgültig mit den Schultern. »Ich finde das trotzdem total krass.«

»Du kannst gerne bei mir mitmachen, wenn du sechzehn bist«, sagt Julius.

Johannes nickt unzufrieden.

»Wir können auch tauschen. Wir behaupten einfach, du bist Dustin und ich bleibe hier«, schlägt sein älterer Bruder hoffnungsvoll vor.

»Kommt gar nicht in Frage«, sagt Julius lachend. »Das wäre Versicherungsbetrug. Ich will meinen Job noch etwas länger ausüben.«

»Wieso? Wie alt bist du denn?«

»Na, hundert bestimmt nicht«, sage ich zynisch.

Julius zwinkert mir zu. »Woher willst du das wissen? Vielleicht bin ich auch schon dreihundert Jahre alt und bin nur ein gut getarnter Vulkanier.«

»Und deine Ohren?«, witzele ich. »Wo hast du die Spitzen versteckt?«

Annette verdreht die Augen und stöhnt. »Du schon wieder mit deinem Weltraumquatsch.«

»Aber es gibt offenbar genügend andere Leute, die sich mit meinem Weltraumquatsch auskennen«, erwidere ich lächelnd.

»Wie lange soll Dustin denn mitmachen?«, fragt Julius.

Annette zuckt mit den Schultern.

»Bis er zur Vernunft gekommen ist?«, sagt William unsicher. »So etwa…EIN Jahr?«

Julius lacht lauf auf. »Das war ein SEHR guter Witz. Ich LIEBE den deutschen Humor. Haha…«

(So, wie ich meinen Bruder kenne, war das definitiv KEIN Witz!

Wenn es nach ihm ginge, würde er vermutlich die Babyklappe für Pubertierende erfinden, um seinen Satansbraten loszuwerden.)

Julius wackelt mit den Augenbrauen. »Im Ernst, William, die besten Voraussetzungen haben wir vorliegend ohnehin nicht.«

»Wieso?«, fragt William.

»Hä? Warum?«, fragt Dustin überrascht, bevor Julius antworten kann.

»Du hast keine Lust zu diesem Trip. Also wirst du vermutlich alles daransetzen, um ihn zu torpedieren«, erklärt Julius. »Und ich habe noch andere Kursteilnehmer, die freiwillig mitmachen und trotz der Anstrengung Spaß haben wollen. Viele haben ein ganzes Jahr darauf gespart, diesen Urlaub der Extraklasse zu machen. Wollt ihr das trotzdem durchziehen?«, wendet sich Julius an William und Annette.

Beide nicken.

»Ich unterschreibe sofort«, sagt William.

»Darfst du gar nicht, Mann. Du bist nicht mein Vater.«
Wütend starrt Dustin meinen Bruder an.

Ich verdrehe die Augen.

William stößt Annette in die Rippen.

Diese gibt sich einen Ruck. »Also, gut…«, stöhnt sie theatralisch, »dann unterschreibe ich jetzt eben.«

»Oh Mann, Mamaaaaa!«

(Naaaaa, macht meine alte Erzfeindin noch einen Rückzieher?

Zugegeben, sie hatte ja noch nie Rückgrat.

Und genau das macht sich auch bei ihrem missratenen Sprössling bemerkbar.

Der tanzt ihr ja auf der Nase herum, ohne dass sie mit der Wimper zuckt.)

»Wenn du dich nicht zusammenreißt und den Trip durch den Dschungel versaust, lasse ich dich alleine zurücklaufen bis zum nächsten Flughafen, wo deine Eltern dich abholen können«, wendet sich Julius an Dustin.

»Ey, Alter, Mann, wie soll ich denn den Weg aus dem Dschungel raus zum Flughafen finden? Das ist voll krank, Alter.« Dustin spuckt verächtlich auf den Boden.

»Oh, es gibt da schon eine Möglichkeit«, mische ich mich nun doch endlich ein.

Alle schauen mich an.

»Ja, und was?«, flötzt Dustin mich an.

»Du könntest das tun, was Julius sagt und schon ist dein Trip in Begleitung durch den Dschungel gesichert.«

»Safe?«, fragt Dustin und setzt eine obercoole Mimik auf.

»Safe«, bestätigt Julius. »Wenn du mitmachst, habe ich ja keinen Grund, dich allein zurückzulassen.«

»Oh Mann, ey, das ist so was von Kacke. Du bist echt eine Verräterin, Mom.«

Annette zuckt zusammen, doch William schaut sie so streng an, dass sie schließlich seufzend den Kugelschreiber nimmt.

Während Annette den Vertrag unterschreibt, taucht Frederico mit Toni, unserem Tierpfleger, auf.

Emma springt auf und nötigt den beiden Männern unsichtbaren Saft auf.

Nachdem sie sie abgefüttert hat (es gab natürlich auch noch Holzerbsen und Plastikwürstchen), springt sie ihnen wie ein Gummiball hinterher. Da es ihr zu langweilig auf der Picknickdecke ist, hilft sie lieber den beiden bei der Raubtier- und Elefantenfütterung.

Nach einer weiteren halben Stunde witziger Anekdoten über die Teilnehmer im Überlebenstrainingscamp verab-

schieden sich Nick, Joshua und Julius und lassen uns mit
fünf Millionen Gedanken zurück.

Der Unfall

Fasziniert stehe ich mit Dustin und Johannes im Schlangenhaus bei Dalia und schaue bei der Fütterung zu.

»Meine Lieblinge sind total ausge'ungert. Aber ich kann sie nicht jeden Tag füttern, sonst werden sie zu fett.«

»Fressen die immer Ratten?«, will Johannes wissen.

»Nee, die fressen auch kleine Brüder«, kontert Dustin und grinst hämisch.

»Haha, sehr witzig«, sagt Johannes brummig und wendet sich von seinem Bruder ab.

»Du bist schon zu groß, Jo'annes«, sagt Dalia und zwinkert ihm zu.

»Wann wollten eure Eltern wiederkommen?«, wende ich mich an die Jungs.

(William und Annette wollten noch für das Überlebenstrainingscamp in Adelaide shoppen gehen und haben mir ihre Brut für den Tag aufs Auge gedrückt.

Seit über drei Stunden ertrage ich nun also schon ihre Streitereien.)

»Keine Ahnung. Wenn Mama erst mal 'n Einkaufszentrum sieht, ist sie nicht mehr zu bremsen«, sagt Johannes schulterzuckend.

(Na, super!

Warum hat mir das niemand VORHER gesagt?

Vermutlich macht sie aus einem Shopping-TAG eine ganze Woche, wenn ich Pech habe.)

»Keine Sorge, William, unser lieber STIEFvater, wird sie schon zurückhalten«, entgegnet Dustin mit dem größten Sarkasmus, den er offenbar aufbringen kann. »Wir sind ohnehin pleite.«

»Es ist ja nicht so, dass William und ich uns über alles lieben, aber er ist zumindest vernünftig, was das Finanzielle angeht«, versuche ich meinen Bruder zu verteidigen.

Dustin schnalzt genauso abfällig mit der Zunge wie meine Mutter.

(Muss schon abgefärbt haben!)

»Er ist GEIZIG«, sagt er trocken.

»Stimmt«, schlägt sich Johannes auf die Seite seines Bruder.

(Darin sind sie sich offenbar einig.)

»Aber nur bei Dingen, die IHN nicht interessieren. Das bescheuerte Camp kostet 'n paar hundert Scheine. Das ist richtig viel Patte, Alter, und das braucht keine Sau, Mann.« Dustin zieht verächtlich die Nase hoch.

(Was vermutlich ein Ausdruck von Coolness sein soll, denn das macht er öfters, um irgendwelche Aussagen zu unterstreichen.)

»William ist EXTREM geizig«, pflichtet Johannes ihm bei.

(Schön, dass sich die Kinder zumindest in punkto Williams Geiz einig sind.

Da er ebenso ein Kind meiner (ECHTEN?) Mutter ist, hat ihr Geiz vermutlich auch auf ihn abgefärbt.)

»Wollen wir noch zu den Elefanten?«, frage ich.

Dustin zuckt mit den Schultern, doch Johannes Augen leuchten plötzlich auf. »Können wir auf ihnen reiten?«

Ich zögere. »Das müssen wir mit Isabella besprechen. Sie ist jetzt bestimmt mit den Proben beschäftigt.«

Wir verabschieden uns von Dalia und gehen zum Elefantengehege, wo Isabella gerade im Dreck liegt und ein Elefantenbein auf ihrer Brust liegen hat.

Erschrocken ergreift Johannes meinen Arm. »Oh Gott, bringt er sie jetzt um?«

»Ja, voll krass geil«, sagt Dustin und blüht auf. »Da spritzt gleich voll das Blut, Alter.«

(Die Aussicht auf einen ungewöhnlichen Todesfall scheint ihn extrem aufzumuntern.

Komische Jugend ist das heutzutage.

[Dabei bin ich doch noch gar nicht sooo alt, oder?

Ich finde den Gedanken ja eher ziemlich erschreckend.])

Erwartungsvoll stehen die beiden Jungs am Zaun des Elefantengeheges und warten darauf, dass Isabella horrormäßig zerquetscht wird und Massen an Blut fließen.

Isabella jedoch ist schwer damit beschäftigt, ihrem Elefantenweibchen Sintja Befehle zuzurufen und sieht putzmunter aus.

Der Elefant wechselt das Bein, Isabella bleibt noch kurz liegen, dann ergreift sie den Rüssel und lässt sich nach oben helfen. Liebevoll klopft sie dem Dickhäuter auf den Hals. »Das hast du toll gemacht, Sintja.« Sie holt eine Möhre aus einem Beutel, der im Staub liegt und füttert die Elefantendame.

Dann kommt sie zum Zaun. »Hallo!«

»Hallo!«, brummen die Jungs fast ein wenig schüchtern.

»Hallo Isabella, die beiden Herren sind scharf auf einen Elefantenritt«, sage ich geradeheraus.

Isabella mustert die Jungs. »Wenn ihr euch an meine Befehle haltet und keiner von euch aus der Reihe tanzt, könnt ihr auf Tonja reiten.«

Tonja ist die größere der beiden Elefantendamen und SEHR gutmütig.

Die Jungs nicken und Isabella lässt uns ins Gehege, das zwar auch gesichert, aber nicht so hochsicherheitsmäßig gesichert ist, wie die Raubtiergehege.

Wir gehen zu einem Podest aus Holz und die Jungs klettern hinauf, um von dort auf den Rücken des Elefanten zu steigen.

Isabella ruft Tonja ein paar Befehle zu und schon trottet diese gemächlich zum Podest. Seelenruhig lässt sie es sich gefallen, dass Johannes auf ihren Rücken klettert.

Isabella führt ihre Elefantendame einmal durchs Gehege, dann wird gewechselt und Dustin reitet (nicht hoch zu Ross, aber) hoch zu Elefantenkuh.

Plötzlich schießt meine Mutter um die Ecke und schreit wie eine Wilde herum.

Isabella erschrickt, die Elefanten auch.

Sintja flitzt los und pest von einem Zaun zum anderen. Da Elefanten Herdentiere sind, folgt Tonja ihr mit Dustin auf dem Rücken, der erhebliche Schwierigkeiten hat, sich festzuhalten.

»Mamaaaa, halt die Klappe! Bist du verrückt geworden?«
Doch meine Mutter reagiert gar nicht.

Sie steht am Eingang unseres Zoos und schreit sich die Seele aus dem Leib.

Vollkommen hysterisch schlägt sie dabei um sich, als müsste sie irgendeinen unsichtbaren Dämon vertreiben.

(Gute Güte, hat sie etwa Drogen genommen?)

Mittlerweile sind die beiden Elefanten total wild und flitzen wie die Irren durchs Gehege.

(Das einzige Problem ist nur, dass Dustin noch auf Tonjas Rücken sitzt und sich in Todesangst krampfhaft an ihrem dicken Hals festhält.)

Kurzentschlossen verlasse ich das Gehege, renne zu meiner Mutter und halte sie an der Schulter fest, doch sie schlägt mich weg.

Ich stürze zu Boden und spüre einen beißenden Schmerz im Hintern.

Mühsam rappele ich mich wieder auf und schubse sie, doch auch das nützt nichts.

Also hole ich aus und verpasse ihr wohl die heftigste Ohrfeige, die sie in ihren sechzig Jahren je bekommen haben muss.

Meine Mutter ist so geschockt, dass sie augenblicklich verstummt und mich mit großen Augen anschaut. »Was fällt dir ein mich zu schlagen, Susannah?«

»Bist du verrückt geworden oder hast du irgendwelche bewusstseinsverändernden Drogen eingeworfen? Du kannst hier doch nicht kreischend herumlaufen und alle Leute wegschlagen, als wenn eine Million Bienen hinter dir her wären. Du machst die ganzen Tiere kirre. Sieh dir Dustin an, der auf dem Elefanten sitzt, den DU wild gemacht hast.«

»Ich habe doch niemanden geschlagen. Bist du durchgeknallt?«, erwidert meine Mutter.

»Äh, Mama, du hast mich gerade zu Boden geworfen.« Ich zeige ihr den Matschfleck auf meiner schönen, türkisfarbenen Hose.

Gedankenverloren fasst sich meine Mutter an die rote Wange. »Ich soll dich geschlagen haben?«

(Sie muss echt durchgeknallt sein, wenn sie sich nicht einmal in einem Jahrhundertschwall beschwert, dass ich ihr eine Ohrfeige verpasst habe und sich noch dazu auch nicht mehr daran erinnern kann, wie sie eben ausgetickt ist.)

Ich greife ihr an die Oberarme und zwinge sie, mir ins Gesicht zu gucken. Aus den Augenwinkeln kriege ich mit, dass es Isabella gelungen ist, Tonja und Sintja aufzuhalten und zu beruhigen, damit sie Dustin absteigen lassen kann.

»WAS – IST – PASSIERT?«

Es dauert ein Weilchen, bis sie mich beziehungsweise meine Frage registriert. »William«, sagt sie nur und starrt entsetzt vor sich hin.

Ich verdrehe die Augen.

(Hat sich mein lieber, kleiner Bruder wieder einmal scheiden lassen?

Oder hat er beim Einkaufen ihre Kreditkarte geplündert?)

»Mama, erst machst du die Tiere wild und jetzt rückst du nicht mit der Sprache heraus. Was ist los?«, frage ich genervt.

»Unfall.«

»William hatte einen Unfall?«

Meine Mutter nickt, leichenblass.

(Oh Gott, ist er tot?

Ihrem Aufstand nach zu urteilen, ja.

Ich sehe seine Unterweltsbrut jetzt schon in mein Haus einziehen. Mit Sack und Pack.

Womit habe ich DAS nur verdient?)

Ich schüttele den Kopf.

(Susannah, reiß dich zusammen!)

»William ist wie Unkraut. Unkraut vergeht nicht. Das sagst du doch selbst immer.« Ich lache leise.

(Ich glaube kaum, dass das Universum meinen Bruder JETZT SCHON gebrauchen kann und der Höllenvater erst recht nicht.

[Von Rumpelstilzchen ganz zu schweigen!

Der ist froh, dass er meine falsche Mutter los ist.])

»William und Annette wollten doch Einkaufen fahren…«, sage ich in der Hoffnung, dass meine Mutter mal ein paar Details rüberwachsen lässt. »Was ist denn nun passiert? Ist Annette die Rolltreppe heruntergefallen?«

»Nein, nein. Sie waren ja auch einkaufen.« Langsam kullern ihr Tränen die Wangen hinunter.

»Mamaaaa! Nun rede endlich!«

(Ich spüre allmählich, wie die Panik nun doch in mir hochkriecht wie lästiges Sodbrennen.

Und ich kann nicht sagen, welche Aussicht schlimmer ist: dass mein Bruder tot sein könnte oder ich seine Kinder an der Backe haben werde.)

»Lebt er noch?«

Meine Mutter nickt.

»Na, dann mach' doch nicht so einen Hermann auf!«

»Du nun wieder!«

»Sollen wir sie abholen? Liegt der Wagen irgendwo im Graben?«, bohre ich nach.

(Hier gibt es keine Gräben, aber das sei nur am Rande erwähnt.)

Meine Mutter schüttelt den Kopf. »Sie sind im Krankenhaus.«

»Was ist denn jetzt genau passiert?«

»William muss einen Lastwagen übersehen haben. Sie sind kollidiert. Der Wagen ist nur noch Matsch«, berichtet meine Mutter im Eiltempo, als wenn die Frist für diese Auskunft jede Sekunde abläuft.

»Sind sie verletzt?«

»Natürlich sind sie verletzt, Kind! Sonst wären sie ja nicht im Krankenhaus«, schnappt meine Mutter ein.

»Sind sie schwer verletzt?«

(Meine Güte, meine Mutter steht echt neben sich.)

Sie nickt und jetzt heult sie so plötzlich los, dass kein Wort, das ihren Mundraum verlässt, mehr verständlich ist.

»Am besten beruhigst du dich und wir fahren in die Klinik«, schlage ich vor.

Meine Mutter nickt.

Ich hole die Jungs und sage Frederico Bescheid, der mit Toni und Emma bei unserem Liger ist.

Meinen Vater sammeln wir bei Onkel Riley im Schafstall ein.

Eine Dreiviertelstunde später stehen wir am Empfangstresen der Adelaide Klinik und fragen nach meinem Bruder und seiner Frau.

Eine junge, stämmige Frau Anfang dreißig schaut in den Computer. »Sind Sie Verwandte?«

»Ich bin die Schwester von William Johnson und das hier sind unsere Eltern.«

Mein Vater drängelt sich vor und redet in Medizinisch (oder auch medizinischem Fachchinesisch) auf die Empfangsdame ein. Zwei Minuten später wendet er sich stöhnend ab und führt uns zu einer Gruppe von Sitzbänken.

»Sie werden gerade operiert. So, wie es aussieht, ist William gefahren und entweder ist ihnen ein Känguru vor die Motorhaube gesprungen oder er war abgelenkt. Auf jeden Fall ist er gegen den einzigen Baum gefahren, der am Anfang der Landstraße stand.«

(Na, so was kriegt auch nur William hin!)

»Und was ist mit dem Lastwagen, der den Wagen zerquetscht haben soll?«, frage ich stirnrunzelnd.

Mein Vater seufzt. »Der ist wohl auch noch in den Wagen geprallt, weil William auf die Gegenfahrbahn geraten ist.«

»Wie schlimm sieht es aus?«, frage ich leise.

(Meine Mutter befindet sich im Schockzustand und starrt nur ausdruckslos vor sich hin.)

»Das ist noch nicht absehbar. Diverse innere Verletzungen…die hier aufzuführen würde euch nur überfordern.«

Mein Vater fährt sich übers Gesicht. »Da hat er aber mal RICHTIG Scheiße gebaut, mein lieber Scholli!«

(Wenn mein cooler Vater so etwas sagt, dann sieht es übel aus.

Echt!)

Ich stehe auf und wandere nervös durch die Halle.

(Krankenhäuser machen mich nervös.

Obwohl einem geholfen wird, haben sie so etwas Trostloses.

Schon der Geruch von Desinfektionsmitteln beißt in meinen Schleimhäuten. Natürlich sind diese Institutionen wichtig, gar keine Frage, aber sie sind keinesfalls ein angenehmer Aufenthaltsort, vor allem nicht, wenn man gesund ist.

Und wenn ich selbst hier liegen müsste, würde ich mich wie eine Gefangene fühlen.

Eine Gefangene mit Schmerzen.

[Jetzt fühle ich mich wie eine Gefangene ohne Schmerzen.

Das ist auch nicht besser.])

»Susannah, fahr nach Hause zu deiner Familie! Es hat überhaupt keinen Sinn, wenn du auch noch stundenlang hier herumsitzt«, sagt mein Vater schließlich. »Und am besten nimmst du deine Mutter mit.«

»Okay.«

»Ich bleibe hier«, sagt meine Mutter entschlossen und starrt weiter auf ihre Hände.

Schweigend nickt mein Vater. »In Ordnung.«

»Ruft mich an, wenn ihr etwas wisst, okay?«

»Machen wir.«

»Ich hole euch dann ab.«

»Das ist lieb von dir. Fahr vorsichtig. Ein Kind in Lebensgefahr reicht uns.«

Es ist ein ruhiges Abendessen auf der Veranda meiner Nebeneltern. Tante Ella war so frei und hat eine Mannschaftsportion Spaghetti mit Tomatensoße für alle gekocht und trotz der jüngsten Ereignisse, schlagen alle zu wie ausgehungerte Raupen.

(Alle, bis auf Dustin.)

»Warum isst du denn nichts, Dustin? Ist dir der Unfall deiner Eltern auf den Magen geschlagen?«, fragt Tante Ella.

Dustin grunzt. »Nee.«

»Schmeckt es dir nicht?«, bohrt sie weiter.

»Nee.«

»Danke. Das war zumindest ehrlich«, sagt meine Tante und Onkel Riley haut auf den Tisch.

(Was für ihn äußerst ungewöhnlich ist.

Er fährt nie aus der Haut.)

»Jetzt ist aber Schluss, Dustin! Ich bin dein ewiges Nörgeln leid. Wenn dir das Essen nicht passt, kauf dir ein Busticket, fahr in die Stadt und gehe ins Schnellrestaurant und kauf dir einen Burger.«

Dustins Augen leuchten auf. »Geil. Darf ich?«

»Nein.« Mein Onkel verzieht grimmig das Gesicht. »Das war keinesfalls ernst gemeint.«

»Es schmeckt phantastisch, Tante Ella. Danke!«, werfe ich schnell ein.

»Das freut mich, Schatz!« Lächelnd tätschelt meine Tante mir den Arm.

»Spaghetti sind toll«, sagt Emma grinsend und saugt eine Nudel auf wie ein Ameisenbär die Termiten.

»Mir schmeckt es auch«, sagt Frederico, aber ich sehe ihm an, dass er mit den Gedanken ganz, GANZ weit weg ist.

(Ich vermute, er kotzt jetzt schon, weil er genau weiß, dass die zwei Braten von Annette an uns hängen bleiben werden.

Ich jedoch schiebe den Gedanken noch ganz weit weg.

Bevor ich die Kinder meiner Erzfeindin bei mir aufnehme, steige ich ins nächste Flugzeug und bringe die beiden Rotzlöffel zu ihrem Vater nach Deutschland.

Den gibt es, zumindest physisch, schließlich auch noch.)

»Können die Ärzte abschätzen, wie lange William und Annette in der Klinik bleiben müssen?«, fragt Onkel Riley.

Dustin und Johannes halten gespannt den Atem an.

Bevor einer von uns antworten kann, tauchen meine Eltern auf.

Erschöpft lässt sich mein Vater auf die Bank plumpsen und berichtet in Kurzfassung, dass die Operationen gut gelaufen sind.

»Wir können froh sein, dass die Operationen der beiden so gut verlaufen sind. Das heißt aber leider noch nicht, dass sie außer Gefahr sind. Wir werden uns noch ein bis zwei Tage gedulden müssen«, sagt mein Vater schließlich mit vorsichtigem Seitenblick auf seine beiden angenommenen Enkelkinder.

»Warum?«, will Johannes wissen.

»Weil sie krank sind, du Penner«, schnauzt ihn Dustin an.

»Verletzt«, werfe ich ein.

Dustin versieht mich mit einem vernichtenden Blick.

Johannes zuckt zusammen.

»Nicht in dem Ton, Bürschchen«, sagt mein Vater mit ernster Miene.

Dustin zuckt schweigend mit einer Schulter.

»Es ist durchaus möglich, dass in den ersten beiden Tagen nach dem Unfall noch Komplikationen auftreten«, erklärt mein Vater ruhig.

Johannes schaut ihn mit großen Augen an. »Und was heißt das?«, fragt er kaum hörbar. Schnell blinzelt er sich die Tränen weg. »Sterben sie?«

»Is' doch egal, Mann!«, knurrt Dustin ihn an. »Dann muss ich wenigstens nicht in dieses beschissene Camp.«

(Aber sein Gesichtsausdruck straft ihn lügen!)

Mein Vater zögert, dann entscheidet er sich, ehrlich zu antworten. »In seltenen Fällen treten Hirnblutungen auf. Zur Zeit sind beide noch im künstlichen Koma, da sie auch eine Schädelverletzung haben. Wenn es noch einmal zu Blutungen kommt, müssen sie noch einmal operiert werden. Ob sie eine weitere Blutung jedoch überleben, ist fraglich.«

Alle am Tisch schlucken.

Plötzlich wirft meine Mutter ihr Besteck weg und rennt ins Haus.

»Entschuldigt mich!« Mein Vater erhebt sich seufzend und folgt ihr.

»Bestimmt hat Mama wieder im Auto rumgezickt und deshalb hat William das Lenkrad verrissen«, sagt Dustin verärgert.

Überrascht halte ich inne. »Während der Autofahrt?«

Dustin nickt.

»William und Mama streiten öfters, wenn sie Autofahren. Es ist, als ob…«, Johannes sucht nach Worten.

»…das Auto verhext ist und das Schlechteste aus ihnen herausholt«, hilft Dustin ihm aus.

(Das sind ja interessante Neuigkeiten.)

»Egal, was passiert ist«, sagt Frederico, »jetzt müssen eure Eltern erst einmal wieder gesund werden und dann sehen wir weiter.«

»Müssen wir jetzt nach Deutschland zurück und bei Papa wohnen?«

(DAS ist eine SEHR gute Frage und ich habe überhaupt keine Antwort parat.

Aber wenn es nach mir geht, würde ICH die Frage bejahen.

Da meine Eltern allerdings auch noch da sind, werden die sicherlich entscheiden, was zu tun ist.)

Ratlos schauen Tante Ella und ich uns an.

»Wir müssen«, sagt Dustin mit Grabesstimme.

»So schlimm wird das wohl nicht sein, oder?«, platze ich heraus. »Ist ja immerhin euer ECHTER Vater.«

Dustin sieht mich wieder mit einem seiner Todesblicke an. »Er ist ein Arschloch, Mann.«

»Wenn ich dazu etwas sagen dürfte…«, beginnt mein Göttergatte.

»Bitte!«, sagt Onkel Riley.

»Ich würde vorschlagen, ihr zwei Jungs bleibt zunächst einmal bei euren Großeltern, sofern sie einverstanden sind. Du, Dustin, solltest das Überlebenstraining machen, denn dafür hatten sich deine Eltern aus gutem Grund entschieden, bevor sie den Unfall hatten. Sie haben viel Geld dafür bezahlt. Und da ihr sicherlich bald wieder zur Schule müsst, werdet ihr ohnehin wieder nach Deutschland zurückreisen müssen. Ob nun mit oder ohne sie.«

Wütend blitzt Dustin ihn an. »Diese beschissene Tour ist doch jetzt völlig egal, Mann.«

»Wie sagtest du doch gleich, Dustin?«, frage ich schmunzelnd. »Die Reise hat doch ECHT Patte gekostet, da wäre es doch ärgerlich um das viele Geld, wenn du die Tour jetzt nicht mitmachst. Denn das Geld ist weg, auch wenn du nicht an dem Camp teilnimmst.«

»Echt, ey?«

»Echt, ey!«

Frederico legt sein Besteck ab und mustert Dustin. »Ist diese Tour jetzt egal, weil du dir ernsthafte Sorgen um deine Eltern machst oder weil der Unfall das gefundene Fressen für eine Nichtteilnahme ist?«

Dustin wird tiefrot und blickt schließlich schweigend auf seinen Teller.

»Dann würde ich vorschlagen, du nimmst daran teil. Überlege dir doch, welch Freude es für deine Mom und William wäre, wenn sie schließlich aufwachen und genesen sind und DU bist durch diesen Trip ein bisschen vernünftiger geworden.«

»Okay.«

Wenige Tage später gibt es endlich Entwarnung. William und Annette werden ihren Unfall zwar mit leichten Blessuren, aber ansonsten fast unbeschadet überleben. Allerdings werden sie noch mindestens vier Wochen in der Klinik bleiben müssen, so dass meine Eltern und ich uns die ›*Aufsicht*‹ ihrer Brut teilen.

»Wie komme ich jetzt nach Tasmanien?«, knurrt Dustin.

(Eigentlich hatten William und Annette diese Fahrt als kleinen Ausflug nutzen wollen.)

»Vielleicht können meine Eltern dich hinbringen«, sage ich hoffnungsvoll.

Mein Vater schüttelt den Kopf. »Die Tour fängt doch schon am Wochenende an. Ich kann dich nicht hinbringen, da ich am Wochenende mit den Ärzten in der Klinik eine Verabredung habe. Und Ilse ist momentan zu keiner Fahrt imstande.« Er erhebt sich und geht in die Küche.

»Ich kann hier auch unmöglich weg«, entgegnet Frederico.

(Tja, dann bleibt dieser Trip jawohl mir vorbehalten. Tolle Wurst!)

»Ich frage Jonas, ob er uns fliegt«, schlage ich vor. »Das geht schneller.«

Frederico horcht auf. »Willst du etwa MITfliegen?«

Mit klopfendem Herzen schaue ich ihn an. »Hast du eine bessere Idee? Ich kann diesen schwer pubertierenden Rotzlöffel jawohl kaum Jonas alleine aufs Auge drücken. Hinterher kommt Dustin nicht an.«

»Und was ist mit Emma und Tiberius?«

(Gute Frage!

Emma ist weniger das Problem, aber Tiberius ist noch klein und wird noch von mir gestillt, auch wenn er schon Kleinstmengen an Brei essen kann.)

»Wir würden morgens losfliegen und nachmittags bin ich wieder zurück. Ich finde, Dustin ist zum einen zu jung, um alleine hinzufahren und zum anderen hat der zu viele Flausen im Kopf und kommt schon allein aus dem Grund nicht an, wenn man nicht aufpasst«, erkläre ich. »Tagsüber geht Emma in den Kindergarten und vielleicht kannst du sie hinbringen und abholen…?«

»Das mache ich«, meldet sich Tante Ella zu Wort.

»Super, danke, Tante Ella!« Ich lächele erleichtert. »Und Tiberius schafft das schon mal einen Tag ohne mich. Er isst schon Möhrenbrei und trinkt auch Wasser.«

»Ich dachte, du stillst ihn noch voll?«, fragt Frederico verwirrt.

»Ja, aber ich gebe zu jeder Mahlzeit etwas feste Nahrung dazu.«

(Ich WEISS, dass Frederico tausend Einwendungen hat.

Und ich WEISS auch, dass Jonas keine sonderlich glückliche Wahl ist.

Aber ich habe momentan beim besten Willen keine andere Lösung.

DAS ist der schnellste Transportweg.)

»Aber muss es ausgerechnet mit Jonas sein? Der nutzt doch nur wieder die Situation aus und baggert dich an.« Frederico zieht eine Grimasse.

»Du musst dir keine Sorgen machen. Auch wenn dir das bisschen Eifersucht ganz gut steht. Ich bin groß und weiß mich zu wehren. Vielleicht könnte ich Nick mitnehmen«, schlage ich vor.

»Und deine Kinder sollen einen ganzen Tag ohne dich auskommen?«

(Frederico kämpft mit harten Bandagen.)

»Sie sehen ihre Mama doch nur einen Tag lang nicht. Es ist, als ob ich morgens ins Büro gehe und abends wieder-komme.« Fast ein wenig tröstend streichele ich meinem Herzkönig über den Arm.

(Okay, der Vergleich hinkt vielleicht ein bisschen und mir blutet auch jetzt schon das Herz, meinen kleinen Tiberius SO lange allein zu lassen, aber so einen Flug muss man einem neun Monate alten Kind nicht zumuten, oder? Ihn mitzunehmen wäre eine Tortur!)

»Na, ihr beide! Was heckt ihr zwei aus?« Erschöpft setzt sich mein Vater auf einen Barhocker. »Haben wir eine Lö-sung gefunden?«

»Wir überlegen gerade, wie wir Dustin nach Tasmanien bekommen«, sage ich mit einem prüfenden Seitenblick auf Frederico.

»Haben die beiden das Programm denn fest gebucht?«

»Ja. Und bezahlt. Und zwar ab übermorgen.«

»Wie lange fährt man dahin?«

Ich gehe zu meinem Vater und massiere ihm die Schul-tern. »Du musst mal Pause machen, Papa. Du bist total verspannt.«

Mein Vater tätschelt meine Hand und grinst. »Und das hat nicht zufällig etwas damit zu tun, dass ICH Dustin mit dem Auto wegbringen soll?«

»Nein. Mit dem Auto dauert es knapp dreißig Stunden«, überlege ich laut, »da Jonas aber seit kurzem den Flugservice eingerichtet hat, um noch mehr Geld zu scheffeln, dachte ich, wir bringen ihn per Privatflugzeug nach Tasmanien, denn dann fliegen wir nur sechs Stunden.«

»Und wer ist WIR?« Mein Vater zwinkert mir schmunzelnd zu.

»Du und ich wäre mir am liebsten. Da du aber Termine hast, werde ich Nick fragen, ob er uns begleiten kann.«

Frederico grunzt unzufrieden.

»Und damit ist dein Mann, wie ich höre, nicht einverstanden«, schließt mein Vater.

Ich nicke seufzend.

»Ich finde, Susannah sollte sich lieber um Emma und Tiberius kümmern, statt Annettes Kinder quer durch die Welt zu fliegen«, erklärt Frederico.

Mein Vater nickt verständnisvoll. »Da hast du Recht. Das finde ich auch. Aber, ehrlich gesagt, habe ich momentan auch keine andere Lösung parat.«

Ich verdrehe die Augen. »Ich habe es nur gut gemeint. Ich wollte helfen. Zumal wir ohnehin nur einen Tag lang unterwegs sind. Wir würden morgens losfliegen, nach sechs Stunden wären wir in Tasmanien und könnten Dustin bei Julius im Camp abliefern. Dann fliegen Nick und ich sechs Stunden zurück und sind zum Abendessen wieder da. Emma ist tagsüber im Kindergarten. Tante Ella würde sie hinbringen und abholen, und Tiberius nehmen wir entweder mit…«

»Kommt gar nicht in Frage«, schaltet sich mein Göttergatte ein, »der kleine Zwerg muss nicht jetzt schon fliegen.«

212

»Stimmt. Der Junge sollte hier bei Ella und Riley beziehungsweise bei deiner Mutter und Johannes bleiben«, pflichtet mein Vater Frederico bei.

»In Ordnung. Auf jeden Fall wären wir schnell wieder da.«

»Wenn es unbedingt sein muss«, sagt Frederico resigniert. »Mir persönlich wäre es lieber, wenn deine Mutter ihn bringen würde und nicht du.«

»Meine Mutter hasst Fliegen. Außerdem ist sie seit dem Unfall ein nervliches Wrack.«

Das Telefon klingelt.

Ich entschuldige mich kurz und nehme den Hörer ab.

»Hi, Süße! Was gibt's Neues von deinem Bruder und seiner Unterweltsbraut? Sind sie dem Teufel noch einmal von der Schippe gesprungen?«

NICK!

»Hi Nick!« Ich lächele sanft. »Ja, sind sie. Aber sie müssen noch locker drei bis vier Wochen in der Klinik bleiben.«

»Soll ich Julius Bescheid geben, dass der Junge jetzt nicht mehr ins Camp kommt?«, bietet Nick an.

Ich schüttele den Kopf. »Das brauchst du nicht. Wir diskutieren gerade, wie wir ihn dorthin kriegen.«

»Mit dem Auto oder mit dem Flugzeug würde ich sagen.«

»So weit waren wir auch schon, aber Frederico meinte, es sei nicht erforderlich, dass ich Dustin begleite.«

»Hm. Und deine Eltern wollen ihn nicht hinbringen?«, bohrt Nick weiter.

»Meine Mutter kannst du nur schwer in ein Flugzeug kriegen, schon gar nicht in so eine kleine Privatmaschine«, beginne ich, »und genau genommen, ist mein Vater auch nicht abkömmlich, weil er jeden Tag entweder bei den Tieren hilft oder in der Klinik ist. Und übermorgen ist er mit einigen Kollegen in der Klinik verabredet.«

»Also opferst du dich für diesen Braten auf?«

»Das war zumindest meine Überlegung.«

»Weißt du was, ich könnte mal eine Luftveränderung brauchen. Und ich wollte mich schon immer mal an Annette rächen. Endlich kommt DIE Gelegenheit. Wenn ihr Spross querschlägt, kriegt er ein paar aufs Maul…«

»Nick!«, rufe ich erschrocken aus. »Er ist ein KIND.«

»Nicht mehr ganz, oder? Wer so frech sein kann, kann unmöglich noch ein unschuldiges Kind sein. Der braucht mal 'ne anständige Tracht Prügel. Und ich erkläre mich großzügig dazu bereit.«

»Vielleicht ist er auch ein Alien im Übergangsstadion«, witzele ich.

»Willst du deinen Ranchnachbarn anrufen und seinen neuen Service buchen?«

»Ja. Und du willst wirklich mit?«, hake ich noch einmal nach.

»Klar. Wir machen uns einen richtig coolen Tag. Das wird klasse. Wie in alten Zeiten.«

»Okay, ich melde mich dann morgen bei dir wegen der Einzelheiten«, sage ich, bevor ich mich verabschiede. Dann lege ich auf.

»Papa, Nick und ich übernehmen den Transport.«

Frederico lächelt etwas entspannter. »Höre ich da die Racheglocken?«

Mein Vater hört uns gar nicht mehr zu. Er springt auf und drückt mir einen Kuss auf die Wange. »Danke, du bist ein Schatz! Wenn du mit Nick fährst, kann ich mich hier weiter um alles kümmern.« Er winkt uns kurz zu und ist auch schon verschwunden.

»Die höre ich auch«, gebe ich zu, »aber die Aussicht, mal wieder einen Tag mit Nick zu verbringen, finde ich noch cooler.«

»Dann rufe Jonas an und buche den Flug!«

Der Absturz

»Ich glaube, wir haben alles, was Dustin braucht«, wiederhole ich zum zigsten Mal, während meine Mutter nickt. »Annette und William haben alles gemäß Liste eingekauft.«

(Und zum Glück sind die Sachen im Kofferraum des zerquetschten Wagens wie durch ein Wunder heil geblieben. [Na gut, vielleicht war das auch pure Absicht von Rumpelstilzchen, damit Dustin endlich einmal zur Vernunft kommt.])

»Ist Papa schon in der Klinik?«, frage ich mit einem Blick auf die Wanduhr.

»Ja. Er ist bereits früh gefahren, weil irgendeiner seiner Kollegen etwas wegen William mit ihm besprechen wollte.«

»Holen Sie William jetzt schon aus dem Koma?«

»Soweit ich weiß, ist das für heute geplant. Darum war es Papa auch recht, dass du dich bereiterklärt hast, Dustin zum Camp zu bringen.« Seufzend erhebt sich meine Mutter vom Sofa und schlurft wie eine alte, gebrochene Frau in den Flur. »Dustin! Es geht los!«

Ich schließe den Rucksack und folge meiner Mutter.

(Ich habe jetzt überhaupt keine Lust, einen Sechzehnjährigen an die Hand zu nehmen und ins Flugzeug zu zwingen.

Ich kann nur hoffen, dass das pubertäre Gebrumme aus seinem Zimmer lediglich bedeutet, dass er noch dabei ist, sich anzuziehen.)

»Wozu brauche ich diese saublöde Wollunterwäsche? Mann, ey…« Dustin steckt seinen Kopf aus der Tür und kratzt sich an der Leiste, als hätte er Flöhe. »Das Zeug juckt wie Sau, Mann!«

»Die innere Schicht soll feuchtigkeitsdurchlässig sein und manchmal kratzt Wolle nun einmal«, erkläre ich genervt.

(Meine Mutter hat sich extra die Mühe gemacht und die Boxershorts aus Wolle für Dustin in mühevoller Abendarbeit gestrickt.

Aber sie hätte vielleicht lieber Kaschmirwolle genommen.)

»Hast du das Fleece-Shirt angezogen?«, hake ich nach.

Dustin schneidet eine Grimasse. »Ich fühle mich auch ohne das Ding schon wie eine Zwiebel. Wieso muss ich den warmen Mist anziehen? Wir haben dreißig Grad draußen.«

»Sicher. Aber das Camp liegt in Tasmanien und da ist es etwas kühler, vor allem nachts«, sage ich.

»Jetzt ist morgens«, kontert Dustin. »Das olle Hemd ziehe ich heute Abend an.«

Meine Mutter schiebt Dustins Zimmertür auf. »Dann pack es wenigstens ein, damit du es heute Abend hast. Sonst frierst du als einziger im Camp.«

»Julius macht Lagerfeuer«, erklärt Dustin trocken. »Da friert man nicht.«

Ich verdrehe die Augen. »Das ist super. Aber wenn ihr erst einmal im Dschungel seid, fallen die abendlichen Lagerfeuerrunden aus.«

»Ich nehme das Ding ja schon mit, Mann.« Angefressen verlässt Dustin sein Zimmer und schlurft ins Wohnzimmer, um den Fleecepullover in den Rucksack zu stecken.

»Prima, dann verabschiede dich von Oma und komm! Sonst verpassen wir unser Flugzeug.«

»Das ist nicht meine Oma«, murrt Dustin kaum hörbar.

Überrascht schaue ich ihn an. »Wie nennst du meine Mutter dann?«

»Ilse.«

»Gut. Dann verabschiede dich eben von Ilse«, sage ich mühsam die Geduld bewahrend.

Dustin nickt. Dann hebt er eine Hand zum Gruß und sattelt seine Reisetasche. »Ciao!«

»Tschüss, mein Junge! Viel Spaß!« Meine Mutter täuscht ein Lächeln vor und geht in die Küche.

(Offenbar ist die Liebe auf beiden Seiten unbegrenzt groß.)

»Spaß. Pah!« Dustin schnauft verächtlich. »Als wenn man im Arbeitslager Spaß haben könnte. Das wird bestimmt schlimmer als im Krieg.«

»Ach, du warst schon im Krieg?«

»Nee, Mann, 'türlich nicht.«

»Niemand hat gesagt, dass du in ein Kriegslager kommst«, entgegne ich knurrend. »Und jetzt komm! Ich habe nicht den ganzen Tag Zeit.«

Ich winke meiner Tante zu, die mit Emma und Tiberius ins Auto steigt, um Emma in den Kindergarten zu bringen.

»Tschüss, Mama!«, ruft Emma und wirft mir grinsend einen Luftkuss zu.

»Tschüss, Emma! Viel Spaß heute im Kindergarten! Bis heute Abend.«

(Mir blutet jetzt schon das Herz!

Tiberius kann noch nicht einmal TSCHÜSS sagen!

SCHLUCK!)

Emma nickt. »Heute fangen wir mit unserem Vogelprojekt an. Wir bauen echte Nester«, plappert sie stolz los, während Tante Ella sie anschnallt.

»Das ist super. Heute Abend musst du mir unbedingt davon erzählen«, rufe ich ihr zu und schiebe Dustin zum Jeep.

Dustin wirft seinen Rucksack auf die Ladefläche und lässt sich unwillig auf dem Beifahrersitz nieder.

Sehnsüchtig schaue ich meinen Kindern nach und fahre dann rüber zur McGonogin Ranch, wo Jonas bereits auf uns wartet.

»Guten Morgen, Susannah! Schön, dass ihr meinen neuen Flugservice nutzt.« Jonas lächelt.

»Sechs Stunden Flug sind hundert Mal besser als dreißig Stunden Autofahrt, oder?«, sage ich leise lachend.

»Stimmt.« Jonas nimmt Dustin den großen Rucksack ab und verstaut ihn im Flugzeug. »Ist das alles an Gepäck?«

»Ja. Wir fahren ja heute Nachmittag wieder zurück.«

»Gut, dann steigt mal ein! Kinder hinten, Frauen vorne«, witzelt Jonas.

Im selben Moment fährt Nick in seinem Jeep vor, winkt kurz und parkt dann den Wagen.

»DER kommt auch mit?«, fragt Jonas verächtlich.

»Ja, ich hatte dir doch drei Personen angekündigt«, entgegne ich genervt.

(Und bezahlt!)

»Ja, aber ausgerechnet DEN musst du zu meiner Jungfernfahrt mitnehmen?«

»Er wird das Flugzeug schon nicht zum Abstürzen bringen«, pfeffere ich reichlich genervt zurück.

(Jetzt habe ich einen pubertierenden Ziegenbock UND einen nachpubertierenden Piloten.

WER soll DAS bitteschön aushalten?)

Ich klettere nach Dustin und Nick in die Maschine und schnalle mich auf dem Sitz des Co-Piloten an.

Nicht mehr ganz so gut gelaunt nimmt Jonas seine Position ein und fummelt an sämtlichen Knöpfen herum, bis er sich anschnallt und die Maschine schließlich startet.

Binnen von Minuten sind wir in der Luft und fliegen über die Garrel Ranch.

Unter uns tollen die beiden Elefanten herum und bespritzen sich ausgelassen mit Wasser.

Unsere fünf Großkatzenhybride liegen faul in der Morgensonne und die Pferde grasen seelenruhig nebenan.

Auch das rot-weiße Zirkuszelt leuchtet von weitem und lässt ein wenig Stolz in meiner Brust aufwallen.

»Ich kann gar nicht glauben, dass du dich zu so einem SCHEISS überreden lassen hast. Ich meine, Ella und Riley sind SCHÄFER und keine Wildhüter. Aber ihr musstet ja nicht nur einen Zoo aus der Schaffarm machen, sondern gleich noch einen ZIRKUS«, reißt mich Jonas aus meinem Hochgefühl.

(Am liebsten würde ich meine Kopfhörer abnehmen, damit ich sein Geschnodder nicht mehr hören muss.

Ich habe überhaupt keine Lust, mich mit Jonas über unseren Zoo-Zirkus zu unterhalten.)

»Lohnt sich das überhaupt?«, bohrt Jonas weiter.

»Ja«, sage ich knapp.

»Was das kostet! Das Projekt muss doch Unsummen an Geld verschlingen. Wundert mich, dass die Adelaide Bank euch so viel Geld geliehen hat. Für so einen Mist! Naja, ich schätze, als Ex-Banker kriegt man alles.« Jonas fummelt an weiteren Knöpfen herum. »ICH hätte meiner Frau so ein Projekt NICHT zugemutet. Was ist, wenn dein Mann von einem Raubtier totgebissen oder von einem Elefanten totgetrampelt wird? Dann sitzt du auf einem Riesenberg Schulden und hast die Viecher alleine an der Backe.«

»Dann habe ich ja noch einen netten Nachbarn, der mir sicherlich mit guten Ratschlägen aus der Patsche hilft«, sage ich mit viel Sarkasmus.

Jonas hebt den Daumen. »Nicht nur das, meine Liebe! Ich würde dir die Welt zu Füßen legen.«

(Ich binde ihm jetzt NICHT auf die Nase, dass das Geld aus meinem Gewinn stammt.

Die Leute von der Lottogesellschaft haben mich extra noch einmal gewarnt, dass man NIEMANDEM von dem Geld erzählen soll.

Und so haben wir es auch gehalten.

Nur meine Nebeneltern und Nick sind eingeweiht.

Meine Eltern denken, wir haben uns das Geld geliehen.

[Was alleine meine Mutter schon wahnsinnig macht!]

Meinem Vater hätte ich gerne die Wahrheit erzählt, aber ich WEISS, dass meine Mutter so lange nachbohren würde, bis er ihr das Geheimnis schließlich verraten würde und dann würde vermutlich halb Hamburg bei uns vor der Tür stehen und mich um Geld anpumpen.

Ich kenne meine Mutter.

DIE kann ECHT NICHTS für sich behalten!)

»Dir scheint es ja egal zu sein, dass du jetzt hoch verschuldet bist, was?« Jonas reitet noch immer auf demselben Thema herum.

Ich zucke mit den Schultern. »Wenn ich sterbe, gehen meine Schulden an den Staat. Also, was soll's?«

Voll tiefster Empörung mustert Jonas mich. »SO eine bist du? DAS hätte ich von dir nicht gedacht, Susannah! Du hast dich aber verändert. NEGATIV verändert, seitdem du mit diesem Schnösel zusammen bist. Zu allem Überfluss musstest du ihn ja auch noch HEIRATEN.«

Ich lächele still vor mich hin.

(Mag sein, dass ich mich verändert habe, aber ganz bestimmt NICHT zu meinem Nachteil.

Ich lasse mir endlich nicht mehr auf der Nase herumtanzen, bin selbstbewusster geworden.

Sobald ich wieder Ansätze der alten, kleinen, mit Komplexen beladenen Susannah zeige, setzt Frederico die Clownsnase auf und weist mich liebevoll darauf hin.
[Darum hatte ich ihn gebeten.
Nicht um die Clownsnase, aber um einen Hinweis, falls es mir nicht auffallen sollte, dass ich wieder einmal alles mit mir machen lasse.])
Die Zeit vergeht und ich sehe mir die Landschaft unter uns an. Entspannt fange ich an zu träumen, während wir den Ozean überqueren. Von weitem sehe ich bereits Land.
(Ach, ist das herrlich.
Ich falle in eine Art Tiefenentspannung.)
Plötzlich wird Jonas neben mir unruhig.
Er fummelt unaufhaltsam an irgendwelchen Knöpfen herum und fängt schließlich an, leise zu fluchen.
Nervös blicke ich ihn von der Seite an.
Schweiß steht ihm auf der Stirn.
Und dann fängt der Motor an zu ruckeln und ich WEISS, WESHALB er kurz vor einem Nervenzusammenbruch steht.
»Vergessen zu tanken?«, versuche ich einen Witz zu reißen.
Jonas schüttelt verkrampft den Kopf.
»Du hast wohl vor, FREDERICO alleine mit dem Schuldenberg zurückzulassen, was?«, bemerke ich spitz.
Jonas schüttelt den Kopf und flucht erneut. »DAS IST NICHT WITZIG, SUSANNAH! Halt jetzt die Klappe! Ich versuche, unser Leben zu retten.«
(SCHLUCK!!!
OMG!!!
SO schlimm?
Ich wollte eigentlich zum Abendbrot zurück sein.)

»Was ist los? Ist der Sprit alle? Hast du zu wenig getankt?«, fragt Nick von hinten.

»Nein«, presst Jonas zwischen zusammengepressten Zähnen hervor. »Ich habe genügend Treibstoff, aber mit dem Motor stimmt etwas nicht.«

Ich sehe, wie wir über das Wasser hinweggleiten und langsam an Flughöhe verlieren.

(Heiliger Bimbam!

Sind das jetzt meine letzten Minuten?

Muss ich die wirklich mit Jonas und Dustin verbringen?

Ist DAS der Plan des Sachbearbeiters im Universum?

Ich hinterlasse zwei Kinder und einen Witwer mit einem kleinen Zoo und einem riesigen Zirkus?

SO habe ich mir mein Ende nun wirklich nicht vorgestellt: Eingepfercht in einer kleinen Maschine zusammen mit meinem schnaufenden Ex-Freund Jonas McSchnauf&Schmatz und dem pubertierenden Kotzbrocken meiner angeheirateten Erzfeindin. Nick ist hier der einzige Lichtblick, auch wenn mir das herzlich wenig nützt.

[Okay, um ehrlich zu sein, habe ich mir mein Ende noch gar nicht vorgestellt.

Ich glaube, ich fliege NIE WIEDER mit Jonas!])

»Alter! Stürzen wir ab, oder was?«, höre ich Dustin plötzlich hinter mir panisch rufen.

Ich werfe einen Blick zurück und sehe, wie sich der Junge krampfhaft an der Seitenarmatur festklammert.

»An deiner Stelle würde ich jetzt NICHT aussteigen!«, versuche ich die Situation aufzulockern.

Jonas dreht sich um. »Bleib bloß sitzen, Junge! Und mach jetzt keine Faxen! Ich muss mich konzentrieren.«

»Also stürzen wir wirklich ab?«

(Ich bin mir nicht sicher, ob Dustin fasziniert oder in Todesangst ist.

Er guckt so merkwürdig.)

»Kannst ja ein paar Aufnahmen machen und schnell noch bei *Facebook* posten«, witzele ich.

»Sei bloß still! Der bringt das glatt noch fertig«, meldet sich Nick zu Wort.

Dustins Gesicht erhellt sich. »Geile Idee!« Und schon hat er sein Handy gezückt und schießt ein paar Bilder. Dann hält er es sich dicht vor die Nase und tippt wie ein Wilder auf der Tastatur herum. »*Facebook* ist erledigt. Nun noch ein Abschiedsvideo auf *Snapchat*. Geil!«

»Sag bloß, du hast Empfang?«, ruft Nick gegen den Lärm an.

»Klar, Mann! Ich hab' D1, Alter!«

(Klar.

Nur das Beste ist gut genug für Annette und ihre Unterweltsbrut.

Aber keine Kohle haben.)

»Alter, das ist so was von geil! Ich habe das vor einer Sekunde gepostet und schon bekomme ich voll die krassen Messages.«

»So schnell antworten dir deine Freunde?«

(Ich bin beeindruckt.

Haben die alle nix Besseres zu tun als vor dem Ding zu hocken?)

»Was schreiben sie denn?«, frage ich neugierig.

Dustin hält sein Handy in die Höhe und fängt an vorzulesen. »*Krass, Alter! Mach ma' Horrorbilder vom Absturz.* Oder der hier: ›*Alter, du warst ein geiler Gem. Rest in peace.*‹ Voll geil, oder? Und hier: ›*Bro, wir lieben dich! Bleib safe, der Himmel wartet auf dich*!*‹« Dustin strahlt übers ganze Gesicht.

(Ich glaube kaum, dass er Zeit haben wird, während des Absturzes Bilder zu schießen und diese gleich zu posten! Wir werden bestimmt jede Sekunde das sinkende Flugschiff verlassen müssen und dann wird er vielleicht auch mal so etwas wie Panik spüren.)

»Oder der hier: ›*Alter, ich rauch' ma' gleich 'n Gräschen für dich mit. Zum Abschied.*‹ Voll geil, Mann! Die leiden richtig mit, Alter. KRASS!«

Wieder ruckelt der Motor.

Langsam aber sicher fängt er ernsthaft an zu streiken.

Jonas schwitzt mittlerweile, als würde er einen Marathon laufen, während er das Steuerhorn mit beiden Händen fest umklammert. »Komm schon, Baby! Lass mich jetzt nicht im Stich! Ich habe kostbare Fracht an Bord.«

(Wen oder was meint er damit?

So langsam bekomme auch ich Panik.)

Endlich ist Land unter uns, wenngleich es dort unten nicht so aussieht, als könnte man da landen und sanft ausrollen. Gleich hinter dem schmalen Strand sind hohe Bäume dicht an dicht.

Wenn mich nicht alles täuscht, ist das der tasmanische Dschungel.

»Susannah, hast du den Rettungsfallschirm umgeschnallt? Dustin, Fallschirm? Deine Fliege muss ich jawohl nicht fragen, oder?«, fügt Jonas mit einem Seitenblick auf Nick hinzu.

»Den habe ich schon um, Alter! Sollte ich doch schon vorm Start anlegen, Mann!«, quakt Dustin von hinten.

»Ich habe meinen auch umgebunden«, sagt Nick mit zittriger Stimme.

(Oje, stimmt!

Jonas hatte uns gebeten, nur für den Fall der Fälle den Rettungsfallschirm anzulegen.

Habe ich glattweg vergessen.)

Eilig schnappe ich mir das verschnürte Ding und versuche, die Anleitung trotz meiner zittrigen Finger zu lesen.

»Susannah, du machst mich wahnsinnig! Kannst du nicht EINMAL das machen, was man dir sagt? Du solltest dich VOR dem Start sichern.«

»Tut mir leid. Hatte ich echt nicht absichtlich vergessen«, stammele ich.

Jonas klopft mir kurz auf den Oberschenkel. »Falls wir das nicht überleben: Ich liebe dich, Susannah! Und ich wünschte, du hättest den blöden Arsch von Banker nicht geheiratet, der jetzt einen auf Clown macht.«

(Was soll ich bitte darauf antworten?

Ich liebe Jonas nicht.

Er ist schrecklich.

Er kann nicht küssen, ist nach drei Minuten fertig mit dem Sex und beim Essen weiß man bei ihm ganz genau, was er wann und wie zerkaut.

Zufälligerweise LIEBE ich meinen Clown und ich wäre jetzt viel lieber bei ihm.

[Ob Frederico schon gespürt hat, dass ich nie zurückkommen würde?

Vielleicht hatte er sich deshalb so sehr gegen diese Reise gesträubt!

OMG!

Mein Mann ist ein Hellseher!

Boah, Wahnsinn!)

»Hast du 'n Schleudersitz?«, ruft Dustin begeistert.

Jonas wiegt den Kopf hin und her. »Eigentlich ja, aber der ist deaktiviert. Den würde ich auch nicht benutzen, denn dann müsste ich euch beide alleine hier zurücklassen.«

(Wie aufmerksam von ihm!

Und wie nett, dass er Nick NICHT mitzählt.)

Eilig schnalle ich mich ab, um den Rettungsfallschirm umzulegen.

Jonas versieht mich mit einem flüchtigen Seitenblick, dann schüttelt er den Kopf. »Das Scheißding solltest du VOR dem Start anlegen, nicht dann, wenn es brennt, Susannah. Jetzt beeile dich gefälligst!«

»Es brennt?«, quiekt Dustin. Eilig schießt er ein paar weitere Fotos. »Wo? Krass!«

»NEIN!«, brüllt Jonas außer Kontrolle. »ES BRENNT NICHT, MANN!«

(Okay, stressresistent ist Jonas schon mal nicht.)

Eilig lege ich mir den Gurt wieder um, nachdem ich den perfekten Sitz meines Fallschirmes überprüft habe.

(Als Pilot und Flugprofi hätte Jonas doch auch mal VOR dem Start gucken können, ob ich meinen Rettungsfallschirm trage, oder?

Jetzt weiß ich im Eifer des Gefechts nicht, ob das Ding richtig sitzt.)

»Hast du das Ding endlich befestigt?«, fragt Jonas reichlich verärgert.

Ich nicke, doch das kann er natürlich nicht sehen. »Ja.«

Jonas hebt den Daumen. »Weißt du, wo der Auslösegriff ist?«

Ich zeige auf ein kleines Seil.

»Okay, wenn ich ›JETZT‹ rufe, öffnest du die Tür und springst raus. Du ziehst umgehend an der Reißleine, denn wir haben nicht mehr viel Höhe. Hast du das verstanden?«

»Ja«, bringe ich brüchig hervor. »Und Dustin?«

Jonas wendet sich nach hinten. »Du schiebst Susannahs Sitz vor und kletterst schnell darüber hinweg. Dann springst du sofort hinterher und ziehst an der kleinen Reißleine. Verstanden?«

Dustin nickt.

»Und deine Fliege wird von alleine fliegen«, sagt Jonas unnötigerweise.

(Natürlich WEISS ich, dass er Nick meint.

Unmöglich, dass er in so einer Situation nicht einmal über seinen Schatten springen und Fünfe gerade sein lassen kann!)

»Und vergiss nicht, Fotos zu machen und gleich zu posten«, witzele ich, doch niemand findet das jetzt mehr lustig.

(Nicht einmal Dustin.

Der schwitzt nun auch wie ein Berber.)

Wir haben den Ozean bereits hinter uns gelassen. Unter unserem sinkenden Flieger haben wir jetzt dichtes Blätterwerk.

»JETZT«, brüllt Jonas und umklammert das Steuerhorn noch fester.

Ich schnalle mich wieder ab und betätige den Türgriff, doch nichts tut sich.

(Heilige Scheiße!

Da ist so viel Gegendruck, dass ich die Tür gar nicht aufkriege.

WAS soll ich jetzt tun?)

»Na, los, Susannah! Mach schon! Öffne diese verdammte Tür!«

»Das versuche ich doch!« Ich werfe mich mit meinem gesamten Körpergewicht gegen die Tür.

(Und versuche, die in meiner Speiseröhre unaufhaltsam hochkriechende Riesenangst gleich mit zu überwinden.)

Endlich springt die Tür auf und der Wind presst mich zurück in den Flieger, so dass ich mir einen Ruck geben muss, um aus dem sinkenden Flugzeug zu springen.

»LOS, JETZT!«, brüllt Jonas.

(Ich würde am liebsten die Augen verdrehen, doch dazu bleibt mir gar keine Zeit.)

Jonas schubst mich von hinten und ich segele kopfüber aus dem Flieger in Richtung Bäume.

(OMG!!!

KREISCH!!!

WAS mache ich jetzt bloß?

Wie war das doch gleich?

Was hatte Jonas gesagt?

Reißleine ziehen?

WO war das verdammte Ding noch gleich?)

Über mir sehe ich Dustin aus dem Flugzeug springen und tatsächlich sein Handy lachend in die Gegend halten. Dann zieht er an seiner Reißleine und mit einem Schlag lösen sich zwei Fallschirme und reißen ihn mitsamt ihren Seilen wieder ein Stück gen Himmel.

Ich erinnere mich wieder an meine Reißleine und ziehe dran. Mit einem Ruck werde ich in die Höhe gerissen und trudele dann gemächlich über die Bäume hinweg.

(Wenn das Ganze nicht so aufregend und gleichzeitig katastrophal wäre, würde ich diese besondere Art zu reisen genießen.

So ein Schwebezustand ist ganz cool.)

Etwa zehn Meter von mir entfernt schwebt Dustin, unter ihm fliegt sein riesiger Überlebensrucksack im Affenzahn auf die Bäume zu.

Natürlich ohne Fallschirm.

Ich werfe einen Blick in den Himmel.

Etwas weiter entfernt sehe ich Nick am geöffneten Fallschirm hängen.

Jonas ist nirgendwo zu sehen.

(Sag bloß, der Kerl verlässt das sinkende Schiff nicht?

Steht irgendwo geschrieben, dass der Kapitän sein Transportmittel nicht verlassen darf?

Will er etwa mit dem Ding ABSTÜRZEN?)

Bevor ich im dichten Blätterwerk verschwinde, sehe ich noch, wie das Flugzeug verschwindet und dann gibt es einen ohrenbetäubenden Knall.

Feuer und Rauch steigen in mehreren hundert Meter Entfernung auf.

Jonas sehe ich nirgendwo am Himmel.

(Hat er sich etwa umbringen wollen?

Wäre ja nicht der erste Pilot mit Selbstmordgedanken und Suizidversuchen.)

Mehr Zeit zum Grübeln bleibt mir nicht, denn ich krache gerade mit voller Wucht in die Baumwipfel und verheddere mich in den Ästen und Zweigen.

Ich spüre, wie mir das Gesicht zerkratzt wird. Die Hautrisse brennen wie Feuer, aber ich lebe noch.

(Ich schätze, zum gemütlichen Abendessen mit meiner Familie werde ich allerdings NICHT rechtzeitig zuhause sein.)

Ich atme erst einmal TIEF durch und versuche mich zu orientieren.

(Das Gute ist: Ich lebe noch.

Das Schlechte: Ich sitze irgendwo im Nirgendwo ohne Proviant oder Wasservorräte und habe keinen blassen Schimmer, wie ich von hier wegkommen soll.

Ich vermute, wir sind etwa zwei oder drei Kilometer vom Strand entfernt. Häuser habe ich jedoch keine gesehen.)

Ich erinnere mich an mein lebenswichtiges Mobiltelefon und fummele an meiner Hosentasche herum, bis ich es endlich erwische.

KEIN Empfang!

(Auch das noch!

DAS war ja klar, Mann, ey!
Kein Verlass mehr auf die Satelliten.)
Ich kämpfe mich an den Seilen vorbei und verstaue mein
Handy wieder in den Tiefen meiner Hose.
(Wie werde ich jetzt diese lästigen Bänder los?
So lebensrettend wie sie sind, jetzt kann ich sie überhaupt
nicht gebrauchen.)
Ächzend befreie ich mich von dem Rettungsfallschirm,
was so gefühlte fünf Stunden dauert.
Dann fange ich an, wie ein bewegungslegasthenischer
Affe den Baum hinunterzuklettern.
(Vielleicht hätte ich vorher googeln sollen, ob es hier wil-
de Tiere gibt!
Raubkatzen dürften schon einmal ausfallen.
Aber was ist mit dem Tasmanischen Teufel?
Beißen die?
Oder sind die in irgendeiner Weise angriffslustig und gif-
tig?
Sind wir hier überhaupt auf Tasmanien gelandet?
Werde ich gleich seiner hässlichen Visage gegenüberste-
hen und um mein Leben kämpfen müssen?
Oder gibt es hier andere gefährliche Tiere?
Schlangen, Spinnen, Krokodile?)
Auf den unteren Ästen angekommen, blicke ich mich erst
einmal vorsichtig um.
(Hatte mein Vater nicht erzählt, dass die Beutelteufel, die
mittlerweile vom Aussterben bedroht sind, in den Wäl-
dern an der Küste von Tasmanien leben?
Warum habe ich mir bloß nicht gemerkt, ob die Menschen
angreifen?
Waren die kleinen schwarzen, bärenartigen Viecher so
schlimm wie der Vielfraß in Nordamerika?
Der soll ja richtig fies sein!)

Es raschelt.

(OMG!!!

Das ist bestimmt ein Krokodil.)

Es raschelt erneut.

Achtsam spähe ich in die Dunkelheit des dichten Dschungels.

Da ich nach wenigen Minuten jedoch keine Reißzahnmäuler hungriger Beutelteufel entdecken kann, wage ich mich vom Baum.

(Glücklicherweise habe ich mir die Richtung gemerkt, in der Dustin und Nick abgestürzt sind und kämpfe mich nun durch das dichte Buschwerk am Boden des Waldes.

»Nick?«, wage ich es leise zu rufen, doch bei meinem Gepiepse kann natürlich keine Antwort kommen. »NICK?«

Keine Antwort.

»Dustin?«

»Hier! Ich bin HIER!«

Ich schaue nach oben und sehe Dustin in einem Wirrwarr aus Seilen im Baum hängen.

»Weißt du, wo dein Rucksack gelandet ist?«

»Da drüben!« Dustin zeigt in die nördliche Richtung.

Ich folge seinem Fingerzeig und kämpfe mich wieder durchs Gestrüpp, bis ich seinen blauen Rucksack entdecke.

»Mann, ey, willst du mich etwa hier hängen lassen? EY!«

Ich ignoriere ihn und suche stattdessen nach einem Messer oder einer Schere und mache mich dann mit der kostbaren Überlebensausrüstung auf den Rückweg.

»Ey!«

»Jetzt beruhige dich und brülle hier nicht so herum!«

Vorsichtig klettere ich den Baum hinauf, an dem Dustin hängt.

»Halte dich bitte an den Zweigen fest. Ich schneide dich jetzt los.«

Ich befreie den zappeligen Jungen so schnell wie möglich, so dass der mit einem lauten Schrei unten im Busch landet.

»AUAUAUUU!«

(Heiliger Strohsack!

Macht der Kerl denn NIE, was man ihm sagt?

Oder war das alles, was er an ›Festhalten‹ zu bieten hat?

[Gott, die Jugend von heute hat auch echt nur noch Kraft, aufs Handydisplay oder die Computertastatur zu drücken.]

Vielleicht hätte ich VOR dem Losschneiden gucken sollen, wo er reinfallen könnte, falls er sich nicht festhält.

Jetzt ist er inmitten eines Dornengestrüpps gelandet.

Armer Kerl!)

Wieder helfe ich ihm beim Hinausklettern und stelle bewundernd fest, wie hässlich ein Mensch mit so vielen, dunklen Dornen in der Haut aussehen kann.

(JETZT sieht er tatsächlich aus wie Rumpelstilzchens Unterweltbrut!

Überall aus seinem Körper gucken vorwitzige Dornen heraus.

[Mann, das muss weh tun!])

Es dauert keine zwei Sekunden, da kann ich mich nicht mehr beherrschen und lache lauthals los.

Ich lache und lache und lache.

(Es muss so etwa hundert Jahre her sein, dass ich so ausgiebig und herzhaft gelacht habe.

Ist das der Schock oder die Tatsache, dass wir diesen Flugzeugabsturz überlebt haben?

(Nur gut, dass mich niemand sieht.

Ich würde mich gnadenlos blamieren.

Es dauert eine halbe Ewigkeit, bis ich endlich aufhören kann zu lachen.

[Und Dustin ist schon ganz genervt.

Er findet das überhaupt nicht komisch.])

»Kannst du jetzt mal aufhören zu lachen, Alde?«

Mir bleibt das Lachen im Halse stecken. »WIE hast du mich gerade genannt?« Mir ist soeben jegliche Regung aus der Gesichtsmuskulatur entwichen.

Dustin zuckt mit den Schultern. »Ist doch egal, Mann! Hilf mir lieber, die blöden Dornen rauszuziehen.«

(Rache ist sooo, sooo, sooo süß!)

»Nee, lieber nicht. Sonst nisten sich noch Maden in deinen Wunden ein. Die fressen dich dann am lebendigen Leib auf und ICH muss deiner Mutter erklären, warum du tot bist. Die bringt es fertig und killt mich.«

Mit offenem Mund starrt Dustin mich an. Dann schüttelt er den Kopf. »Das meinst du nicht Ernst, oder? Das ist echt nicht lustig.«

»Und wie sie das Ernst meint, ALDER!«

»NICK! Gott sei Dank! Du bist heil und am Leben.« Erleichtert falle ich meinem ältesten Freund um den Hals.

»Ey, Mann, ey, soll ich jetzt etwa mit diesen verfickten Stacheln im Body durch die Gegend laufen wie so ein irrer Zombie, Alder? Das sieht voll krass krank aus, Mann!«, schimpft Dustin vor sich hin. »Und das tut scheiße weh, ey.«

»Sieht ja niemand«, bemerke ich trocken.

»So wirst du wenigstens vom tasmanischen Teufel verschont«, bemerkt Nick und nimmt mir den Rucksack ab. »Der mag nämlich keine stacheligen Zombies. Na, wenigstens haben wir eine kleine Überlebensausrüstung.«

»Du kannst ja ein Foto von uns posten«, schlage ich grinsend vor, doch Dustin dreht sich nur wütend weg und fängt an, seine Aggressionen am Gestrüpp auszulassen.

»Das würde ich lieber lassen. Wer weiß, welches Raubtier oder welche Schlangen du damit aus dem Gestrüpp lockst!« Nick sieht sich um. »Wo ist Jonas?«

Ich ziehe eine Grimasse. »Ich befürchte…«, ich senke die Stimme, damit Dustin uns nicht hören kann, »…der ist TOT.«

Mit vor Staunen hochgezogenen Augenbrauen pfeift Nick leise. »Halleluja, meinst du wirklich DEN nimmt der Teufel?«

»Hast du ihn am Himmel mit 'nem Fallschirm hinabsegeln sehen?«

Nick denkt nach, dann schüttelt er den Kopf.

»Siehst du, ich auch nicht. Aber dann habe ich die Explosion vom Flugzeug mitgekriegt. Ich befürchte, er konnte sich nicht von seinem ›Baby‹ trennen und ist drin sitzengeblieben.«

»Der Pilot war in dich verliebt, Mann«, mischt sich Dustin ein. »Und weil du schon einen Macker hast, hat der sich umgebracht. Bestimmt hat der den Absturz geplant. Der wollte dich hier in Ruhe poppen, Alter!«

»Quatsch«, sage ich.

(Aber ein Zweifel bleibt.)

»Die Explosion habe ich auch noch gesehen«, gibt Nick zu. »Ich schlage vor, wir suchen trotzdem noch die Wrackteile. Vielleicht geht ja das Funkgerät, damit wir Hilfe holen können.«

»Und was ist jetzt mit mir?«, jault Dustin und zögert, sich die Dornen aus seiner Haut zu ziehen.

Genervt wendet sich Nick an ihn. »Zieh die Dinger raus oder lass es bleiben, aber jammere hier nicht rum!«

(Das sind ja ganz neue Töne bei Nick!
SO habe ich ihn noch nie erlebt.)

»Und wenn du sie entfernt hast, gebe ich dir Jod, damit du die Wunden desinfizieren kannst. Vielleicht trauen sich ja dann die Fliegen nicht, Eier in deinen Wunden abzulegen«, fügt Nick hinzu.

Fassungslos starrt Dustin mich an, sagt aber keinen Pieps.

Nick beugt sich zu mir und flüstert: »Der Junge braucht 'ne klare Ansage, Süße!«

Ich nicke schweigend.

(Damit hat er sicherlich Recht, auch wenn es mir schwerfällt, den Jungen so anzublaffen. Schließlich kann er nix dafür, dass er so doof ist.

[Ist alles Annettes Schuld.

Die müsste jetzt eigentlich hier im Dschungel sitzen und sich zurück in die Zivilisation kämpfen müssen.

Stattdessen hängt sie mit ihrem faulen Arsch in der Klinik und lässt sich von den Schwestern verwöhnen.])

»Wann werden deine Eltern eigentlich aus der Klinik entlassen?«, fragt Nick, während er uns vorausschreitet.

»Ist das jetzt wichtig, Alder? KP.«

(KP?

Hieß das nicht ›*Kein Plan*‹?)

Nick bleibt stehen und funkelt Dustin an. »REDE – NIE-MALS – IN – DIESEM – TONFALL – UND – IN – DIE-SER – WORTWAHL – MIT – MIR - ALDER!«

Dustin zuckt fast gleichgültig mit den Schultern. »Is' ja gut, Mann! Reg' dich ab, A…!« Er schluckt das letzte Wort tapfer runter.

(Hätte ich an seiner Stelle auch getan, denn noch sind wir weit ab von jeglicher Zivilisation und Nick ist der einzige starke Mann weit und breit.)

Eine gefühlte halbe Stunde später haben wir das Flugzeugwrack entdeckt.

Die Metallteile sind in alle Richtungen verstreut.

»Oje, bis wir hier ein Funkgerät orten können, haben wir vermutlich Mitternacht«, sagt Nick bestürzt.

»Sollen wir es trotzdem versuchen?«

»Ja, auf jeden Fall. Es ist unsere einzige Chance, mit irgendjemandem Kontakt aufzunehmen.« Nick hebt ein Metallteil an und linst darunter. »Kannst du dich daran erinnern, ob Jonas einen Hilferuf über Funk abgegeben hat?«

»Nee.«

Nick bleibt stehen. »Du kannst nicht erinnern oder er hat keinen abgegeben?«

»Letzteres. Ich weiß nicht warum, aber er hat keinen Funkspruch abgegeben.«

Kopfschüttelnd setzt Nick die Suche fort. »Der Typ ist doch echt zu dämlich. Seine Maschine stürzt ab und er versäumt es, einen Funkspruch abzuschicken. Oder geht das heutzutage automatisch?«

»Geht es nicht«, mischt sich Dustin ein.

Erstaunt halten wir inne.

»Du kennst dich mit Flugzeugen aus?«, frage ich ihn vollkommen geplättet.

Dustin zuckt mit den Schultern und versucht, Desinteresse zu zeigen. »Ist cool, so 'ne Maschine.«

»Du solltest dir überlegen, ob du nicht Flugzeugmechaniker wirst«, sage ich und bringe Dustin zum Seufzen.

»Vorausgesetzt, du lässt die Finger von den Drogen und hörst auf zu klauen«, füge ich hinzu, »denn ich kenne keine Fluggesellschaft, die dich sonst einstellen würde.«

(Ist ja jetzt nicht so, dass ich voll die Kontakte zu Fluggesellschaften hätte – oder Ahnung, was die Personalpla-

237

nung betrifft - aber mein Menschenverstand sagt mir, dass nullkommanull Chancen bestehen, dort anzuheuern, wenn man ein beflecktes Führungszeugnis hat oder aussieht wie ein abgefüllter Zombie mit Kokosnussaugen.)

»Ich finde Susannahs Idee gut«, wirft Nick ein, während er unter den Trümmern sucht. »Wenn du dich für Flugzeuge interessierst, dann reiß dich in der Schule zusammen und mach einen guten Abschluss.«

»Pass bloß auf, die Teile sind bestimmt noch total heiß«, warne ich meinen alten Freund, der gerade im Begriff ist, das Blech anzufassen.

(Einige Flugzeugteile brennen sogar noch!)

»Da ist unser Pilot«, sagt Dustin plötzlich und zeigt in den Himmel.

Jonas sitzt über uns auf seinem Pilotensessel, der an vielen Seilen hängt und sich in einem Baum verfangen hat.

»Jonas? JONAS, kannst du mich hören?«, rufe ich hinauf, doch es folgt keine Reaktion.

»Oh Gott, ist er tot?«

(Ich hoffe doch nicht.

Ich bin nicht sonderlich scharf darauf, einen Menschen im Dschungel einzubuddeln.

[Was schon mangels Schaufel ein Problem wäre.]

Aber die letzte Beerdigung von Emmas Hamster hat mir gereicht.

Echt!)

»Er ist bestimmt nur bewusstlos«, mutmaßt Nick und stöhnt laut auf. »Auch das noch. Ihr wisst, was das bedeutet?«

Dustin und ich gucken ihn verwirrt an. »Nein.«

Nick seufzt. »Wir müssen ihn so sanft wie möglich ohne seine Mithilfe da runterkriegen und vermutlich sogar noch tagelang durch den Dschungel TRAGEN.« Er verdreht

238

die Augen. »Na, das war ja schon immer mein Traum. Ausgerechnet diesem Arsch müssen wir den Hintern retten!«

»Alter, weißt du, wie schwer der Typ ist?«, beschwert sich Dustin. »Der ist durchtrainiert und fast zwei Meter groß. Der wiegt mindestens einhundert Kilo.«

Nick schaut ihn streng an. »Das spielt jetzt wohl kaum eine Rolle, Mann.«

»Und ob! Der ist schwer wie ein nasser Sandsack.«

»Vielleicht ziehst du dir erst einmal die Dornen aus der Haut, damit du ihn überhaupt tragen kannst«, schlägt Nick vor.

Dustin grinst. »Vielleicht darf man die Dornen gar nicht entfernen. Und dann musst du den schweren Sack da oben alleine tragen.«

Nick grunzt.

»Ich bin auch nicht scharf darauf, Jonas zu tragen«, sage ich leise. »Vor allem müssen wir ihn erst einmal in einem Stück da runterkriegen.«

»Und wie?«

Grübelnd umwandert Nick den Unfallort, bis er schließlich stehenbleibt. »Ja, so machen wir es!«

»Telepathieren kann ich noch nicht, Schnucki«, sage ich leicht pikiert.

Nick lächelt. »Wir werden die Seile vorsichtig vom Fallschirm losschneiden und dann wie eine Art Flaschenzug um die Bäume schlingen, damit wir den Sitz samt Besetzer heil da herunterholen können.«

»Und das funktioniert?«

»Logo!« Nick gibt Dustin Instruktionen und nachdem wir den Jungen von seinen Dornen befreit und ihn mit Jod vollgeschmiert haben, klettern die beiden gemeinsam auf zwei Bäume, um die Seile loszuschneiden.

Dann gibt Nick weitere Anweisungen, bis die Seile letztendlich so um die Bäume gewickelt sind, dass sie den Sitz langsam zur Erde holen können.

Unterdessen stöbere ich weiter in den Wrackteilen, finde aber nichts, was nach einem Funkgerät aussieht.

Kaum steht der Sitz mitsamt des (bewusstlosen) Piloten auf der sicheren Erde, jubele ich laut. »Ich habe das Funkgerät gefunden!«

Erleichtert wischt sich Nick den Schweiß von der Stirn. Er stakst zu mir und testet das Gerät. »Mist! Ich hatte schon befürchtet, dass das Ding geschrottet ist.« Enttäuscht lässt sich Nick auf den Boden plumpsen.

»Was ist jetzt mit DEM da?«, will Dustin wissen und zeigt voller Abscheu auf Jonas, der friedlich schlafend auf seinem Sessel sitzt.

»Ich opfere mich auf und schaue nach, ob er noch lebt.« Mit klopfendem Herzen gehe ich zu Jonas und taste an seinem Hals nach einem Puls.

»Entweder zittern meine Hände zu stark oder ich bin aus der Übung. Ich kann einfach keinen Puls finden«, sage ich mehr zu mir selbst und spüre leichte Panik in mir aufsteigen.

(So ein Toter ist doch in gewisser Weise leicht gruselig.)

Dustin springt angeekelt weg. Dann besinnt er sich eines Besseren und zückt sein Handy, um Fotos zu schießen.

»Was machst du da, zum Henker?«, fahre ich ihn an.

»Das ist meine erste Leiche. Voll geil, Alder! Das poste ich. Die Leute werden begeistert sein von unserem Flugzeugabsturz.«

»Lass das bleiben, sonst fotografiere ich dein durchlöchertes Gesicht!«

(So was Geschmackloses.

Das hat selbst Jonas nicht verdient.

[Und der hat null Manieren.])

Ich merke, wie Dustin heimlich weiterknipst, doch ich lasse ihn gewähren.

(Ich habe gerade definitiv NICHT die Kraft, ihn davon abzuhalten.

[Vermutlich ist das der Grund, weshalb Annette bei ihm aufgegeben hat!

Er hat offenbar den längeren Atem!])

Fieberhaft denke ich darüber nach, was wir jetzt mit Jonas Leiche machen.

»Müssen wir ihn vergraben?«, rufe ich Nick zu, der noch immer am Funkgerät herumbastelt.

Nick zögert. »Wäre mir zumindest lieber, als ihn die ganze Zeit über mitzuschleppen. Der lockt uns noch die Raubtiere und Aasgeier an.«

»Alter, das wär' voll krass. Die zerfleischen ihn dann so richtig. Cool, Mann! Das muss ich filmen und bei *YouTube* reinstellen.« Dustin ist vollkommen aus dem Häuschen.

»Sag mal, hast du irgendwelche Drogen genommen?«, frage ich ihn fassungslos. »Hier ist gerade ein Mensch gestorben und du denkst an nichts anderes, als das bei *Facebook* und *YouTube* zu posten.«

»Nicht bei *Facebook*«, sagt Dustin kopfschüttelnd, »das stelle ich bei *YouTube* rein und dann werde ich reich. Außerdem heißt das bei *YouTube* nicht posten, Alde!«

»Von dem Kuchen kriegen wir was ab, Alder«, bemerkt Nick mit einer gehörigen Portion Sarkasmus. »Stell den Mist also erst rein, wenn du Werbeverträge auf der Seite laufen hast, damit sich der Aufwand hier lohnt.«

»Muss das sein, Mann?« Frustriert kickt Dustin einen Stein ins Gebüsch.

Ein lautes Quieken ertönt und ein schwarzes Tier mit netten Beißerchen kommt herausgeschossen.

»AAAAH, was ist DAAAAAS?« Erschrocken springt Dustin davon und versucht hechelnd, auf einen Baum zu klettern, doch der tasmanische Teufel will ihn offenbar nicht so billig davonkommen lassen. Es sprintet ihm hinterher und erwischt ihn an der Ferse.

»NEEEEIIIIN, Susannaaaaah, hilf mir!«

Nick steht seelenruhig auf und stemmt die Hände in die Hüften. »Susannah, hol dein Handy raus! Jetzt haben WIR ein hübsches Video für *YouTube*.«

»NEEEEIIIIN! HIIIIILFE!« Dustin hält inne, während das Tier an seinem Hosenbein zerrt. »Ey, Alder, das meintest du nich' ernst, oder? Du filmst das hier nicht, oder?«

Nick lässt das Handy sinken und schaut Dustin herausfordernd an. »Nur wenn du das *YouTube* Video mit uns gemeinsam ins Netz stellst und wir an dem Umsatz beteiligt werden, höre ich auf zu filmen.«

Vor Staunen klappt mir die Kinnlade herunter.

(Meint Nick das wirklich Ernst?

Halleluja!)

»Okaaaay, okaaay!«, japst Dustin und versucht, den Teufel abzuschütteln.

Nick greift nach einem großen, brennenden Holzstück und vertreibt das Raubtier.

»Die hat bestimmt nur ihr Revier verteidigt«, sage ich halb schmunzelnd, halb genervt.

»Oder ihre Jungen«, sagt Nick und zeigt auf den Busch, aus dem nun das Weibchen mit zwei Jungen herausläuft und in die entgegengesetzte Richtung verschwindet.

»Also begraben wir Jonas hier? Dann sollten wir eines der Wrackteile als Spatenersatz nehmen, sonst müssen wir mit den Händen buddeln und ich bin kein geeigneter Maulwurf«, frage ich.

Plötzlich werde ich von hinten an der Hüfte gepackt und verliere das Gleichgewicht. Prompt lande ich auf Jonas Schoß.

(KREISCH!!!

WAS ist DAS?

Ein Zombie?

Jonas Geist?

Ein Löwe mit Pranken?)

»Begraben? Ihr wollt mich BEGRABEN?«, höre ich ihn hauchen.

(OMG!

Der Zombie spricht mit mir!!!

Ich bin in meinem schlimmsten Alptraum angekommen.)

Noch während ich meinen Fuß aus einer Baumwurzel befreien will, drehe ich mich um und schaue in Jonas müde Augen.

»Gott, du LEBST?«

»Ja.« Er schließt die Augen für einen kurzen Moment, dann öffnet er sie wieder. »Oder wäre es dir lieber gewesen, du hättest mich hier begraben können?«

»Quatsch!«

(Das entspricht nur der halben Wahrheit.

In den letzten drei Jahren, die ich glücklicherweise nicht mehr mit ihm zusammen war, hat Jonas alle sechs bis zwölf Wochen eine andere Frau ausgeführt. Und mir im Anschluss jeweils heiße Liebesschwüre per SMS geschickt.

[Ich schätze, er hat sie alle mit seinen schrecklichen Essgewohnheiten und seinem Turbosex vertrieben.

Ich meine, welche Frau will noch vor dem Warmlaufen vollgesuddelt werden?

Oder ein schmatzendes Walross küssen?
ICH kenne keine!]
Aber dadurch habe ich mehr oder weniger meine Ruhe vor ihm gehabt. Und so kam es zum Glück nur noch selten vor, dass Jonas mal wieder irgendwelche depressiven Anfälle hatte und mir in den Pausen seiner Liebschaften mediale Liebesbotschaften schickte.
Aber wenn er tot gewesen wäre, hätte ich ihn dennoch nicht gerne durch den Dschungel geschleppt.
Dann doch lieber verbuddelt.)
»Tut dir was weh? Kannst du laufen?«, schiebe ich hoffnungsvoll hinterher. Langsam erhebe ich mich von seinem Schoß.
Jonas lehnt seinen Kopf gegen die Lehne. »Alles. Alles tut mir weh. Ich stehe hier nie wieder auf.«
»Was uns vor ein ziemliches Problem stellt«, bemerkt Nick trocken. Er erhebt sich vom Waldboden und trottet mit dem kaputten Funkgerät zu Jonas hinüber. »Aber wenn Monsieur schon sitzenbleiben will, bis uns die Beutelmarder oder sonstige Tiere finden, dann könntest du wenigstens das Funkgerät reparieren.«
»Kann ich nich'.« Jonas schüttelt den Kopf. Seine Augen sind geschlossen, als er sich den Kasten auf den Schoss stellen lässt.
»Du kannst kein Funkgerät reparieren? Was für ein Pilot bist du?«, empört sich Nick.
(Zu Recht, wie ich finde.
Lernt man so etwas etwa nicht auf der Pilotenschule?
Ich bin enttäuscht.
Es sollte doch oberste Priorität sein, zu wissen, wie man sich nach einem Absturz verhält und so einen Scheißkasten zusammenbastelt.)

»Es wurde mal erwähnt…irgendwann während der Ausbildung…Pilot…« Jonas Kopf sackt zur Seite weg.

»Ist er bewusstlos?«, fragt Nick überrascht.

Ich zucke mit den Schultern und hechte um Jonas Stuhl herum. Vorsichtig hebe ich seinen Kopf an und suche wieder nach dem Puls.

Nick schnappt sich Jonas Handgelenk. »Ist ziemlich schwach.« Er klopft Jonas gegen die Wangen, doch Jonas brummt nur unwirsch.

»Offenbar ist er doch verletzt«, mutmaße ich.

Nick verdreht die Augen. »Na, super. Wir sitzen hier irgendwo im Nirgendwo fest, haben den aufsässigen Teenager unserer Erz…«

Schnell lege ich ihm einen Finger auf die Lippen und deute mit dem Kopf auf Dustin. »Nicht!«

Nick verdreht die Augen. »…ehemaligen Klassenkameradin an der Backe und einen schwer verletzten Piloten, der Schwule für lästige Fliegen hält.«

»Da kann ich dich beruhigen«, sage ich sarkastisch.

Fragend hebt Nick die Augenbrauen.

»Frederico ist nicht schwul und trotzdem spricht Jonas immer von DER FLIEGE.«

Nick rümpft die Nase. »Was für ein Arschloch! Darf ich ihm eine reinhauen?«

»Nick!«

»Waaas? Er ist doch schon bewusstlos. So ein kleiner verdienter Schlag auf die Zwölf ist vielleicht genau das, was er jetzt braucht.« Mit großen Augen fleht er mich an.

»Und wenn dein Schlag ihm den Garaus macht?«, hake ich nach.

Dustin hat sich uns mittlerweile genähert und lauscht unserem Gespräch mit großem Interesse.

»Wer soll das denn herausfinden?«, fragt Nick nach.

»Noch nie 'n Krimi geguckt, Alder?«, mischt sich Dustin ein. »Die komischen Totenärzte da, wie heißen die noch gleich? Die wissen sofort, dass du ihm eine verpasst hast«, wendet er ein.

(Wo er Recht hat, hat er Recht!)

»Rechtsmediziner?«, helfe ich ihm leicht genervt auf die Sprünge.

»Genau«, lacht Dustin auf und zeigt bestätigend mit dem Finger auf mich, »diese Rechts-dings wissen IMMER, wer das Opfer umgebracht hat. Die haben so 'ne Maschinen und Geräte und testen so lange, bis sie eine Spur haben und dann überführt der Kommissar den Täter.«

»Ich bin erschrocken, dass du mit deinen sechzehn Jahren so einen Schrott anguckst«, sagt Nick kopfschüttelnd.

Dustin zieht eine Schnute. »Das ist voll wichtig. Und wenn du ihm jetzt voll krass eine verpasst, Alder, dann wird der Kommissar dich überführen. Glaub mir, ich hab's voll drauf. Ich weiß das! Ich bin voll Detektiv.«

»Okay, Alder!«, sagt Nick und verdreht die Augen in meine Richtung. »Also haue ich dem Idioten hier keine rein, damit der Kommissar nicht auf meine Spuren stößt. Schade eigentlich.«

Ich lächele und tätschele tröstend seine Schulter. »Irgendwann kommt der Tag, wo du dich rächen kannst.«

Nick winkt ab. »Ach, was. Das Universum wird das schon für mich erledigen.«

»Häää? Was is 'n das für 'n Gelaber, Mann? Das Universum…so 'n Vollrotz, Alder!« Dustin spuckt verächtlich auf den Boden und schüttelt den Kopf.

»Danke für deinen geistreichen Kommentar«, sage ich trocken und schiebe Dustin von Jonas weg.

Dann wende ich mich an Nick. »Wir müssen uns jetzt überlegen, was wir machen. Das Funkgerät ist kaputt. Das heißt, Hilfe holen können wir nicht. Der Pilot ist verletzt, also müssen wir ihn wohl oder übel mitschleppen. Und in welche Richtung gehen wir?«

Dustin hebt einen Finger. »Ich habe so 'ne krasse Broschüre im Rucksack gefunden…warte!« Er wühlt in seinem Rucksack herum und holt schließlich triumphierend ein kleines Buch heraus. »Hier steht sogar, wie wir einen Luftröhrenschnitt machen müssen. Hast du 'n Kugelschreiber dabei?«

»Sehe ich so aus, als wenn ich Jonas den Hals aufschneiden möchte?« Ich bin empört.

(Die Jugend ist heutzutage ECHT blutrünstig.

Alter Schwede!)

»Hier steht sogar, was man tun soll, wenn man in eine Schießerei gerät«, sagt Dustin und leckt sich hungrig die Lippen. »Das wäre auch mal voll geil, Alder! Und dann spritzt das Blut und die Arme fallen ab, wie im Horrorfilm.«

»Du guckst Horrorfilme?«, frage ich entsetzt.

(Hat Annette denn gar keinen Einfluss auf ihren Sohn?

Muss man so was hinnehmen als Mutter?

Na, das kann ja heiter werden!

[Aber ich denke jetzt lieber nicht an meine Kinder, sonst werde ich noch wehmütig und das kann ich momentan GAR NICHT gebrauchen.])

Ich entreiße ihm das Buch. »Sehen wir so aus, als wenn uns jemand erschießen will? Ich glaube auch kaum, dass wir plötzlich irgendwo in Afrika gelandet sind und es gleich mit Menschenfressern zu tun kriegen.« Kopfschüttelnd schlage ich das Buch auf.

»Befreien von einem Alligator«, lese ich vor.

»Das ist wichtig hier«, bemerkt Nick mit ernster Miene.

(Heilige Scheiße!

Gibt es hier etwa Krokodiiiiele?

KREISCH!!!)

Panisch sehe ich mich um.

»Was suchst du?«, fragt mich Nick ganz verwirrt.

»Kro…Kro…«

»Krokodile?«, hilft Dustin mir stirnrunzelnd aus. »Hier gibt es doch keine Krokodile, oder?«, wendet er sich schließlich an Nick.

Nick kostet jede Sekunde aus und verengt seine Augen zu Schlitzen. »Gibt es die hier nicht? Ich dachte, wir sind in Tasmanien.«

Ängstlich öffnet Dustin den Mund und schließt ihn wieder. So unauffällig wie möglich scannen seine Augen die Umgebung, ohne dass er sich groß bewegt.

(Man muss ja cool bleiben.

[Wobei ich auch nicht gerade scharf darauf bin, so einem gefräßigen Riesen zu begegnen!])

»Ich glaube, wir sollten eher auf Schlangen achten«, sagt Nick und zeigt mit zitterndem Finger auf mich.

Erschrocken schaue ich nach oben, doch über mir hängt keine Schlange. »Sehr witzig, Nick!«

Doch mein alter Schulfreund schüttelt den Kopf und zeigt noch immer auf mich.

Vorsichtig drehe ich mich um und sehe gerade noch, wie eine lange Schlange mit auffälligem Muster über Jonas hinwegzüngelt.

»OH MEIN GOTT!«

Hoffentlich hält der jetzt still und erwacht nicht gerade jetzt, denke ich noch, doch im selben Augenblick zuckt Jonas und die Schlange, die vermutlich in Panik gerät, beißt zu.

Kreischend weichen Nick und ich zurück.

»Was ist das für eine Schlange? Nick, Nick, NICK, was ist das für eine Schlange? Ist die giftig?«

Ich klammere mich an seinem Arm fest.

(Wieso wollte ich eigentlich ausgerechnet nach Australien?

In das Land, wo die giftigsten Tiere leben?

Was hat mich da bloß geritten?

Rumpelstilzchen?

[Und warum habe ich meine harmlose Farm verlassen?

Ich hätte auf Frederico hören sollen.])

»I-i-ich habe e-e-eine Erste-Hilfe-Tasche«, stottert Dustin und wedelt mit einer kleinen, roten Tasche herum.

»Es war zumindest keine schwarze Tigerotter«, stammelt Nick und sucht den Boden nach weiteren Schlangen ab.

»Ist die giftig?«

»Eine der giftigsten Schlangen der Welt«, antwortet Nick leise. »Und nach einigen Wehwehchen stirbt man einen elendigen Tod.«

»Und was war das dann für eine Schlange?«, fragt Dustin ehrfürchtig.

»Ich vermute, dass das eine Braunschlange war«, sagt Nick nachdenklich.

»Und wie giftig ist die?«, frage ich besorgt.

»In der Regel geben sie bei einem Biss nicht so viel Gift ab, dass ein ausgewachsener Mann davon stirbt. Das Gift kann eine nervenschädigende Wirkung haben. Jonas ist groß und kräftig. Wenn wir Glück haben, haut ihn der Biss nicht um.«

»Müssen wir die Bisswunde jetzt aussaugen?«, frage ich leicht angewidert.

Nick schüttelt den Kopf. »Nein, bloß nicht. Aber wir müssen einen Druckverband anlegen, damit sich das Gift nicht

ausbreiten kann.« Nick wendet sich an Dustin. »Was hast du in deiner Erste-Hilfe-Tasche drin? Ein Anti-Serum?«
Dustin öffnet den Reißverschluss des Täschchens und wühlt darin herum.

Ungeduldig warten wir ab, bis er ein miniklitzekleines Fläschchen in der Hand hält. »Bingo!« Er wirft das Ding Nick zu, der so besonnen reagiert und es auffängt. »Dustin, schalte deinen Kopf ein, Junge! Du hast das einzige Anti-Serum in deiner Tasche weit und breit und wirfst es mir zu, als wenn es um einen Baseball geht.«

»Du hast es doch gefangen, Mann!«, mault Dustin herum und setzt sich auf eines der Wrackteile. Das Metall quietscht und ächzt, dann sackt es auf dem Waldboden zusammen, so dass Dustin im Dreck landet.

»Vorsicht, eine Schlange«, platzt es aus mir heraus, bevor ich meinen Verstand einschalten kann.

Lachend drehe ich mich weg, als Dustin wie von der Tarantel gestochen aufspringt. »Wo? Wo? WO?«

»Reg dich ab! Sie ist weg«, sagt Nick lässig und wirft mir einen verärgerten Das-war-nicht-lustig-musste-das-sein-Blick zu.

Mit wenigen gekonnten Griffen hat er Jonas einen Druckverband angelegt und zieht das glasklare Anti-Serum auf eine Spritze.

»Woher kannst du das?«, frage ich ganz fasziniert.

Nick hält inne und wirft mir einen abschätzigen Seitenblick zu. »Süße, ICH KANN DAS NICHT.«

Vor Staunen bleibt mir der Mund offen stehen.

(Heiliger Bimbam!

Nick kann das gar nicht?

Muss man das nicht können, wenn man einem echten Menschen eine echte Spritze verpasst?)

»Aber irgendjemand muss sich opfern und diesem Idioten das Schlangengegengift spritzen oder willst du das übernehmen?« Nick grinst mit einem Mal.

Ich schüttele den Kopf.

»Keine Sorge!«, fügt er spitzbübisch hinzu, »bevor man die Leitung einer archäologischen Ausgrabung übertragen bekommt, muss man einen speziellen Erste-Hilfe-Kurs absolvieren. In dem bekommt man auch gezeigt, was man nach einem Schlangenbiss machen muss. Bisher habe ich zwar nur Gummipuppen gespritzt, aber viel mehr Verstand und Gefühl hat dieser Kerl hier auch nicht, oder?«

Erleichtert atme ich auf.

(Ich WUSSTE, es war gut, Nick mitzunehmen.

So haben wir zumindest EINEN Profi, was die Erste-Hilfe-Maßnahmen anbelangt.)

Besuch von Tante Kroko

Jonas liegt noch immer schweißnass auf der selbstgebauten Trage und fiebert vor sich hin, während wir auf einigen Wrackteilen sitzen und überlegen, welchen Weg wir einschlagen sollen.

(Okay, es ist nicht so, dass wir an einer Weggabelung sitzen und uns nur entscheiden müssten, wo wir hingehen wollen, weil links und rechts am Wegrand so hübsche Blümchen wachsen.

[Schön wär's!]

Nein, nein, wir sitzen noch immer im dichtesten Wald von [hoffentlich] Tasmanien und sehen uns alle paar Sekunden nach gefährlichen Tieren um.)

»Es wird langsam dunkel, Alter. Wo sollen wir schlafen, Mann? Das bockt hier überhaupt nicht.«

(Natürlich kam das von Dustin, der noch immer hochgenervt neben Nick sitzt und sein Handy fest umklammert. Das hat natürlich längst keinen Akku mehr, weil er den halben Tag lang darauf irgendwelche Autocrashspiele gespielt hat.

[Die Warnung, dass wir das Handy noch gebrauchen könnten, falls wir irgendwo wider Erwarten ein Netz haben sollten, schlug er in den Wind.

Vermutlich ging er davon aus, dass wir schon irgendeinen Baum finden werden, wo er das Teil aufladen kann, weil Bäume ja bekanntermaßen nicht nur Wasser, sondern auch elektrischen Strom leiten können.

Vielleicht glaubt er auch noch an auf dem Land lebende Zitteraale, die nichts Besseres zu tun haben, als sein doofes Handy aufzuladen?

Oder an Außerirdische, die ihm Elektrizität für seinen Erstgeborenen im Tausch anbieten?])

»DAS ist eine SEHR gute Frage«, antwortet Nick stöhnend. »Um ehrlich zu sein, habe ICH kein Zelt dabei. Du?«

Dustin schaut seinen Rucksack prüfend an.

(Den hat er schon mindestens zehn Mal heute aus- und wieder eingepackt und wütend festgestellt, dass seine Eltern kein Zelt gekauft haben.

[Ich schätze, das Zelt wird vom Überlebenscamp zur Verfügung gestellt. Wenn es auf der Einkaufsliste für das Camp gestanden hätte, hätten sie es bestimmt besorgt.])

»Es wird kein Zelt aus deinem Rucksack wachsen, auch wenn du ihn noch dreimal musterst. Oder willst du ihn verzaubern?«, versuche ich die Stimmung aufzulockern.

»Häää? Neeeeee, ey! Wie bist du denn drauf, Alder? Entspann dich ma'! Hast du eine geraucht?«

(Okay, ich übersetze das mal:

›*Wie bitte? Oh nein! Wie kommst du bloß darauf, dass ich zaubern könnte, ich bin doch ein Muggel und Harry Potter habe ich noch nie gelesen, weil ich überhaupt nicht lesen kann. Ich bin ein Analphabet, der seine Mitschüler und Lehrer nur deshalb terrorisiert, weil nicht auffallen soll, dass er nicht lesen kann. Und damit du mir auch nicht auf die Schliche kommst, motze ich dich auch einfach blind zu.*‹)

»Wir haben nicht nur ein Problem mit dem Schlafplatz«, sagt Nick und deutet auf meine leere Wasserflasche. »Wir haben soeben den letzten Tropfen Flüssigkeit aufgebraucht.«

»Der Pilot hatte doch einige Wasserflaschen hinten geladen. Warum nehmen wir die nicht, Mann?« Dustin stochert mit einem Stock in der Erde herum.

»Lass das lieber, sonst kommen gleich noch Killer-Erd-wespen aus dem Boden geschossen und töten uns mit mehreren hundert Stichen«, warnt Nick.

Dustin erstarrt mitten in der Bewegung und fixiert den Boden. »Alter, echt jetzt, Mann?«

»Klar«, bestätige ich, »nicht umsonst ist Australien der Kontinent mit den giftigsten Tieren. William hat damals in unserem Garten in Hamburg zusammen mit einem Freund mit einem Stock wie ein Kaputter auf einen Busch einge-prügelt. Nach wenigen Minuten kamen Hunderte von Erdwespen herausgeschossen und sind den beiden hinter-her. Die schrien wie am Spieß, denn die Biester waren tückisch. Sie hatten sich überall verfangen. In den Haaren, am Shirt, an der Hose und sogar in der Haut. Die haben nämlich so kleine, fiese Beine, die sich wie Widerhaken in der Haut festkrallen. Zombie-Wespen sozusagen. Und die haben in Hamburg gelebt. JETZT sind wir in Australien. Da sind die Tiere tausendmal schlimmer!«

Dustin zuckt angewidert zusammen. »Alter, echt jetzt, Mann? IN der Haut? Wie geht das denn?«

Ich zucke mit den Schultern. »Ich bin kein Biologe, aber ich habe versucht, meinen Eltern zu helfen, die die beiden von den Wespen befreien wollten. Dabei hat mich eine erwischt. Die haben sich mit ihren Beinen so eingerollt, dass sie sich in meiner Haut verhakt haben. Ihr Stich war so schmerzhaft, dass ich anfing zu zittern. Und ich hatte nur einen Stich«, füge ich hinzu.

(Noch heute wird mir ganz schlecht.

Meine Eltern waren so perplex, dass sie erst gar nicht re-agiert haben, als die beiden Jungs mit einem Riesen-schwarm Wespen im Nacken durch den Garten flitzten.

Mein Vater ist dann gleich noch zur Apotheke und hat ir-gendein Zeug geholt, dass er William gespritzt hat, damit er beim nächsten Wespenstich keinen anti-allergischen Schock bekommt.

Die Mutter von Martin, dem Freund von William, war das nicht Recht.

[Hätte sie mal besser nicht verweigert! Ohne diese Spritze hatte der Junge tatsächlich beim nächsten Stich einen Schock, so dass er mit Atemnot gerade noch rechtzeitig in eine Klinik gebracht werden konnte.])

»Und wie viele Stiche hatte William?«, fragt Dustin mit glühenden Augen.

(Ich vermute, es ist normal, wenn man seinem Stiefvater die Pest an den Hals wünscht? Zumal William darauf bestanden hat, dass Dustin in dieses Überlebenscamp fährt, damit er seiner Mutter nicht länger auf der Nase herumtanzt.)

»Es waren weit über dreißig Stiche am ganzen Körper.«

»Geil.« Dustins Gesicht spricht Bände.

Trotz der üblen Situation, in der wir uns befinden, leuchten seine Augen, als stünde er vor einem Weihnachtsbaum mit Hunderten von Geschenken.

»Wir sollten uns etwas zu trinken herstellen«, bemerkt Nick so beiläufig, als wenn er uns gerade offenbart hätte, dass er eben schnell im Supermarkt um die Ecke einkaufen gehen will.

»Alter, hier gibt's nix, was wir trinken können, oder siehst du was? Wir sollten die Flaschen vom Piloten suchen.« Dustin blickt sich um und zeigt mit dem Stock auf die umstehenden Bäume.

»Dustin, selbst dir sollte aufgefallen sein, dass die Flaschen mitsamt der Maschine EXPLODIERT sind. Wir haben keine Wasservorräte mehr«, erkläre ich mit mühsam aufgebrachter Geduld.

»Du hast doch einen kleinen Kochtopf in deinem Gepäck, oder?«, fragt Nick.

Dustin zuckt mit den Schultern. »Kann sein. Bringt uns aber nix, oder? Was sollen wir da reinfüllen? Soll ich reinpissen?« Er lacht hämisch auf.

Nick verdreht die Augen. »NEIN, du sollst NICHT hineinpinkeln. Wir zapfen ein paar von den umstehenden Bäumen an.«

Gelangweilt schnappt sich Dustin seinen Rucksack und wühlt darin herum, bis er den Topf ausgegraben hat. Dann fischt er noch einen Schokoriegel heraus und fängt gleich an, ihn zu essen, als wenn er der einzige mit knurrendem Magen ist.

»Bist du verrückt geworden?«, fährt Nick ihn an.

Erstaunt hält Dustin inne. »Wieso, ey? Ich ess' nur was zum Abendbrot.«

»Du kannst doch jetzt nichts essen, wenn wir kein Wasser mehr zum Trinken haben.« Kopfschüttelnd steht Nick auf und fordert ihn mit der Hand auf, ihm den Riegel zu geben, doch Dustin, gepackt vom Futterneid, stopft den Riegel im Eiltempo in seinen Mund, so dass dieser bis zum Maximum gefüllt ist. Mühsam kaut und kaut er, wobei er versucht, triumphierend zu grinsen.

»Du hast echt 'ne Meise, Dustin!«, schimpft Nick, »wir versuchen gerade, Trinken zu beschaffen und du fängst an zu essen.«

»Wo ist das Problem, Mann?« Wütend zerknüllt Dustin die Verpackung des Riegels und wirft sie in die Botanik.

»Aufheben!«, sage ich im Befehlston eines Marschalls.

Ungläubig glotzt Dustin mich an.

(Jetzt nur nicht blinzeln, Susannah, sonst hast du verloren! Bleib hart!
Bleib cool!)

Unaufhaltsam starre ich ihm in die Augen, bis er schließlich nachgibt und das Papier murrend wieder aufhebt, um es in seinen Rucksack zu stopfen.

»Jede Nahrungsaufnahme verlangt die Aufnahme von Flüssigkeit«, fängt Nick schulmeisterhaft zu erklären, »du kannst Tage ohne Essen auskommen, aber nur Stunden ohne Trinken.«

»Is' ja gut, Mann.« Dustin lässt sich auf einem Wrackteil nieder und schaut zu Boden.

»Okay, Leute, wir haben jetzt mehrere Möglichkeiten. Es wird bald dunkel, also müssen wir uns JETZT umsehen.«

»Wonach sollen wir suchen?«, frage ich.

(Eigentlich möchte ich das gar nicht wissen, denn ich rechne jetzt schon damit, dass wir irgendetwas Ekeliges tun müssen.)

»Wir suchen nach Bienen, der Mason-Fliege oder nach schwarzen Ameisen.«

»Warum?« Dustin hat sogar vergessen, sein ›Mann, ey‹ hinzuzufügen und sitzt nun mit offenem Mund da.

Nick bleibt ruhig. »Bienen brauchen Wasser. Da, wo Bienen sind, ist Wasser nicht mehr als fünf Kilometer entfernt…«

»Alter, FÜNF KILOMETER? Ich denke, es wird bald dunkel, Mann?«

»Dustin hat Recht, Nick. Nach Bienen Ausschau zu halten, nützt uns heute nichts mehr.«

»Okay«, sagt Nick seufzend, »dann kümmern wir uns um schwarze Ameisen.«

»Und wie weit sind die vom Wasser weg, Alder? Drei Kilometer?« Dustin schnauft verächtlich.

»Ein paar hundert Meter vielleicht. Weiß ich nicht mehr so genau.«

»Und wie sieht diese komische Fliege aus?«, wirft Dustin ein und blickt gen Himmel.

»Ähnlich wie eine Hornisse«, erklärt Nick. »Die Mason-Fliege ist nur wenige hundert Meter vom Wasser entfernt, weil sie das Wasser für den Bau ihrer Behausung benötigt.«

»Und wo sollen wir nach Ameisen suchen?«, wage ich mich vor.

»Auf dem Boden, wo sonst, Alder«, sagt Dustin pikiert.

»Sie klettern meistens an Bäumen hoch und verschwinden in einem Loch. In diesen Löchern haben sie ihren Wasservorrat. Wenn ich es richtig gesehen habe, hat Dustin in seiner Ausrüstung auch einen kleinen, durchsichtigen Schlauch. Ich vermute, Julius will mit seiner Truppe auch nach Wasser schöpfen«, sagt Nick und fängt an, den Boden abzusuchen.

Seufzend folge ich seinem Beispiel, doch so sehr wir auch suchen, wir finden weder Ameisen, noch eine Spur der Mason-Fliege.

Erschöpft lassen wir uns gefühlte Stunden später auf den Wrackteilen nieder.

»Ich schätze, Jonas braucht auch Wasser, oder?«

Schwitzend und mit hochrotem Kopf sitzt unser Pilot angeschnallt auf seinem Pilotensessel und wälzt den Kopf hin und her, während er wirres Zeug vor sich hinredet.

»Ja. So ungerne ich es zugebe, aber er braucht es noch dringender als wir. Er wurde von einer Schlange gebissen und ist zudem noch vom Absturz verletzt, hat sogar vielleicht innere Verletzungen. Er hat hohes Fieber und wird noch schneller austrocknen als wir.«

»Und was machen wir jetzt?«

(Ach, wie gerne würde ich jetzt am Abendbrottisch sitzen und zusammen mit meinem Mann und meinen Kindern

Salat, Obst und Käse essen, dazu noch aus einem kühlen Krug Wasser trinken und leben wie Gott in Frankreich. [Auch wenn man sich in solchen Momenten NIE wie Gott in Frankreich fühlt, weil alles so selbstverständlich ist!] Bestimmt machen sich meine Liebsten schon Sorgen, weil wir nicht angekommen sind.)

Nick stützt seinen Kopf auf die Hände. Dann springt er plötzlich erfreut auf. »Ich hab's. Warum bin ich nicht gleich auf die Idee gekommen? Wir suchen jetzt nach Ranken und Lianen. Am besten nach Pflanzen, die einen Baum hinaufwachsen und nicht von ihm herunterhängen.« Ich erhebe mich wieder von meinem Mini-Ufo-Landeplatz und mache mich, vom Durst getrieben, auf die Suche nach Kletterpflanzen.

»Susannah, pass bitte auf, wo du hintrittst! Gerade jetzt am Abend kehren viele Tiere von ihren Raubzügen zurück. Einige suchen nun ihre Wasservorräte auf. Aber da wir nicht wissen, ob hier Leistenkrokodile Unterschlupf suchen, müssen wir zunächst den Boden absuchen«, ruft Nick mir zu.

»Eine Schildkröte!«, rufe ich erstaunt aus und bleibe stehen. »Wie süß!«

»Fass sie nicht an, Susannah! NICHT streicheln, auch wenn es eines deiner Lieblingstiere ist«, warnt Nick.

»Warum darf ich sie nicht streicheln? Schildkröten sind doch harmlos, oder nicht? Oder ist das hier eine bissige Schnappschildkröte?« Ich lache leise vor mich hin.

»Schildkröten sind Salmonellenträger. Wenn du dich jetzt auch noch mit Salmonellen infizierst, bist du noch schlimmer dran als Jonas. Dein Wasserhaushalt würde rasant abnehmen.«

»Was würde ich nur ohne dich tun?« Kopfschüttelnd steige ich über die possierliche Schildkröte hinweg und winke ihr sehnsüchtig nach.

Dann richte ich meinen Blick wieder auf den Boden und erstarre zur Salzsäule. »NIIIICK, was ist DAAAS?«

Nick eilt zu mir und stupst mir gegen die Schulter. »Also, ein Johnson-Krokodil ist es zumindest NICHT.«

»Willst du mich verarschen?«

Nick lacht und schüttelt den Kopf. »Nein, es gibt diese Krokodilart tatsächlich. Sind allerdings Süßwasserkrokodile und für den Menschen ungefährlich.«

»Was ist das dann?«

(OMG!

Es bewegt sich.

KREISCH!!!

Direkt auf mich zu.

Und die lange Zunge zischelt nach vorne, als wollte es mich damit EINSAUGEN.)

»Nicht bewegen, Susannah!«

Dustin kommt von hinten angesprungen und ruft »Buh!«

Ich erschrecke so heftig, dass ich strauchele und gerade eben noch von Nick aufgefangen werden kann.

Das Tier vor mir erschrickt ebenfalls.

Es faucht laut. Dann stellt sich der Kragen auf, der eben noch schlaff um seinen Hals hing.

(Heiliges Kanonenrohr!

Das Ding sieht aus wie ein DRACHE.

Fehlt nur noch das Feuer, das heiß aus seinem Schlund strömt.

[Ich wusste gar nicht, dass Fredericos Ex-Freundin Maria ihre Wurzeln in diesem Dschungel hat!

Mrs Drachenkopf hat sogar eine gewisse Ähnlichkeit mit dem Vieh.])

»Das ist eine harmlose Kragenechse«, sagt Dustin lachend und rüttelt an meinen Schultern. »Buh!«

Wütend fahre ich herum und schlage seine Hände weg.

»MACH DAS NIIIIE WIEDER, HÖRST DU?«

Die Kragenechse hinter mir nimmt bei meinem Gekeife Reißaus und ist auch schon im nächsten Busch verschwunden.

»Susannah hat Recht, Dustin! Keine Scherze solcher Art, sonst bist du schneller auf dich gestellt, als du ›buh‹ sagen kannst. Wir müssen jetzt zusammenhalten und sollten uns ETWAS erwachsener benehmen«, mischt sich Nick ein.

»Ist ja gut, Mann.«

»Woher kennst du dich überhaupt mit Echsen aus?«, frage ich, nachdem ich meine Fassung wiedererlangt habe.

»Echsen sind total geil und in Australien leben die meisten Echsenarten.« Dustin scheint bei seinem Lieblingsthema angelangt zu sein. »Hab' 'n paar Bücher über Reptilien gelesen.«

(Ich hätte nie gedacht, dass er sich für echte Lebewesen interessieren könnte.

Und auch noch LESEN kann!)

»Ich hab' was!«, ruft Nick, noch während Dustin mir einen langen Vortrag über die Vielfalt der Reptilien in Australien hält.

Neugierig klettern wir über einige umgefallene Bäume hinweg und erreichen Nick, der an einem Baum steht und Dustins Metallflasche unter eine abgeschnittene Kletterpflanze hält. Unaufhaltsam tropft das Wasser heraus.

»Möchte jemand einen Tee?«, witzelt Nick ausgelassen. Er lässt sich von mir noch meine Plastik- trinkflasche geben, um sie zu füllen, dann hängt er sich mit seinem Gesicht unter die tropfende Pflanze.

»Ist das auch wirklich ungiftig?«, frage ich lieber vorsichtshalber nach.

»Ich kenne diese Kletterpflanze. Wir können unbedenklich davon trinken.« Plötzlich zucken sämtliche Gesichtsmuskeln in Nicks Gesicht, er fängt an zu röcheln und bricht zusammen.

»NIIIIICK!«

Lächelnd blinzelt Nick nach oben und steht wieder auf, als sei nichts Besonderes vorgefallen.

»Ach, und so 'n scheiß Scherz ist erlaubt, oder was, Alder?«, brüskiert sich Dustin zu Recht.

Verärgert haue ich Nick mit der Plastikflasche gegen den Oberarm. »Lass das, du Armleuchter! Von wegen erwachsen! Das war alles andere als erwachsen.«

Nick springt auf und gibt mir einen Kuss auf die Wange. »Entschuldige, das war zu verlockend.«

Er trinkt noch einen Schluck, dann fordert er Dustin auf, von dem Wasser zu trinken.

Ich habe mittlerweile den Topf geholt, den wir ebenfalls füllen, damit wir Jonas versorgen können.

»Sag bloß, du hast Teebeutel dabei?«, steige ich auf seinen Witz ein.

Nick schüttelt den Kopf und deutet auf eine Fichte. »Nee, aber die Natur hat viel zu bieten. Und Wasser haben wir ja jetzt erst einmal bis morgen.«

»Und wo sollen wir schlafen?«, wiederhole ich Dustins kurz zuvor gestellte Frage.

»Wir könnten eine Schlafgrube bauen«, schlägt Nick vor.

»Was soll das sein, Alter? 'Ne Art Schlangengrube? Ich schaufele mir doch kein Grab.« Kopfschüttelnd geht Dustin zu unserem Aufenthaltsort der letzten Stunden zurück, wo Jonas noch immer vor sich hinfiebert.

Unterdessen wende ich mich noch einmal an Nick. »Jetzt mal ernsthaft, Nick, wo können wir heute Nacht schlafen? Dustin hat EINEN Schlafsack. Wir haben keinen. Und ehrlich gesagt, kriege ich bei all den Tieren, die hier lauern, auch kein Auge zu.«

»Wir werden abwechselnd schlafen. Du und ich teilen uns die Nachtwache.«

(Na, das kann ja heiter werden, aber mir bleibt wohl keine andere Wahl.

Ich möchte mein Leben ungerne in die Hände eines Sechszehnjährigen legen, dessen Gehirn sich im Großumbau befindet.)

»Ich schätze, keiner von uns hat eine Hängematte dabei?«, fragt Nick mit schiefgelegtem Lächeln.

»Nein.«

»Nein.«

»Gut, dann suchen wir jetzt ein paar dicke Äste, die wir zusammenbinden. Dustin, du suchst große Blätter. Ich werde unterdessen die letzten brennenden Wrackteile nutzen und unser Lagerfeuer aufbauen.«

Nach einer halben Stunde haben wir fünf große Äste zusammengesammelt und diverse Blätter.

Nick, der ein Seil und ein Moskitonetz unter Jonas Sitz entdeckt hat, bindet die Äste zusammen.

»Das Moskitonetz werden wir über Jonas am Ast anbringen, damit er nicht auch noch von irgendwelchen Stechmücken aufgefressen wird.«

»Und wir?«, fragt Dustin.

»Du hast noch ein Moskitonetz in deinem Rucksack. Derjenige, der heute Nacht Wache schiebt, sitzt mit Jonas unter dem einen Netz und die anderen beiden schlafen im selbstgebauten Zelt, wo wir das zweite Netz befestigen.«

»Was hätte ich bloß ohne dich gemacht?«, sage ich und blinzele die aufkommenden Tränen weg.

(Mir ist zum Heulen zumute.

Wie gerne wäre ich jetzt zuhause im Kreise meiner Familie.

Sicher, satt und zufrieden.

Von Ausflügen mit dem Flieger habe ich in nächster Zeit erst einmal die Nase voll.

Echt!)

»Haben wir noch irgendetwas Essbares da?«, frage ich in die Runde.

Nick fängt einen Grashüpfer. »Wie wäre es hiermit?«

Angewidert drehe ich mich weg. »Uäääh, ich glaube, ich bin doch schon satt.«

Nick offenbar nicht.

Er steckt sich den armen Gesellen in den Mund und kaut ein Weilchen darauf herum, bevor er ihn runterschluckt.

»Ich kann noch mehr fangen und wir rösten sie am Feuer.«

»Bloß nicht«, werfe ich ein und auch Dustin schüttelt den Kopf. »Ich bin doch kein Chinese!«

(Mit knurrendem Magen sitze ich neben den beiden Jungs am kleinen Lagerfeuer und starre gedankenverloren in die Flammen.

Und wie es so ist, wenn man etwas nicht im Hause hat, hat man ganz besonders viel Appetit drauf.

Ich müsste mir nicht einmal eine Liste mit den Dingen machen, dir mir fehlen [und die ich jetzt bergeweise verschlingen könnte], denn dann wäre ich vermutlich in drei Wochen noch beschäftigt mit dem Schreiben.

Und da ich hier nicht einmal etwas zum Schreiben habe [außer ein paar zerknüllte Einkaufszettel, die ich mal wieder seit Wochen mit mir spazieren führe], müsste ich meinen Einkaufszettel in eine Baumrinde ritzen.)

»Ein Penny für deine Gedanken«, sagt Nick, während er mehr Holz auflegt.

»Ich würde jetzt was drum geben, um ein Grillhähnchen zu schlemmen. Oder Schokolade. Oder 'ne Pizza.« Ich bremse mich lieber, bevor ich ins Schwärmen gerate.

Nick schneidet eine Grimasse. »Du bist echt 'ne Kraft. Wir sitzen hier nach einem Flugzeugabsturz im Nirgendwo und du denkst an elendig leckeres Essen.«

»Geht es dir nicht so?«, frage ich überrascht.

Nick schüttelt den Kopf. »Ehrlich gesagt, nein. Ich überlege fieberhaft, wie wir morgen den Tag gestalten. Wir können Jonas unmöglich in diesem beschissenen Sessel durch den Dschungel tragen. Das Ding wiegt schon ohne ihn eine Tonne.«

»Wir nehmen die Trage, die wir heute zusammengebaut haben«, schlage ich vor. »Ich habe nur leider überhaupt keine Ahnung, wo wir hinmüssen.«

»Ich glaube, wir müssen in den Südosten. Dustin hat einen Kompass im Gepäck.«

»Wer hält zuerst Wache?«

»Ich. Du gehst mit Dustin pennen.«

Da ich mich kaum noch auf den Beinen halten kann, nehme ich den Vorschlag dankend an, auch wenn ich gefühlte Stunden brauche, bis ich bei all den fremden Tiergeräuschen endlich einschlafe.

»Das Brathähnchen schmeckt genauso vorzüglich, wie es aussieht«, sage ich lobend und beiße in das zarte, durchgebratene Fleisch.

(Ich hatte mir eigentlich vorgenommen, etwas vegetarischer zu leben, aber Nicks Einladung zum Brathähnchen im besten Grill von Adelaide konnte ich einfach nicht widerstehen.)

»Dann lass es dir schmecken. Heute essen wir so viel, bis es uns zu den Ohren wieder herauskommt.« Nick lacht mich an und reißt den Schenkel ab, um ihn genüsslich in die fette Mayonnaise zu tauchen. Die Pommes daneben sind auch ziemlich verführerisch.

»Mir knurrt auch der Magen wie verrückt. Kommt mir vor, als hätte ich seit Tagen nichts gegessen.«

(Mir schmerzt der Magen tatsächlich.)

»Hier, nimm was zu trinken. Wir haben Limo im Überfluss!«

Bevor ich das Limoglas ergreifen kann, packt mich eine Hand und traktiert meine Schultern.

»Warum rüttelst und schüttelst du mich so? Lass mich in Ruhe aufessen. Eben hast du noch gesagt, dass ich so viel Hähnchen essen darf, wie ich will!«

»Susannah, wach auf!«

Müde öffne ich ein Auge. »Nick! Warum ist es plötzlich so dunkel. Gibt es Stromausfall im besten Imbiss von Adelaide? Wo ist mein Hähnchen? Und wo sind die leckeren Pommes?«

»Süße, wir sind nicht in Adelaide. Wir sind irgendwo im Dschungel von Tasmanien. Kannst du den Rest der Nacht Wache halten? Ich kann meine Augen kaum noch offen halten.«

Mühsam schäle ich mich unter dem Schlafsack hervor, der Dustin und mich zudeckt, und krabbele aus dem Moskitonetz heraus. »Muss ich noch mehr Holz auflegen oder reicht das Feuer noch? Wie spät ist es?«

»Es ist vier Uhr morgens. Nein, das Feuer reicht.«

»Warum hast du mich nicht früher geweckt?« Ich schlage eine Stechmücke von meinem Oberarm und krieche eilig unter das Netz, welches Jonas bedeckt. Das ganze Krabbelzeugs, was hier umherschwirrt, macht mich ganz wahnsinnig.

Nick legt sich schlafen und ich widme mich dem Feuer, in der Hoffnung, dass die Nacht ohne tierische Besucher verläuft.

(Gott, wieso musste ich ausgerechnet von Grillhähnchen träumen?

Jetzt sitze ich hier mit einem tief hängenden Magen, der nach Nahrung verlangt!)

Da ich Tiberius nachts immer noch gestillt habe, spüre ich nicht nur meinen knurrenden Magen, sondern auch die gefüllte Milchbar.

Sobald Nick eingeschlafen ist, nehme ich also Dustins nagelneuen Metallbecher und streiche die Milch aus meiner Brust, damit sie sich nicht entzündet.

(Das würde ich natürlich nie zugeben, aber die klebrigsüße Muttermilch ist in Zeiten der Not [und ich finde, DIES ist DEFINITIV eine Notlage] zwar nur ein Tropfen auf dem heißen Stein, aber es ist zumindest ETWAS Essbares.

Ich ziehe mir das Zeug also heimlich, still und leise rein und schicke einen kleinen Dankesgruß an meinen Sohn, der mir diese kleine, nächtliche Mahlzeit ermöglicht.

Dabei hoffe ich insgeheim, dass es nicht schädlich ist, seine eigene Milch zu trinken.

[Ich schätze, Frederico wird zuhause mittlerweile Amok laufen, weil Tiberius das ganze Haus zusammenschreit auf der Suche nach Mamis Brust.

Und ich weiß nicht, welches Gefühl der Hilflosigkeit schlimmer ist, seines oder meines.])

♥♥♥

Ein paar Stunden später knurrt mein Magen so laut, dass Dustin und Nick davon wach werden.

»Sorry, Jungs! Ich konnte den Wecker nicht abstellen.« Entschuldigend lächele ich sie an.

Dustin reibt sich verschlafen die Augen. »Alter, habe ich beschissen geschlafen.«

(Dafür aber ein paar Stunden mehr als wir, mein Lieber!)

»Sei froh, dass heute Nacht kein Krokodil vorbeigekommen ist«, sagt Nick und fängt an, das Moskitonetz einzusammeln. »Wie geht es unserem Piloten?«

»Ich habe ihm jede Stunde etwas zu trinken gegeben, aber das meiste lief aus dem Mund wieder heraus. Er kriegt schlecht Luft, aber das war auch schon vorher so…«

»Mr McSchnauf?«, fragt Nick grinsend.

»Genau.« Ich nehme das Netz vom Ast herunter und falte es zusammen. »Ich glaube, er hat immer noch sehr hohes Fieber.«

»Wollen wir erst frühstücken oder sollen wir gleich losmarschieren?« Fragend schaut Nick in die Runde.

Dustin zuckt ratlos mit den Schultern.

»In Anbetracht der Tatsache, dass der Bäcker heute Morgen leider keine Brötchen mehr hatte, schlage ich vor, dass wir Jonas umbetten und losgehen. Vielleicht finden wir unterwegs ein paar Früchte«, sage ich gähnend.

Nick nickt und packt alles Nötige zusammen. »Das sehe ich auch so. Also, packen wir es an!«

Zu dritt hieven wir Jonas vom Sessel auf die Trage. Mit einem Taschenmesser schneidet Nick den Gurt so ab, dass wir Jonas auf der Trage festschnallen können.

»Sollen wir ihm das Moskitonetz überlegen?« Ich reiche Nick das Netz, der es an der Trage befestigt. »Ja. Dustin, du trägst unseren Piloten zuerst mit mir. Susannah hat Pause und darf lediglich den Rucksack tragen.«

(LEDIGLICH ist gut!

Der Rucksack wiegt EINE TONNE, aber ich murre nicht, sondern sattele das schwere Ding.)

»Warum muss ICH den schweren Kerl tragen? Ich bin viel zu jung! Ich bin noch ein KIND!«

Mit der Empörung des Jahrhunderts bauen Nick und ich uns vor Dustin auf.

(Zur besseren Demonstration haben wir beide die Hände in die Hüften gestemmt.)

»Auf einmal bist du wieder ein KIND? Ein Kind, das Krimis und Horrorstreifen glotzt, kifft und total erwachsen ist? Bei dir piept's wohl!« Nick bläst die Backen auf.

»Sieh zu, dass du das eine Ende der Trage nimmst und pass beim Laufen auf, wo du hintrittst! Zwei von eurer Sorte können wir nicht tragen.«

»Wir sollten unsere Wasservorräte noch einmal aufstocken, Nick.«

»Später, Susannah. Dustin hat noch Socken im Rucksack. Wenn wir unterwegs Wasser finden, filtern wir es und kochen es ab.«

(Ich bin immer wieder erstaunt, WIE gut sich Nick tatsächlich auskennt.

Lernt man das alles auf diesem Seminar für Archäologen?)

»Alter, woher weißt du das alles?«, fragt Dustin, der ächzend und stöhnend die Trage anhebt. »Alter, was hat der Typ gegessen, dass der so viel wiegt, Mann?«

»Ich schätze, Jonas bringt bei seiner Größe gute einhundert Kilo auf die Waage. Aber, so gerne ich das tun würde, wir können ihn hier leider nicht einfach zurücklassen.« Nick beißt die Zähne zusammen.

Ich gehe vorweg und inspiziere die Büsche mit einem langen Stock, während ich mit der linken Hand den Kompass halte.

Nach einer Stunde ruft Nick zur Pause. »Stopp, Leute! Ich brauche eine längere Pause.«

Um uns herum sind ein paar größere Steine, auf die wir uns setzen, nachdem wir sichergestellt haben, dass sich keine Schlangen in unmittelbarer Nähe befinden.

Wir reichen die beiden Wasserflaschen herum und teilen die letzten Wasservorräte.

»Da drüben ist es schlammig. Wenn mich nicht alles täuscht, könnte sich darunter Wasser befinden.« Ächzend erhebt sich Nick und geht vorsichtig ein paar Meter durchs Gestrüpp. An dem kleinen Schlammloch bückt er sich und holt schließlich ein Wrackteil aus der Tasche, das die Form einer Schaufelspitze hat. Damit gräbt er vorsichtig in der Erde herum, bis er triumphierend auflacht.

»Bingo! Ich habe Wasser gefunden.«

Ich hole den Topf und eine Socke heraus und baue mit Hilfe von Dustin ein DREIBEIN auf.

(Bis gestern wusste ich nicht einmal, wie man dieses Konstrukt überhaupt nennt, aber heute bin ich ein Vollprofi und habe die drei dickeren Äste im Nu so zusammengebunden, dass wir den Topf darunter hängen können.)

Wir filtern das bräunliche Wasser durch den Ärmel meiner Bluse (den ich mit Aussicht auf Flüssigkeit gerne geopfert habe) und die (saubere) Socke von Dustin und kochen es schließlich ab.

»Es ist keine Garantie, dass das Wasser gut und bakterienfrei ist«, sagt Nick, »aber da wir keine andere Möglichkeit haben, müssen wir erst einmal eine kleine Menge probieren.«

»Wer probiert zuerst?«

»Der Pilot«, sagt Dustin trocken.

Nick und ich mustern den Jungen empört (und fast muss ich ein wenig grinsen), doch bei genauerer Betrachtung hat er Recht. »Guter Vorschlag. Jonas ist ohnehin geschwächt, und wenn er erbricht, wissen wir, dass das Wasser nicht in Ordnung ist.«

Nick schüttelt den Kopf. »Eure Gedanken in allen Ehren, und glaubt mir, ich bin wirklich kein Freund von unserem Piloten hier, aber wir sollten ihn nicht auch noch als Versuchskaninchen missbrauchen.«

»Meinst du, der verklagt uns, Alter?«, prustet Dustin los.

Nick lächelt. »Mit Sicherheit. Aber ich schätze, das macht er so oder so, weil wir sein Flugzeug zum Absturz gebracht haben…«

»Ey, Digga, versteh' ich nicht«, sagt Dustin verwirrt, »wir haben doch gar nix gemacht.«

»Das war ein Scherz«, sage ich und lege Dustin beruhigend eine Hand auf den Unterarm.

»Da wir also sowieso verklagt werden, können wir Jonas das Wasser auch zuerst probieren lassen.« Nick steht auf und löffelt Jonas ein paar Wassertropfen in den geöffneten Mund.

Jonas schnauft und prustet, er röchelt kurz, dann schläft er weiter.

»Und wie lange müssen wir jetzt warten?« Gespannt beobachtet Dustin unseren Verletzten.

»Ein Überlebenstrainer würde uns jetzt sagen, dass wir acht Stunden warten müssen, aber bei der Hitze ist es fraglich, ob wir das durchhalten.« Nick wischt sich über die Stirn. Dann klatscht er ein paar Fliegen vom Arm. »Mann, diese Viecher machen mich wahnsinnig!«

»Ich sehe Frühstück«, sage ich unvermittelt.

»Die Fliegen?«, platzt Dustin heraus.

271

»Nein.«

Neugierig schauen sich die beiden Jungs um.

»Was? Eine Agame oder eine Schlange?«, fragt Nick.

Ich erhebe mich und gehe vorsichtig auf den kleinen Baum zu, der ein paar Kiwis trägt. »Ich dachte, die Dinger wachsen nur in Neuseeland.«

»Susannah, du bist die Beste!«

Hungrig stürzen wir uns auf die reifen Kiwis, bis uns allen die Zungen brennen.

»Wenn ich noch eine Kiwi esse, fällt mir die Zunge ab«, sage ich undeutlich.

(Mir hängt nämlich die Zunge aus dem Mund, damit sie etwas abkühlen kann.)

»Wir haben noch eine Plastiktüte. Darin werden wir die restlichen Kiwis transportieren. So haben wir wenigstens nachher noch etwas zu essen«, sagt Nick und pflückt die Früchte, um sie gleich darauf in der Tüte zu verstauen. »Dustin, willst du den Rucksack tragen oder kannst du unseren Piloten noch nehmen?«

»Ich glaube mir fallen gleich die Arme ab, aber eine Weile halte ich noch durch«, sagt Dustin tapfer.

»Kein Problem, Nick. Ich übernehme und Dustin trägt den Rucksack. Wir tauschen später noch einmal.« Ich reiche Dustin den Rucksack und schnappe mir die Holzgriffe der Trage.

»Uff!«

(Heilige Scheiße!

DAS hat Dustin EINE STUNDE lang durchgehalten?

Chapeaux!

Ich bin beeindruckt.

Ich habe das Gefühl, ich trage einen nassen Sack, der mindestens so schwer ist wie ein Elefant.)

»Geht's Susannah?«, fragt Nick besorgt.

»Es muss gehen, oder?«, antworte ich stöhnend. »Los, lasst uns gehen. Das halte ich nicht lange durch.«

Und tatsächlich.

Nach einer halben Stunde gebe ich auf. »Ich wünschte, Jonas wäre leichter.«

»Ich wünschte, der Arsch hätte sein Flugzeug ordentlich gecheckt, dann säßen wir jetzt nicht hier«, beschwert sich Nick. »Und wenn er nicht so verdammt stur gewesen wäre, wäre er ebenfalls mit dem Rettungsfallschirm aus der Maschine gesprungen. Ich möchte echt mal wissen, was ihn geritten hat, dass er den Schleudersitz doch noch benutzt hat.«

»Vorher hat er noch gesagt, er hätte ihn deaktiviert«, fällt mir ein.

»Stimmt, Alter! Da hat er aber voll krass gelogen, ey.«

Ein Schwarm Stechmücken nähert sich.

»Ich glaube, ich habe noch ein Anti-Mückenspray in der Tasche…« Ich krame in meiner heiligen Handtasche herum und hole triumphierend eine kleine, gelbe Flasche hervor. »Wer will nochmal, wer hat noch nicht?«

Wir sprühen uns alle ein, sehen, wie die Mücken abdrehen und packen dann unsere Sachen zusammen. Erschöpft marschieren wir weiter in Richtung Norden.

Bereits am Nachmittag ist keiner von uns mehr in der Lage, Jonas auch nur einen Schritt weiter zu transportieren.

»Was machen wir jetzt?«, frage ich.

(Ich fühle mich mit einem Mal richtig hilflos.

Wie eine Riesenwelle schwappt das Gefühl über mich hinweg und reißt mich voll mit.

Ich bin so erschöpft, dass ich mich am liebsten auf den Boden legen und darauf warten würde, dass jemand kommt, mich auffrisst und in die ewigen Jagdgründe mitnimmt.)

»Wir können hier ein kleines Lager aufbauen«, schlägt Nick vor, »und während ihr hier wartet, gehe ich weiter, um zu sehen, wie dicht wir an der Küste sind.«

»Findest du uns wieder, Alter?«

»Einer von uns muss bei Jonas bleiben. Ehrlich gesagt, fürchte ich, dass ich das Lager nicht so leicht wiederfinden werde. Aber ich habe keine andere Idee. Daher opfere ich mich.«

»Wenn du nicht zurückkommst, werde ich hier die Reste unserer Kiwibeute vertilgen und schließlich Jonas anknabbern, da er sowieso nicht überlebt«, gebe ich nachdenklich zum Besten.

»Ey, Alter, wie bist du denn drauf?« Angewidert mustert Dustin mich. »Du würdest einen von uns ESSEN?« Demonstrativ rückt er von mir weg.

Nick klopft ihm beruhigend auf die Schulter. »Sie würde weder dich noch mich essen, aber DER da, ist ein Schwein.«

Stirnrunzelnd betrachtet Dustin nun Nick. »Ey, Digga, ist euch die Hitze zu Kopf gestiegen? Ich bin doch kein Kannibale! Wie seid ihr denn drauf?«

»Jonas ist wirklich ein Schwein, man sieht es ihm nur nicht an, weil er sich getarnt hat. Das machen alle Außerirdischen so«, erkläre ich.

Dustin öffnet empört den Mund. »Alter, ihr seid voll krass durchgeknallt. Kommt mir bloß nicht zu nahe, Mann! Ihr habt Dschungel-Paranoia, oder so.« Er springt auf und hebt abwehrend die Arme.

Nick und ich lächeln uns an.

»Meinst du nicht, dass wir ganz in der Nähe der Küste sind? Soweit ich mich erinnere, war der Strand nicht so weit von der Absturzstelle entfernt«, wechsele ich das Thema.

»Unterschätze das Gewicht der Trage nicht. So weit sind wir nicht gekommen. Ich befürchte, wir sind noch ein ganzes Stück von der Küste entfernt.«

»Oh, keine Sorge, den Brocken unterschätze ich nicht. Ich habe ihn ja nun auch schon mehrfach getragen. Ich weiß, wie schwer der ist.«

»Dadurch kommen wir aber nur langsam voran. Ich vermute, wir sind heute Abend oder morgen Vormittag an der Küste«, sagt Nick.

»Ich weiß, das ist noch keine Rettung, aber so ein Sandstrand erinnert mich eher an Zivilisation als dieser Dschungel.«

»Stimmt. So ein Sandstrand gibt einem zumindest das Gefühl, dass man gerettet werden könnte«, gibt Nick zu.

»Allerdings erinnere ich an den Film mit Tom Hanks.«

»›Cast away‹?«

»Genau.«

Ich verdrehe die Augen.

(Die Aussicht, noch zehn Jahre oder länger hier auf dieser Insel zu versauern und meine Kinder nicht aufwachsen zu sehen, treibt mir gleich die Tränen in die Augen.

Schnell blinzele ich sie weg.)

Nick streichelt meinen Arm. »Süße, wir werden es früher schaffen, wieder nach Hause zurück zu kehren. Du wirst nicht erst Großmutter sein. Und wenn es das Letzte ist, was ich tue. Ich werde uns wieder zurück in die Zivilisation bringen.«

»Wie beruhigend«, sagte ich schniefend. »Wie hältst du das nur aus?«

»Was?« Staunend erwidert Nick meinen Blick.

»Du hast zwar deine eigene Wohnung, aber du lebst fast das ganze Jahr über in einem Zelt an der Ausgrabungsstätte. Wenn ich mir vorstelle, ich müsste auf ewig so spartanisch im Zelt leben, würde ich verrückt werden.«

»Alles eine Frage der Gewöhnung. Ich liebe meine Arbeit.«

»Ich will mich nicht daran gewöhnen, ich brauche mein Wohnzimmer, mein Bett und meine Küche. Auch wenn unser Haus die Form eines Raumschiffes hat.«

»Wenn der Strand nicht mehr weit weg ist, können wir doch noch weiterlaufen, oder?«, fragt Dustin hoffnungsvoll.

»Mir fallen die Arme ab. Ich kann Jonas keinen Meter mehr weit tragen«, gebe ich zu.

(Am liebsten würde ich mich erschöpft zu Boden plumpsen lassen und alle Viere von mir strecken.

Die Nacht war auch nicht sonderlich lang.)

»Ich schaffe es vielleicht noch 'n Stück«, sagt Dustin.

Nick seufzt. Dann erhebt er sich. »In Ordnung. Wir gehen noch eine Stunde. Wenn wir den Strand bis dahin nicht erreicht haben, schlagen wir unser Nachtlager hier im Dschungel auf.«

Ächzend buckele ich den Rucksack und gehe den beiden schwer schleppenden Männern voraus.

Was soll ich sagen?

Da unsere Kräfte wirklich am Ende sind, erreichen wir den Strand nicht mehr.

»Ihr müsst das positiv sehen«, sagt Nick, während er mehrere Äste für unser Schlaflager zusammenbindet, »am Strand sind bestimmt Krokodile. Hier haben wir noch etwas Schutz.«

(OMG!

DIE habe ich ja total vergessen!)

Jonas liegt noch immer auf seiner Trage und ist nicht ansprechbar. Er schwitzt wie seine Artgenossen und das Fieber scheint immer noch sehr hoch zu sein.

Da unsere Wasservorräte jedoch sehr knapp sind, können wir ihm keine feuchten Tücher mehr machen, um seine Haut abzukühlen.

Nick schlägt sich in die Büsche und kommt wenige Minuten später mit einer aufgespießten Schlange zurück.

»Weib, entfache das Feuer und hilf mir beim Häuten! Dann ist das Abendessen schneller fertig.«

»Ey, ey, Sir. Geht klar!«, sage ich, auch wenn ich nicht sonderlich erpicht darauf bin, eine Schlange zu essen.

Ich lege noch ein paar Hölzer auf das kleine Feuer und helfe Nick, die Schlange zu enthäuten.

(Oje, wenn Dalia wüsste, dass wir einen ihrer Lieblinge essen, wäre sie bestimmt ganz schön sauer.

Schlangenkannibalismus!

Andererseits frage ich mich, ob sie in unserer Situation nicht ähnlich handeln würde.

Würde ich im Notfall Schildkrötensuppe essen?

Oder ein deftiges Tigersteak?

Leider haben wir [außer den Kiwis, die mittlerweile alle verputzt sind] keine weiteren Früchte gefunden, so dass wir auf Fleisch umsteigen müssen, um wenigstens irgendetwas in den Bauch zu kriegen.

(Mittlerweile kann ich mich schon gar nicht mehr daran erinnern, wie Pizza überhaupt schmeckt.

Ich vermute, morgen weiß ich schon nicht einmal mehr, wie dieses wunderbare Teigrad aussieht und übermorgen kann ich das Wort ›Pizza‹ nicht einmal mehr buchstabieren, geschweige denn schreiben.

Wie es wohl Frederico und den Kindern geht?)

»Ey, Alter, so was esse ich nicht!« Kopfschüttelnd deutet Dustin auf die enthäutete Schlange.

»Die Geschlechtsteile kannst du mir ja überlassen«, sagt Nick grinsend.

Dustin dreht sich angewidert weg.

»Stell dich nicht so an. Das Vieh schmeckt wie Hähnchen«, sagt Nick.

»Meinst du, die vierwöchige Tour mit Julius ist ein Zuckerschlecken? Ein hübsches Hotel, wo du den ganzen Tag lang nur Obst und Steaks serviert bekommst?«, wende ich mich an meinen angeheirateten Neffen. »Oder bist du etwa Vegetarier?«

»Nee, Mann, bin ich nicht.«

»Ist wohl auch eher ein Luxusproblem«, sagt Nick und fängt an, die Schlange zu häuten. »Man sollte jeden Vegetarier im Dschungel aussetzen. Um zu überleben, würden selbst die verrücktesten Spinner eine Schlange braten.«

»Es gibt ja sogar Veganer«, sage ich und denke gleich an den leckeren Joghurt im heimischen Kühlschrank, der vermutlich schon im Bauch meiner Liebsten ist.

»Veganer? Das kann ich toppen. Einer meiner Mitarbeiter ist Frutarier«, sagt Nick kopfschüttelnd.

»Ey, Alter, was ist das für eine Krankheit?«

»Das sind Leute, die weder Tiere noch Pflanzen töten, um sich zu ernähren«, erklärt Nick.

»Dann essen die Tomaten, aber keine Kartoffeln?«, fragt Dustin.

Nick grinst. »Mensch, Stadtjunge! Du hast ja richtig was drauf! Genau. Die essen alles, was vom Baum fällt. Sobald eine Pflanze dafür ihr Leben opfern muss, wird sie nicht verzehrt.«

»Was für ein Scheiß, Alter! Eine Kartoffelpflanze stirbt von alleine, wenn man sie einfach im Boden lässt. Die verwelkt und zack, ist die hinüber«, schimpft Dustin. Er zuckt mit den Schultern. »Ich habe Mama gleich gesagt, dass ich nicht zu diesem Scheiß hin will. Überlebenstraining! Kackmist ist das! Wahrscheinlich muss ich da auch alles fressen, was wir auf dem Weg finden.«

»Freiwillig hätte ich auch keine Lust dazu«, gestehe ich.

Nick befestigt die aufgespießte Schlange über dem Feuer. »Dustin hätte vielleicht einfach mal ein paar Spielregeln einhalten sollen. Dann wäre auch keiner der Erwachsenen auf die Idee gekommen, ihm im Dschungel den Kopf zurecht zu rücken.«

»Ich weiß.«

»Die Schlange wird uns über die Nacht bringen. Ihr seid jetzt die Grillmeister.«

»Und was machst du?« Fragend schaue ich meinen alten Schulfreund an.

Nick lächelt wage. »Ich versuche, Wasser aufzutreiben.«

»Alleine?« Dustin quellen fast die Augen aus dem Kopf.

»Hast du 'ne bessere Idee?« Nick schaut uns nachdenklich an. »Wir können auch zu zweit gehen, aber einer muss hier bei Jonas bleiben. Ich möchte seinen Eltern nicht mitteilen müssen, dass er von einem Krokodil aufgefressen wurde, während wir nach Wasser gesucht haben.«

»Dann sag ihnen einfach, der ist im Flugzeug explodiert«, schlägt Dustin vor. »Machen die im Krimi auch so.«

»Nee, nee, dann glauben die noch, wie hätten ihn umgebracht, wenn sie Reste von ihm finden«, wehrt Nick ab.

»Wenn wir nur zu zweit wären, hätte er auch alleine bleiben müssen«, widerspricht Dustin.

»Stimmt. Dann kommst du eben mit mir mit und Susannah bleibt hier!«

Also ziehen die beiden von dannen und lassen mich mit
Jonas und der Grillschlange alleine.

»NEEEEIIIIN!« Jonas schreit wie ein Besengter plötzlich.

(KREISCH!!!

Mir gefriert das Blut in den Adern.)

»NEEEEIIIIN!«

Ich springe auf und taste Jonas Stirn ab. Sein Fieber
scheint noch weiter gestiegen zu sein.

(Soll ich ihn vom Feuer wegziehen?

Vielleicht ist es zu heiß für ihn?)

Bevor ich mich entscheiden kann, fängt Jonas an, wild um
sich zu schlagen.

»Jonas, beruhige dich! JONAS!«

Doch mein Ex-Ausrutscher beruhigt sich NICHT.

Er stammelt wildes Zeug vor sich hin und fängt auch noch
an, mich wegzutreten.

(Woher auch immer er die Kraft plötzlich nimmt!)

Ich stolpere prompt und lande mit der Nase im Dreck. Als
ich aufblicke, liege ich Aug in Aug gegenüber einer Echse, die ich lieber im Zoo HINTER einer Terrariumscheibe
angeschaut hätte.

Die Zunge gleitet aus seinem Maul.

An seinem Rücken laufen Zacken herunter wie bei einem
Drachen.

(Vermutlich sind diese Echsen der Anlass, weshalb es all
diese Geschichten über Drachen gibt.

Nur mit dem Unterschied, dass DIESER Drache NICHT
fliegen kann.

Oder doch?)

Ich frage mich gerade, ob diese Echsenart schnell und angriffslustig ist, als ich ein Schnaufen und ein lautes Kna-
cken hinter mir vernehme.

(Ich habe jetzt exakt drei Möglichkeiten:

1. Ich bleibe liegen und stelle mich tot.

[Was ich für heikel halte, denn vielleicht RIECHT das Viech vor mir, dass ich noch atme.

{Nein, ich habe zwar keine Zahnbürste dabei, aber Nick hat uns heute einen Eukalyptustee gemacht, so dass wir wenigstens das Gefühl eines gereinigten Mundraumes hatten.}

Aber vielleicht ist das auch ein Aasfresser, dann kann ich mich so lange tot stellen wie ich will.]

2. Ich stehe langsam auf und schaue nach, was hinter mir auf mich zukriecht.

[Die Alternative klingt nicht schlecht.]

3. Ich springe im Affentempo auf und klettere auf den nächsten Baum.

[Ich glaube, ich entscheide mich für die letzte Alternative.])

Ich zähle stumm bis drei und springe dann so schnell auf, dass die Echse vor mir es nicht einmal schafft, mir hinterherzublicken.

Dennoch fängt sie an zu fauchen und richten ihren Kamm auf, der ihren Kopf wie ein übergroßer Kragen umschließt.

Schon wieder so eine dämliche Kragenechse.

Haben die kein Zuhause? Oder haben die Gefallen an mir gefunden?

Drei Meter entfernt steht ein Baum, der so stabil aussieht, dass man zumindest auf den unteren Ast klettern könnte.

(Mann, bin ich froh, dass es hier keinerlei Raubkatzen gibt.)

Kaum sitze ich auf dem Ast, sehe ich das grüne, längliche ETWAS, das die Echse vertreibt und mich vorher von hinten angeschnaubt hat.

(OMG!!!

Das ist ein KROKODIL!!!

Es ist mindestens drei Meter lang.

Ich kann nur für Jonas hoffen, dass es nicht auf Futtersuche ist.

Jonas brüllt erneut los und erregt die Aufmerksamkeit des Krokodils.

(SCHEISSE!!!

Ich bekomme Schnappatmung!)

Jonas rudert so wild mit den Armen, dass das Reptil neugierig näherkriecht.

(Gott, WAS mache ich jetzt bloß?

Springe ich vom Baum herunter und nutze einen brennenden Stock, um es zu vertreiben oder warte ich ab, ob es Jonas zum Abendbrot verspeisen will?)

Bevor ich länger darüber nachdenken kann, höre ich Nicks Stimme.

»BLEIBT, WO IHR SEID!«, rufe ich ins Blaue hinein.

Das Krokodil horcht auf.

(Haben die Viecher etwa OHREN?

SCHIET, ich hätte besser im Biologieunterricht aufpassen sollen.

Ich habe keinen blassen Schimmer.)

Nicks Stimme verstummt.

Es raschelt.

Dann ruft Nick: »Was ist los, Susannah?«

»Ein KROKODIL ist in unserem Lager.«

»SCHEISSE, ALTER!«

(DAS war unverkennbar Dustin.)

»Mann, ey, was machen wir jetzt?«, höre ich ihn fragen.

»Erst einmal ruhig bleiben«, antwortet Nick. »Susannah, wo bist du?«

»Auf einem Baum.«

»Bleib da sitzen und sag mir genau, wo sich das Vieh aufhält!«

»Es ist ungefähr drei Meter lang und schnüffelt gerade auf der rechten Seite von Jonas Trage herum. Ich glaube, es wittert schweinische Beute.«

»Wir kommen und du bleibst da sitzen!«, höre ich Nick rufen. Dann redet Nick auf Dustin ein.

Plötzlich brechen die beiden mit lautem Gebrüll durch die Büsche und schlagen mit einem Stock auf alles, was sie erwischen können.

Während Dustin zu mir auf den Baum klettert, riskiert Nick sein Leben und schnappt sich ein brennendes Stück Feuerholz. Damit schlägt er auf den Schwanz des Tieres ein. Es fängt an zu fauchen und wendet sich ihm zähnefletschend zu.

»NICK, PASS AUF!«

(OMG!

Mir geht die Muffe!)

»Riskier nicht dein Leben für Jonas!«

(Was mache ich die nächsten siebzig Jahre, wenn mein bester Freund tot ist und irgendwo als Krokodilgeist umherirrt?

Er hat überhaupt keine Chance gegen das Reptil!

Dieses Vieh ist so was von COOL und abgeklärt!

Das hat nicht einmal Angst vor Feuer.)

Nick brüllt das Krokodil an und schlägt ihm den brennenden Stock auf die Nase.

(Wie gut, dass keine Tierschützer und Vegetarier in der Nähe sind!

Die hätten jetzt sicherlich meinen besten Freund verprügelt oder alles gefilmt und ihn dann verklagt.)

Nick veranlasst das Krokodil, den Rückwärtsgang einzulegen.

Nach weiteren zehn Minuten schweißtreibender Jagd, ist das Vieh endlich weg.

Langsam und unsicher rutschen Dustin und ich vom Baum.

Erschöpft lässt sich Nick auf dem Boden nieder. »Herr im Himmel, wir kommen der Küste bedrohlich nahe. Hier scheint es nur so von Krokodilen zu wimmeln. Unterwegs habe ich auch schon ein paar gesehen.«

»Alter, das war doch nur eins, Mann«, sagt Dustin stirnrunzelnd. »Wo sollen die anderen gewesen sein?«

»Überall im Gebüsch.«

Schmunzelnd nicke ich ihm zu. »Warum sollte Nick sich das ausdenken? Es wird schon so sein.«

»Wo eins ist, sind auch mehrere«, widerspricht Nick. »Und ich bin sicher, dass dieses Krokodil wiederkommt. Der tut nur so, als hätte er aufgegeben.«

»Und wo schlafen wir jetzt? Auf dem Baum?« Dustin schaut sich um.

Nick überlegt. »Die Idee ist gar nicht mal so schlecht. Allerdings können wir Jonas nicht auf einen Baum hieven und festbinden. Der muss unten schlafen.«

»Natürliche Selektion, Alter.« Dustin grinst von einer Backe zur anderen.

»Dustin! Ich bin überrascht. Wo hast du denn DEN Spruch her?«, frage ich perplex.

Dustin grinst naseweis. »Williams Lieblingsspruch.«

(DAS hätte ich mir eigentlich denken können.

Mein Bruder spricht ja gerne von ›natürlicher Selektion‹.

Am liebsten, wenn sich mal wieder irgendwelche Banden gegenseitig abgeschlachtet haben.)

»Wir werden es so machen. Jonas bleibt hier unten neben dem Feuer und wir befestigen uns auf dem Baum«, sagt Nick.

»Befestigen, Alter? Ich bin doch kein Opa.«

»Kannst du im Schlaf kontrollieren, ob du herunterfällst?«, fragt Nick reichlich genervt.

»Nee, Mann, ey. Wie denn auch?«

»Siehst du! Darum festbinden.«

Eine halbe Stunde später hänge ich wie ein Faultier neben Dustin und Nick am Baum und versuche zu schlafen.

(Das gestaltet sich jedoch schwieriger als gedacht.

Die ungewohnten Dschungelgeräusche kann ich immer noch nicht ausblenden.

Es ist mittlerweile schon normal, dass ich bei jedem Geräusch zusammenzucke.

Aber die Haltung in dieser Nacht ist alles andere als schlaffördernd.)

Irgendwann wintere ich weg und wache abrupt auf.

Jonas liegt wieder auf seiner Liege und schreit erbärmlich.

»NEEEEIIIN!«

Müde reibe ich mir die Augen, während Nick dabei ist, seine Seile zu lösen.

»Was hast du vor, Nick?«, frage ich gähnend.

»Siehst du das Krokodil nicht?« Nick deutet nach unten.

Ich blinzele gegen den Lichtschein des Feuers an und sehe das RIESENTEIL, welches sich am Bein von Jonas zu schaffen macht.

(OMG!!!

Das Vieh hat seine Zähne in Jonas Fleisch versenkt!!!

Warum gibt es keine VEGETARISCHEN KROKODILE?

Welcher Gott hat bitteschön dafür gesorgt, dass dieses Tier SO groß werden kann?

Es hat mindestens eine Körpergröße von geschätzten FÜNF Metern!

[Gibt es das überhaupt oder halluziniere ich?])

»So ein Biss kann üble Folgen haben«, sagt Nick und hechtet vom Baum, »die Biester haben so viele pathogene Keime im Maul, dass Jonas dringend einen Arzt brauchen wird.«

»Brauchst du meine Hilfe?« Ich bin zwar überhaupt nicht richtig wach, aber ich kann Nick wohl kaum alleine gegen dieses riesige Salzwasserkrokodil kämpfen lassen.

Nick hebt die Hand. »Bleib ja, wo du bist! Es reicht, wenn sich einer zusätzlich in Gefahr begibt.«

Das Saltie (wie die Australier [nach meinem Geschmack viel zu liebevoll] sagen) reißt und zerrt an seiner Beute, die auf der Trage festgeschnallt ist. Jonas schreit wie ein Irrer und die selbstgebaute Trage bricht mit einem lauten Krachen zusammen.

Nick schnappt sich einen Stein und springt von hinten auf das Tier, als wäre er *Crocodile Dundee*. Mit voller Wucht schlägt er dem Saltie auf die Schnauze, so dass es unerwartet von seiner Beute ablässt. Fauchend dreht es sich herum und versucht, Nick abzuschütteln, doch der sitzt wie festgetackert auf seinem Rücken und zieht sein Halstuch herunter, um es dem Monster um den Kopf zu wickeln.

Kaum sind die Augen mit dem Tuch verdeckt, sackt das Krokodil in sich zusammen und wird lammfromm.

(Was ist das denn für 'ne krasse Art der Hypnose, Alter?

Als hätte Nick einen Schalter betätigt, liegt das Vieh nur noch apathisch da.)

»Dein schönes Tuch«, sage ich mitleidsvoll.

Nick springt vom Rücken des Saltie und lacht leise auf. »Ich bin auch ganz traurig. Das kann Jonas NIE wieder gutmachen. Das war ein Geschenk von Joshua.«

»Sobald er aufwacht, werde ich ihm sagen, dass er dir ein Dutzend neue Tücher besorgen soll«, sage ich mit ernster Miene. »Auch wenn das nicht dasselbe ist.«

(Noch immer hänge ich sicher wie ein Faultier auf dem Baum, als ich eine fette Ameisenkolonie den Baumstamm hinaufmarschieren sehe.

Mit leicht aufsteigender Panik versuche ich mich aufzurichten, doch Nick hat mich dermaßen perfekt an den Baum geschnürt, dass ich vermutlich ohne fremde Hilfe gar nicht loskomme.

»Niiiick, Ameiiiisen!«, rufe ich leise.

Da das Saltie so freundlich war und einen großen Haufen Krokodilkacke hinterlassen hat, nimmt Nick tapfer eine Handvoll davon und reibt den Baumstamm unterhalb meines Astes damit ein.

Augenblicklich kehren die kleinen Arbeiter um und laufen den Baumstamm wieder hinunter.

»Pfui, Teufel, stinkt das! Meinst du, das hält die Viecher davon ab, mich als ihr neues Opfer aufzusuchen?«

»Sie laufen doch schon wieder abwärts. Krokodilscheiße stinkt erbärmlich. Und in zwei Stunden müssen wir ohnehin aufbrechen«, antwortet Nick und klettert zurück auf den Baum.

»Was machen wir jetzt mit Jonas? Ist er nicht am Bein verletzt?«

Nick verdreht die Augen. »Mist! Den habe ich jetzt glatt vergessen.« Ächzend und stöhnend springt er auf den Waldboden zurück und verbindet das zerbissene Bein von Jonas ziemlich professionell.

»Unglaublich, was der Kerl schon alles überlebt hat. Den Absturz, den Schlangenbiss und nun auch noch die Kroko-Attacke«, sage ich kopfschüttelnd.

»Tja, den will nicht einmal der Teufel haben«, erwidert Nick. Müde klettert er auf den Baum zurück und bindet sich für die letzten zwei Stunden fest.

♥♥♥

Ein merkwürdiges Geräusch weckt mich am späten Morgen. Wie gerädert versuche ich mich zu strecken, doch meine Beine sind am Baum festgebunden.

Neben mir hockt ein kleiner, frecher Kakadu und erzählt mir seine halbe Lebensgeschichte.

»Du verrücktes Weibsbild«, kreischt er mir frech ins Ohr.

»Na, du Vogel! Hast du gar keine Angst vor mir?«, sage ich schlaftrunken.

»Crusoe – Crusoe!«, krächzt er.

(Ich wusste gar nicht, dass Kakadus sprechen können oder halluziniere ich?

Vielleicht hatte auch jemand ein Faible für Geschichten mit Verschollenen und Gestrandeten und hat ihn abgerichtet.)

»Suchst du Robinson Crusoe?«, witzele ich.

Der Vogel wippt mit seinem hübschen rosa Köpfchen vor und zurück. Dann klappert er mit dem Schnabel und setzt zum Abflug an.

(Fast bin ich ein wenig traurig, dass er mich schon wieder verlässt.)

An seinem Bein ist eine miniklitzekleine, rot blinkende Kamera angebunden.

Der Kakadu dreht eine kleine Extrarunde und fliegt dann plappernd davon.

»Gibt es auf Tasmanien eine Spaßsendung namens ›versteckte Kamera‹?«, wende ich mich an Nick, der auch gerade erst aufgewacht ist.

»Wer hat denn da gerade geredet?«, fragt Nick verschlafen. »Wieso versteckte Kamera? Wovon sprichst du?«

»Von dem Vogel mit der Kamera am Bein«, antworte ich ächzend.

(Ich versuche gerade, mich loszuschnallen.)

»So ein verrückter Vogel, Mann.« Dustin wirft irgendetwas hoch in die Luft und fängt es wieder auf.

»Ein Vogel?« Nick richtet sich auf und löst seine Seile. In mühsamer Kleinstarbeit rollt er sie auf und verstaut sie im Rucksack.

»Der hatte sogar eine Kamera am Fuß«, sage ich noch immer reichlich geplättet.

Nick lächelt. »Ich vermute, dann ist das Caruso.«

»Der Opernsänger?«, frage ich reichlich verwirrt.

Nick klettert vom Baum und fängt an, meine Seile zu lösen. »Nein. Soweit ich mich erinnere, ist der Opernsänger etwas menschlicher und fliegt bestimmt nicht mit einer Kamera am Fuß durch Tasmanien.«

»Alter, du kennst den Vogel?« Dustin löst seine Seile und rollt sie ebenso zusammen wie Nick.

»Wenn mich nicht alles täuscht, war das der Vogel von Julius.«

»Julius hat einen abgerichteten Kakadu?«, frage ich erstaunt.

»Ja. Falls mal jemand verloren geht. Er ist darauf trainiert, Menschen zu suchen. Die Kamera filmt alles und Julius ist so in der Lage, seine Schäfchen wieder einzusammeln.«

»Heißt das, Joshuas Cousin ist ganz in unserer Nähe?«, frage ich hoffnungsvoll.

Nick schüttelt den Kopf. »Leider nein. Aber die Kamera schießt Bilder mit Koordinaten. Das wiederum bedeutet, dass Julius uns finden wird.«

(Erleichtert atme ich aus.

Meine Familie und ein herrliches Essen aus gutbürgerlicher Küche rücken in greifbare Nähe.

Ich kann den Duft von Tomatensalat und Pizza bereits RIECHEN.

[Und ich werde nicht erst alt und grau sein, wenn ich meine Familie wiedersehe.])

»Alter, was knurrt hier so laut?« Dustin sieht sich erschrocken um.

Ich hebe eine Hand. »Mein Magen. Ich habe Hunger.«

»Sag mal, Sweetheart, stillst du Tiberius eigentlich noch?«

(WAS genau bezweckt mein ältester Freund mit dieser Frage?)

»Joaaah…«

Nick grinst bis über beide Ohren. »Dann musst du doch bestimmt etwas Milch loswerden, oder?«

Mit hochgezogenen Augenbrauen schaue ich ihn an. »Du willst was von MEINEM tierischen Eiweiß?«

»Alter, seid ihr eklig, Mann! Könnt ihr mal aufhör'n, über so 'n Zeug zu reden? Mir wird ganz übel, ey«, beschwert sich Dustin. »Du willst doch wohl nicht Menschenmilch trinken, oder? Wie eklig ist das denn bitte!«

»Muttermilch ist was vollkommen Natürliches. Nahrhaft und sehr süß«, sagt Nick grinsend und reibt sich den Bauch. »Davon hast du bestimmt zu wenig abgekriegt, Dustin. Wie Bart Simpson, der hat auch einiges einbüßen müssen.«

»Alter, der ist voll bescheuert, ey! Guckst du so was etwa an?«

»Eben! Der ist vollkommen neben der Spur. Weil er keine Muttermilch getrunken hat«, sagt Nick und zwinkert mir zu. »Also, hast du noch Milch übrig?«

»Alter, kriegt man davon keine Krankheiten, Mann?« Dustin beobachtet uns ziemlich angewidert.

»Nur wenn die Frau selbst krank ist«, entgegnet Nick.

»Und woher wissen wir, dass DIE DA nicht krank ist?« Dustin zeigt mit dem Daumen auf mich und vermeidet es, mich anzusehen. »Vielleicht hat sie AIDS?«

»Ich habe nicht gesagt, dass ihr was von meiner guten Muttermilch abkriegt«, fahre ich Dustin an.

»Alter, ich will auch gar nix davon haben.« Abwehrend hebt Dustin die Arme.

»Ich schon.« Wieder grinst Nick wie ein Schuljunge.

»Dreht euch um. Viel ist ohnehin nicht mehr da. Ich bin dehydriert. Damit versickert automatisch die Milchquelle.«

Während die beiden unsere auf dem Boden verteilten Sachen zusammensuchen, versuche ich, etwas Milch auszustreichen, doch mehr als ein paar Teelöffel sind einfach nicht drin.

Nach zehn Minuten und schmerzhaft zerquetschten Brüsten klettere ich vom Baum herunter und reiche Nick die Ausbeute.

»Geil, Nahrung. Danke, Susannah, du bist ein Schatz!« Mit einem Schluck ist die Milch im Mund von Nick verschwunden.

Da sich Dustin angewidert wegdreht, schmatzt Nick übertrieben laut und genüsslich. »Lecker! Was für ein Frühstück. Dann lasst uns mit neuer Kraft aufbrechen.«

»Ey, Mann, Alter, ich hatte noch kein Frühstück«, beschwert sich Dustin.

Nick zeigt mit dem Finger auf ihn. »DU wolltest ja nicht.«

Voller Empörung öffnet Dustin den Mund, schließt ihn jedoch wieder. Dann blickt er auf die zerbrochene Trage.

»Und wie sollen wir diese blöde Pritsche tragen, wenn sie kaputt ist, Alter? Den schweren Sack über die Schulter werfen?«

»Guter Vorschlag! Du fängst an.« Seufzend kniet Nick nieder und inspiziert den Schaden. »Ich versuche sie, zu reparieren. Wollt ihr euch nach Nahrung umsehen?«

(Ungerne.)

Dennoch lasse ich mich breitschlagen und stapfe mit einem unmotivierten Teenager los.

Nach einer ganzen Weile, die wir schweigend durch das Gestrüpp gewandert sind, ist ein lautes Rauschen zu hören.

»Hörst du das?« Ich halte Dustin am Arm fest und deute ihm an, still zu sein.

Dustin nickt. »Alter, das ist das Meer!«

Ohne weiter auf den Weg oder irgendwelche lauernden Gefahren zu achten, stürmen wir vorwärts und erreichen eine Minute später den Sandstrand. Die unruhige See wirft hohe Wellen auf das Festland und spült nicht nur Pflanzen, sondern leider auch einige Salzwasserkrokodile an.

»Dustin! Komm zurück! DUSTIN!«

(SCHEISSE!

Hat der Kerl nur Stroh im Kopf?)

Wie ein Kaputter stürmt der Junge auf das Meer zu und schaut sich nicht einmal um.

Ungefähr zehn riesige Salties entdecken ihr Frühstück und machen sich auf den Weg, es einzufangen.

»DUSTIN!«

Grinsend wirft sich Annettes Sohn in die Fluten und spritzt sich nass, als hätte er seit Jahren kein Wasser mehr gesehen. Übermütig winkt er mir zu.

»Das ist geil. Komm rein!«

Ich schaue mich nach allen Seiten um.

Die Krokodile sind außerhalb MEINER Reichweite.

(Leider jedoch NICHT außerhalb SEINER Reichweite!)

»Kann der Junge nur ein einziges Mal seinen Kopf einschalten?«, schimpfe ich leise vor mich hin.

(Fieberhaft überlege ich, wie ich ihn da herausholen kann, ohne selbst gefressen zu werden.

Wie war das noch?

Natürliche Selektion?

Wenn der Junge nicht binnen von Sekunden die Gefahr erkennt und die Beine in die Hand nimmt, kann ich meiner Erzfeindin und Schwägerin mitteilen, dass ihr Sohn Reptilienfutter geworden ist und leider nicht einmal mehr sein Überlebenstraining antreten konnte.

Das wird dann vermutlich auch das Ende der Ehe meines Bruders sein, denn schließlich hat ER dafür gesorgt, dass dem missratenen Burschen die Ohren gestutzt werden.)

Endlich bemerkt Dustin die Krokodile, die (momentan noch) langsam auf ihn zu krabbeln. Jetzt haben sie das Wasser erreicht und fangen an zu schwimmen.

Panik lässt seine Augenbrauen in die Höhe wandern. Er sieht sich um.

(Oh nee!

Der Kerl überlegt doch nicht ernsthaft, weiter ins Meer zu gehen, oder?

DA hat er ja überhaupt keine Chance mehr zu entkommen.

Hat ihm denn keiner beigebracht, dass Krokodile SCHWIMMEN können?)

Wild winke ich ihm zu und schüttele den Kopf. »Nicht ins Wasser! NICHT INS WASSER! KOMM HERAUS!«

(Ich wünschte, ich hätte ein paar Kokosnüsse, mit denen ich die Viecher bewerfen könnte.

Was hatte Nick gesagt?

Auf die Schnauze hauen?)

»HAU IHNEN AUF DIE SCHNAUZE UND SCHWIMM!«

(Doch Teenager haben offenbar eine andere Zeitrechnung und erst recht ein Talent dafür, Warnungen Erwachsener in den Wind zu schlagen.)

Mit einem Satz ist er im Meer abgetaucht.

(SCHEISSE!

WAS, zum Henker, mache ich jetzt?

Glaubt er etwa, die Viecher können nicht tauchen?)

Aus dem Ozean ragen kleine, schwarze Dreiecke heraus.

(Na, toll!

Würfelquallen und Salzwasserkrokodile reichen ja auch noch nicht.

NEIN.

Der Sachbearbeiter im Universum muss auch gleich noch ein paar nette, hungrige Haie vorbeischicken, damit es ein wenig spannender wird.

Haben die da oben zu viele Sharky-Filme geguckt?

[Wenn ich nicht eben gerade den letzten Rest meiner kostbaren Milch abgegeben hätte, wäre sie spätestens jetzt sauer geworden und vor Schreck gestockt.])

Ein Krokodil nach dem nächsten lässt sich ins Wasser gleiten und taucht ab.

(Wo steckt der Junge bloß?)

Plötzlich taucht Dustin keuchend und prustend gute fünfzig Meter weiter am Strand wieder auf. Er nimmt die Beine in die Hand und rennt um sein Leben. Mit den Händen deutet er mir an, zurück zu Nick und Jonas zu laufen.

Das lasse ich mir nicht zweimal sagen.

(Auch wenn ich ihm liebend gerne erst einmal die Leviten gelesen oder, besser noch, ihm eine reingehauen hätte.)

Völlig außer Atem erreichen wir unser kleines Lager.

»Was ist denn mit euch los?«, fragt Nick erschrocken.

Dustin tropft wie ein nasser Hund.

»Salties«, ist alles, was ich herausbringe.

»Hunderte«, übertreibt Dustin.

»Und Haie«, füge ich hinzu.

»Na, die kommen ja glücklicherweise nicht an Land«, bemerkt Nick trocken. »Also bleiben wir wohl besser hier, was?«

Dustin und ich nicken.

»Es gibt kaum Bäume, auf die wir dort klettern können. Und am Strand wimmelt es nur so vor gefährlichen Tieren.«

Nick schüttelt den Kopf. »Mist! Das hatte ich befürchtet. Habt ihr was Essbares gefunden?«

Wir schütteln den Kopf.

»Alter, die wollten mich auffressen. Da denke ich doch nicht ans Essen, Mann«, beschwert sich Dustin.

»Nee, schon klar.« Enttäuscht lässt sich Nick auf dem Boden nieder.

»Du hättest auch nicht einfach ans Wasser rennen dürfen, Dustin. Das ist gefährlich hier. Du bist nicht an der Ostsee, wo dich höchstens mal ein Wattwurm anpinkelt«, schimpfe ich los.

»Digga, Wattwürmer sind an der Nordsee!« Kopfschüttelnd mustert Dustin mich.

»Ist doch egal, Mann«, verteidige ich mich.

(Spielt das jetzt eine Rolle?)

»Und was machen wir jetzt?«, frage ich in die Runde.

Ratlos schauen wir uns an.

Schließlich erhebt Nick die Stimme. »Ich gehe zum Strand und versuche etwas zu finden, um ›*SOS*‹ in den

Sand zu schreiben. Vielleicht hat Frederico schon einen Suchtrupp losgeschickt.«

♥♥♥

Den Rest des Tages verbringen wir abwechselnd auf dem einzigen festen Baum, der einen Menschen tragen kann, während wir unsere letzten Wasservorräte aufbrauchen. Nach Stunden, die mir wie eine Ewigkeit vorkommen, kommt Nick endlich vom Strand zurück. Unseren Topf hatte er offenbar auch dabei, denn er trägt ihn, als beinhalte er Gold und Diamanten, die um keinen Preis herausfallen dürfen.

»Leute, ich habe Wasser.«

»Wo hast du das denn gefunden?«

»Im Meer. Es ist voll davon«, feixt Nick.

»Alter, seit wann kann man Salzwasser trinken? Außerdem haben da bestimmt diese blöden Salzkrokodile reingepisst.« Kopfschüttelnd schnalzt Dustin mit der Zunge.

(SO genau wollten wir das jetzt auch nicht wissen. Und ich bin sicher, die Haie haben da auch noch reingepinkelt. Mindestens, wenn nicht gar die ganzen Bewohner des Meeres.)

»Schon einmal was von Destillation gehört?«

»Klingt nach Schule, Alter.«

»So was sollten euch eure Lehrer beibringen«, sagt Nick und fängt an, das Dreibein aufzustellen, um den Topf über das kleine Lagerfeuer zu hängen. »Wir destillieren heute Salzwasser und gewinnen gutes Trinkwasser.«

»Ist das nicht verkeimt?«

»Da wir es gleichzeitig abkochen, dürfte es ungefährlich sein«, entgegnet Nick.

»Ich bin so was von froh, dass ich dich mitgenommen habe«, sage ich zum hundertsten Mal.

Nick lächelt und zwinkert mir zu.

Die Rettung

Nach einer weiteren Nacht im Baum erwache ich von dem Geräusch eines rotierenden Helikopters.

»Nick? NICK! Wach auf!« Eilig binde ich mich von den Seilen los und klettere vom Baum.

»Susannah, bleib ruhig und guck, wo du hinläufst«, warnt Nick.

(Keine Sekunde zu früh, denn mein rechter Fuß landet auf einer riesigen, behaarten Spinne, die mit einem ekelerregenden, watschenden Klackgeräusch das Zeitliche segnet.)

»Hat jemand von euch Hunger?«, versuche ich zu witzeln.

Nick grinst. »Geht doch, Süße! Noch ein paar Tage länger und du machst nicht nur Witze darüber, sondern isst die Dinger auch.«

»Ich würde lieber noch einmal auf den Helikopter zu sprechen kommen«, gestehe ich.

Nick bindet sich ebenfalls los und wendet sich an Dustin.

»DU BLEIBST HIER! Auch wenn dein im Umbau befindliches Hirn das anders sieht. Rühr dich NICHT vom Fleck! Wir holen dich.«

»Is' ja gut, Alter!«

Mit einem letzten Blick auf den Jungen verschwinden wir in Richtung Sandstrand.

»Glaubst du, er ist noch da, wenn wir zurückkommen?«, frage ich hechelnd.

(Nick legt ein ganz schönes Tempo vor.

Und ich habe weder meinen Morgenkaffee, noch ein leckeres Brötchen zum Kräftetanken verzehrt.)

In Rekordzeit erreichen wir den Strand.

Die Salties scheinen noch zu schlafen, denn der Sand ist frei von jeglichen Reptilien.

(Oder buddeln die sich nachts im Sand ein und tauchen dann wie die Horrormonster am Morgen auf, sobald die dummen Touristen fröhlich quietschend baden gehen wollen?)

In ungefähr dreihundert Metern Entfernung sehen wir eine riesige Libelle am Himmel schweben.

»Nick, wir sind gerettet!« Vor Erleichterung kullern mir die Tränen herunter. Überschwänglich umarmen wir uns und tanzen auf dem weichen Sandboden herum.

Der Helikopter fliegt eine Schleife und der Co-Pilot gibt uns wilde Zeichen.

»Susannah! Du bleibst hier und ich hole Dustin.«

»Und was machen wir mit Jonas? Den Krokodilen zum Frühstück dalassen?«

»Mist, den habe ich glatt vergessen.« Nick verdreht die Augen. »Okay. Ich hole also Dustin UND Jonas. Kann aber etwas länger dauern.«

»Passen wir überhaupt alle da rein? Der Helikopter sieht nicht gerade groß aus.«

Nick mustert unser rettendes Transportmittel. »Wenn nicht, fliegst du mit Dustin und ich komme mit Jonas nach.«

Ich will protestieren, doch Nick gibt mir einen schnellen Kuss auf die Wange und ist auch schon im Gebüsch verschwunden.

Der Pilot deutet den Strand hinunter.

Weiter hinten ist eine Bucht, wo der Sandabschnitt so groß zu sein scheint, dass der Helikopter landen kann.

Seufzend mache ich mich also auf den Weg und stolpere den Strand entlang, immer auf der Hut vor Salzwasserkrokodilen.

(Doch entweder habe ich Glück oder sie stehen am frühen Morgen einfach nicht auf ausgehungerte Wikingerbräute mit Mini-Ufo-Landeplatz.)

Ich erreiche die Bucht gleichzeitig mit der Landung des Helis und staune nicht schlecht, als Frederico vom Sitz des Co-Piloten springt.

(Wie ein Tsunami rauscht eine Welle der Erleichterung über mich hinweg.

Ich bin so erleichtert, meinen Herzkönig zu sehen, dass mir glatt schwarz vor Augen wird und ich ihm ohnmächtig zu Füßen sinke.)

Dann klatscht mir jemand unsanft gegen die Wangen. »Susannah? Schatz, kannst du mich hören?«

Ich blinzele, dann öffne ich meine Augen. »Frederico! Bist du es wirklich oder hänge ich noch am Baum und träume von dir?« Prompt schießen mir die Tränen in die Augen.

Ein zweiter Mann reicht mir eine Flasche Wasser.

»Wasser!«

(Wasser!

Was für ein Goldjuwel!

DEN Piloten liebe ich jetzt schon.)

Gierig greife ich nach der Flasche und will die gesamten fünfhundert Milliliter austrinken, doch mein Göttergatte hält mich zurück. »Langsam. Nicht alles auf einmal, sonst dreht dein Körper gleich wieder ab.«

Ich lasse die Flasche sinken und lächele ihn an. Dann wische ich mir den Schweiß von der Stirn. »Gott, du glaubst gar nicht, wie froh ich bin, dich zu sehen.«

»Und ich erst!« Frederico schüttelt den Kopf. »Ich hätte dich nie fliegen lassen dürfen. DAS kann William NIE wieder gutmachen. Und Jonas auch nicht. Der blöde Arsch!«

(Stehe ich demselben Mann gegenüber, den ich geheiratet habe?

Wer hat meinen Mann ausgetauscht?

Rumpelstilzchen?

Seit wann gehen solche Schimpfwörter über seine Lippen?)

Ich muss Frederico so dumm angeschaut haben, dass Frederico anfängt zu lachen. »Entschuldige, Süße! Aber das musste ECHT mal gesagt werden. Dein werter Herr Bruder spielt den leidenden Christi, obwohl die Ärzte sagen, er hätte schon letzte Woche nach Hause gehen können. Und du erledigst seinen Job, indem du seinen verzogenen Braten nach Tasmanien bringst. Und Jonas scheint wohl den Check-up für seinen Flieger vergessen zu haben.«

»William hätte schon entlassen werden können? Wusste mein Vater nichts davon?«

Frederico schüttelt den Kopf. »Nein. Die Ärzte im Krankenhaus unterliegen der Schweigepflicht, auch wenn dein Vater ein Kollege ist. Und er hat einfach so getan, als hätte er noch wahnsinnig große Schmerzen und könnte nicht laufen.«

»So ein Satansbraten!«, entfährt es mir. »Und was ist mit Annette?«

Frederico zuckt mit den Schultern. »Es geht ihr ebenfalls gut. Beide sind gestern aus dem Krankenhaus RAUSGEWORFEN worden. Offenbar wollten sie ihren Urlaub dort um ein paar Tage verlängern.«

»Das fasse ich nicht!«

»Wo ist der Junge überhaupt?« Frederico schaut sich nach allen Seiten um. »Hat er den Absturz nicht überlebt?«

»Nick holt ihn gerade. Ich vermute, sie tragen noch Jonas.«

»Stimmt. DEN gibt's ja auch noch.« Frederico zieht eine Grimasse.

(Wir alle WISSEN, dass er und Jonas in diesem Leben keine Freunde mehr werden.)

»Aber warum müssen sie ihn TRAGEN? Ist er etwa verletzt?«

»SCHWER verletzt. Aber so was von! Statt aus seiner geliebten Maschine abzuspringen, musste er bis zum bitteren Ende warten und den Schleudersitz testen. Wir haben ihn an seinem Stuhl festgebunden gefunden. Er hing mit dem Teil in einem Baum und rührte sich nicht mehr. Zu allem Überfluss ist er auch noch von einer Giftschlange und einem Krokodil gebissen worden und hat hohes Fieber bekommen, obwohl Nick ihm irgendein Anti-Serum gespritzt hat.«

(Ich weiß, ich rede ohne Punkt und Komma, aber ich habe das Gefühl, ich muss alles im Eiltempo loswerden, damit ich schneller zurück in die Zivilisation komme.)

»Vielleicht sollte ich den beiden helfen?«, schlägt Frederico vor. »Ich hoffe, ihr habt ihn wenigstens danach von seinem Sitz befreit oder schleppt ihr ihn wie King Louis auf dem Thron durch den Dschungel?«

Ich lache leise auf und schüttele den Kopf. »Natürlich nicht. Aber ein Krokodil hat die Trage zerstört, die wir gebaut hatten, um ihn abwechselnd zu tragen.«

»Heiliger Mist! Krokodile! DIE habe ich ja total vergessen«, sagt Frederico und schaut sich ängstlich um.

»Okay, dann gehen wir beide zum Lager zurück. So kann ich dir wenigstens zeigen, wie luxuriös ich die letzten Tage gelebt habe. Du wirst staunen!«, prahle ich.

(Jetzt kann ich ja damit angeben.

Bin ja gerettet!)

Frederico verzieht den Mund. »Möchtest du dann überhaupt mit zurück, wenn du es hier doch sooo gemütlich hast?«

Ich hake ihn unter und ziehe ihn mit mir mit. »Das ist eine sehr, SEHR gute Frage, mein Schatz! Darüber muss ich erst noch nachdenken.«

(OMG!

Nicht auszudenken, wenn sie mich hier zurücklassen würden!

Lieber Sachbearbeiter im Universum, ich danke dir hundert Millionen Mal, dass du mich zivilisiert leben lässt!

Bitte lass mich NICHT allein auf dieser Insel zurück!

Ich will auch immer brav sein und stelle dem bösen Rumpelstilzchen immer was zum Essen und zum Trinken hin.)

»Lass dir bloß nicht einfallen, ohne mich hier wegzufliegen!«, warne ich ihn. »Und halte bloß Ausschau nach den Salties!«

»So schlimm?«

»Sie lauern ÜBERALL. Irgendwo müsste sogar noch eines herumirren mit Nicks Halstuch um den Kopf.«

Vorsichtig gehen wir durch das Gestrüpp in Höhe unseres Lagers und treffen gleich darauf auf Nick, Dustin und Jonas.

Nick ist gerade dabei, Dustin vom Baum loszubinden, während Jonas noch immer schlafend auf der kaputten Pritsche liegt.

»DAS ist dein neues Zuhause?«, witzelt Frederico staunend.

»Gemütlich, oder?« Nick zwinkert uns zu und hilft Dustin vom Baum.

Er und Frederico begrüßen sich kurz mit einer Umarmung.

»Danke, Mann, dass du auf meine Frau aufgepasst hast!«, sagt Frederico leise. »DAS werde ich dir nie vergessen.«

Ich sehe, wie er sich heimlich eine Träne aus dem Augenwinkel wischt.

»Gern geschehen, Freddy! Sonst hätte ich meine beste Freundin verloren! Ein absolutes No-Go«, sagt Nick grinsend.

»Alter, muss ich jetzt echt noch in dieses beschissene Camp? Ich habe ECHT keinen Bock mehr auf diese Kacke hier. Kein Strom, kein Wasser, kein Kühlschrank…«

Dustin schnappt sich seinen Rucksack.

Nick und Frederico inspizieren die Trage.

»Ich schlage vor, wir holen die Trage aus dem Helikopter«, sagt Frederico. »In dem Teil hier kriegen wir ihn keine drei Meter weit.«

»Okay. Dann nehmen wir jetzt alles mit, was wir tragen können und holen Jonas gleich ab«, sagt Nick.

»Alter, du willst ihn hier alleine liegen lassen?«, fragt Dustin erstaunlich mitfühlend.

Es raschelt im Gebüsch und das Riesensalzwasserkrokodil, dem Nick die Augen verbunden hatte, kommt (noch immer blind) angekrochen.

»Ist das euer Werk?«, lacht Frederico und zückt sein Handy, um ein Erinnerungsfoto zu schießen.

»Ja. Aber sobald wir alle in Sicherheit sind, könnten wir dem Saltie doch das Tuch wieder abnehmen und ihm sein Augenlicht zurückgeben, oder?«, frage ich.

(Dabei bin ich eher besorgt um Nicks schickes Tuch, als um das fleischfressende Monster, auch wenn mich das die Sympathien sämtlicher Tierschützer kosten wird.)

»Ich schlage vor, das entscheiden wir gleich spontan«, sagt Nick angestrengt. »Denn ich bin mir nicht sicher, ob ich schnell genug laufen kann, um diesem Biest zu entkommen, sobald es wieder gucken kann.«

Gemeinsam mit Frederico hole ich die Leichtbautrage, um Jonas umzubetten.

»Alter, in den Helikopter passen wir doch gar nicht alle rein, Mann«, bemerkt Dustin, als wir unser rettendes Transportmittel erreichen. »Vor allem, wenn DER da auf der Liege transportiert werden muss.«

Abfällig zeigt er auf unseren verletzten Piloten.

(Ich kann es ihm nicht verdenken.

Auf dem Hinflug war Jonas nicht besonders freundlich gewesen [außer zu mir] und seit dem Absturz ist er nur noch ein lästiger Klotz am Bein.)

»Die Trage kommt hinten in die Verlängerung des Helis rein und du sitzt mit Susannah und Nick auf der Rückbank«, erklärt Frederico Dustin. »Wir kriegen euch alle unter. Oder glaubt ihr ernsthaft, ich fliege mit einem zu kleinen Helikopter los, um euch zu suchen?«

»Okay, Leute«, drängt der Pilot plötzlich zum Aufbruch, »wenn wir nicht zum Frühstück verspeist werden wollen, sollten wir schnellstmöglich einsteigen.« Er deutet auf die relativ ruhige See, aus dem die Krokodile kriechen wie grüne, drachenartige Zombies.

(Oder die *Inferies* bei *Harry Potter*!)

Eilig verstauen wir Jonas, als auch schon die ersten Salties unseren Helikopter erreichen.

»Los, los, einsteigen!«

Fast fliegen und purzeln wir übereinander in die kleine Maschine, doch die Türen sind glücklicherweise so hoch, dass die Krokodile nur noch in die Luft schnappen können.

Kaum drehen sich die Rotorenblätter, werden die Tiere wie Spielzeuge in den Sand gedrückt.

305

Erleichtert atme ich auf, während Frederico jedem eine Wasserflasche reicht. »Möchte jemand einen Schokoriegel?« Mein Göttergatte hält fünf Lebenselixiere in die Höhe.

Alle schreien gierig auf, jeder will der Erste sein.

»Ach, endlich geht's nach Hause«, sage ich erleichtert, doch Frederico schüttelt den Kopf.

»Da muss ich dich enttäuschen.«

»Wieso?«

(Meine Lust auf Abenteuer ist, ehrlich gesagt, auf dem Nullpunkt angelangt. Ich will nur noch schlemmen wie eine Königin, duschen, in einem Bett schlafen und meine Kinder wiedersehen.

[Am besten in der Reihenfolge, denn mein Magen schmerzt schon vor Hunger, auch wenn der Riegel ein kleiner Anfang ist.])

»Wir fliegen zuerst zur nächsten Klinik, um Jonas wegzubringen. Ich glaube, er ist ziemlich schwer verletzt.«

(DER Eindruck täuscht sicherlich nicht.

Der Ärmste leidet nicht nur an scheinbaren fiebrigen Krämpfen, sondern hat sicherlich auch noch innere Verletzungen von dem Absturz.)

»Und danach bringen wir Dustin ins Camp«, sagt Frederico.

Dustin flucht und ist nahe der Verzweiflung.

»Alter, muss das wirklich sein, Mann?«

»Ja. Deine Eltern haben das so entschieden und…«

»Du meinst, mein STIEFVATER«, entgegnet Dustin in höchstem Maße verärgert.

Frederico dreht sich nach hinten um. »Und sicherlich nicht ohne Grund, oder?« Er mustert ihn ernsthaft, bis Dustin genervt wegguckt.

»Wenn ihr glaubt, dass ich ein besserer Mensch werde, nur weil ich die nächsten Wochen durch diesen beschissenen Dschungel marschiere und mich von dreckigem Wasser und Maden ernähre, habt ihr euch geschnitten, Alter.« (Ich kann seinen Frust verstehen.

Es ist bestimmt nicht einfach, Annettes Kind zu sein. Ich glaube, es ist auch unabhängig davon sehr schwer heutzutage, ein Teenager zu sein.

Das Überangebot von Medien muss jeden Jugendlichen überfordern.

Zusätzlich muss man noch durch sämtliche soziale Netzwerke turnen und hat überhaupt keine Rückzugsmöglichkeiten.)

»Das ist allein deine Entscheidung«, sagt Frederico und dreht sich wieder nach vorne.

Ein paar Minuten später landen wir auf dem Gelände einer Klinik, wo bereits ein kleines Empfangskomitee steht, um Jonas entgegenzunehmen. Wir schildern kurz, was passiert ist und Nick gibt dem Notarzt die leere Ampulle des Anti-Serums, die er geistesgegenwärtig aufbewahrt hat.

Dann starten wir, um Dustin kurz darauf bei Julius im Camp abzuliefern.

Caruso, der Kakadu, sitzt auf Julius Schulter, als wir dort ankommen.

»Gott sei Dank seid ihr noch am Leben«, begrüßt er uns, während der Kakadu leise vor sich hinredet. »Halt den Schnabel, Caruso!«

»Schnabel, Schnabel!«, krächzt der Vogel.

»Ich vermute, ihr habt Hunger«, sagt Julius lächelnd und deutet auf den Feuerplatz. »Ich habe ausnahmsweise die Tour für heute unterbrochen. Die anderen Teilnehmer sind hier verstreut. Einige sitzen im Zelt, andere am Feuer, wo bereits der Kessel mit dem Gulascheintopf kocht.«

»Digga, es gibt ECHTES Essen?« Dustin fallen vor Überraschung die Augen aus dem Kopf.

»Ja. Und die nächsten Tage unternehmen wir nur kleinere Touren. Ab dem Wochenende verlassen wir unser Camp und schlagen uns durch den Dschungel.«

(Ich habe zwar Hunger, aber keinerlei Lust, noch länger als nötig von zuhause weg zu sein.

Dementsprechend unruhig bin ich auch.)

»Das ist großartig, Julius. Aber nach dem Essen möchte ich nach Hause«, sagt Nick erschöpft.

(Gott sei Dank!

Er spricht mir aus dem Herzen.)

Frederico legt einen Arm um meine Schultern. »Süße, ich bin so froh, dass du wohlauf bist. Die Kinder können es kaum erwarten, dich wieder zu sehen.«

»Wie habt ihr uns eigentlich gefunden?«, fragt Nick und gähnt herzhaft.

(Die Nacht auf dem Baum war zwar länger als die Nacht auf dem Boden gewesen, aber ausgeschlafen fühlt sich trotzdem keiner von uns.)

»Caruso hat euch aufgespürt und anhand der Koordinaten der Kameraaufnahme konnten wir Frederico euren Standpunkt durchgeben«, erklärt Julius. Dann zeigt er auf eine junge Frau, die auf uns zugeschlendert kommt.

Caruso erhebt sich von Julius Schulter und lässt sich auf ihrer nieder.

»Das ist Tessa, meine Frau«, stellt Julius sie vor.

Nach einer kurzen Vorstellungsrunde, schlinge ich eine Miniportion Gulasch in mich hinein und bekomme trotz der kleinen Menge sofort Bauchweh.

»So, wir können los!«, drängele ich.

»Susannah, du willst schon los?«, witzelt Nick, der gerade einen zweiten Teller Eintopf holen wollte.

»Im Gegensatz zu dir habe ich keine Ruhe mehr, hier zu sitzen, während meine Kinder zuhause hocken und auf mich warten.«

»Deine Kinder amüsieren sich doch bestimmt bei deinen Nebeneltern, oder?« Nick zwinkert mir zu.

»Das glaube ich auch«, lacht Frederico, »allerdings hat Tiberius nachts ein ganz schönes Theater gemacht, weil der Papa ihm die Wasserflasche als schnöden Milchersatz geben musste.«

(Mir blutet das Herz.

Mein kleiner Butschi musste leiden, während seine Mama sich durch den bösen Dschungel ums nackte Überleben kämpfte.)

Der Pilot, der uns hergeflogen hat, erhebt sich und reicht Tessa den Teller. »Vielen Dank! Es hat super geschmeckt. Was war denn das für Fleisch?«

Ich suche schnell das Weite.

(Ehrlich gesagt, möchte ich überhaupt nicht wissen, was in dem Eintopf drin ist, denn hier ist weit und breit weder ein Supermarkt noch eine Farm.

Und ich sehe weder Schweine noch Kühe hier herumspringen. Tiere, dessen Fleisch ich bedenkenlos essen würde.

Vermutlich waren die leckeren Bohnen in Wirklichkeit irgendwelche Maden.

[OMG!

Mich schüttelt's schon beim Gedanken daran.])

Da Julius ziemlich laut spricht, halte ich mir vorsichtshalber die Ohren zu.

Doch so sehr ich mich bemühte, wegzuhören, es gelingt mir nicht. Und so erfahre ich unfreiwillig, dass ich soeben einen Affen verspeist habe.

(Am liebsten würde ich die nächste Toilette aufsuchen, doch das würde das arme Geschöpf auch nicht wieder lebendig machen.)

Dustin sitzt mit geknickten Ohren am Lagerfeuer.

»Ich habe einen AFFEN gegessen? Alter, ich werde Vegetarier.«

(Mitleid schwappt über mich wie ein Tsunami.

Der arme Kerl muss jetzt noch FÜNF Wochen hierbleiben und sich resozialisieren lassen.

Das Camp hier fungiert als Annettes und Williams gewünschte ›Babyklappe‹ für Pubertierende.

Wenn ich allerdings daran denke, dass er sich zuhause an keine einzige Regel und Absprache hält und einfach macht, was er will, wird ihm diese Erfahrung vielleicht ganz gut tun.

Aber leid tut er mir trotzdem.)

Aus einem Impuls heraus setze ich mich zu ihm und stupse ihn mit der Schulter an. »Alles okay?«

Dustin zuckt mit den Schultern.

(Fast sieht es so aus, als würde er gleich anfangen zu heulen.

Er ringt um Fassung, offenbar unfähig zu sprechen.)

»Warum bist du so wie du bist?«, frage ich neugierig.

Stirnrunzelnd blickt Dustin auf. »Alter, was ist das denn für 'ne komische Frage?«

»Naja«, ich versuche meine Frage zu konkretisieren, »warum schwänzt du die Schule, warum bist du so gut wie nie pünktlich, warum rauchst und kiffst du, obwohl das verboten ist?«

(Um nur EIN PAAR Beispiele zu nennen.)

Mit leerem Blick starrt der Junge ins Feuer und schweigt.

»Keine Idee?«

Dustin zuckt mit der Schulter. »KP.«

(Okay, Teenies stehen offenbar auch auf Abkürzungen.
Was soll das heißen?

Kleine Pause?

Oder vielleicht eher *kein Plan*?)

»Findest du das nicht ein bisschen einfach?«

Wieder blickt er auf. »Was?«

»Regeln findest du scheiße, deine Eltern findest du scheiße und Schule sowieso. Warum?«

»KP.«

Ich (die EXPERTIN der Abkürzungen) gucke ihn vollkommen ratlos an. »KP?«

»Kein Plan, Mann. Interessiert doch sowieso niemanden.«

(Vielleicht unterschätzen wir *Erwachsene* die Pubertät doch mehr, als wir denken.

Klar, wir sind genervt von den irrationalen, risikobereiten und regelbrechenden Jugendlichen, aber können sie wirklich etwas dafür?

Vielleicht sitzt da oben im Universum ein total verpeilter Sachbearbeiter, der zeitweise so sehr mit irgendwelchen Bubble-Spielen an seiner himmlischen Datenverarbeitungsanlage beschäftigt ist, dass er seine heranwachsenden Schäfchen nicht beaufsichtigt und die Fäden zu locker lässt, so dass einige von ihnen einfach freilaufen und nur Mist verzapfen.)

Julius, der uns offenbar zugehört hat, setzt sich zu uns. »Darf ich mich einmischen?«, fragt er höflich.

»Klar. Wir sind für jede Idee dankbar.«

»Jugendliche befinden sich sozusagen im Umbau«, fängt er an zu erzählen und Tessa, seine Frau, setzt sich nickend dazu. »Ihr Gehirn sieht dann aus wie eine Großbaustelle und daran sind so viele Subunternehmen beteiligt, dass der Fortschritt unterschiedlich weit ist.«

»Genau«, sagt Tessa, »Verhaltensweisen sind von den Denkprozessen in unserem Gehirn abhängig. Ganz am Anfang der Pubertät verändert sich die Großhirnrinde, die von Synapsen, also Verbindungen, und von Nervenzellen gebildet wird. Vieles, was der Mensch als Kind gelernt hat, wird in der Pubertät wieder aufgelöst, also einfach gelöscht…«

»Heißt das, es ist ganz normal, wenn Jugendliche Regeln brechen und mit Drogen herumexperimentieren, obwohl sie eigentlich wissen oder wissen müssten, dass sie das nicht dürfen und es gefährlich werden kann?«, unterbreche ich Tessa.

»Ja, genau.« Tessa lächelt Dustin nachsichtig an. »Bei diesem Umbau im Gehirn behält der Jugendliche nur die Verhaltensstrukturen, die er immer wieder wiederholt, auf alles andere wird verzichtet.«

»Und neben dieser grauen Substanz mit den Nervenzellen wird auch die weiße Substanz ausgebildet«, erklärt Julius weiter.

»Dadurch sind die Jugendlichen besonders aufnahmefähig und sie fangen an, so ›schnell‹ wie Erwachsene zu denken«, fügt Tessa hinzu.

»Woher wisst ihr das alles, Mann?« Dustin kickt einen Stein ins Feuer und lässt den Blick beschämt auf dem Boden haften.

»Tessa ist Ärztin«, sagt Julius grinsend, »somit ist sie prädestiniert für unsere Überlebenstouren.«

Tessa stupst ihn verliebt mit der Schulter an und gibt ihm einen Kuss.

»Und Julius ist Sozialpädagoge mit Fachrichtung Pubertät und Jugendliche«, sagt Tessa mit einem Zwinkern.

(Also ECHTE Experten!

William war sich bestimmt gar nicht bewusst, WIE richtig seine Entscheidung gewesen ist, Dustin hierherzuschicken.)

»Der Hang zu Drogen ist damit zu erklären, dass Jugendliche noch nicht so viele Dopaminrezeptoren haben. Die sind nämlich dafür verantwortlich, dass wir Glücksgefühle empfinden«, sagt Tessa, »daher sind Jugendliche auch oft gelangweilt und können überhaupt nicht nachvollziehen, was wir Erwachsene an bestimmten Dingen so spannend finden. Um den größeren ›Kick‹ zu kriegen, greifen viele Jugendliche zum Alkohol und zu Drogen.«

»Dann sollte man Jugendlichen wohl eher Dopamin spritzen«, feixe ich, »wäre vermutlich ungefährlicher als all die unberechenbaren chemischen Drogen.«

»Das stimmt, aber das ist leider nicht legal«, sagt Julius schulterzuckend.

»Jugendliche sind aufgrund ihres Gehirnumbaus auch nicht in der Lage, langfristig zu planen und reagieren daher oft leichtsinnig. Sie schwänzen die Schule, ohne sich über die Konsequenzen Sorgen oder gar Gedanken zu machen«, erzählt Tessa weiter.

»Cool, Alter, dann bin ich doch unschuldig und kann wieder nach Hause fahren, oder?« Dustin grinst hoffnungsvoll, doch den Zahn ziehe ich ihm lieber schnell. »Nein. Keine Chance. Du wirst die nächsten Wochen allem aus dem Weg gehen, was dein Gehirn beim Umbau stören könnte und kannst dich voll und ganz auf deine Großbaustelle konzentrieren.«

(Das war doch voll gut formuliert, oder?)

Dustin grunzt genervt. »Das ist voll scheiße, Mann.«

»Wie alt bist du?«, fragt Tessa.

»Sechzehn. Ich werde bald siebzehn.«

Tessa klopft ihm auf die Schulter. »Dann hast du es doch bald geschafft. Als letztes bildet sich dein Stirnlappen aus, der dafür verantwortlich ist, dass wir Menschen uns vorsichtig bewegen und abwägen, was gut für uns ist und was nicht.«

Wütend wirft Dustin eine Handvoll Erde ins Feuer.

»DAS ist übrigens auch eine typische Reaktion«, sagt Julius gelassen, »wenn du allerdings in der Wildnis ein Feuer aus Wut löscht, kann dich das dein Leben kosten.«

»Ist mir doch egal, Mann.«

Tessa lächelt milde. »Das Ungleichgewicht, das zwischen den einzelnen Hirnregionen besteht, veranlasst Jugendliche, heftiger und impulsiver auf bestimmte Dinge zu reagieren. In einem Moment sind sie wütend und kochen hoch, im nächsten Moment sind sie zutiefst traurig und dann wieder himmelhochjauchzend.«

»Also können unsere Pubertierenden gar nichts dafür, dass sie oft so aggressiv sind?«, frage ich nach.

(Ich finde das Thema in höchstem Maße interessant, auch wenn meine Kinder noch einen Meilenstein von der Pubertät entfernt sind.

[Zum Glück!]

Und ich schätze auch, dass ich genauso genervt und ratlos reagieren werde, wenn meine Kinder sich wie Rumpelstilzchen aufführen.)

»Jugendliche sind nicht zu beneiden«, sagt Julius, »auch wenn ich selbst einmal einer war. Man vergisst irgendwann, wie beschissen man sich manchmal gefühlt hat und was es bedeutet, wenn man versucht, seine eigene Identität zu entwickeln und sich dabei auch noch mit Sexualität auseinanderzusetzen.«

»Mir egal, Mann«, gibt Dustin zum Besten.

314

Julius klopft ihm begeistert auf die Schulter. »Genau, Alter«, sagt er grinsend, »das ist genau die Reaktion, die damit einhergeht. Jugendliche haben ein vollkommen übersteigertes Selbstbewusstsein und eine elendige Coolness. Das ist der Weg, auf dem man sich von seinen Eltern löst und die Welt mit eigenen Augen entdecken will. Völlig in Ordnung. Aber ob es euch gefällt oder nicht, ihr seid noch immer auf uns Erwachsene angewiesen.«

Aus den Augenwinkeln sehe ich, wie Frederico unserem Gespräch mit großem Interesse lauscht.

»Aber warum machen sich so viele Jugendliche strafbar und ignorieren jegliche Gesetze, wenn sie doch wissen, dass dann eine Strafe folgt?«, hake ich nach.

»Jugendliche wollen Respekt und Anerkennung, aber nicht von ihren Eltern, sondern von Gleichaltrigen. Vor allem in der Gruppe sind sie stark und neigen dazu, über das Ziel hinauszuschießen«, erklärt Julius.

»Und warum gibt es Jugendliche, die mehr auf dem Kerbholz haben als andere?«, mischt sich Frederico plötzlich ein.

(Spielt er auf seinen Bruder an?

DER hat ja seine Pubertät jawohl LÄNGST überschritten und neigt trotzdem immer noch dazu, sich in Schwierigkeiten zu bringen.)

»Das ist ein brisantes Zusammenspiel zwischen Jugendlichen, Eltern, Schule und Gesellschaft. Obwohl der Erwachsene möglichst gelassen reagieren sollte, soll man Jugendliche niemals alleine lassen. In dem Moment, wo die Eltern allerdings so genervt sind von ihren Sprösslingen, dass es nur noch Vorwürfe hagelt und man weder Zeit noch Liebe für sie aufbringt, wird es gefährlich. Denn der Jugendliche, der sich ohnehin nicht verstanden fühlt, orientiert sich anderweitig, läuft vielleicht sogar weg. Und

wenn er dann einen Freundeskreis hat, wo mehrere risiko-
bereite Typen sind, wird es schnell kriminell«, antwortet
Julius.

»Wie kommst du mit deinem Dad klar?«, wendet sich
Tessa an Dustin.

Dieser zuckt mit den Schultern. »KP.«

»›Kein Plan‹ heißt das«, übersetze ich.

»Sind deine Eltern noch zusammen?«, bohrt Tessa weiter
und Dustin schüttelt den Kopf.

»Seine Mutter hat meinen Bruder geheiratet«, erkläre ich.

»Hast du gar keinen Kontakt zu deinem leiblichen
Vater?«, hake ich nun nach.

Dustin schüttelt den Kopf. »Alle paar Monate gehen wir
mal essen. Nix besonderes. Er arbeitet viel. Hat keine
Zeit.«

(WAS für eine BILLIGE Ausrede, aber von DER Sorte
Mann gibt es ja leider viel zu viele.

Pimpern erst lustig in der Gegend herum, aber wenn es
um Verantwortung geht, entwinden sie sich gerne mal.

Hauptsache, die Gene sind verteilt, der Rest ist dann
Frauensache.)

»Dann ist es kein Wunder, dass du rebellierst«, sagt Tessa
leise seufzend. »Es gibt etliche Studien darüber, wie wichtig die Rolle des Vaters ist. Und wenn die Eltern getrennt
sind, müssen sich die Kinder oft mit Stiefvätern abgeben,
mit denen sie nicht oder nur schwer klarkommen. Und
Stiefväter haben oftmals kein Verständnis für ihre Stief-
kinder. Das ist ein echter Teufelskreis.«

»William hasst mich«, sagt Dustin so leise, dass ich glaube, mich verhört zu haben.

Mitfühlend lege ich eine Hand auf seinen Rücken. »Wie
kommst du denn darauf?«

Dustin zuckt mit den Schultern. »ER war es doch, der mich abgeschoben hat. Jetzt hat er endlich Ruhe vor mir und kann sich mit meiner Mom beschäftigen, ohne dass sie über mich streiten.«

»Hm. Klingt unschön, aber vielleicht hast du Recht«, sage ich nachdenklich.

»Susannah!« Voller Empörung schüttelt Frederico den Kopf und deutet mit Zeichensprache an, dass ich die Klappe halten soll.

»Was meinst du damit?«, fragt Tessa nach.

Nachdenklich lege ich den Kopf schief. »Nun ja, William war immer der Prinz der Familie. Meine Mutter trägt ihn ja heute noch auf Händen. Probleme kennt mein Bruder nicht. Er ist ganz easy durch seine Kindheit und Jugend gerutscht, hat eine fantastische Ausbildung gemacht und arbeitet seither, mal mehr, mal weniger erfolgreich. Er ist es nicht gewohnt, dass mal jemand nicht nach seiner Pfeife tanzt. Ich kann mir gut vorstellen, dass er alles und jeden ablehnt, was nicht mit ihm konform läuft.«

»Was heißt das, Mann?«, fragt mich Dustin kopfschüttelnd.

»Es heißt, dass William dich bestimmt nur scheiße findet, weil du nicht das machst, was er will«, übersetze ich. »Du brichst die Regeln und Gesetze, du nimmst Drogen, du sprengst fast das Haus unserer Eltern in die Luft, du bist aufmüpfig und alles andere als ein liebes, braves Kuscheltier. Damit kommt mein Bruder nicht klar. Und wer weiß, vielleicht liebt er sich selbst nicht genug, um andere lieben zu können.«

»Ziemlich coole Beschreibung, Alter.« Anerkennend nickt Dustin. »Genau so benimmt er sich.« Er schnappt sich einen Stock und bohrt damit in der Erde herum.

»So, wir werden jetzt aufbrechen. Die Kinder wollen ihre Mama wiederhaben«, sagt Frederico mit Blick auf den Piloten, der schon die dritte Portion von dem Affeneintopf verschlungen hat.

(Na, hoffentlich weiß der noch, wie er fliegen muss und nimmt nicht plötzlich irgendwelche Verhaltensweisen der Primaten an.

[Nicht, dass ich mich wie ein Hahn aufführen würde, nur weil ich gerne Hähnchen esse.

Aber man weiß ja nie!])

»Kann ich nicht doch mitkommen?«, fragt Dustin hoffnungsvoll.

Ich schüttele den Kopf und unterdrücke die aufkommenden Mitleidstränen. »Ich glaube, die Auszeit wird euch guttun. Vielleicht ändert das auch etwas bei William.«

Ungläubig erwidert Dustin meinen Blick.

»Okay, vielleicht ändert sich mein Bruder nicht wirklich. Aber während du hier bist, hast du ungestört die Möglichkeit, darüber nachzudenken, wo du dich in deiner Zukunft siehst und was du machen willst. Vielleicht kannst du auch in irgendein Jugendprojekt gehen und musst nicht mehr zuhause wohnen«, versuche ich ihn zu ermutigen.

»So was geht?«

»Natürlich. Es gibt gerade in Deutschland viele Projekte für Jugendliche, die zuhause nicht klarkommen. Ich kann dir in Hamburg jemanden vermitteln«, sagt Julius.

Dustin zuckt mit den Schultern und lässt den Kopf hängen.

»Ciao«, sagt mein Göttergatte, »wir sehen uns in fünf Wochen wieder.«

Genervt schließt Dustin die Augen, weigert sich jedoch, uns ›Tschüss‹ zu sagen oder uns auch nur anzusehen.

(JETZT sind wir die Buhmänner, denn wir lassen ihn hier zurück.

Aber mein Bruder kann was erleben!

Dieser feige Hund!

Liegt mit 'ner halben Verletzung im Krankenhaus, könnte längst wieder zuhause sein und überlässt den unangenehmen Abtransport seines pubertierenden Stiefsprösslings MIR.

So eine feige SAU!)

Tessa und Julius winken uns kurz zu.

(Auch sie wollen den Abschied so kurz wie möglich halten.

[Ist bestimmt auch besser so.

Wie im Kindergarten!

Da sollte man seine Sprösslinge auch nicht unnötig lange in der Garderobe lassen und den Abschied erschweren.])

Wenige Minuten später erhebt sich der Helikopter in die Lüfte und bringt uns endlich wieder nach Hause.

Herzlicher Empfang

Der Helikopter landet ein paar hundert Meter entfernt von unserem Haus, damit die Tiere nicht wild gemacht werden.

Joshua wartet schon mit dem Jeep auf Nick und nimmt meinen Lebensretter nach einer tränenreichen Begrüßung mit nach Hause.

(Ehrlich gesagt, kann ich verstehen, dass Nick übers Wochenende tatsächlich in seiner Wohnung in Adelaide unterkommen will.

Der Ärmste hat auch erst einmal genug von der Wildnis.)

Mit dem Auto bringt Frederico mich heim und bevor wir die Kinder bei meinen Nebeneltern abholen, gönne ich mir eine ausgiebige Dusche und eine doppelte Zahnputzaktion, damit ich nicht weiter wie ein Neandertaler herumlaufen muss.

Wie ein neugeborener Mensch komme ich strahlend aus dem Schlafzimmer und finde Frederico, der schon während meiner Zahnputzarie geduscht hatte, in der Küche bei einem Cappuccino.

»Dustin ist eine arme Sau«, sagt er nachdenklich.

»Wieso?«

(Okay, es ist nicht so, dass ich nicht wüsste, warum er KEINE arme Sau sein sollte, aber natürlich interessiert mich Fredericos Gedankengang.)

»Seine Eltern haben sich getrennt und wie so oft kümmert sich sein Vater kaum um ihn, während William sich abstrampelt und eigentlich gegen Windmühlen kämpft. Dustin braucht keinen Vaterersatz, er braucht die Liebe und Aufmerksamkeit seines Vaters. Und die Freundschaft deines Bruders. Um dem Ganzen die Krone aufzusetzen, wird er von seinem Stiefvater auch noch in die Wildnis abgeschoben in der Hoffnung, dass man ihn dort sozialisiert und sie ein Engelchen zurückbekommen.«

»Oh, ich glaube schon, dass er einen Vaterersatz gut gebrauchen könnte, aber keinen, der sich selbst als den Nabel der Welt betrachtet und neben sich kaum jemanden gelten lässt. Es passt zu William, dass er die unbequeme Arbeit anderen überlässt. Als wir Kinder waren, war ich sein Opfer.«

»So schlimm ist dein Bruder?« Stirnrunzelnd leert Frederico seine Kaffeetasse.

»Schlimmer. William hat die Arroganz erfunden. Nachsichtigkeit musste er nie lernen und Verständnis nie aufbringen. Meine Mutter streichelt sein Popöchen doch heute noch.«

Frederico erhebt sich und schnappt sich den Haustürschlüssel. »Gehen wir an den Gehegen vorbei? Ich würde gerne kurz nach dem Rechten sehen.«

»Klar, aber hast du die Tiere nicht heute Morgen gesehen?«, frage ich ausweichend. Eigentlich würde ich gerne ohne weitere Umwege zu meinen Kindern. (Von denen ich zwischenzeitlich dachte, ich würde sie nie wiedersehen.)

Auf der anderen Seite will ich Frederico nicht vor den Kopf stoßen, indem ich seinen Vorschlag ablehne.

Schweigend folge ich ihm nach draußen.

»Nein.« Mein Göttergatte schließt hinter mir die Tür und geht neben mir her. »Um ehrlich zu sein, suche ich dich seit Tagen.«

Staunend bleibe ich stehen.

(Wenn ich gekonnt hätte, hätte ich durch die Zähne gepfiffen.)

»Mit dem Helikopter? Warst du denn gar nicht zuhause? Und was hast du mit den Kindern gemacht?«

»Ich war nur die erste Nacht zuhause.«

»Du bist jeden Tag herumgeflogen, um mich zu suchen?«

(Boah, ey!

Jetzt bin ich platt.

Ich meine, ich habe ja schon gemerkt, dass ich seine aus-
erkorene Prinzessin bin [auch wenn ich einen Prinzessin-
nen-unwürdigen großen Mini-Ufo-Landeplatz habe], aber
dass er ALLES stehen und liegen lässt, um nach mir zu
suchen, haut mich glattweg um.)

»Tagsüber sind meine Eltern eingesprungen und haben die
Kinder genommen«, erklärt Frederico.

»Sie waren gar nicht bei Tante Ella und meinen Eltern?«

Mein Herzkönig schüttelt traurig den Kopf. »Deine Eltern
sind überhaupt nicht in der Lage, auf Kinder aufzupas-
sen…«

Erschüttert blase ich die Backen auf. »Was heißt das genau?«

Frederico will nicht so recht mit der Sprache heraus, also
stupse ich ihn an. »Na, los, sag schon!«

»Deine Mutter war nur genervt und hat die Kinder ständig
angeschrien. Alles war ihr zu viel. Schon am ersten Tag,
als du losgeflogen warst, kam Emma zu mir und meinte,
sie will NIE wieder zu Oma Ilse.«

(Warum bin ich eigentlich so überrascht?

[Oder bin ich gar nicht überrascht und das Gefühl, das in
mir hochkriecht, nennt sich Scham?

Ist das das berühmte ›Fremdschämen‹?])

»Wo sind die Kinder jetzt?«

»In der Pizzeria.«

»Also gehen wir gar nicht zu meinen Nebeneltern, um die
Kinder abzuholen?« Mir steigen die Tränen in die Augen.

Liebevoll legt Frederico einen Arm um meine Schultern.
»Wir sehen kurz nach den Tieren, dann sagen wir drüben

Bescheid, dass du in Ordnung bist und holen die Kinder, okay?«

»Okay.« Eilig wische ich mir eine Träne von der Wange.

»Wir sind zur Abendbrotzeit im Restaurant. Bei der Gelegenheit essen wir gleich 'ne Pizza, okay?«

(Er versucht mich aufzumuntern.)

»Ohne Affenhirn«, fügt er überflüssigerweise grinsend hinzu.

»PIZZA! Mann, habe ich einen Hunger.« Zur Bestätigung knurrt mein Magen. »Dieser entsetzliche Affeneintopf stößt mir jetzt noch auf. Erinnere mich bitte nie wieder daran!«

Frederico stupst meine Schulter an. »Dann bestelle ich dir 'ne Pizza ohne Affenhirn.«

»Üääääh! Du sollst das lassen, Mann!«

»Bin ich noch dein Mann?« Frederico bleibt stehen und schaut mich ganz komisch an.

»Warum denn nicht? Ich war nicht doch auf irgendeiner Single-Party auf Männerfang! Ich war im Urwald und habe ums nackte Überleben gekämpft«, entrüste ich mich.

»Nackt klingt gut, finde ich«, erwidert Frederico grinsend und zieht mich in seine Arme. Er gibt mir einen innigen Kuss, der mir fast die Beine wegzieht.

»Susannah«, ertönt eine Stimme hinter mir.

»Dad!« Ich falle meinem Vater in die Arme.

Er drückt mich so fest, dass ich fast blaue Flecken kriege. Beruhigend tätschele ich seinen Rücken. »Ist ja gut, Papa, ich bin doch wieder da.«

Mein Vater lächelt. »Gott sei Dank! Wir haben uns ECHT Sorgen gemacht.«

(Dass ER sich Sorgen gemacht hat, glaube ich ihm sogar. Bei meiner Mutter bin ich mir da nicht so sicher. Die ist meistens mit sich selbst oder ihrem Supersprössling William beschäftigt.)

»Wie geht es den Tieren?«, fragt Frederico mit besorgter Miene.

(Ist eigentlich gar nicht notwendig, denn er hat richtig gute Tierpfleger eingestellt, die den Laden auch ohne ihn im Griff haben.)

»Ich habe heute Morgen alle Tiere zusammen mit Toni gefüttert«, sagt mein Vater stolz.

Zufrieden nickt Frederico. »Prima. Danke!«

Wir drehen trotzdem noch eine kleine Runde. Ich streichele Sintja und Tonja, unsere beiden Elefantenkühe und gehe dann zu unserem Jaglionpärchen. Kaum tauche ich am Zaun auf, springt Jana auf und sprintet zu mir.

»Susannah?«

(Ich höre einen komischen Unterton in Fredericos Frage.)

»Was denn?«

(Ich stelle mich lieber blöd.)

»Wieso kommt unsere Jagliondame zu dir?« Verärgert verschränkt mein Göttergatte die Arme vor seiner starken Brust.

Ich zucke scheinbar ratlos mit den Schultern.

»Schätze, sie hat mich vermisst.«

(Dass ich unsere hübsche, fast schwarze Raubkatze bis auf die letzten Tage jeden Morgen nach der Fütterung aufsuche, um mit ihr zu reden, erzähle ich ihm besser nicht.)

Frederico beäugt mich streng.

»Wir sind befreundet«, platze ich prustend heraus. »Und offenbar hat sie sich richtig Sorgen um mich gemacht.«

»Bleib ja fern vom Zaun!«

»Das geht nicht, sonst kann ich sie nicht streicheln. Kann ich nicht etwas dichter heran?«, frage ich ganz scheinheilig.

Stirnrunzelnd geht Frederico zur Sicherheitstür, von der aus man in den Zwischengang kommt und deutet mir mit dem Kopf an, ihm zu folgen. »Na gut, komm!«
Neugierig beobachtet mein Vater uns, während wir ganz nah an die Katze herantreten.
Vorsichtig strecke ich eine Hand durch den Zaun und rede leise auf Jana ein.
Schnurrend senkt sie den Kopf und lässt sich von mir streicheln. Dann drückt sie sich mit dem ganzen Körper an die Gitterstäbe. Ich hocke mich hin und umarme sie innig. »Bin ich froh, wieder zuhause zu sein. So schnell kriegt mich niemand mehr in ein Sportflugzeug.«
Jana schnurrt wie eine Stubenkatze.
Fredericos Augen verengen sich zu schmalen Schlitzen. »Du hast mir doch bestimmt was zu beichten, oder?«
»IIIIICH? Nee. Niemals.« Entschlossen schüttele ich den Kopf. »Ich wasche meine Hände in Unschuld.«
»Deine Hände ganz bestimmt nicht. Sieh nur, du kannst sie sogar streicheln und umarmen. Sie kuschelt mehr mit dir als mit El Mago.«
»Sie mag mich halt.«
Schließlich grinst mein Herzkönig. »Okay, du machst ohnehin, was du willst. Aber wenn du unsere Raubtiere schon heimlich besuchen musst, bleibst du im Zwischengang und gehst nicht ins Gehege, verstanden? Dein Dschungeltrip war aufregend genug. Ich brauche nicht auch noch einen Zwischenfall im Gehege.«
Ich salutiere. »Ey, ey, Sir!«
Eine Augenbraue wandert ungläubig in die Höhe, während Frederico mich schweigend ansieht. »Versprich es mir hoch und heilig!«

Grinsend hebe ich beide Hände hoch und schwöre. »Ich verspreche es dir hoch und heilig. Sonst soll mich das Rumpelstilzchen holen.«

»Oh nein, meine Süße! Den halten wir schön da raus! Schwöre es ohne Wenn und Aber.«

Ich lächele ihn an. »Ich schwöre es ohne Wenn und Aber. So wahr mir das Rumpelstilzchen helfe.«

»Ich helfe dir gleich, du freches Luder. Aber ins Schlafzimmer…«

Ich werfe ihm einen Luftkuss zu. »Was bin ich nur für ein Glückspilz! Ich habe den schönsten, nettesten und rührendsten Mann der ganzen Welt ergattert.«

Frederico hockt sich neben mich hin und küsst mir aufs Haar. »Ich bin ein Glückspilz! Schon auf dem Flughafenparkplatz habe ich die Magie gespürt, die zwischen uns war.«

»Ja, aber leider warst du damals noch mit Mrs Drachenkopf liiert.«

Frederico verdreht die Augen. »Du sollst Maria nicht immer Mrs Drachenkopf nennen.«

»Warum nicht? Ich finde, das passt zu ihr.«

»Und wie heißt dann dein Ex?«

»Welcher von den vielen Idioten?«, fordere ich ihn keck heraus.

Frederico lacht. »Der beschissenste Pilot des Kontinents natürlich.«

»Jonas? Das ist Mr McSchnauf&Schmatz. Oder Mr McGanzSchnell.«

»Das musst du mir erklären.« Frederico streichelt mir übers Haar und schaut mich so verliebt an, dass ich gar keine Lust habe, über Jonas zu reden.

Seufzend kürze ich also ab. »Jonas schnauft beim Küssen wie ein Walross, schmatzt beim Essen wie ein Schwein und kommt im Bett innerhalb von maximal drei Minuten.«

»Sex…« In Fredericos Augen leuchtet etwas auf.

»Lust?«

»Immer.«

»Kommt ihr noch kurz mit zu Ilse und Ella?«, unterbricht mein Vater unser Geplänkel.

(Ungerne, zumindest was meine Mutter anbelangt verspüre ich keinerlei Sehnsucht.)

»Wir kommen, aber dann müssen wir die Kinder abholen«, sagt Frederico.

Wir erheben uns und verlassen das Gehege.

Frederico schließt hinter mir die Sicherheitstür mit dem Spezialschlüssel und gibt den elektronischen Zusatzcode ein.

Meine Mutter sitzt mit meinen Nebeneltern und meinem Bruder sowie Annette auf der Veranda.

(Oh, nee, Alder, ey!

Auf das Unterweltspärchen habe ich ja so was von gar keinen Bock!

Ich muss mich ganz schwer zusammenreißen, um William nicht anzufallen wie eine Krähe.)

Mein Bruder hat noch ein paar Kratzer im Gesicht und an den Armen, sowie ein fettes Gipsbein. Souvenirs seines glorreichen Autounfalls.

Annette hat einen herrlich blauen Fleck auf der linken Wange und einen fetten Gipsarm.

Als wir mit einem leisen ›Hallo‹ auf uns aufmerksam machen, stürmt meine Tante überglücklich auf mich zu. »Susannah, Süße! Gott sei Dank ist dir nichts passiert.« Stürmisch umarmt sie mich. Dann klopft sie mir gegen die Wange. »Gottchen, bist du dünn geworden.«

Ich winke ab. »Ach was, waren doch nur ein paar Tage...« Ich drücke sie noch einmal an mich. »Ich bin auch froh, dich wieder zu sehen.«

»Hallo, mein Kind.« Meine Mutter bequemt sich nicht, aufzustehen. Stattdessen hält sie mir auffordernd ihre Wange hin.

Ich ignoriere ihren Versuch und gehe an ihr vorbei. »Hallo Mutter«, sage ich so kalt wie möglich.

Aus den Augenwinkeln sehe ich ihre Schnappatmung der Empörung.

»Hallo, Onkel Riley!«

Mein Onkel kommt mir entgegen und umarmt mich liebevoll.

»Hi Schwesterherz«, sagt William und winkt mir cool zu. Sein Gipsbein streckt er demonstrativ aus, die Krücken nutzt er nicht zum Aufstehen, sondern um damit Krach zu machen.

»William!« Ich nicke ihm kurz zu.

»Ist die Eiszeit ausgebrochen?«, fragt mein Bruder mit leichter Verwirrung.

»Wie ich hörte, hast du es dir gutgehen lassen, während ich deinen Stiefsohn ins Camp bringen durfte«, platze ich heraus, obwohl ich eigentlich mit meinem Wutausbruch warten wollte.

(Aber Geduld gehört leider immer noch nicht zu meinen Stärken.)

»Aaah, Miss Nachtragend ist wieder unterwegs.« William lacht spöttisch und hält sich die fettgefressene Wampe.

»Warst du schon immer so fett, William? Ist mir gar nicht aufgefallen«, platze ich ungewollt heraus.

(Halleluja, der wiegt mindestens eine Tonne gesättigter Fettsäuren.)

»Jetzt stell dich ma' nich' so an und übertreib' man nich'
so.«

BAMM.

Bevor mein Großhirn auch nur reagieren konnte, hat meine Hand auch schon zugeschlagen. Mitten auf der zer-
kratzten Fettschwabbelbacke ist sie gelandet.

Erbost springt mein werter Herr Bruder auf. »Alter,
spinnst du?«, brüllt er mich an.

»Du spinnst, du Mistkerl! Machst es dir in der Klinik gemütlich und ich kann deinen Stiefsohn nach Tasmanien
bringen.«

»Du hast es doch überlebt, Meckerziege!«

»Es ist vielleicht deiner Aufmerksamkeit entgangen, aber
wir sind mit dem Flugzeug abgestürzt und ich musste deinen Stiefsohn vor mindestens zehn Giftschlangen und
dreißig hungrigen Salzwasserkrokodilen bewahren. Die
hatten mächtigen Hunger. Und Jonas, unseren Piloten haben sie sogar angefressen.«

Annette kreischt auf.

»Keine Aufregung, Annette. Meine Schwester ist eine
Meisterin der Übertreibung«, brummt William.

»Ich bin eine Meisterin der Übertreibung? Du bist ein
Riesenarschloch!« Wütend gehe ich auf William los und
trommele mit den Fäusten auf ihn ein. Meine ganze Wut,
mein ganzer Frust entlädt sich wie ein Blitz, der mit Null-
komma-Irgendwas an Entladung aus dem Nichts geschossen kommt.

Frederico drängt sich zwischen uns und zeigt wütend mit
dem Finger auf seinen Schwager. »Reiß dich bloß zusammen, William! MEINE Frau hat ihr Leben riskiert, um
DEINEN Stiefsohn heil und sicher in das Camp zu bringen, von dem IHR euch erhofft, es wird EURE Erziehung
übernehmen und eure ErziehungsFEHLER ausbügeln.

MEINE Frau hat Großartiges geleistet, sonst wäre Dustin tot. Jonas ist fast tot. Er wurde von einer Schlange gebissen und anschließend von einem Krokodil angefressen. Wenn MEINE Frau nicht aufgepasst hätte, wäre Dustin dasselbe passiert.«

Annette fängt an zu heulen und hält sich eine Hand vor den Mund.

»Und glaube mir, es war ein verdammt beschissenes Gefühl, den Jungen dort in der Wildnis abzuliefern. Vor allem, nachdem wir uns schon ein paar Tage zuvor mit Schlangen und Krokodilen abmühen mussten«, füge ich hinzu. »Dustin hat geweint, als wir gegangen sind. Geweint, weil sich sein leiblicher Vater einen Scheißdreck für ihn interessiert und sein elendiger Stiefvater egoistisch und nicht liebesfähig ist. Geweint, weil er einsam ist und sich ungeliebt fühlt…«

Annette schreit erneut auf und heult nun wie ein Schlosshund.

(Warum vergleicht man einen weinenden Menschen eigentlich mit einem jaulenden Schlosshund?)

»Du bist ein ganz mieser, selbstverliebter Arsch, William!«

»Schlangen? Krokodile? Oh Gott, ist Dustin heil? Lebt er noch?«, bringt Annette stockend heraus.

(Benutzt Annette ihre Ohren eigentlich auch zum Zuhören oder nur für ihren Schmuck?)

Am liebsten hätte ich verneint.

Stattdessen nicke ich schweigend. »Natürlich lebt dein Sohn noch.«

»Dank meiner Frau«, fügt Frederico hinzu.

Wie zwei Kampfhähne starren sich mein Bruder und Frederico an, meinen Blick meidet William.

Dann geht mein Vater dazwischen und schiebt William auf seinen Platz zurück. »Du hältst dich mit jeglichen Kommentaren zurück, mein Lieber. Frederico hat Recht. Deine Schwester wäre fast gestorben. Und dein Sohn auch.«

»Wobei? Bei dem kleinen Flugzeugabsturz?«, blubbert mein Bruder und hält sich die rote Wange, die Annette sogleich mit einem Kuchenteller zu kühlen versucht.

Wie eine lästige Fliege schlägt er sie weg. »Lass das, Annette!«

Beleidigt verschränkt sie die Arme und wird puterrot.

»DIESER KLEINE FLUGZEUGABSTURZ?«, hake ich mit äußerster Beherrschung nach. »Du hast jawohl 'ne Vollmeise, William. Ich habe tagelang um unser nacktes Überleben kämpfen müssen, zwischen Spinnen, Schlangen und Salzwasserkrokodilen. Auf dem Baum haben wir geschlafen, nachdem Jonas von einer Schlange gebissen und wir von Krokodilen heimgesucht wurden. Wir haben Wasser mit einer Socke gefiltert und haben es abkochen müssen, damit wir nicht verdursten. Wir haben jedes Tier essen müssen, das unseren Weg gestreift ist.«

Annette dreht sich würgend weg.

»Du bist vermutlich nur froh, dass du Dustin für ein paar Wochen los bist«, beende ich meine Ausführungen.

»Plustere dich nicht so auf! Du warst schon immer eine Meisterin der Übertreibung. Es war vermutlich alles nur halb so wild. Und du hast mit Nick und Dustin am Strang gehockt und dich gesonnt«, sagt William mit finsterer Miene.

»Dieses Mal nicht«, sage ich gefährlich leise. »Und zum Abholen schwingst du deinen fettgefressenen Arsch selber ins nächste Flugzeug oder du fährst dreißig Stunden mit dem Auto nach Tasmanien, um Dustin abzuholen.«

»Der Junge ist groß. Er kann auch durchaus alleine hier-herkommen.«

»Dann würde ich doch sagen, ihr packt schon einmal eure Sachen«, sagt Tante Ella für ihre Verhältnisse sehr unter-kühlt.

»Tante Ella!« Geschockt starrt William unsere Tante an. »Was geht denn hier ab?«

»Weißt du, wie ich es satt habe, euch alle hier über Wo-chen und Monate zu beherbergen, während ihr eure Är-sche nicht einmal mehr bewegt, um mir beim Tischdecken zu helfen? Keiner von euch kommt auch nur auf die Idee, uns mit den Schafen oder Alpakas zu helfen. Ihr lasst euch von vorne bis hinten bedienen. Und sag mir nicht, dass ihr ach-so-verletzt seid? Ich will endlich mein Zuhause wie-derhaben! Meinen Frieden. Und zwar ohne dich und deine verwöhnte Familie und ohne meine Schwester, die jeden mit ihrem zickigen Getue vertreibt. Sogar ihre kleine En-keltochter will mich nicht einmal mehr besuchen, weil Oma Ilse in der Nähe ist.« Wütend schnaubt Tante Ella ihre tonnenschwere Last heraus und schaut jeden so ent-schlossen an, dass es niemand wagt, ein Widerwort zu ge-ben. Langsam kullert eine Träne aus ihrem Auge und ver-abschiedet sich über die Wange.

Schließlich erhebt sich Annette. »Tante Ella hat Recht, William. Du bist kaum noch zu ertragen. Ich glaube, mei-ne Kinder und ich sind besser ohne dich dran.« Damit humpelt sie ins Haus. Auf der Türschwelle dreht sie sich noch einmal um. »Vielen Dank, Susannah! Das kann ich nie wieder gutmachen!«

»Wo willst du hin?«, ruft mein Bruder ihr kopfschüttelnd nach. »Toll! Jetzt hast du sie vertrieben«, wirft er unserer Tante vor.

Tante Ella schnalzt mit der Zunge. »Dann würde ich an deiner Stelle mal zusehen, dass du ihr ganz schnell folgst. Denn so, wie es sich für mich angehört hat, hast du sie selbst vertrieben.«

»Ey, Mann, ey, wo sollen wir denn die nächsten vier Wochen wohnen, wenn du uns rauswirfst? Wir sind verletzt, Mann. Und meine Kohle reicht auch nicht fürs Hotel.« Schimpfend schnappt er sich die Krücken und reißt dabei das halbe Kaffeeservice vom Tisch.

»Ella, jetzt gehst du echt zu weit«, mischt sich meine Mutter ein, die ihre Sprache wiedergefunden zu haben scheint.

»DU-BIST-STILL, ILSE«, sagt meine Tante leise und deutlich. »DU-HAST-KEIN-HERZ, Mrs Egoismus. Aber so warst du ja schon als Kind! Es musste sich immer alles um dich drehen. Wehe, wenn nicht!« Meine Tante schluchzt auf. »Du hast meine kleine Emma vertrieben.«

»Emma ist immer noch MEIN Enkelkind, Ella.«

»Aber nur auf dem Papier, du blöde Kuh! Ich bin für Emma die wahre Oma.«

Empört schnappt meine Mutter nach Luft und hält sich die Brust. »Spinnst du? Bist du jetzt völlig durchgedreht? Ich bin herzlos und du bist die wahre Oma?«

»Dein Mann kann bleiben, aber du wirst deinem Sohn und seiner Frau folgen und noch heute deine Koffer packen. Geht und lasst euch so schnell nicht mehr bei mir blicken!« Tante Ella nimmt den Wasserkrug und kippt ihn ihrer Schwester über den Kopf.

(Ich habe meine Tante noch NIE so ernst und entschlossen gesehen.

Wie ein mächtiger Baum steht sie auf ihrer Veranda und kämpft für ihre Freiheit und ihren Seelenfrieden.

Offenbar sind die letzten Tage etwas aus dem Ruder gelaufen.)

Meine Mutter prustet.

»Wenn du ein Herz hättest, wärest du deiner verschollenen Tochter in die Arme gefallen und hättest dem Universum gedankt, dass sie wieder gesund hier aufgetaucht ist und all die gefährlichen Tiere im Dschungel überlebt hat.« (Ich muss meiner Tante Recht geben.)

Meine Mutter plustert sich auf. »William hat Recht. Ihr habt alle zu viel Sonne abgekriegt. Susannah geht es doch gut! Unkraut vergeht nicht.«

»Danke, Mama«, sage ich verletzt. Ich mache auf dem Absatz kehrt, gebe meinen Nebeneltern und meinem Vater einen Kuss und ziehe Frederico hinter mir her. »Komm, wir holen die Kinder!«

♥♥♥

»Mamma mia, bellissima! Endlich bist du wieder da!« Mit überschwänglichen gefühlten tausend Küsschen werde ich von meiner Schwiegermutter begrüßt und gedrückt.

»Wir haben uns solche Sorgen gemacht. Erst der Absturz, dann die Tiere und die Nächte im Dschungel.«

»Nick war da und hat uns gerettet. Ohne ihn wäre ich elendig verdurstet.«

(Was hundert pro der Wahrheit entspricht.)

»Oh, mio Nick! Ich werde ihm eine extra große Pizza backen.« Rebecca gibt mir einen weiteren Kuss.

Auch mein Schwiegervater herzt mich liebevoll und tätschelt meine Wangen.

Dann betritt Giulia die Pizzeria mit Tiberius und Emma, die beide voller Mehl und Tomaten sind.

»MAMA, MAMA, ich habe ganz viel Pizza gebacken.«

Emma rennt so schnell auf mich zu, dass ihre blonden Locken ganz wirr vom Kopf abstehen. Laut seufzend fällt sie mir um den Hals und drückt mich. »Meine Mama!« Sie drückt ihr Gesicht ganz fest gegen meine Brust. Dann lässt sie mich abrupt los und schaut mich mit hoch erhobenem Finger an. »Du hast gesagt, du bist zum Abendbrot wieder da. Das war geschwindeligt.«

Frederico streichelt Emma über den Kopf und holt sich einen dicken Schmatzer bei ihr ab. »Mama konnte nichts dafür, dass sie nicht rechtzeitig wieder da war, Süße. Das Flugzeug war kaputt.«

»Dann schimpfe ich mit dem Flugzeugfahrer«, sagt Emma mit ernster Miene.

»Das kannst du machen, sobald er wieder aus der Klinik entlassen wird. Er ist nämlich schwer verletzt«, erkläre ich. »Das Flugzeug ist nämlich vom Himmel gefallen.«

»Vom Himmel gefallen? Oah! Und jetzt hat er Aua? So wie William und Annette?«, fragt Emma mit großen Augen.

Ich verziehe den Mund.

(Wenn ich die Frage bejahe, lüge ich.

Wenn ich sie verneine, ist das auch nur die halbe Wahrheit.

Wie erklärt man seinem Kind, dass auch Erwachsene mal ›schwindelig‹ sind und das Blaue vom Himmel herunterlügen?)

»William und Annette haben das Auto kaputtgefahren und ein Bein gebrochen«, sage ich so vorsichtig wie möglich.

Emma nickt. »Und der Flugzeugfahrer hat auch ein Bein gebrochen?«

Ich zucke mit den Schultern. »Ehrlich gesagt, weiß ich das nicht so genau, Emma. Wir haben den Piloten in der Klinik abgeliefert und dann bin ich ganz schnell nach Hause gekommen, weil ich dachte, ihr seid zuhause.« Ich richte mich auf und nehme Tiberius, der mit ausgestreckten Armen und strampelnden Beinen wild grunzend auf Giulias Arm hängt und zu mir will.

Erleichtert küsse ich das kleine, süße Gesichtchen ab und schicke ein megafettes Dankeschön an den Sachbearbeiter im Universum, dass er mich am Leben gelassen hat, damit ich diese wundervollen Kinder wiedersehen kann.

»Willst du unsere Pizza probieren, Mama?« Mit großen Augen starrt Emma mich an.

(Kann eine von Kindern selbstgemachte Pizza schlimmer schmecken als Affeneintopf oder gehäutete Schlange? Ich glaube kaum.)

»Unbedingt. Ich habe einen Riesenhunger. Im Wald gab es nämlich fast nix zu essen.«

Luigi und Rebecca führen uns an einen großen Tisch am Fenster und setzen sich zu uns.

Andrea, einer der Kellner, nimmt die Bestellung auf und versorgt uns mit Getränken.

»Meine Mama kriegt meine Pizza«, bestellt Emma wie eine Große.

Andrea nickt und notiert sich das auf seinem Kellnerblock.

»Zeig mal!« Emma linst auf seinen Block.

Andrea zeigt seine selbstgemalte Pizza mit dem Namen ›Emma‹ darin.

Zufrieden nickt Emma. »Sehr gut«, lobt sie.

Auf die Gefahr hin, dass mir das Gebräu sämtliche letzte Kalzium- und Magnesiumvorräte aus dem Körper zieht, bestelle ich ein Glas eiskalte Cola.

Rebecca nimmt meine Hand und streichelt sie. »Wir haben uns so große Sorgen gemacht um dich, bella Susannah«, sagt sie mit ihrem rollenden ›R‹-Akzent.

Luigi nickt und wischt sich eine Träne aus den Augen. »Nicht auszudenken, wenn die Kinder ihre Mamma verloren hätten.«

(Kann das sein?

Kann es WIRKLICH sein, dass meine Schwiegereltern herzlicher sind und mich mehr lieben als meine eigenen Eltern?

Ich bin sprachlos!)

Frederico gibt mir einen flüchtigen Kuss auf die Wange. »Ich bin auch wahnsinnig erleichtert. Du warst fast eine Woche lang da draußen im Nirgendwo und musstest ums Überleben kämpfen. Wenn ich an all die Krokodile denke, wird mir jetzt noch ganz schlecht.«

Emma macht ein erschrockenes Gesicht und versteckt sich hinter ihren Händen. »Krockedile? Echte Krockedile?«

Sie schnappt sich ihren Zeichenblock und die Malstifte und legt los.

Ich tätschele ihren Lockenkopf und gebe ihr einen Beruhigungskuss. »Mama hat auf einem Baum geschlafen wie ein Koala, damit die echten Krokodile sie nachts nicht beißen konnten.«

»Die haben sooooo ein großes Maul«, sagt Emma schwer beeindruckt und reißt ihren Schnabel elendig weit auf. Dann zeichnet sie den Krokodilkopf neben einen Baum. In den Baum hängt sie eine Frau mit Rock.

»Das bist du, Mama«, sagt sie.

»Sieht auch aus wie ich.«

»Und das ist das Krockedil. Es will dir fressen«, erklärt Emma.

»Das sind aber spitze Zähne«, sage ich und halte das spitze Pizzamesser hoch. »Mindestens so spitz.«

Emma nickt. »Und was hat Nick gemacht? Hat er auch auf einem Baum geschlafen?«

»Ja. Und Nick hat sogar zwei Krokodile verjagt«, erzähle ich stolz.

»Wie denn?« Emma lauscht wie gebannt und vergisst glatt weiter zu malen.

(Kann ich gut verstehen.

Welches Kind jiepert nicht nach abenteuerlichen Krokodilgeschichten?)

»Er hat ganz laut herumgebrüllt und mit einem brennenden Stock gegen einen Baumstamm gehauen. Dann hörte das Krokodil auf zu krabbeln und hat sich umgeschaut. Nick hat sich schließlich von hinten angeschlichen und ist dem Krokodil auf den Rücken gesprungen. Mit seinem lilafarbenen Tuch hat er ihm dann die Augen zugebunden, so dass das Tier nicht mehr gucken konnte und ganz ruhig wurde.«

»Das soll wirklich etwas bringen«, sagt Giulia nachdenklich.

Ich nicke. »Die Biester sind wirklich schnell, wenn sie Beute wittern, aber sobald sie ›blind‹ sind, hat man das Gefühl, sie schlafen oder sind zu Stein erstarrt.«

Rebecca schüttelt sich und nimmt meine Hand. »Die Vorstellung ist so gruselig, mia cara!« Sie gibt meiner Hand mehrere Küsse und wischt sich eine Träne aus den Augenwinkeln.

»Ich habe ein paar Tage bei Giulia und John geschlafen und durfte jeden Tag bei Oma und Opa Pizza backen«, erzählt Emma stolz.

Ich wuschele meiner Tochter erneut durch die Haare. »Das ist wirklich toll, mein Schatz. Ich bin sooo stolz auf dich. Jetzt bist du bestimmt ein Profikoch und wenn wir wieder zuhause sind, musst du das Mittagessen kochen.«

»Aber nur die Pizza«, sagt Emma mit ernster Miene.

»Natürlich«, bestätige ich.

Andrea bringt unsere Getränke.

Mit einem erleichterten Seufzer halte ich mein Glas in die Höhe.

(Zappelig halte ich es hoch, weil ich endlich etwas von dem ungesunden Zeug trinken und nicht auf den Trinkspruch warten will.

Meine Schwiegereltern sind nämlich große Verfechter von Trinksprüchen.

Daher ist es angebracht, immer erst einmal abzuwarten.

Ich beiße also tapfer die Zähne zusammen.)

»Bellissima, wir sind sehr froh, dass du wieder da bist. Alla salute, auf dich!«, sagt meine Schwiegermutter.

»Danke, lieb von euch! Alla salute!«

Wir prosten uns zu, dann stürze ich die ersten Schlucke meiner Cola gierig herunter.

Giulia lacht. »Cola gab es wohl nicht auf deiner Luxusreise, was?«

Fredrico streichelt meine Schulter. »Genau, was habt ihr eigentlich die Tage über getrunken? Hattet ihr überhaupt genug Proviant dabei?«

»Ich hatte meine kleine Wasserflasche in der Handtasche, die den Absturz zum Glück überlebt hat. Dazu noch einen Schokoriegel. Nick hatte gar nichts dabei und die Flaschen, die Jonas an Bord hatte, sind alle mitsamt der Maschine explodiert.«

»Warum seid ihr unverletzt und der Pilot liegt in der Klinik?«, fragt Luigi.

»Wir sind mit dem Fallschirm abgesprungen, als das Flugzeug rasant an Höhe verlor, aber Jonas hat sich erst kurz vor der Landung mit dem Schleudersitz in den nächsten Baum katapultiert.«

Andrea bringt das Essen herein und stellt mir als Erste eine Pizza Margherita vor die Nase. Ein Riesenteigrad mit kleinen geschnittenen Tomatenscheiben und extra viel Käse. Ein paar Champignons sind so angeordnet, dass sie das Wort ›Mama‹ bilden.

»Emma, mein Schatz, DIE Pizza hast du ganz alleine für mich gebacken?«

Stolz nickt Emma und hält den Daumen in Richtung Luigi hoch. »Opa Luigi hat den Teig geknetet. Weil Männer stärker sind«, fügt sie schnell hinter vorgehaltener Hand hinzu.

»Da hast du Recht. Das muss man ausnutzen, wenn man einen starken Mann da hat.«

(Die Kleine weiß gar nicht, wie sie Recht hat!

Mann, bin ich froh, dass ich in Begleitung von Nick war!

Und er war nicht nur stark, sondern vor allem schlau!)

Hungrig führe ich den ersten Happen meiner Pizza zum Mund.

(Was für ein Himmelsgeschenk!)

Genießerisch schließe ich die Augen. »Ein Traum, Emma. Danke!«

Emma lächelt und vergisst glatt, ihre kleine Kinderpizza zu essen.

»Und warum ist der Pilot nicht abgesprungen?«, fragt Luigi verwirrt nach.

»Er ist zu lange im Flugzeug geblieben. Ich dachte erst noch, er ist gar nicht mehr abgesprungen, denn ich habe seinen Rettungsfallschirm nicht am Himmel gesehen. Nur den von Nick und Dustin. Später haben wir Jonas in einem Baum gefunden. Er hing mit seinem Pilotensessel an mehreren Seilen darin fest und war bewusstlos.«

Luigi schüttelt den Kopf. »Dieser Mann ist leichtsinnig. Erst fliegt er eine junge Mutter und ein Kind mit einer defekten Maschine und dann zieht er sich aus der Affäre, indem er nicht abspringt. So ein Feigling! Wenn ich den erwische…«

»Was machst du dann, Opa?«, fragt Emma neugierig und grinst durch ihre Gabel hindurch.

Luigi zieht die Augenbrauen zusammen und guckt so finster drein wie möglich. »Dann hole ich meine Familie aus Sizilien und ziehe ihm die Ohren lang.«

»Wie bei einem Esel?«, lacht Emma.

»Genau. Wie bei einem Esel.« Luigi hebt den Daumen.

»Da schließe ich mich doch an«, sagt Frederico. »Jonas McGonogin braucht mal ganz dringend eine gehörige Abreibung.«

»Ich glaube, die hat er schon bekommen«, sage ich versöhnlich.

»Warum?«

»Zuerst wurde er von einer Giftschlange gebissen und dann hat ein Krokodil sein Bein fast abgebissen. Wenn Nick nicht eingesprungen wäre und das Krokodil vertrieben hätte, hätte er mehr als nur eine böse Bisswunde davongetragen.«

»Das geschieht ihm recht«, sagt Luigi verärgert. »Er hat dich in Lebensgefahr gebracht.«

»Das stimmt. Aber so wie ich ihn kenne, wird er sich weder für die Rettung bedanken, noch einsehen, dass er versäumt hat, das Flugzeug zu warten.«

❤❤❤

»Valentino.« Ich lausche in den Hörer.

»Susannah, ich bin's, Nick. Wie geht es dir?«

»NICK! Schön, dass du anrufst. Hast du unser kleines, unfreiwilliges Abenteuer gut überstanden?«

»Das habe ich, auch wenn ich sicherlich nicht so gute Pizza bekommen habe wie du. Emma hat mir nämlich erzählt, dass sie für dich gebacken hat.«

Lächelnd setze ich mich an den Küchentisch und beobachte Emma, die ein Bild malt.

(Ich glaube, es ist das Hundertste, auf dem ich am Baum hänge und ein Krokodil mit buntem Halstuch nach mir schnappt.)

»Das stimmt. Emma ist die weltbeste Pizzabäckerin«, sage ich und zwinkere meiner Tochter zu.

Emma grinst bis über beide Ohren und hebt den Daumen à la Opa Luigi. »Wer ist denn das, Mama?«

»Das ist Nick.«

Sie streckt einen Arm aus. Ich schalte auf den Lautsprecher und lasse sie mithören. »Hallo Nick, ich kann schon ganz toll backen. Soll ich dir auch eine Pizza backen?«

»Hallo Emma, meine kleine Pizzabäckerin. Wann hast du denn mal Zeit, für mich eine von deinen sensationellen Pizzen zu backen?«, ruft Nick ausgelassen durch den Hörer.

Emmas Blick wandert zum Kalender.

(Sie kann zwar noch nicht lesen, aber Frederico macht das immer, wenn er telefoniert.)

»Morgen ist unsere Zirkusvorstellung. Dann habe ich keine Zeit, weil ich ein Clown bin…«

»Oh, toll. Darf ich zugucken kommen?«, fragt Nick begeistert.

Emma nickt.

»Du musst antworten, Schätzchen. Nick kann dich nicht sehen.«

»Ja«, spricht Emma brav in den Hörer.

»Cool. Dann komme ich doch morgen vorbei. Ist es eine normale Vorstellung oder eine im Erlebnisrestaurant?«

Fragend schaut Emma mich an.

»Erlebnisrestaurant. Wenn du willst, bekommst du einen Ehrenplatz am Familientisch«, sage ich lachend.

»Was bin ich nur für ein Glückspilz. Wann fängt denn die Vorstellung an?«

»Um achtzehn Uhr.«

Emma nimmt sich wieder ihren Stift und malt weiter.

(Jetzt malt sie mich auf einem Baum zusammen mit einer Schlange auf einem Ast. Darunter krabbelt ein großes Krokodil, das eher an einen Riesendrachen erinnert.)

»Ich habe heute einen Anruf von Julius gehabt«, erzählt Nick.

Eilig drücke ich die Lautsprechertaste weg und lausche Nicks Erzählung. »Es läuft wohl ganz gut. Dustin macht sich prima. Er hält sich an die Regeln, murrt nicht herum und scheint ein Ass im Bauen von Unterständen zu sein.«

»Dann scheint die Tour ja Wunder zu bewirken, was?«, sage ich schmunzelnd.

»Ich denke schon, aber so genau kann man das jetzt natürlich nicht sagen. Ich schätze, wenn der Junge zurück ist in der Zivilisation und wieder in seinem gewohnten Freundeskreis, kann er schnell wieder in die alten Verhaltensmuster verfallen.«

»Dann sollten William und Annette ihm eine andere Umgebung suchen.«

»Unbedingt. Kannst du deinem Bruder ja schonend beibringen. Er ist doch bestimmt noch bei deinen Nebeneltern, oder?«

Ich schüttele den Kopf und drehe mich leicht weg. »Meine Tante hat ihre Drohung wahrgemacht. Meine Mutter und William sowie Annette wohnen jetzt in einer Pension ganz hier in der Nähe.«

»Und dein Vater?«

Wieder schüttele ich den Kopf. »Mein Vater ist noch immer hier und hilft uns bei den Tieren. Außerdem tritt er morgen wieder im Zirkus auf. Er wird gebraucht.«

»DAS hätte ich im Leben nicht gedacht. Dein Vater emanzipiert sich. Wahnsinn!«

»Ein wahres Wort, mein Lieber. Hast du eigentlich was von Jonas gehört?«

»Ja. Sein Schienbein ist vom Krokodilbiss zersplittert, der Hüftknochen ist gebrochen und ein Schultergelenk ausgekugelt. Außerdem hat er sich die Milz verletzt, die sie operativ entfernen mussten. Die neckische Schlange hat ihm dann den Rest gegeben. Das Anti-Serum, welches ich ihm gespritzt hatte, war übrigens nutzlos. Er konnte wohl froh sein, dass das Vieh kein tödliches Gift verteilt hat.«

»Hört sich übel an. Aber, sag mal, woher weißt du das denn so genau?«

(Soweit ich mich erinnere, bekommt man auch in Australien und Tasmanien nur Auskünfte über Patienten, wenn man mit ihnen verwandt ist.)

»Joshuas Cousin ist der behandelnde Arzt. Ist also nicht offiziell.«

»Natürlich, wie dumm von mir! Mann, hat der 'ne große Familie. Gibt es irgendwo noch einen Fleckchen Erde, der nicht von Joshuas Familie besetzt ist?«

»Und ob seine Familie groß ist! Ich bin selbst immer ganz überrascht. Apropos, darf ich ihn morgen mitbringen?«

»Natürlich. Ich reserviere zwei Plätze für euch.«

»Bis morgen. Ciao!«

»Ciao!«

Oh Schreck, das zaubert keine Maschine weg!

Einige Tage später stehe ich mit brennendem Durst auf. Obwohl ich schon knapp zwei Wochen wieder zuhause bin, bin ich jeden Morgen wieder erstaunt (und zutiefst dankbar), dass ich in meinem Bett aufwache und nicht an irgendeinem Baum hänge.

Leise schleiche ich mich ins Badezimmer, doch bevor ich etwas trinken kann, holt mich die Übelkeit ein und lässt mich unsere Keramikabteilung auf besondere Art begrüßen.

»Ist alles in Ordnung mit dir?«

Ohne aufzublicken, winke ich ab. Ich spüle und gehe mir das Gesicht waschen und die Zähne putzen. Dann fällt mein Blick auf die Pillenpackung, die hinter eine Badezimmerpflanze gerutscht ist.

(HEILIGE SCHEISSE!

DIE habe ich ja total vergessen.

OMG!

Wann habe ich zuletzt eine genommen?)

Ich fingere an der Packung herum und stelle fest, dass die letzte Pille am Morgen meines Abfluges verspeist worden ist.

Na, herzlichen Glückwunsch, Susannah!

Sie haben soeben den ersten Preis im Schwangerwerden bekommen!)

Frederico kommt näher und mustert mich. »Du bist schwanger, oder?«

(DAS war KEINE Frage, sondern eine Feststellung.)

»Wie kommst du denn darauf?«, versuche ich Zeit zu schinden.

»Du hast die Pillenpackung nicht mit im Dschungel gehabt und selbst wenn, könnte ich es dir nicht verdenken, wenn du sie bei all den Vorfällen nicht genommen hättest«, sagt mein Herzkönig lammfromm.

»Hast ja Recht.« Ich lasse den Kopf hängen und plumpse auf den Badewannenrand. »Sie ist so schwach dosiert, weil ich noch stille, dass die paar Tage offenbar alles durcheinander gebracht haben. Es tut mir leid. Bist du jetzt sauer?«

Frederico grinst und schnappt sich sein Zahnputzzeug. »Niemals. Um ehrlich zu sein, finde ich es toll.«

»Du machst dich über mich lustig, oder?«

»Nein. Aber ich bin stolz wie Bolle. Ich bin und bleibe eben dein Deckhengst.«

Damit löst er meine Schockstarre und bringt mich zum Lachen. Als ich mich wieder beruhigt habe, lehne ich mich mit ernster Miene gegen das Waschbecken. »Tiberius ist erst acht Monate alt. Er wird also nicht einmal eineinhalb Jahre alt sein, wenn er zum Sandwichkind wird.«

»Ich weiß.« Frederico steckt sich die Zahnbürste in den Mund. »Aber er wird es überleben. Sandwichkinder sind toll, findest du nicht?«

»Du findest das in Ordnung?«

»Ja, es ist toll«, sagt er und verteilt den Zahnpastaschaum gleichmäßig über dem Waschbecken.

»Na, dann haben wir unser halbes Dutzend ja bald voll«, sage ich witzelnd und gehe hinaus, um Frühstück zu machen.

(Ich bin nämlich hungrig wie ein Tiger.)

»Nick kommt heute Abend mit Joshua zur Vorstellung«, rufe ich Frederico entgegen, während ich das Toast in den Toaster stecke. »Die Vorstellung vor zwei Wochen hat ihnen so gut gefallen, dass sie noch einmal kommen wollten.«

»In Ordnung. Die beiden können am Familientisch sitzen«, ruft Frederico zurück. Er kommt in die Küche gelaufen, schnappt sich einen Apfel und gibt mir einen flüchtigen Kuss auf die Wange. »Ich muss los! Bis später.«

Emma rutscht von ihrem Stuhl und drückt sich gegen meine Beine. »Mama, muss ich heute in den Kindergarten?«

Ich streichele ihren Kopf. »Nein, meine Süße! Wir machen heute was Schönes zusammen.«

Emma klatscht in die Hände. »Super! Darf ich auf Georg reiten?«

Ich lache lauthals los. »Emma, das geht nicht. Georg ist ein Alpaka.«

»Er mag mich.«

»Ganz bestimmt mag er dich. Du bringst ihm auch immer so leckere Möhren mit. Aber du bist zu schwer für ihn.«

»Opa hat gesagt, ich bin leicht wie eine Fliege«, widerspricht Emma. »Und bei Opa durfte ich schon auf Georg reiten.«

Überrascht halte ich inne. »Du bist auf einem Alpaka geritten?«

»Ja.« Emma hält beide Daumen in die Höhe. »Darum brauche ich auch ein neues Kostüm.«

»Was für ein Kostüm?«, frage ich neugierig.

(Gibt es Kostüme für Alpaka-Reiter?

Ich meine, ich wusste ja nicht einmal, dass es überhaupt Alpaka-Reiter gibt.)

Emma holt Fredericos Tablet und schaltet es an. Im Nu hat sie eine Website geöffnet und zeigt mir ein glitzerndes, blaues Trikot mit weitem Rock aus reiner Seide.

(Unglaublich!

Die Lütte ist gerade mal drei Jahre alt und ein paar zerquetschte Monate, und sie kann schon ein Tablet bedienen?

Gute Güte!

Wo soll das noch hingehen?

In zehn Jahren programmieren die Kinder von heute das System vom Pentagon, oder was?)

»Das ist aber teuer!«, stelle ich fest.

»Papa hat es mir schon gekauft«, sagt Emma und schiebt entschlossen ihre Unterlippe vor.

(Das macht sie immer, wenn sie etwas haben will und sie das schon bei ihrem Papa durchgeboxt hat, obwohl beide wissen, dass ich nicht so begeistert davon bin. So frei nach dem Motto: ›*Papa hat's erlaubt, du darfst das jetzt nicht mehr verbieten.*‹)

»Und wann kommt das Kleid?«

»Oma Rebecca bringt es heute Nachmittag mit.«

»Oh, ist die Schneiderei, die das Kostüm genäht hat, etwa in Adelaide?«

»Ja, die ist bei Oma und Opa in der Straße.«

»Na, dann haben wir ja genügend Zeit, um ein bisschen Spaß zu haben. Ich muss nur Tiberius anziehen und in den Kinderwagen setzen. Dann können wir losgehen.« Ich schnappe mir ihren Bruder und ziehe ihn in Windeseile um. Eine Viertelstunde später stehen wir bei den Alpakas und ich werde Zeuge, wie meine Tochter allen Ernstes den Leithengst reitet.

Die Vorstellung ist wundervoll. Frederico hat das Programm geändert und so habe auch ich viele neue Sachen zu sehen bekommen.

Das Essen meiner Schwiegereltern, die die Restaurantleitung unseres ›Menü-Zirkus‹ innehaben und ihr italienisches Essen feilbieten, ist großartig wie immer.

Satt und zufrieden will ich mich gerade zurücklehnen, als Frederico seine Schlussworte zum Publikum spricht.

»Liebes Publikum, schweren Herzens haben wir uns entschieden, hier unsere Zelte für eine Weile abzubrechen und nach Perth zu gehen. Sobald wir aus Perth zurück sind, werde ich das in der Tageszeitung bekanntgeben. Ich danke Ihnen für Ihre Aufmerksamkeit und hoffe, Sie hatten einen wundervollen Abend. Auf Wiedersehen!« Er winkt in die Manege, während mir der Unterkiefer herunterklappt.

(Zelte abbrechen?

Habe ich irgendetwas verpasst oder hatte Frederico etwas in der Art erwähnt und ich habe das nur überhört oder gar vergessen?)

»Wusstest du das?«, fragt Nick überrascht. »Er will den Zirkus hier dicht machen?«

Langsam erwache ich aus meiner Starre. »Hat er gerade gesagt, dass er weggehen will? EINE WEILE nach Perth?«

(Perth ist ja nicht gerade um die Ecke.
Eher so gute zweitausend Kilometer weit weg.
Und wie lange ist überhaupt ›eine Weile‹?
Frederico will mich hier ernsthaft alleine lassen?
Schwanger?
Einsam?)

»Das hat er«, bestätigt Nick. »Aber was bedeutet das? ›Eine Weile‹ ist ja sehr nichtssagend. Das kann ein paar Monate sein, aber auch ein paar Jahre.«

(JAHRE?
OMG!!!

KREISCH!!!)

»Puh«, ist alles, was ich momentan dazu sagen kann.

(Was entweder an meiner Überraschungsstarre liegt oder an meinem überfüllten Magen.

Vielleicht ist auch einfach beides eine äußerst schlechte Kombi!)

»Ich glaube, du solltest ihn noch einmal genau fragen, was er für Pläne hat. Immerhin bleibst du hier mit den Kindern zurück! Oder nimmt er sie mit?« Nick schaut mich ganz komisch an. »Oder willst DU etwa mitgehen?«

»Ganz ehrlich? Ich habe auf keine deiner Fragen eine Antwort.«

♥♥♥

Nach dem Zähneputzen falle ich erschöpft ins Bett. Tiberius schläft tief und fest und Emma wollte unbedingt mit zu Giulia.

Frederico schleicht ins Schlafzimmer und lächelt.

(Fast ein bisschen zu unschuldig!

Na, warte, mein Bürschchen, dir werde ich erst einmal auf den Zahn fühlen!)

Müde öffne ich ein Auge.

»Gute Nacht, mein Schatz!«, flüstert Frederico und schlüpft unter die Bettdecke. In Lichtgeschwindigkeit hat er sich die Decke bis weit über die Ohren gezogen.

(Na, DIE Geste kenne ich ja bereits.

Die hat er immer drauf, wenn er was ausgefressen hat.)

Mit einem Schlag bin ich hellwach. Ich setze mich aufrecht hin und funkele ihn an.

(Und zwar so wütend, dass mein Blick sich durch die Dunkelheit UND den knüdeligen Bettdeckenhaufen bohrt.)

»Du willst ohne jegliche Absprache einfach hier die Zelte abbrechen und über tausend Kilometer weiter weg auftreten? Und das für eine GANZE WEILE? Warum weiß ich davon nichts?«

»Wenn es nicht so gut läuft, bin ich nur ein paar Monate weg«, versucht Frederico mich zu beruhigen. Sein Kopf taucht vorsichtig unter der Bettdecke auf.

»Super! Das macht jetzt voll den Unterschied.« Ich plumpse zurück auf mein Kissen. »Und wann hattest du vor, es mir zu sagen? Wenn du wieder zurück bist, in der Hoffnung, ich würde deine Abwesenheit gar nicht erst bemerken?«

Frederico lacht leise. »Es tut mir leid. Ich hätte mir dir reden sollen, aber ich habe es so lange vor mich hergeschoben, dass ich irgendwie den Zeitpunkt verpasst habe.«

»Irgendwie hast du das, ja.«

»Kommt nicht wieder vor. Versprochen.«

»Ich bin echt sauer, Frederico. Du stellst mich einfach vor vollendete Tatsachen. Und du hast mich nicht einmal gefragt, ob ich hierbleiben oder mitkommen will.«

Eine Hand streichelt meine Schulter. »Versöhnungssex?«

Ich gucke ihn entgeistert an. »Wir haben noch nicht einmal gestritten. Und das ist auch keine Antwort auf meine Frage.«

»Welche Frage?«, wundert sich Frederico.

»Was passiert denn mit uns?«

»Die Frage muss ich wohl überhört haben.«

»Das liegt daran, dass dir dein neuer Freund ›Irgendwie‹ ganz schön den Blick auf das Wesentliche versperrt. Da war nämlich sehr wohl ein Fragezeichen.«

»Ein sehr verstecktes Fragezeichen.«

»Ausrede!«

»Super versteckt. Also, Versöhnungssex?« Hoffnungsvoll setzt mein Göttergatte seinen erfolgreichsten Dackelblick ein.

»Nee, ich bin echt sauer. Da hilft kein Sex, mein Lieber!«

»Nicht einmal ein klitzekleines bisschen Kuschelsex?«, kratzt sich mein Herzkönig ein.

»Nicht einmal das. Ich bin heute Nachmittag in tiefe Schockstarre gefallen. Sex fällt aus. Mindestens drei bis sechs Monate oder halt eine ganze Weile.« Ich grinse.

»Geht ja auch schlecht über die Entfernung.« Plötzlich fällt mir wieder ein, dass ich schwanger bin.

(Ich habe nämlich schon einen Test aus der Apotheke gemacht.)

»Aber der Sex ist bei der Entfernung eigentlich mein geringstes Problem, fällt mir das gerade ein.«

»Wieso?«

»Du lässt mich hier zurück. Schwanger und mit zwei kleinen Kindern. Mr-Ich-wünsche-mir-zwölf-Kinder.«

Frederico schneidet eine Grimasse. »Das ist das einzige, was mir momentan Sorgen macht. Du bist ja trächtig, meine Stute! Da hatten wir ja schon erfolgreichen Sex.«

»Ich wusste gar nicht, dass Sex erfolgreich sein muss. Außerdem bin ich schwanger, nicht trächtig, Monsieur. Es hat sich ausgestutet.«

Enttäuscht mummelt sich Frederico wieder in seine Decke. »Ich versuche nur, den Zirkus zu retten.«

»Wie bitte?« Entsetzt schaue ich ihn an.

»Die Zahlen sind rückläufig. Die Menschen hier haben sich sattgesehen. Aber in Perth gab es noch nie einen Zirkus«, verteidigt sich mein Ex-Bänker. »Der Bürgermeister ist begeistert.«

»Das klingt aber nicht nach drei bis sechs Monaten, sondern eher nach drei bis sechs Jahren!«

(OMG!

Oder nach drei bis sechs JAHRZEHNTEN!)

Ich gucke ihn an. Direkt in die Augen.

(Dann kann er nicht lügen.)

»Ich weiß.« Er stöhnt genervt und schaut an die Zimmerdecke.

»Du würdest uns so lange alleine lassen? Und dein drittes Kind nur über Skype sehen wollen?«, frage ich, während ich mich auf einen Ellenbogen stütze. »Oder ist dein Ex-Drache zurückgekehrt und du willst mir das nur nicht sagen, um mich nicht zu verletzen? Oder schlimmer noch, hast du eine andere Frau kennengelernt und dich verliebt?«

»Nein! Nein, natürlich nicht. Ich habe überlegt, dass ich erst einmal alles aufbaue und du in vier Wochen nachkommst. Mit den Kindern.«

»Und mein Wollstübchen?«

»Vielleicht könnte Ella einspringen?«, schlägt Frederico hoffnungsvoll vor.

»Das würde sie vielleicht tun. Aber zufälligerweise mag ich meinen Laden sehr. Und ich mag die Garrel-Ranch. Und die Tiere. Und den Zirkus. Und was ist mit meinem Vater und mit Onkel Riley?«

Frederico hält eine Hand hoch. »Stopp! Ich habe es verstanden.«

»Hast du?«

»Natürlich. Ich komme ja nicht aus Dummsdorf.« Frederico seufzt. »Ach, Schatz, ich quäle mich jetzt schon länger mit dem Gedanken. Ich habe hin und her überlegt und auch schon meine Fühler ausgestreckt. Ich könnte ein Grundstück am Stadtrand von Perth pachten. Die meisten unserer Artisten leben ohnehin in Wohnwagen.«

»Weißt du eigentlich, was so sein Umzug kostet?«

»Ja. Ich habe alles durchkalkuliert.«

»Natürlich. Du bist ja Bänker.«

»Ex-Bänker.«

»Genau, richtig. Ex-Bänker. Ach, was, einmal Bänker, immer Bänker. Das liegt einem im Blut.«

»Dein Vater würde übrigens mitkommen. Die Artisten haben auch alle zugesagt.«

»Verstehe ich das jetzt richtig? Du hast alle schon befragt, nur ich bin das letzte blöde Glied in der Kette?«

Frederico schlägt beschämt die Augen nieder.

»Sollte ich nicht eigentlich das erste Hauptglied in deiner Kette sein?«

»Ich wollte dich nicht unnötig belasten. Erst kam der Absturz, dann hast du festgestellt, dass du schwanger bist. Darum wollte ich die Lage erst einmal checken.«

»Mann, du bist ja voll der Checker, ey. Die Schwangerschaft habe ich erst heute früh bemerkt. Da bist du ja dann ein ganz schneller Checker.« Ich rolle mit den Augen.

»Ich wusste, dass du deine Pille seit Wochen nicht genommen hast.«

»Und da hast du nichts gesagt? Mich erinnert, zum Beispiel?«

(Ich bin echt schockiert!

Das hat mir ja zu meinem Glück echt noch gefehlt.

Mein Mann verlässt mich mitsamt Zirkus und Zoo und ich darf hier alleine zurückbleiben.

Wenn es dann in Perth läuft, darf ich mit den Kindern nachkommen.

Klingt ja super!)

»Zirkusse wandern seit jeher.«

»Ja. Aber erstens gibt es in Australien keine Zirkusse. Und zweitens finde ich es gerade sehr charmant, dass unser Zirkus nicht auf Wanderschaft gehen muss.«

»Ich auch. Aber wenn wir weiter hierbleiben, befürchte ich, dass wir in einem Jahr dichtmachen müssen.«

»Wie fest steht es denn, dass du umziehst?«

»Unumstößlich. Schatz, WIR ziehen um.«

»Vielleicht ziehen ›wir‹ um? Du hast jetzt wochenlang Zeit gehabt, alle Alternativen zu checken, nun kannst du mir wenigstens ein paar Tage Zeit lassen, ebenfalls darüber nachzudenken.«

Frederico zieht die Decke wieder über seinen Kopf.

Ich rieche Lunte und ziehe sie wieder von seinem Kopf herunter. »Scha-atz?«

»Hm?«

»Wann genau hattest du vor, umzuziehen?«

»Das Umzugunternehmen kommt pffffobn.«

»Wie bitte? Was hast du gesagt?«

»Morgen«, haucht mein Göttergatte.

(Wenn ich nicht im Bett gelegen hätte, hätte ich mich spätestens jetzt auf den Arsch gesetzt.

MORGEN werden die Zelte hier abgebrochen und ich erfahre das nur wenige Stunden zuvor?)

»Willst du dich jetzt vielleicht auch noch scheiden lassen? Und erzählst mir das lieber fünf Jahre später, weil du den richtigen Zeitpunkt verpasst hast?«

Mit einem Schlag sitzt Frederico aufrecht im Bett. »Was? Wie kommst du denn darauf? Niemals!«

(Ich sehe leichte Panik in seinen Augen.

Das beruhigt mich irgendwie.

Zeigt es doch, dass ich ihm nicht ganz egal bin.)

Ich zucke lässig mit den Schultern und schaue in die entgegengesetzte Richtung.

»Schatz!« Eine Hand landet auf meiner Schulter. Lippen folgen. »Schatz, ich liebe dich! Natürlich will ich keine Scheidung. Wie kommst du nur auf so einen Blödsinn?«

»Lass mich mal überlegen…« Ich lege einen Finger an die Lippen. »Ich leihe mir mal kurz deinen Freund ›*Irgendwie*‹ aus…«

Frederico küsst meinen Nacken.

»Kein Versöhnungssex! Du wirst auf Diät gesetzt.«

Enttäuscht zieht sich mein Herzkönig zurück.

»›*Irgendwie*‹ habe ich das dumme Gefühl, du hast mich bei deinen Plänen ›irgendwie‹ übergangen. ›*Irgendwie*‹ hast du mich nicht gefragt, was ich von der ganzen Sache halte. Und ›*irgendwie*‹ hast du auch vergessen, mir zu erzählen, dass du bereits auf gepackten Koffern sitzt und MORGEN ›*irgendwie*‹ zweitausend Kilometer weit wegziehen willst. Ist ja ›irgendwie‹ kein Urlaub, oder?«

Frederico lässt die Ohren hängen. »Ich weiß. Ich hab's verbockt.«

»Aber so was von!«

»Oh Gott, willst DU dich etwa von mir scheiden lassen?«

Mit großen Augen sieht er mich an.

(Ich kann seinen Herzschlag regelrecht hören.

Schweiß bildet sich auf seiner verräterischen Stirn.

Ich sollte ihn zappeln lassen.

Mindestens ›*eine Weile*‹.)

Ich lächele ihn an. »›*Irgendwie*‹ sollte ich darüber nachdenken, findest du nicht?«

»Niemals«, platzt Frederico heraus und küsst meine Hand. »Dann schmeiße ich lieber alles hin und suche mir wieder einen Job als Bänker.«

»Das würdest du tun?«

Er schluckt. Dann nickt er. »Du bist die Liebe meines Lebens. Ohne dich ist jeder Tag wie Suppe ohne Salz. Ich würde lieber in irgendeiner blöden Bank verstauben, als dich zu verlieren.«

Stöhnend lasse ich mich aufs Bett fallen. Am liebsten würde ich losheulen. Die Situation ist wirklich verzwickt.

Frederico stützt sich auf einen Ellenbogen. »Ein Wort von dir und ich blase alles ab.«

»Schade, dass ich keine Weile Zeit habe, um darüber nachzudenken.«

Frederico quält sich aus dem Bett.

»Wo willst du hin?«

»Ich bin gleich wieder da.«

Mit hängendem Kopf schlurft er aus dem Zimmer, die Treppe hinunter und ins Büro.

Eilig schlage ich die Decke zurück und folge ihm. Als ich unten ankomme, steht er am Telefon und wählt eine Nummer.

Ich gehe hin und drücke auf die Gabel.

(Warum heißt dieser komische Drückerknopf beim Telefon eigentlich ›Gabel‹?

Ist das nicht ein bisschen phantasielos?

Ich meine, das Ding sieht nicht einmal annähernd aus wie eine Gabel.)

»Schatz, was hast du jetzt wieder vor? Könntest du mir bitte den Gefallen tun und einfach mal mit mir reden, BEVOR du eine Entscheidung triffst?«, sage ich reichlich genervt.

»Ich bin gerade dabei, den Umzug zu stornieren.«

Ich lege ihm eine Hand auf den Arm. »Können wir einfach mal wie zwei Erwachsene darüber reden? Eine Liste machen? Vor- und Nachteile abwägen?«

Frederico zieht ein Blatt Papier aus einer Schreibtischschublade und reicht es mir. Auf dem Blatt stehen alle Pro's und Contra's.

»Wow!«

Ich bin sprachlos.

357

(Kommt selten vor, passiert aber ab und zu.
Ich finde, die Situation ist angemessen, um einfach mal nicht zu wissen, was man sagen soll.)
Frederico reicht mir einen weiteren Zettel.
»Das ist der Umzugsplan. Hier steht alles drauf. Jedes Detail.« Er beugt sich über den Tisch und holt noch einen Zettel, den er mir reicht.
»Was ist das?«
»Ein Notfallplan.«
»Ein Notfallplan?« Mit großen Augen schaue ich erst ihn, dann den ominösen Plan an. »Wozu?«
»Falls du dich weigerst, mit mir mitzukommen, steht hier alles drauf, was ich erledigen muss, um den Umzugsplan rückgängig zu machen.«
Ich werfe einen mutigen Blick auf den Notfallplan. In großen, fetten, roten Lettern steht da: ›Susannah geht vor - ausnahmslos‹.
»Uff!«
Plötzlich klingelt es.
Neugierig gehe ich zur Haustür.
»Papa! Tante Ella! Was macht ihr denn zu so später Stunde noch hier?«
»Weißt du es jetzt endlich?«, platzt meine Tante heraus.
Ich verschränke die Arme vor der Brust. »Ihr seid solche Verräter! Ich sollte ins Kloster wandern und euch nie wieder auch nur ansehen!«
Tante Ella umarmt mich. »Schatz, es tut mir so leid! Aber ich musste Frederico versprechen, dass wir warten, bis er dir was gesagt hat.«
Verärgert drehe ich mich um und schnaufe Frederico an. »Na, das hast du ja super hingekriegt.«
Ich wende mich an unsere beiden Besucher. »Kommt erst einmal herein!«

Wir gehen in die Küche und setzen uns. Ich setze eine heiße Schokolade auf.

(Meine braunen Blutkörperchen schreien geradezu nach ihrem Elixier.

Ich habe das Gefühl, der Sachbearbeiter im Universum hat seine Bestellungen mal wieder durcheinandergehauen und nun muss ich das ausbaden.)

»Ich werde morgen mit Frederico mitfahren und ihm auch beim Aufbau helfen. Deine Mutter bleibt hier bei Ella und wird dein Wollstübchen gemeinsam mit ihr führen«, legt mein Vater los.

»Und die Kinder? Emma geht in den Kindergarten. Und es gefällt ihr dort!«

»Du kommst mit den Kindern nach, wenn wir absehen können, ob mein Plan aufgeht«, sagt Frederico.

»Wann geht denn dein Plan auf?«, frage ich und versuche, die elendigen Herzklopfen zu ignorieren.

(Aber die sind ganz schön aufdringlich.

Ich glaube, ich brauche noch eine Literflasche Baldrian in meinem dreihundert Milliliter Kakao.)

»Wir werden morgen das Zelt und die Gehegezäune auf-stellen. Die Tiere kommen in ein paar Tagen nach. In acht Tagen ist Premiere. Dann haben wir zumindest mal einen Einblick wie es laufen wird«, sagt mein Göttergatte der Heimlichkeit.

»So ein Oberblödsinn! Und das weißt du auch, Mr Bänker und Profi der Geschäftskalkulation. Eine Premiere sagt einen Kackmist über deine zukünftigen Besucherzahlen aus. Es kann sein, dass kein Schwein mehr danach kommt, selbst wenn das Zelt rappelvoll ist«, brüskiere ich mich.

»Deine Milch kocht über!« Frederico deutet auf den Herd.

»Mist!« Ich stürme zum Topf und reiße ihn von der Platte. »Siehst du! Selbst die Milch ist sauer! Ich habe noch nie Milch überkochen lassen.« Wütend wische ich mir eine Träne von den Wangen und schütte viel zu viel Kakaopulver in den Milchtopf. »Das ist wirklich ganz große Scheiße! Ihr habt das alle gewusst und ich muss das nun quasi über Nacht schlucken!«

Tante Ella weint gleich mit. »Glaubst du etwas, ich finde das toll? Ich bin am Boden zerstört! Meine Familie geht über Nacht davon und ich bleibe hier mit deiner Mutter zurück.«

»Und was ist mit Onkel Riley?«, frage ich vollkommen überrascht.

Meine Tante winkt ab. »Der fährt nur für zwei Wochen mit, um mit aufzubauen.«

»Wer trinkt einen mit?«, frage ich in die Runde.

»Hast du auch was Härteres?«, fragt mein Vater.

»Nein. Du kriegst keinen Alkohol. Du musst morgen fit sein«, schimpfe ich.

Mein Vater zuckt zusammen. »Dann nehme ich auch etwas Lebenselixier.«

Frederico setzt sich an den Tisch und stützt sich auf seine Ellenbogen. »Wirst du nachkommen, wenn alles läuft in Perth?«

»Wie sähe denn die Alternative aus?«, frage ich unwirsch.

Frederico zuckt kaum merklich zusammen. »Nicht gut.«

»Nicht gut, weil du dir ›irgendwie‹ eine neue Frau suchen musst, oder nicht gut, weil die Scheidung ›irgendwie‹ so teuer wird?«

»Susannah!«, rufen Tante Ella und mein Vater voll tiefster Empörung.

»Ja, gib's mir! Ich habe es nicht anders verdient.«

Ich reiche allen einen Becher Kakao und lasse mich schwerfällig auf den Hocker fallen. »Natürlich kommen wir nach. Aber glaube ja nicht, dass ich alle paar Jahre hin und herziehe. Das fällt aus.«

»Nur dieses eine Mal?«, fragt mein Herzkönig voller Hoffnung.

»Zweimal. Ich will auch wieder zurück nach Adelaide, mein Lieber.«

»Geht klar. Versprochen.«

♥♥♥

»Gott, ich liebe dieses Shoppingcenter«, sage ich zu Nick, als wir die Rundle Mall betreten. »Ich weiß zwar, dass Frederico für einige Zeit nach Perth verschwunden ist, aber ich brauche trotzdem dringend Dessous. Die meisten meiner Hosen sind ganz zerrissen.«

»Na, da frag ich lieber nicht nach, was bei euch im Schlafzimmer abgeht«, sagt Nick mit ernster Miene, muss dann aber doch grinsen.

Ich lache spontan los. »Du wirst es kaum glauben, aber meine ganzen Unterhosen sind aus zarter Mikrofaser und nach dem hundertsten Waschgang hat sich die Naht aufgelöst. Alles keine Qualität mehr heutzutage. Nach zwölf Jahren kann ich all meine Unterhosen wegwerfen.«

»Zwölf Jahre? Wow! Das ist jawohl deutsche Wertarbeit, was?«

»Findest du? Ich hätte erwartet, dass die Mistdinger mindestens fünfundzwanzig Jahre halten.«

»Na, dann hättest du im Schlafzimmer etwas vorsichtiger sein sollen.« Nick zeigt auf einen Dessousgeschäft. »Dort vorne wirst du sicherlich fündig.«

»Dann auf in den Kampf. Willst du draußen warten? Ich weiß ohnehin schon, was ich nehmen will.«

»Ach, nö. Hier draußen ist es langweilig«, sagt Nick und folgt mir entschlossen.

Wir betreten den Laden und eine freundliche Verkäuferin kommt uns lächelnd entgegen. »Kann ich Ihnen helfen?« (Okay, tatsächlich sagt sie: ›*Kann ich dir helfen?*‹, schließlich sind wir ja in Australien, und der ›*australische Engländer*‹ kennt ja nur ein Wort für ›*du*‹ und ›*Sie*‹.)

»Ja, gerne. Ich brauche bitte zwei BHs in Größe 90C.« (Normalerweise kenne ich meine Größe natürlich nicht. Aber ich dachte mir, ich bereite mich mal auf meinen Shoppingausflug vor und spähe vorher in einen meiner alten, ausmusterungsbedürftign BHs nach der Größe.)

Die Verkäuferin lächelt und stürmt los. »Welche Farbe? Welches Design?«

Zielstrebig zeige ich auf die schwarze und vanillefarbene Wäsche.

Die Verkäuferin steigt auf einen kleinen Treteimer und hat mit einem Zwei-Sekunden-Blick zwei BHs in Schwarz und Vanille vom Ständer geangelt.

»Heute gibt es den dritten BH gratis. Was meinen Sie, wollen Sie mal einen Roten?«, sagt die Verkäuferin.

»Rot? Oh Gott, ich glaube, das steht mir überhaupt nicht«, gestehe ich zähneknirschend, obwohl mir das weinrot ganz gut gefällt.

»Zu Silvester sollten Sie unbedingt Rot tragen. Das bringt Glück«, sagt die Verkäuferin.

»Echt?«

»Habe ich auch gehört«, mischt sich Nick ein und zwinkert mir zu.

»Okay, überredet. Wer möchte schon Pech zum Jahreswechsel? Ich nehme den roten BH.« Ich ergreife beides und gehe in die Umkleidekabine.

Der Laden hat erst umgebaut.

Nun leuchtet ein ganz dezentes Deckenlicht an die eine Wand, so dass man bei dem indirekten Licht nicht aussieht wie ein aufgedunsener Moppel auf dem OP-Tisch.

(Ich meine, immerhin habe ich zwei Kinder auf die Welt katapultiert und kämpfe noch immer mit meinem Schokoladenspeck auf den Hüften.

[Okaaaaay, ich gestehe, ich war auch vorher schon nicht Mrs Superdünn. Hätte ja auch gar nicht zu meinem Mini-Ufo-Landeplatz gepasst.])

Ich schlüpfe in die BHs und habe alle drei gleich schon im Geiste gekauft.

»Möchten Sie nicht auch noch Slips in der passenden Farbe?«, fragt die Verkäuferin und deutet auf einen großen Ständer mit viel Auswahl.

Im Eiltempo (um Nicks Geduld nicht überzustrapazieren) ziehe ich ein paar Mikrofaser-Slips von der Stange in Größe L. Da ich keinerlei Lust habe, die in der Kabine über zu probieren, halte ich sie mir kurz an und nicke. »Passt.«

»Wollen Sie nicht auch noch welche von diesen hier mit Spitze?« Die Verkäuferin deutet auf weinrote und lilafarbene Höschen, die komplett aus Spitze bestehen und zum Sonderangebot dazugehören.

(Seien wir doch mal ehrlich: Spitzenunterwäsche ist wirklich, WIRKLICH schön.

[WENN MAN SIE NICHT TRAGEN MUSS.]

Und Männer stehen auch hundertprozentig darauf.

[Echt, Frederico geht schon beim Anblick ab wie Schmidt's Katze.]

ABER bequem sind die nicht.

Echt nicht!

Ich meine, an jeder Ecke und Kante KRATZT das Zeug, ist ja nicht so, dass die Spitze aus zarter Kaschmirwolle ist.

Und String-Tangas sind jawohl ganz was Gewöhnungsbedürftiges! Die ziepen so was von in der Po-Ritze, als hätten die das Eintrittsgeld nicht bezahlt, aber DAS will bestimmt kein Mann hören.

[Klar, das Zeug sieht wirklich sexy aus, vor allem wenn man darüber einen Rock oder ein enges Kleid anzieht.]

Ich habe davon ja auch ein paar Exemplare, ziehe sie aber wirklich nur im Notfall an.

[Das sind sozusagen die umgekehrten Notfallhöschen, die dann auf der Tagesordnung stehen, wenn man sich besonders schick machen muss.]

Aber wenn ich ehrlich bin, brauche ich keine Notfallhöschen, sondern eine Notfallbestellung im Universum, denn mein Göttergatte ist drauf und dran, zweitausend Kilometer weit weg zu ziehen!)

»Nein, danke. Ich bleibe bei den randlosen Hosen. Die spürt man kaum, sind quasi wie eine zweite Haut.«

Die Verkäuferin zwinkert mir zu. Dann beugt sie sich verschwörerisch über den Verkaufstresen. »Ich mag die Mikrofaserhosen ohne Gummibändchen ja auch. Sind viel angenehmer zu tragen. Aber sexy sind ja eher die Spitzenhöschen. Und wenn man seinen Liebsten verführen will…« Sie lässt den Rest des Satzes offen und lächelt dafür vielsagend.

(Also, ich muss gestehen, ich habe null Probleme, meinen Mann zu verführen. Und seitdem wir Kinder haben, ist Reizwäsche vollkommen nebensächlich geworden, weil man sowieso kaum noch Zeit und Ruhe für Sex hat.

[Kann mir mal jemand sagen, warum das eigentlich ›Reizwäsche‹ heißt?

Haben die zarten Dessous ihren Namen, weil sie die Haut der zartbesaiteten Dame REIZEN oder weil das Tragen derselben die Herren der Schöpfung REIZT?

Wenn man das googelt, liest man nur, dass die zarte Wäsche ›frischen Wind‹ ins Schlafzimmer bringt.

{Also ›frischen Wind‹ brauche ich da ja eher nicht.

Ich meine, wer will schon beim Sex frieren?

JAAAA, ich weiß. Natürlich ist damit was ganz anderes gemeint. Die Deutschen sind in ihrer Sprache ja so spitzfindig!

Für DEN Wind ist die Reizwäsche natürlich DER Burner!}

Man liest aber auch, dass verführerische Reizwäsche jeder Figur schmeichelt.

{Also, ich weiß nicht…

Nach zwei Kindern und schrecklich undisziplinierter Schokoladensucht kann ich von mir nicht behaupten, dass ich aussehe wie ein magersüchtiges Model.

{{Oder wie Mrs Ex-Drachenkopf.}}

Ich ähnele eher den dicken, französischen Damen aus dem Mittelalter, die sich nackt malen lassen haben, weil weiblicher Speck zum damaligen Zeitpunkt voll in Mode war.

{{Halloooo!!!

Welcher Idiot hat denn bitte das Modeideal der korpulenten Weiblichkeit ABGESCHAFFT?

Ich hoffe doch sehr, dass dieser Modeschöpfer QUAL-VOLL das Zeitliche gesegnet hat.

Wie gut ging es da den Frauen noch!!!

Da musste keine Frau hungern, um schön zu sein.

Im Gegenteil, da war Schlemmen noch in und das Wort ›Diät‹ war noch nicht einmal erfunden.}}

Dann wiederum gibt es Modefirmen, die verkaufen ihre Spitzenwäsche als ›*zurückhaltend verführerisch bis erotisch*‹.

{Wenn man hier einen Mann fragen würde, was zum Henker ›*zurückhaltend verführerisch*‹ sein soll, wird ihn das maßlos überfordern. Denn entweder ist etwas oder jemand ›*zurückhaltend*‹ oder ›*verführerisch*‹, aber doch nicht beides zugleich.

Ich persönlich vermute ja, die Firmen, die derartig werben, wollen vermeiden, in die ›*Billig-Sex-Ecke*‹ abgestellt zu werden. Denn ihr Werbeslogan ist ja in sich vollkommen widersprüchlich. Ich bin ja auch nicht ein ›*bisschen*‹ schwanger.}])

Drei BHs und sieben kuschelsofte Slips später stehen wir im nächsten Shop, wo bereits Hosen und Pullover auf uns warten.

»Sag mal, DIE Pullover willst du kaufen?«, fragt Nick ungläubig. »Die sind doch aus Wolle.«

»Ja-haaaa«, sage ich, »aber DIESE Pullover hier sind Feinstrick, Schnucki! Wenn ich so etwas selbst mit der Hand stricken sollte, bräuchte ich hundert Jahre für einen Pulli.«

»Wie werden die denn hergestellt?« Neugierig streicht Nick über den feinen Rippstoff.

»Mithilfe von Strickmaschinen. Das geht in nullkommanix. Ritsch-Ratsch, und so ein Pulli ist fertig.«

»Cool. Vielleicht solltest du dir auch so eine Zaubermaschine anschaffen. Wolle hast du ja genug.«

»Nick«, sage ich und spüre eine Million Gedankengänge in Lichtgeschwindigkeit durch mein Gehirn sausen, »DAS ist die Idee des Jahrtausends. Warum bin ich noch nicht auf die Idee gekommen. Ich shoppe mich einfach wieder glücklich!« Ich winke ihn hinter mir her.

»Was hast du vor?« Mit hängender Zunge hechelt mein alter Schulfreund hinter mir her.

»Am Ende des Centers ist ein Laden für Nähmaschinen und Zubehör. Wenn mich nicht alles täuscht, haben die auch eine kleine Auswahl an Strickmaschinen.«

Fast schon außer Atem kommen wir bei dem Laden an. Vor der Tür atme ich noch einmal durch.

(Ein klitzekleiner Funke an schlechtem Gewissen drängt sich in die erste Zuschauerreihe, aber ich rufe eilig die Security herbei und lasse den Gewissenstrupp abführen.

Ich will JETZT so eine Zaubermaschine angucken. Gucken bedeutet ja nicht, dass ich sie gleich kaufe.)

Ich drücke die Tür auf und betrete das Geschäft.

Rechts von mir stehen die Nähmaschinen, dahinter ein paar Strickmaschinen. Ehrfürchtig trete ich an die Geräte heran. Eine Hand von mir verselbständigt sich und streicht über das weiße Plastik.

»Guten Tag! Kann ich Ihnen helfen?«

(Hach, sind die Verkäufer in diesem Center immer alle freundlich!

DAS kenne ich aus Deutschland ja ganz anders.

Da bin ich schon so einigen Dienstleistungswüsten begegnet.)

»Ja, ich interessiere mich für Strickmaschinen. Ich möchte gerne Feinstrickpullover herstellen.« Ich atme ganz schnell vor lauter Aufregung, aber der Verkäuferin fällt das nicht auf.

»Dieses ist unser Premium-Modell«, sagt sie lächelnd.

Ich schiele auf das Preisschild.

(Hallelujah!

Kommt ›Premium‹ von ›überteuert‹?

Dreieinhalbtausend Dollar.

Spuckt die Diamanten aus?)

»Und was macht diese Maschine, was die anderen nicht können?«, frage ich fast ein wenig ängstlich nach.

(Ich bin [noch] fest davon überzeugt, dass ich diese teure Maschine nicht brauche, aber das sieht nach dem zehnminütigen Monolog der Verkäuferin natürlich nicht mehr so aus.

Die Kunst des Verkäufers ist es ja, das Produkt so schmackhaft zu machen, dass der Kunde ganz verzweifelt ist, weil er dieses Produkt UNBEDINGT haben muss.)

»Mit dieser Maschine macht das Hobby Spaß. Sie können Sie einfach und schnell bedienen«, schließt die Verkäuferin.

Nick deutet auf eine andere Strickmaschine, die an der Wand steht. »Süße, vielleicht probierst du dich erst einmal am Fiat aus und kaufst nicht gleich einen Porsche.« Nick umrundet den Tresen. »Die kostet hier nur siebenhundert Dollar.«

Die Verkäuferin ist (natürlich) wenig begeistert von Nicks Einwand. Sie öffnet gerade den Mund, um zu widersprechen, als die Tür aufgeht und eine alte Dame ganz dringend ihre abgebrochene Stricknadel ersetzt haben möchte. Die Verkäuferin entschuldigt sich und lässt uns allein.

»Du bist ganz wild auf die Maschine, oder?«, fragt Nick leise.

»Ja. Und wie du weißt, backe ich ungerne kleine Brötchen. Warum sollte ich mich mit der schlechteren Maschine abgeben, wenn ich die bessere haben könnte.« Ich grinse ihn an.

»Vielleicht weil du hart für dein Geld arbeiten musst und weil du nicht einmal weißt, ob du die Strickmaschine überhaupt bedienen kannst?«

»Hm.«

(Meine Denkmaschine arbeitet auf Hochtouren.

Ich WEISS, dass er Recht hat.

Es wäre absolut unvernünftig, die teure Maschine zu nehmen, wenn man gar nicht weiß, ob man sie überhaupt bedienen kann.

Was ist, wenn der Spaß wider Erwarten ausbleibt oder die Stücke darauf komplett misslingen?

Aber muss man nicht auch manchmal unvernünftig ein?)

Die Verkäuferin hat der alten Dame geholfen und kommt zurück. »Möchten Sie die Maschine mal ausprobieren?«

(Ha!

Sie zieht ihren Trumpf aus dem Ärmel.

[Aber sie ist ziemlich erfolgreich damit.])

»Sehr gerne.«

Die Verkäuferin holt Wolle auf großen Spulen, fädelt sie geschickt ein und zeigt uns, wie man den Schlitten bedienen kann.

In wenigen Minuten habe ich ein halbes Vorderteil gestrickt, ein Stück Arbeit, für das ich normalerweise mehrere Stunden brauche.

»Wow, ich bin total geflasht«, sage ich und sehe das Prachtstück bereits in meinem Wollstübchen stehen.

»Könnten wir vielleicht auch die kleinere Maschine ausprobieren?«, reißt Nick uns aus der Euphorie.

Der Verkäuferin fällt die Kinnlade herunter.

(Ich sehe, dass ihr eine Million Antworten auf der Zunge liegen. Und nicht alle sind freundlich.)

»Also…«

»Das ist doch bestimmt kein Problem, oder?« Nick lächelt höflich.

»Das ist normalerweise nicht üblich.«

»Schade, ich denke, es wäre wichtig, den Unterschied zu wissen«, beharrt Nick.

»Der Unterschied liegt nicht unbedingt in der Bedienung«, stottert die Verkäuferin.

»Sondern?« Nick verschränkt (fast bockig) die Arme vor der Brust.

»Diese Maschine hat viel mehr Funktionen und Strickmuster«, helfe ich der armen Verkäuferin aus der Patsche.

»Ach wirklich?« Nick nimmt die Bedienungsanleitung, die bei der teuren Maschine hängt und vergleicht sie mit der der billigeren Maschine. »Die teure Maschine hat fünf Muster mehr, Susannah. Hier, überzeuge dich selbst!«

Widerwillig gehe ich zu ihm und nehme die Anleitung entgegen.

(Ich will die doofen Beipackzettel gar nicht lesen.

Ich will unvernünftig sein und die blöde Zaubermaschine kaufen.

Ich will mal so richtig auf den Putz hauen, schließlich will mich mein Göttergatte vorübergehend verlassen, um für ungewisse Zeit ans andere Ende von Australien zu verschwinden.)

»Wie viel verdienst du im Monat, Susannah?«, fragt mich Nick im Flüsterton.

»Das ist unterschiedlich. Saisonabhängig. Letzten Monat lief es nicht so gut. Da habe ich vielleicht eintausendvierhundert Dollar verdient.«

»Umsatz oder Gewinn?«

Ich überschlage eilig die Zahlen. »Umsatz.«

»Gut, dann schlage ich dir vor, du kaufst die billigere Maschine und arbeitest dich erst einmal ein. Wenn du tolle Ergebnisse erzielst, kannst du immer noch die teure Variante kaufen.« Nick schaut mich an wie ein Oberlehrer.

(Tief in meinem Herzen WEISS ich, dass er verdammt Recht hat.

[Doch plötzlich meldet sich eine Träne, als wollte sie sagen: ›*Susannah, du bist so traurig und ängstlich, weil dein Ehemann zweitausend Kilometer weit weg ist. Du musst diesen fetten Kloß in deinem Bauch irgendwie herunterspülen. Was ist da besser, als unvernünftig sein Geld aus dem Fenster zu schleudern?*‹])

Als Nick auch noch einen Arm um meine Schulter legt, ist es vorbei mit meiner Beherrschung. Ich heule Rotz und Wasser.

Die Verkäuferin ist so schockiert, dass sie davoneilt und sich in ihrem Kämmerlein versteckt.

»Süße, was ist denn mit dir los? Ich wollte dir doch nur helfen, dass du Mrs Leichtsinn Lebewohl sagst. Die gute Dame sollte man nicht allzu lange bei sich hausen lassen.«

»Ich…bin…schwanger.« Dankend nehme ich das Taschentuch von ihm entgegen.

»Oh nein, so schnell nach Tiberius? Du Ärmste!«

»Dschungelabsturz…war…schuld.«

Nick umarmt mich. »Dann habe ich ja Glück, dass ich beim Absturz nicht geschwängert wurde.« Nick pfeift dankbar durch die Zähne.

Ich muss wider Willen grinsen. »Frederico wird zweitausend Kilometer weit weg sein. Am anderen Ende von Australien. Wie soll ich das aushalten? Er fehlt mir jetzt schon.«

»Süße, du ziehst ihm einfach hinterher. Auch wenn ich dich gar nicht gehen lassen mag. Aber du musst dorthin, wo dein Herz schlägt.«

»Ja. Er hat ja die letzten drei Wochen bereits den Zoo drüben aufgebaut und kommt in drei Tagen noch einmal, um den Rest der Ausrüstung und vielleicht sogar uns zu holen.«

371

»Ach, Süße, vielleicht wird das eine ganz tolle Erfahrung!«

»Ich habe die drei Wochen kaum ausgehalten ohne ihn. Gott, ich wusste gar nicht, dass ich so abhängig von ihm bin.«

»Susannah, du bist doch nicht abhängig von ihm. Du liebst ihn. Aus tiefstem Herzen. Das sind zwei verschiedene Paar Schuhe.«

»Meinst du?«

»Natürlich.«

Schniefend trockne ich meine Tränen. »Du hast Recht! Ich nehme die billigere Maschine und kaufe mir den Pulli vom Store trotzdem. Er war einfach zu schön.«

»Das ist meine Susannah! Komm!«

Wir rufen die Verkäuferin aus ihrem Kämmerlein und kaufen die günstigere Maschine, die sich Nick tapfer unter den Arm klemmt.

Auf dem Weg zum Auto kaufen wir noch den blauen Wollpulli aus maschineller Herstellung. Um meinem Gefühl tiefsten Unglücks entgegenzuwirken, versorgt mich Nick noch mit einem Kilo Schokolade und einem Kilo Weingummiherzen.

(Auch wenn ich beim Anblick der Herzen schon wieder losheule.

[Mann, ich bin aber auch schwanger!]

Ich fühle mich wie eine verlassene Frau, dabei haben wir uns gar nicht getrennt. Wir führen lediglich eine vorübergehende Fernbeziehung.)

Am Auto angekommen, verstaut Nick die Strickmaschine auf der Rückbank und pflanzt sich hinter das Lenkrad.

»Sei froh, dass Miss Drachenkopf hier wohnt und nicht in Perth. Glaube mir, du würdest dich um einiges beschissener fühlen.«

»Ja, da hast du Recht. An seine Ex habe ich ja noch gar nicht gedacht!« Ächzend lasse ich mich auf den Beifahrersitz fallen.

Nick fährt los und plötzlich bin ich hin und hergerissen zwischen der Sehnsucht, gleich bei Frederico anzurufen oder es nicht zu tun, weil mich das Gefühl erdrückt, viel zu viel Geld ausgegeben zu haben.

»Oh mein Gott, ich befürchte, ich habe total übertrieben. Frustkauf oder Shoppinglaune? Egal, welche Gründe ich hatte, Frederico wird bestimmt schimpfen. Ich habe soeben die Hälfte meines Monatseinkommens auf den Kopf gehauen.«

»Frederico schimpft?«

»Er bekommt jede einzelne Kreditkartennutzung auf seinem Handy angezeigt.«

»Echt?«

»Ja.«

(Vielleicht sollte mal jemand eine App erfinden, die den Ehemann gleich noch mit einem netten Spruch benachrichtigt.

›*Bing! Ihre Frau hat soeben 88,98 Dollar für unbequeme, aber verführerisch erotische Reizwäsche ausgegeben. Bitte fallen Sie nicht vor Schreck in Ohnmacht, auch wenn Sie eine Woche von dem Geld zu Abend hätten essen können.*‹

Oder ›*Bing! Leider hat Ihre Frau soeben ihr halbes Monatsgehalt in zwei Stunden auf den Kopf gehauen. Sie haben jetzt zwei Möglichkeiten: Entweder werden Sie stinksauer und machen ihr eine Riesenszene, wenn sie heimkommt oder Sie holen die Bierkiste aus dem Schuppen und saufen sich einen an, dann sieht die Welt nur noch halb so hopfig aus.*‹

[Mich beschleicht das ungute Gefühl, dass Frederico nicht so begeistert sein wird, dass ich so viel eingekauft habe. Aber irgendwie sind die Klamotten durch meinen Kaufrausch fast von ganz alleine in meine Shoppingtasche gesprungen. Ich konnte mich gar nicht wehren. Die waren einfach so tierisch emphatisch!

Ich konnte also praktisch gar nichts dafür.])

»Wenn du Glück hast, ist er viel zu beschäftigt mit dem Umzug, um über deine Ausgaben nachzudenken.«

»Ja, vermutlich hast du Recht.«

Nein, Nick hatte nicht Recht!

Frederico warf mir einen ziemlich kritischen Blick zu, als ich ihm über das Videotelefonat über *Skype* die Strickmaschine präsentierte.

Nick lächelte tapfer in die Kamera.

»Hallo Frederico, du sitzt ja schon auf gepackten Koffern.«

»Hi Nick! Ja, quasi. In drei Tagen hole ich endlich meine Familie nach.«

»Hast du dir das auch gut überlegt?«

Frederico schneidet eine Grimasse. »Mehr als du denkst. Es läuft sehr gut an. Die Leute lieben den Zirkus. Jede Vorstellung ist voll ausgebucht.«

»Dann ist es doch Blödsinn, wenn du uns abholst, Schatz! Ich komme mit den Kindern alleine nach.«

»Ich könnte deine Familie nachbringen. Joshua hat auch ein paar Tage Urlaub«, schlägt Nick vor.

»Das würdest du tun?«

»Für Susannah tue ich alles!« Nick zwinkert mir zu.

Ich umarme ihn stürmisch.

»Siehst du, Frederico, du kannst dort bleiben und wir fahren zu euch«, sage ich.

»Wie läuft es sonst so? Wie geht es den Kindern?«, will mein Göttergatte wissen.

»Emma tut sich schwer, den Kindergarten hinter sich zu lassen. Und meine Mutter jammert jetzt schon, weil mein Vater bei dir ist und sie mein Wollstübchen übernehmen soll.« Seufzend stelle ich meine Tasche mit den Dessous ab.

»Du hast ja viel eingekauft.«

(Vorwurf oder Feststellung?)

Unsicher bleibe ich stehen.

»Okay, bevor du meckerst, sage ich es dir lieber gleich: Ich habe in zwei Stunden mein halbes Monatsgehalt auf den Kopf gehauen. Dessous, Pulli, Strickmaschine.« Erleichtert, die Wahrheit gesagt zu haben, atme ich aus.

Frederico wirft mir einen Luftkuss zu.

»Küssen verboten!«, sage ich leise.

(Ich spüre schon wieder die Tränen aufsteigen und will jegliche Heulszenen vermeiden.

Bisher habe ich das gut vor ihm verstecken können.)

Frederico zuckt zurück. »Was? Warum das denn?«

(Okay, so viel zu meiner Selbstbeherrschung.

Die Tränen purzeln einfach von ganz alleine los.

Ich kann quasi gar nichts dagegen machen.)

»Schatz!« Bestürzt beugt sich mein Göttergatte vor, als wollte er in den Computer hineinklettern. »Schatz, es ist doch nicht sooo schlimm, dass du einkaufen warst!«

Ich kann nichts entgegnen, der Weinanfall ist einfach zu stark.

»Sie ist traurig, Frederico! Wie kannst du das übersehen? Du bist doch sonst so sensibel!«, sagt Nick. »Ich muss jetzt los, ihr Zwei. Susannah, wir holen euch in drei Tagen ab.«

»Danke!«, sage ich schniefend.

»Ich kann jetzt nicht mehr alles abblasen, Schatz! Bitte komm mit den Kindern her! Ich vermisse euch wahnsinnig.« Frederico lässt den Kopf hängen. »Oder ich fange wieder in der Bank an. Das wird das einfachste für uns alle sein. Die Kinder brauchen ihr Zuhause.«

»Und ihren Papa.«

»Und ihren Papa« bestätigt mein Mann.

»Und ich brauche dich auch.«

Frederico küsst den Bildschirm.

(Was ein klitzekleines bisschen affig aussieht.)

»Ich dich auch, Süße! Ich brauche dich auch. Das Gefühl, dass wir so weit voneinander entfernt sind, bringt mich um.«

»Aber ich brauche keinen unglücklichen Bänker. Ich brauche meinen zufriedenen, humorvollen Clownsgatten.«

Frederico stutzt. »Ich bin dein ›Clownsgatte‹? Das klingt ja gruselig.« Er rümpft die Nase.

Ich muss glatt lachen, obwohl ich so traurig bin. »Das klingt wirklich bescheuert. Aber du weißt, was ich meine. Der Zirkus macht dich glücklich. Als Zirkusdirektor bist du ein ganz anderer Mensch! Überlege doch mal, wie steif und verhärmt du zum Teil warst, als du noch in der Bank gearbeitet hast. Du warst ein Schnöselianer!«

Frederico lacht leise auf. »Du bist unglaublich! Was du für neue Wörter heraushaust, ist wirklich klasse. Hast du mal überlegt, ob du nicht Bücher schreiben willst?«

»Ich habe bereits angefangen.«

»Deine Märchen?«

»Genau. Und als nächstes schreibe ich das Märchen ›*Von einem der auszog, das Fürchten zu lernen und lieber schnell wieder nach Hause zurückkehrte*‹.«

Frederico verdreht die Augen und fällt ohnmächtig zu Boden, weg aus meinem Sichtfeld.

Dann taucht er wieder auf. »Und was ist das für ein Märchen?«

»Ich überlege noch, entweder Pinocchio…«

»Warum das?«

»Weil du deine Ohnmacht vorgetäuscht hast«, erwidere ich lachend.

»Oder?« Frederico grinst.

»Oder Dornröschen.«

Mit einem Schlag sitzt Frederico aufrecht. »Dornröschen? Und du bist der Prinz?«

Ich muss schon wieder lachen. »Wer sagt denn, dass Dornröschen eine Prinzessin war? Vielleicht war es auch ein Prinz, der hundert Jahre geschlafen hat.«

Frederico lächelt. »Ach, meine kleine Märchenprinzessin. Ich weiß doch auch keine andere Lösung. Ich muss es wenigstens hier in Perth versuchen.«

»Ja, wir versuchen es. Aber ich möchte nicht alle paar Jahre zwischen Perth und Adelaide pendeln müssen.«

»Versprochen.«

Ist es zuende, wenn alles gut ist?

Schweren Herzens winke ich meinem Onkel hinterher, der noch einmal nach Perth fährt, um Frederico zu helfen. Wir fahren erst morgen los, wenn Joshua und Nick uns abholen.

Emma steht neben mir und weint. »Mama, es ist so einsam hier ohne Opa Riley, Papa und den Zirkus. Ich vermisse die Tiere.«

»Ich vermisse sie auch, Schatz! Komm, wir fahren in den Kindergarten. Heute ist dein vorletzter Tag.«

Emma schluckt tapfer ihre Tränen hinunter und lässt sich zum Auto ziehen.

Mit Tiberius im Gepäck fahren wir zur Kita. An der Eingangstür werden wir schon von einem tollen Schild begrüßt: ›*In unserer Einrichtung ist ein Fall von Magen-Darm-Erkrankung aufgetreten*‹.

(Na, super!

Das ist ja genau das, was ich zu meinem Glück als Stroh-Alleinerziehende noch brauche, die noch dazu zweitausend Kilometer mit dem Auto zurücklegen will.

Ich weiß jetzt schon, dass hundert pro heute oder morgen Nachmittag ein Anruf kommt: »*Bitte holen Sie ihre Emma aus dem Kindergarten ab und bringen Sie gleich einen Kotzeimer mit, damit Sie die Rückfahrt im Auto irgendwie halbwegs überstehen.*«)

»Guten Morgen, Emma«, sagt ein neues Gesicht.

»Guten Morgen!«, sage ich überrascht, »wer sind Sie denn?«

Die junge blonde Frau streckt die Hand aus. »Ich bin Melissa Gwen. Ich bin neu hier.«

(Toll, eine Neue!

Ich kann nur hoffen, dass Emma sie nicht gleich ins Herz schließt, sonst habe ich zu Emmas Abschiedstrauer noch zusätzlichen Herzschmerz.)

»Herzlich Willkommen, Mrs Gwen.« Ich lächele sie an und ergreife ihre Hand.

»Danke.«

Während Emma sich auszieht, überlege ich, warum mir der Nachname so bekannt vorkommt. »Sagen Sie, Sie sind nicht zufällig mit Maria Gwen verwandt?«, fällt es mir plötzlich ein.

Die junge Mrs Gwen strahlt mich an. »Doch! Das ist meine Cousine!«

(Cousine?

Mrs Melissa Gwen ist die COUSINE von Mrs Ex-Drachenkopf?

Ich glaube, ich muss kotzen.

[Jetzt schon!

Es muss ein Turbo-Virus sein, der umgeht!])

»Toll«, sage ich und setze mein bestes, falsches Lächeln auf, das ich zustande kriege.

(Herr im Himmel!

Was zum Henker ist das nun schon wieder für eine Prüfung vom Sachbearbeiter im Universum?)

»Wie geht es denn Ihrer Cousine?«, platzt es aus mir heraus, bevor ich mir auf die Zunge beißen kann.

»Super! Soweit ich weiß, ist sie vor vier Wochen nach Perth gezogen, um dort in einem Werk ihres Vaters zu arbeiten. Sie bereitet sich auf die Managerebene vor.« Mrs Gwen lächelt noch immer.

(Klar, SIE hat ja auch gut Lächeln!

Aber Moment mal, was hat sie gesagt?

OMG!!!

Miss Ex-Drachenkopf ist in PERTH?

In DEM Perth?)

»Perth in wo?«, frage ich scheinheilig.

»Wie jetzt?« Das Lächeln entgleitet Melissa Gwen.

»Wo liegt dieses Perth?«, konkretisiere ich meine Frage.

»Perth gibt es nur einmal in Australien. Aber Sie kommen ja nicht von hier, oder? Emma hat erzählt, Sie kommen aus Deutschland.«

»Ja, das stimmt.«

(Emma kennt Mrs Gwen schon?

UND Perth gibt es nur EINMAL?

OMG!!!

Doppelt, nein, was sage ich, dreifach OMG!!!

Heilige Scheiße!

MEIN GÖTTERGATTE ist quasi in die Höhle der Drachen gezogen?

Ohne mich?)

»Geht es Ihnen nicht gut, Mrs Valentino?« Besorgt fasst die Erzieherin mir an den Arm.

(Die Bestürzung ist so heftig über mich hereingebrochen, dass mein schauspielerisches Talent leider nicht ausreicht, um es zu überspielen.

Ich habe Schnappatmung.

Mein Bauch fängt an zu schmerzen.

[Bestimmt habe ich gleich meine erste Fehlgeburt!

Ich bin zutiefst erschrocken und aufgewühlt.])

»Setzen Sie sich doch bitte, Mrs Valentino. Soll ich einen Arzt rufen?«

Langsam schüttele ich den Kopf. »Ich brauche keinen Arzt, danke!«

(Nein, alles, was ich brauche, sind mafiöse Erschießungskommandos, die Ex-Liierte eliminieren.

Irgendwelche Auftragskiller.

Und zwar in Perth!)

Ich schüttele den Kopf und versuche, den bösen Gedanken abzuwerfen.

(Was hat mich denn da geritten?

Man lässt doch keine Ex-Freundinnen umbringen!)

Melissa Gwen holt ein Glas Wasser und reicht es mir.

(Ich hoffe, es ist nicht kontaminiert, wenn hier schon überall die Viren und Bakterien herumfliegen!)

Ich nehme das Glas dankend an und leere es in einem Zug. Aber der Kloß in meinem Magen will einfach nicht verschwinden. Mir ist ganz übel.

»Warum arbeitet Maria denn nicht hier in Adelaide bei ihrem Vater? Perth ist doch bestimmt zweitausend Kilometer weit weg!«

Melissa Gwen setzt sich neben mich und lächelt. »Das stimmt. Das habe ich sie auch gefragt. Aber sie meinte, ihr Ex-Verlobter ist auch gerade nach Perth gezogen und sie will alles daran setzen, um ihn wieder zurückzugewinnen.«

»Wirklich?«

(Doch Auftragskiller?)

»Ja. Total verrückt. Fredi ist doch verheiratet, habe ich ihr gesagt, aber Sie kennen ja Maria. Die lässt sich NICHTS sagen. Wenn sie sich etwas in den Kopf gesetzt hat, zieht sie das auch konsequent durch.«

»Ja«, sage ich schwach und unterdrücke den Würgereiz, »so ist sie, die Gute.«

»Mama, du bist ganz weiß im Gesicht.« Besorgt streichelt Emma mein Knie. Ich nehme ihre Hand und schlucke die aufkommende Übelkeit tapfer hinunter. »Ja, mein Schatz, ich brauche mal frische Luft. Ich werde jetzt wieder nach Hause fahren und noch ein paar Sachen packen.«

»Okay, Mama. Tschüss und viel Spaß!«

»Danke, mein Schatz! Das wünsche ich dir auch.«

Ich erhebe mich, schwanke leicht und verlasse dann die Kita.

(Was ist das nur für ein rabenschwarzer Tag!)

♥♥♥

Fünf Stunden später (ich habe mich wirklich versucht, mit Arbeit im Wollstübchen zuzuballern, aber meine Gemütsstimmung ist noch immer irgendwo da unten im Erdkern) klingelt das Telefon.

»Susannahs Wollstübchen, guten Tag!«

»Hallo Mrs Valentino, hier spricht Melissa Gwen.«

»Hallo!«

(Sie braucht gar nicht weiter zu sprechen, ich weiß auch so schon, dass ich meinen Kotzeimer schnappen und Emma abholen darf.)

»Emma hat gespuckt. Könnten Sie sie abholen?«

»Natürlich. Ich bin schon unterwegs.«

(Damit hat sich dann wohl auch ihre Abschiedsfeier verabschiedet!

Arme Emma!)

Da ich Tiberius gerade erst draußen im Kinderwagen hingelegt habe, laufe ich zu Tante Ella und frage sie, ob sie Babysitten kann.

»Natürlich passe ich auf Tiberius auf, Süße! Fahr du nur!«

Ich eile los und fahre in erlaubter Höchstgeschwindigkeit zur Kita.

(Den Kotzeimer habe ich natürlich in der Aufregung VERGESSEN!)

Meine Tochter liegt leichenblass im Krankenzimmer und lässt sich wie ein nasser Sack in den Flur transportieren.

(Am liebsten würde ich ihr eine Tüte um den Kopf schnallen, aber ich verzichte natürlich darauf und riskiere, den Schweinkram im Auto zu haben.)

»Emma kann wiederkommen, wenn sie zwei Tage symptomfrei ist«, sagt Melissa zu mir.

»Ich weiß«, sage ich.

(ICH weiß das!

Andere Mütter haben aber offenbar ein Gedächtnis wie ein Sieb. Sie füllen ihre kotzenden und zum Teil fiebernden Kinder mit Medikamenten ab und bringen sie trotzdem in die Kita.

Ich finde das ja gewissenlos.

Echt!

Zum einen ist das eine Zumutung für die kranken Kinder, die sich wie ausgekotzt fühlen und zum anderen werden alle gesunden Kinder angesteckt.

Unmöglich.

Echt!)

»Allerdings hätte Emma morgen ihren letzten Tag gehabt. Dann fällt die Abschiedsfeier wohl aus, was?«

»Oh wirklich? Das ist ja schrecklich!« Melissa Gwen ist ernsthaft bestürzt.

Emma grunzt nur wehleidig.

»Ich habe übrigens vorhin erst eine Nachricht von Maria bekommen«, wirft mir Melissa Gwen noch nach.

»Wirklich? Toll! Und wie geht es ihr?« Ich bleib oberneugierig stehen.

(Hat Mrs Ex-Drachenkopf meinen Göttergatten schon getroffen?

Sitzt er schon in der Falle?

Oder sollte ich besser sagen, hat sie ihn bereits am Haken?)

»Sie hat ihren Ex-Verlobten schon getroffen. Sie haben sich heute zum gemeinsamen Abendessen verabredet. Er hat ja jetzt Zeit, wo er seine Familie los ist.«

(LOS IST?

Vergessen wir den Auftragskiller!

Ich mache das selbst!

Hat die Alte gerade gesagt, dass er seine Familie ›los‹ ist? Spinnt die?)

»Nein, wie schön für Maria! Das freut mich aber…«

(…nicht!)

»Ja, nicht wahr. Ich habe ihr schon Glück gewünscht.«

»Wie nett von Ihnen.«

(Das wird sie auch brauchen, denn ich werde sie finden.)

Auf dem Weg nach draußen gehe ich an zwei Müttern vorbei, die ihre Kinder als Mittagskinder schon früh abholen.

»Meine Leyla hat gestern gespuckt! Ich sage dir, ich dachte, die kotzt ihre Organe aus.«

»Mein John hat auch gespuckt. Aber das ist schon zwei Tag her.«

»Die denken ja in der Kita, dass man die Zeit hat, die Kinder zuhause zu lassen. Was bilden die sich eigentlich ein? Ich habe doch keine Zeit, das Kind daheim zu lassen. Ich habe Termine. Heute musste ich zum Frisör und zum Nagelstudio. Wissen die denn nicht, wie lange ich auf diese Termine warten muss?«

»Das kann ich verstehen. Ich habe meinen John auch gleich am nächsten Tag wieder in die Kita gebracht. Mein Chef hat kein Verständnis dafür, wenn ich drei Tage krank mache«, erwidert die andere.

»Sie sind ja SO verantwortungsbewusst«, platze ich heraus.

(Ich bin genau in der richtigen Kampfstimmung!

Keiner soll mir jetzt quer kommen.

Ich würde KILLEN in meiner Verfassung!)

»Wie meinen Sie das?«, fragt die eine Mutter naserümpfend und mustert mich von oben herab.

(Ich weiß, die Trulla hält sich für was Besseres. Schließlich ist ihr Mann einer der reichsten Firmeninhaber von
Adelaide. DIE muss keinen Handschlag tun. DIE hat
vermutlich auch jemanden zum Po-abwischen oder Kot-
zeimer-leeren!)

»Nun, möchten Sie zur Arbeit gehen, wenn sie alle nas-
lang zur Toilette rennen und spucken müssen?«

Die Mutter zieht die Augenbrauen hoch. »Ich arbeite
nicht.«

»Gut, dann so formuliert, dass arrogante Schnepfen wie
Sie mich verstehen können«, sage ich kampfbereit, »ich
wünsche Ihnen, dass Ihnen mal so richtig jemand auf ihren teuersten Pelzmantel kotzt und sie sich anstecken und
fünf Tage lang glauben, dass Sie vor lauter Kotzerei sterben müssen. Natürlich werden Sie auch all ihre tollen
Termine verpassen. Mütter wie Sie sind dafür verantwortlich, dass sich die gesunden Kinder anstecken. Meine
Emma wäre nicht krank, wenn Sie Ihre Kinder zwei Tage
lang symptomfrei zuhause gelassen hätten.«

»Was bilden Sie sich eigentlich ein? Wie reden Sie mit
mir? Wissen Sie nicht, wer ich bin?«

»Eine faule, arrogante Trulla, die sich damit brüstet, reich
und einflussreich zu sein, obwohl eigentlich ihrem Mann
die Lorbeeren gebühren. Sie sind nichts weiter als die
blöde Gattin eines erfolgreichen Mannes.«

Mit diesen Worte drehe ich mich um und schleppe meine
Emma zum Auto.

»Mama, ich muss spucken!«, jammert Emma und schon
höre ich das gefürchtete Gurgeln in ihrem Bauch.

Neben mir parkt die arrogante Ziege mit ihrem offenen
VW-Cabriolet. Ich halte Emma kurzerhand von mir weg
und lasse sie seelenruhig in das Auto kotzen.

Die Frau sieht uns und läuft kreischend auf uns zu. Sie schimpft wie ein Rohrspatz. »Sind sie WAHNSINNIG geworden? Was fällt Ihnen ein?«

Ich wische meiner Emma den Mund ab und setze sie in ihren Kindersitz. »Jeder bekommt seine Rechnung, Mrs… Unwichtig!«

Die Mutter schnappt empört nach Luft.

(Ich WEISS, ich bin gerade wahnsinnig unverschämt, aber heute platzt mir wirklich noch die Hutschnur!)

»Die Rechnung für die Reinigung können Sie Ihrem Gatten geben. Und wenn er sich weigert, sie zu bezahlen und mich dafür in Regress nehmen will, dann werde ich ihm mal ein paar Takte über das Verantwortungsbewusstsein seiner Ehefrau erzählen. Und ich freue mich schon auf meinen Vortrag!«

Ich mache auf dem Absatz kehrt und steige ins Auto.

Die Mutter rauft sich mit ihren frisch lackierten Nägeln die frisch frisierten Frisörhaare und kreischt, während ich den Motor starte und nach Hause fahre.

♥♥♥

Unsere Abfahrt hat sich natürlich um einige Tage verzögert, denn mit einer spuckenden Dreijährigen kann man unmöglich quer durch Australien gurken.

Als wir nach zwei Tagen endlich in Perth beim Zirkus ankommen, atme ich erleichtert auf. Joshua und Nick sind zwar mit ihrem Auto vorweggefahren, aber mir war die Fahrt durch Outback und Wüste nicht so geheuer, auch wenn das in keinster Weise mit dem Flugzeugabsturz zu vergleichen war.

»Papa!« Quietschvergnügt springt Emma aus dem Wagen und läuft ihrem Papa in die Arme.

Drei ganze Wochen habe ich ihn nicht gesehen und es kommt mir wie eine Ewigkeit vor.

Und (wie sollte es auch anders sein) mein Göttergatte ist NICHT allein.

(JA, ich WEISS, er hat sein ganzes Team dabei, aber von dem rede ich gar nicht.

In einem schrillen, roten Kleid, in dem Mrs Ex-Drachenkopf eigentlich eher nackt aussieht als angezogen, steht Mrs Ich-bin-auf-der-Jagd-und-zerstöre-dabei-auch-gerne-eine-ganze-Familie neben MEINEM Herzkönig.)

Ich nehme also (scheinbar) seelenruhig Tiberius aus dem Kindersitz und reiche ihn an Nick weiter.

»Was will Mrs Drachenkopf hier?«, fragt er naserümpfend.

»Sag bloß, die hat ihre Chance gerochen und turnt bei ihrem Ex rum, um ihn sich zurückzuholen?«, platzt Joshua heraus. »So ein Biest! Na, der werden wir den Zahn ziehen. Kommt!« Entschlossen stapft Joshua davon.

(Eigentlich fehlt nur noch eine Machete!

[Ich kenne Joshua ja nun schon etliche Jahre und er ist sonst ein eher ruhiger, friedfertiger Geselle.

SO kampfeslustig habe ich ihn noch NIE gesehen!])

»Was hast du ihm zum Mittagessen gegeben?«, frage ich Nick grinsend.

(Trotz meines schiefen Mundes geht mir der Mini-Ufo-Landeplatz gerade auf Grundeis!

Mein Puls ist auf dreihundertachtzig, mein Großhirn ist kurz davor zu explodieren.)

Nick lächelt. »Keine Ahnung. Ich bin selbst ganz überrascht.«

Wir folgen Joshua also in die Höhle des Drachen.

»Papa, Papa, ich habe ganz doll gespuckt!«

»Ich schätze, du redest nicht vom Feuerspucken, oder?«, hören wir Frederico witzeln.

Maria Gwen zieht die Augenbrauen hoch und geht auf Abstand. »Gott, das Kind ist kontaminiert? Warum hat deine Was-auch-immer sie nicht in Adelaide gelassen?«

Emma klatscht ihrem Papa ins Gesicht und drückt ihm einen dicken Kuss auf. »Aber nein, du Dummian, ich bin doch kein Drache. Ich kann kein Feuer spucken. Ich war krank.«

Mrs Drachenkopf schnalzt mit der Zunge.

Emma dreht sich um und zeigt mit dem Finger auf Maria. »Aber die da, Papa, die kann Feuer spucken. Die ist ein ganz gefährlicher Drache.«

»Also wirklich…« Mrs Drachenkopf schnauft empört, während mein Göttergatte leise lacht. »So ein Blödsinn, Emma. Das ist eine alte Freundin von mir. Maria spuckt kein Feuer.«

Emma strampelt sich von ihrem Papa frei. »Doch. Sie ist ein gefährlicher Drache und du musst jetzt froh sein, dass wir dich retten.«

Maria steht der knallrot beschmierte Mund offen.

(Ich wusste gar nicht, dass die Kosmetikindustrie auch Lippenstift für Drachenweiber herstellt!

Erstaunlich, dass das Zeug hält!

Und auch noch in der Farbe ihres Kleides!

Ob sie den Lippenstift zuerst gekauft hat oder eher das Kleid?

[Kauft man Kleider nach der Farbe seines Lippenstiftes?])

Joshua begrüßt Frederico und wendet sich an Maria. »Mrs Gwen, was treibt Sie denn nach Perth? Haben Sie in Adelaide schon alle Männer abgegrast?«

»Wieso? Dies ist ein freies Land. Wie reden Sie denn mit mir?«

Joshua verschränkt die Arme. »Ich rieche Verrat! Und schlechtes Karma.«

»Dann sollten Sie sich vielleicht waschen«, kontert Mrs Drachenkopf.

Joshua riecht unter seinem Arm. Er schüttelt den Kopf und schnüffelt in Marias Richtung. »Der Gestank kommt nicht von mir. Er geht eher von Eurer Drachenheit aus!«

Maria geht auf Abstand.

Joshua verschränkt die Arme. »Haben Sie kein Problem damit, eine Familie zu zerstören?«

»Man kann nichts zerstören, was schon kaputt ist«, kontert Maria.

»Halloooooo!« Wie angewurzelt bleibe ich in einiger Entfernung vor Frederico stehen. »Ist unsere Ehe KAPUTT?« (Fast kommt es mir so vor, als wenn der alte Drache meinen Göttergatten am Boden festgetackert hätte!)

Nick reicht Frederico die Hand.

Ich traue mich nicht, weiter zu gehen.

»Was ist hier los?«, frage ich schließlich und muss für diesen kleinen, dämlichen Satz all meinen Mut zusammennehmen.

»Wieso?« Frederico spielt den Scheinheiligen. »Es ist alles in bester Ordnung. Natürlich ist unsere Ehe NICHT kaputt.«

»Ne-hein, es ist offenbar nicht alles in bester Ordnung, wenn dein Ex-Drache der Meinung ist, unsere Familie sei KAPUTT.«

(Halloooo!

Wir haben uns drei Wochen lang nicht gesehen.

Gestern am Telefon war die Freude noch riesengroß, dass ich mit den Kindern komme und heute kann er sich vor lauter Freude kaum bremsen!

Warum fällt er mir nicht stürmisch um den Hals?

Hat sie ihn verhext?)

»Ich wusste gar nicht, dass Rumpelstilzchen seine Tochter freigelassen hat«, sage ich in Marias Richtung.

Maria öffnet vor lauter Empörung den Mund. »Was?«

»Susannah!« Frederico schüttelt den Kopf. »Muss das jetzt sein?«

»Wieso lässt Rumpelstilzchen seine Drachenbrut nicht in der Unterwelt? Und wieso begrüßt du mich nicht mehr? Hat sie dir Fußfesseln umgelegt?«

Frederico zappelt herum wie eine Marionette.

»Siehst du, Papa, der rote Drache IST gefährlich. Und nun schick ihn fort! Ich hab Angst.« Emma zieht an Fredericos Hand herum.

»Was? Was hast du gesagt?«

»Du hast deine Tochter schon richtig verstanden, Frederico. Warum schickst du deine Ex-Freundin nicht fort? Oder seid ihr wieder ein Paar?«

Mrs Drachenkopf lächelt das wohl gefährlichste Lächeln, dass sie aufbringen kann.

»In Ordnung. Ich will es gar nicht wissen. Emma, komm, wir fahren nach Hause! Du kannst wieder in deinen alten Kindergarten gehen.« Ich nehme Emma auf den Arm und deute Nick mit dem Kopf an, mir mit Tiberius zu folgen.

Maria stellt sich triumphierend lächelnd neben Frederico hin.

»Ich weiß nicht, was Sie vorhaben, Sie falsche Schlange, Sie, aber Sie sollten sich schämen, eine fünfköpfige Familie zu zerstören. Haben Sie in Ihrem hübschen Köpfchen denn nur Stroh?«, brüllt Joshua Maria plötzlich an.

Neugierig kommen die Artisten näher.

Auch mein Vater kommt aus seinem Wohnwagen.

Als er uns sieht, läuft er freudestrahlend auf uns zu.

Ich ignoriere ihn jedoch und gehe zum Auto zurück.

»Mama, ich will nicht Autofahren. Autofahren ist langweilig. Ich will bei Papa und dem Zirkus bleiben.«

»Wollen wir das Flugzeug nehmen?«, sage ich also stinkwütend.

»Au ja!« Begeistert klatscht Emma in die Hand.

Ich setze sie in ihren Sitz und schnalle sie an. »Dann fahren wir jetzt zum Flughafen. Ich will auch nicht mehr die ganze Strecke mit dem Auto zurückfahren.«

»Susannah, Süße, warte!« Nick versucht mich aufzuhalten, aber mein Geist ist bereits aus dem Bahnhof gefahren.

»Warum kämpfst du nicht um ihn?«

Ich drehe mich zu ihm um und wische mir die Tränen von der Wange. »Weil ich gegen sie keine Chance habe. Sieh mich doch an! Ich bin eine schokoladenfressende, trächtige Hummel mit Mini-Ufo-Landeplatz und widerspenstigem Pferdehaar. Gegen dieses schöne, reiche Püppchen habe ich nicht die geringste Chance! Ich würde nicht einmal annähernd in ihre Designerkleider passen.«

»Das hat auch niemand von dir verlangt«, ertönt Fredericos Stimme hinter mir.

Ich drehe mich weg.

Ich will meinen Ex-Herzkönig nicht sehen.

Er hat mir das Herz gebrochen.

»Schatz, bitte geh nicht!«

Ich lasse den Kopf hängen und weine still vor mich hin. (Ich bin einfach nur k.o.!

Zwei Tage Outback und Wüste und dann landet man ausgerechnet im Drachennest.)

Frederico umarmt mich. »Was du nur wieder denkst. Maria hat für ihre Firma eine Sondervorstellung gebucht.«

Wütend drehe ich mich um. »Und den Mist glaubst du ihr? Sind Männer auf diesem Erdball denn alle PLEMPLEM? Die hat doch keine Sondervorstellung im

Zirkus gebucht! Die hat eine Sondervorstellung in deinem Bett gebucht!«

Frederico nimmt mich in den Arm. »Schatz, es ist alles ganz harmlos. Sie hat weder Anstalten gemacht, mich zu verführen, noch mich zurück zu gewinnen.«

»Das glaubst du! Sie ist eine Außerirdische mit besonderen magischen Kräften. Schon vergessen? Sie hat dich verhext. Ich habe von Emmas Kindergärtnerin gehört, dass ihr gestern Abend zusammen essen ward. Und ich weiß auch, dass sie alles daran setzen will, dich zurückzugewinnen. Das hat sie nämlich ihrer Cousine erzählt und die ist Emmas Kindergärtnerin.«

»Wie bitte? Woher weiß die das?«

»Aliens haben immer Spione, schon vergessen?« Ich angele ein Taschentuch aus meiner Hosentasche und putze mir geräuschvoll die Nase.

Über Fredericos Schulter hinweg sehe ich Mrs Drachenkopf verärgert davonstapfen.

Joshua UND mein Vater brüllen ihr wütende Bemerkungen hinterher.

»Ja, das muss ich wohl vergessen haben. Vermutlich hat sie meine Sinne vernebelt…«

»WAS?« Entsetzt weiche ich zurück.

Frederico nimmt meine Hand und hält mich fest. »Warte! So habe ich das nicht gemeint. Nun lege doch nicht immer gleich jedes Wort auf die Goldwaage!«

»Emmas Kindergärtnerin ist Marias Cousine und so habe ich brühwarm erzählt bekommen, dass Maria extra nach Perth gezogen ist, um dich zurückzugewinnen«, platze ich heraus.

»Schatz, ich liebe dich! Du und die Kinder, ihr seid mein Leben. Ich habe keinerlei Ambitionen, wieder in die Fänge von Mrs Drachenkopf zu kommen. Sie ist nicht einmal annähernd so schön wie du.«

Perplex starre ich ihn an. »Willst du mich verarschen, Pinocchio? Ich bin doch nicht schön!«

Frederico grinst und zieht mich in seine Arme. »Das denkst du, aber hast du mal in den Spiegel geschaut?«

»Heute noch nicht«, gestehe ich leise.

Frederico grinst und küsst meine Nasenspitze. »Bitte glaube mir, ich würde mich niemals von ihr einwickeln lassen. Was sollte ich auch mit einer verknöcherten Drachenfrau, die kein Bock auf Familie hat? Zufälligerweise liebe ich meine Familie sehr.«

Ich spüre, wie das Eis schmilzt.

(Oder ist das mein innerer Schweinedrache?)

»Ehrlich?«

Frederico drückt mich so fest an sich, dass ich eigentlich platzen müsste. »Ehrlich! Bitte bleib! Die letzten Wochen ohne dich waren die Hölle.«

»Die Drachenhölle?«

Frederico verdreht die Augen. »So oft war Mrs Drachenkopf auch nicht bei mir, dass man von einer ›Drachenhölle‹ sprechen könnte!«

»Schwörst du, dass du sie nicht an dich rangelassen hast und sie auch nie wieder an dich ranlassen wirst?«, nötige ich meinem Göttergatten ab.

Frederico lächelt schief. »Ich schwöre bei meinem Leben als treuer Ehemann und Familienvater und auf das Leben ALLER Außerirdischen UND Rumpelstilzchen, dass ich dich liebe und NIEMALS wieder hergebe. Ich habe Mrs Drachenkopf weder in meine Höhle noch in mein Herz gelassen. Und das wird auch immer so bleiben.«

JETZT erwidere ich die Umarmung und WEISS, egal, wo wir sind, Frederico ist mein Zuhause.

»Mami, fliegen wir jetzt?«

Ich lächele auf Emma herab. »Ja, wir fliegen jetzt durch den Liebeshimmel. Und dir hole ich gleich eine passende Zuckerwatte.«

Erleichtert schnallt Nick Emma ab.

Emma klatscht begeistert in die Hände und führt einen kleinen Freudentanz auf. »JIPPIE, Zuckerwatte! JIPPIE!«

»Na, komm, du Zuckerwatten-Prinzessin«, sagt Nick und hebt Emma hoch.

»Und danach gucken wir unser Haus an«, sagt Emma und klatscht Nick begeistert gegen die Wange.

»Da muss ich dich enttäuschen, Emma. Wir haben kein Haus. Es ist eher ein Wohnwagen.« Unsicher schielt Frederico zu mir.

»Warum guckst du mich so unsicher an? Glaubst du, ich passe nicht durch den Eingang?«, hake ich nach.

Frederico lacht schallend und umarmt mich liebevoll.

»Mit Sicherheit passt du durch den Eingang. Es ist auch nur vorübergehend. In ein paar Wochen ist das Haus auf der anderen Straßenseite zur Miete frei.«

»Der Göttin sein Dank! Ich hätte sonst nicht gewusst, wo wir all unsere Kinder unterbringen sollen.« Lächelnd gebe ich meinem Göttergatten einen Kuss und folge dann unserer Tochter zum Zuckerwattenstand.

ENDE ?

(Oder gehört noch jemand auf den Mond?)

Über die Autorin

Sobald Lilly Fröhlich das Schreiben und Lesen gelernt hatte, gab es kein Halten mehr. Nahezu jedes Buch wurde verschlungen und bereits in der dritten Klasse schrieb sie ihr erstes Kinderbuch. Jahrzehntelang schrieb sie für die Schublade, bis sie sich mit ihrem ersten Kinderbuch an die Öffentlichkeit wagte. Viele, viele literarische Schätze schlummern noch in ihrem Schreibtisch. Die nächsten Bücher dürfen also mit Spannung erwartet werden.

Mehr erfahrt ihr auf www.lilly-froehlich.de

Über die Märchenschneiderin®

Es war einmal…so fangen Märchen an - so fing auch der Lebensweg von Nicole Küchler an, als sie zur Märchenschneiderin® wurde. Bei der Märchenschneiderin® kann man sich sein Kleid maßschneidern lassen - die Auswahl an Modellen ist riesig. Es gibt historische Kleider aus der Zeit des Barocks, Rokoko, Gründerzeit usw., aber auch märchenhafte Kleider, wobei die Märchenschneiderin® vor allem auf Modelle der Disney-Filme spezialisiert ist.

Kontakt:
Märchenschneiderin®
Inh. Nicole Küchler
Straße des Friedens 39
09337 Callenberg
Email: maerchenschneiderin@gmail.com
www.maerchenschneiderin.de

(Fotos: Ginie Wonderland)

Illustratorin/Porzellanmalerin

Sabine Reichert liebt das Zeichnen und das sieht man ihren liebevollen Figuren auch an. Sie bemalt Porzellan, Textilien und Menschen, denn sie ist nicht nur Illustratorin, sondern auch Make-up Artist und Bodypainterin.

Mehr erfahrt ihr auf www.styling-reichert.de oder bei Facebook www.facebook.com/Art-Reichert

Danksagung

Ich möchte zunächst meiner australischen Freundin Nicole J. danken für die brisanten Details, die sie mir bezüglich ihrer verkorksten Männerfreundschaften und wirklich schwierigen Mutter für das Buch zu Verfügung gestellt hat.

Dann danke ich Nicole Küchler (Märchenschneiderin®) für ihre unermüdliche Unterstützung und letztendlich den Anstoß für das neue Buchcover. Ohne sie würde dieses Buch noch immer äußerlich wie ein Kinderbuch aussehen. Natürlich danke ich ihr in diesem Zusammenhang auch von ganzem Herzen, dass sie für das Cover Modell gestanden hat. Sie sieht einfach toll aus! Ich danke Anja Vogel (Pepita Fotografie) für das wundervolle Cover-Foto. Es ist wirklich wunderschön und lädt zum Schmunzeln ein.

Ich danke meinen Freunden und meiner Familie dafür, dass sie da sind. Mit Menschen, die einem nahestehen, ist die Welt viel bunter. Zuletzt danke ich meiner Familie, dass sie mich mit all meinen Projekten immer unterstützt.

Ebenso im Handel erhältlich

Bänker sind vom Schnöselplaneten - Echt!
(Band 1)

Hi, ich heiße Susanna, bin 29 ¾ und IMMER NOCH Single. Ich habe
eine Pferdemähne wie ein Haflingerschweif, einen Hintern so groß
wie ein Mini-Ufo-Landeplatz und als schnöde Wollverkäuferin bin
ich das schwarze Schaf der Familie.
Obwohl ich mir im Zeitalter von Google meinen Traummann BAS-
TELN könnte, probiere ich es stets auf die herkömmliche Art; doch
leider versagt mein männliches Checkerprogramm STÄNDIG. Also
habe ich mich kurzerhand von meinem Sandkistenfreund Nick überreden lassen, meinen Traummann im *UNIVERSUM* zu bestellen und
bin ins Land der Wolle abgedüst: nach AUSTRALIEN, der Heimat
von Rumpelstilzchen.
Ich frage mich allerdings, WOMIT der Mitarbeiter im Universum
beschäftigt ist, denn auch in Australien lässt mein Traummann auf
sich warten. Und bis dahin spinne ich weiter Schokolade…

ISBN-13: 978-3-740733261

Ebenso im Handel erhältlich

Und Clowns sind aus dem All - Echt!
(Band 2)

Wenn man glaubt, JETZT ist alles rund und selbst das australische Rumpelstilzchen hat zu tun, kommt der Sachbearbeiter im Universum hundert pro auf die Idee, eine Ecke einzubauen. Aber ist es nicht genug, wenn plötzlich der Zyklus ausbleibt (obwohl man noch nicht unter der Haube ist!)? Wieso muss dann auch noch die größte Landschnepfe meiner Schulzeit ausgerechnet hier bei mir in Australien auftauchen? Und was hat mein Bruder William mit dieser Unterweltsbraut zu tun? Zu allem Übel mischt sich auch noch meine Mutter ein! Ich habe Nick gleich gesagt, Voodoo gegen immer noch lästigen Ex-Ausrutscher Jonas McSchnauf&Schmatz ist KEINE gute Idee und sicherlich folgt darauf die Rechnung des Universums. Aber sind die so schnell da oben?

ISBN: 978-3-74074309

Im Handel erhältlich als Taschenbuch und e-Book

Körpertausch (Roman)

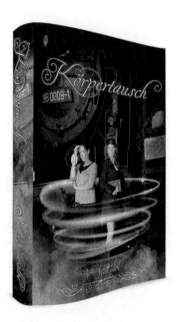

Lea Hasenfleck hat eigentlich alles zum Leben, was man braucht: Einen Ehemann, zwei gesunde Kinder, ein Haus und einen langweiligen Teilzeitjob. Trotz Hamsterrad des Lebens hat sie allerdings noch etwas ganz anderes: zu viel Speck auf den Rippen. Und obwohl sie sich dafür schämt, hat sie weder Zeit noch Disziplin, ein paar Pfunde abzutrainieren.
Maja-Lena Marie hat fast alles, was sie zum Leben braucht: Einen heißen Verlobten, einen traumhaften Körper und mit ihrer Firma ›Modetipp‹ ist sie einer der erfolgreichsten Online-Versandhändler der Neuzeit.
Doch was passiert, wenn sich zwei so ungleiche Frauen begegnen und plötzlich den Körper tauschen?

Eine romantische, ehrliche und erotische Komödie zum Thema Körperideale.

ISBN: 978-3-740734831

Ebenso im Handel erhältlich

Suche Hexe fürs Leben

Antonio Hexenmacher, 36, Single, ist weder Zauberer noch
Hexer. Eines Tages ist er es leid, von einem Bett ins nächste
zu hüpfen. Er beschließt, den Hafen der Ehe anzusteuern.
Doch Antonio will nicht irgendeine Frau. Er will eine Hexe.
Als er Johanna auf dem mittelalterlichen Spektakulum zum
ersten Mal begegnet, weiß er: Das ist sie!
Johanna Orlando, 31, Single, ist eine freie und unabhängige
- Hexe. Sie liebt und lebt die Traditionen der Wiccas im
Kreise ihrer Familie nach den Regeln von Lady Gwen
Thompson: ›Und schadet es niemand, tue, was du willst‹. Ihr
Zuhause ist ein kleines Häuschen am Waldrand von Ra-
benau. Ihr Alltag ist geregelt und Feste wie Samhain und
Beltane werden im Hexenzirkel der Orlandos gefeiert. Doch
als sie an einem sonnigen Tag auf dem mittelalterlichen
Spektakulum einem ›Prinzen‹ begegnet, ist sie wie verzau-
bert.

ISBN-13:978-1518715235

Ebenso im Handel erhältlich

Finde Hexe fürs Leben

Antonio Hexenmacher, endlich liiert mit einer Hexe, startet nach einigen Überredungsversuchen einen zweiten Anlauf und macht Johanna einen Heiratsantrag, den sie nicht ablehnen kann. Doch bevor die beiden endlich den Bund fürs Leben schließen können, bedarf es mehr als nur weiße Magie, um den schwarzmagischen Attacken von Tante Adelheide Mechthild Gardner auszuweichen, denn die alte Dame hat sich in den Kopf gesetzt, die Hochzeit ihrer Großnichte mit einem nichtmagischen Mann mit allen Mitteln zu verhindern.

ISBN-13: 978-1518715280

Ebenso im Handel erhältlich

Eine Patchworkfamilie für Mia (Band 1)

Die siebenjährige Mia wollte eigentlich eine Schwester –
bekommen hat sie einen leeren Küchenstuhl, denn ihre Eltern haben sich getrennt. Und weil das heutzutage gar nicht
mehr so ungewöhnlich ist, lebt Mia bei ihrem Papa. Während sich ihr Papa in ihre Klassenlehrerin verliebt, verliebt
sich der kleine Pinguin Fridolin in Mia. Wird Frau Biber nun
ihre neue Mama und deren Sohn Benjamin ihr neuer Bruder? Wird Lucy ihre Freundin bleiben, wenn sie erfährt, dass
Mias Papa und Frau Biber ein Liebespaar sind? Mias Leben
ist plötzlich wie ein zusammengewürfelter Haufen bunter
Flicken – Patchwork eben!

ISBN: 978-3-740743673

Ebenso im Handel erhältlich

Mia und die Regenbogenfamilie (Band 2)

Aufregung in Bärenklau! Mias Klasse bekommt Zuwachs –
ein Zwillingspärchen aus der Hauptstadt. Nils und Amelie
haben zwei Mütter, leben also in einer Regenbogenfamilie
und davon haben die Bewohner in Bärenklau noch nie gehört, erst recht nicht die Klasse 3b. Und so beschließt ihr
neuer Klassenlehrer, Herr Knabe, die unterschiedlichen Fa-
milienformen im Unterricht zu besprechen. Ganz zum Ärger
von Thomas Vater, der einen Riesenwirbel veranstaltet, um
Herrn Knabe auszubremsen. Mia freundet sich mit den Zwil-
lingen an und stellt schnell fest, dass zwei Mütter fast ganz
normal sind – Regenbogen eben!

ISBN: 978-3-740743420

Ebenso im Handel erhältlich

Mia und die Flüchtlingsfamilie (Band 3)

Die Bürger von Bärenklau sind nervös und haben Angst. Menschen aus fremden Ländern, in denen Krieg herrscht, sollen in ihrem kleinen Ort untergebracht werden. Dabei ist das Dorf doch viel zu klein, niemand spricht Arabisch und die Fremden verstehen kein Wort Deutsch. Der Bürgermeister verhilft den muslimischen Männern zu Arbeit. Als das Flüchtlingskind Samira in Mias Klasse kommt, spaltet sich die Klassengemeinschaft genauso wie das Dorf in zwei Lager: diejenigen, die die Fremden ablehnen und diejenigen, die sich über die Neuzuwachs freuen. Herr Knabe ist bemüht, Vorurteile abzubauen und auch andere helfen bei der Integration. Aber reicht das aus, damit die neuen Dorfbewohner heimisch werden?

ISBN: 978-3-740743598

Bald wieder im Handel erhältlich

Zabzaraks Spiegel (Fantasy)

Die Erde war einst ein Ort, an dem Menschen und Lichtwesen friedlich miteinander lebten. Doch eines Tages er-
klärte der machthungrige Zauberer Tarek Su Zabzarak den
Krieg. Er tötete das gütige Herrscherpaar Lady Tizia und
Lord Kodron. Dann stahl er den Elben das Lachen und die
Musikinstrumente, so dass sie keine Menschen mehr hei-
len konnten. Zabzarak krönte sich selbst und wurde zum
Herrscher über Zaranien. Etwa tausend Jahre später half
ein Junge namens Merlin seinen Freunden bei der Suche
nach einem Kater. Dabei durchbrach er den Schleier des
Vergessens. Jeremy und Lissy versuchten ihn aufzuhalten
und landeten mit ihm in Zaranien, dem Land der Elben
und Feen. Sind die drei Freunde tatsächlich die Auser-
wählten? Können sie es mit dem schwarzmagischen Zauberer und seiner Armee aufnehmen?